La couronne des Highlands

*Du même auteur
aux Éditions J'ai lu*

LA FORTERESSE DES HIGHLANDS
N° 8923

KATHLEEN GIVENS

La couronne des Highlands

ROMAN

Traduit de l'américain
par Patricia Ranvoisé

Titre original
RIVALS FOR THE CROWN

Éditeur original
Pocket Books, a division of
Simon & Schuster, Inc., New York

© Kathleen Givens, 2007

Pour la traduction française
© Éditions J'ai lu, 2010

À mes sœurs – de sang, par alliance, et par choix.
Vous m'êtes toutes très chères.

À Lily, Kate, Mikayla, Gavin, Michael, John,
Patty, Kerry, et Russ, toujours Russ,
qui rend la vie fantastique.

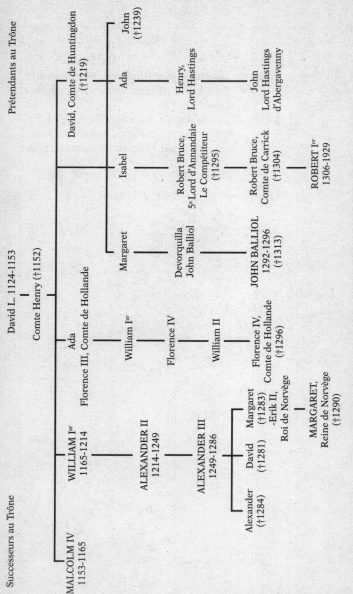

David I. 1124-1153

Comte Henry (†1152)

MALCOLM IV
1153-1165

WILLIAM Ier
1165-1214

Ada
Florence III, Comte de Hollande

David, Comte de Huntingdon
(†1219)

ALEXANDER II
1214-1249

William I**er**

Florence IV

William II

Margaret

Isabel

Ada

John
(†1239)

ALEXANDER III
1249-1286

Florence IV, Comte de Hollande
(†1296)

Devorquilla
John Balliol

Robert Bruce,
5e Lord d'Annandaie
Le Compétiteur
(†1295)

Henry,
Lord Hastings

Alexander
(†1284)

David
(†1281)

Margaret
(†1283)
-Erik II,
Roi de Norvège

JOHN BALLIOL
1292-1296
(†1313)

Robert Bruce,
Comte de Carrick
(†1304)

John
Lord Hastings
d'Abergavenny

MARGARET,
Reine de Norvège
(†1290)

ROBERT Ier
1306-1929

Les Successeurs au Trône d'Écosse et les Prétendants au Trône

Personnages principaux

En Angleterre

Isabel de Burke – arrière-petite-fille d'un roi, demoiselle d'honneur de la reine Éléonore d'Angleterre

La grand-mère d'Isabel – fille illégitime d'un roi

Rachel d'Anjou – meilleure amie d'Isabel

Sarah d'Anjou – sœur de Rachel

Jacob d'Anjou – père de Rachel

Édouard Plantagenêt – roi d'Angleterre, également appelé « Longues Jambes » et Édouard Ier d'Angleterre

Éléonore Plantagenêt – reine d'Angleterre

Walter Langton – archevêque et trésorier de la Maison royale

Alis de Braun – demoiselle d'honneur de la reine Éléonore

Henri de Boyer – l'un des chevaliers de la Maison royale du roi Édouard

En Écosse

Margaret MacDonald MacMagnus – dame de Loch Gannon, épouse de Gannon MacMagnus

Gannon MacMagnus – moitié irlandais, moitié viking, désormais chef de clan et laird de Loch Gannon, marié à Margaret

Rory MacGannon – fils cadet de Margaret et Gannon

Magnus MacGannon – fils aîné de Margaret et Gannon

Drason Anderson – ami de Margaret et Gannon

Nell Crawford – sœur de Margaret, épouse de Liam Crawford

Liam Crawford – mari de Nell, neveu de Ranald Crawford, et cousin de William Wallace

William Wallace – cousin de Liam, futur Gardien du royaume d'Écosse et chef de guerre

Ranald Crawford – oncle de Liam et William, shérif d'Ayrshire

Davey MacDonald – frère cadet de Margaret et de Nell

Kieran MacDonald – fils aîné de Davey et cousin de Rory

Edgar Keith – fils d'un marchand de laine

Robert Bruce le Jeune – petit-fils de Robert Bruce, l'un des aspirants au trône d'Écosse, futur Robert Ier d'Écosse

Première partie

Le houx et le lierre
Sont des plantes familières
Parmi les arbres peuplant les bois
Seul le houx porte couronne.

Anonyme, chanson folklorique
traditionnelle, Angleterre

Prologue

Juillet 1290, Londres

— Rachel! Rachel, réveille-toi!

Rachel se détourna de la voix effrayée de sa sœur. Les mots murmurés se mêlaient à son rêve, un rêve d'hiver dans lequel la neige tombait délicatement d'un ciel lumineux. Sarah et elle, fillettes, chantaient et dansaient en recueillant les flocons au creux de leurs paumes. Puis la bouche de Sarah s'ouvrit sur un gémissement, les cieux s'obscurcirent, et la neige se transforma en pluie. Rachel lutta pour revenir à la réalité, mais son esprit résistait, conscient déjà que la peur de sa sœur deviendrait bientôt la sienne.

— Réveille-toi!

Sarah la secoua par l'épaule.

Rachel ouvrit les yeux. Il faisait encore nuit. Bien que l'on fût en été, un courant d'air froid soufflait à travers la pièce. Dehors, l'averse tambourinait sur le toit, le vent faisait claquer les volets contre les chambranles. Puis d'autres sons lui parvinrent : des coups, terribles, frappés à la porte, des voix emplies de fureur.

— Ils sont là, chuchota Sarah.

Rachel s'assit dans son lit, totalement réveillée à présent. Elle savait qui *ils* étaient : les soldats du roi, venus les expulser de leur maison. Exactement comme mère l'avait prédit. Père, toujours optimiste,

13

avait assuré que leur famille ne serait pas touchée, quoi qu'affirmât la proclamation du roi Édouard.

Elle entendit la voix de son père résonner à l'étage au-dessous. Les coups cessèrent. Le fracas de la pluie l'empêcha de comprendre ce qui se disait, mais père parla un moment avant qu'elle perçoive des pas précipités dans l'escalier. La porte de la chambre s'ouvrit à la volée devant sa mère.

— Habillez-vous, les filles, lança celle-ci en finissant d'attacher ses propres vêtements. Pensez aux paquets sous vos habits, ajouta-t-elle à voix basse. Et surtout, quoi qu'il arrive, ne dites rien. Si jamais les choses tournaient mal… courez. Souvenez-vous de notre plan.

Sarah acquiesça. Sortie du lit, elle enfilait déjà ses jupons par-dessus sa camisole de nuit.

— Maman… commença Sarah.

Mère secoua la tête.

— Tais-toi et habille-toi. Vite, Sarah ! Pour une fois dans ta vie, cesse d'argumenter et fais ce que je dis.

Sur ces mots, elle sortit.

Dans une sorte de brouillard, Rachel et Sarah se vêtirent à la hâte, fourrèrent les paquets qu'elles avaient confectionnés sous leur camisole et dissimulèrent les plus petits sous leur robe, noués à leurs genoux. Leurs sacs ne contenaient que des vêtements et quelques souvenirs qui n'attireraient l'attention de personne : des rubans pour les cheveux, une pierre porte-bonheur, un lacet, une fibule en fer. Rien qui fût susceptible d'éveiller les soupçons. Elles avaient été bien préparées. Même si Rachel, pour sa part, n'avait jamais vraiment imaginé que les choses en arriveraient là.

Le 18 juillet, le roi Édouard avait publié un édit expulsant de son royaume les seize mille Juifs résidant en Angleterre. Les jours suivants, les premiers exilés avaient commencé à remplir les rues de Londres, certains se contentant de laisser derrière eux ce qu'ils ne pouvaient transporter, d'autres essayant de vendre commerce ou maison, le plus souvent à un prix dérisoire. Voisins et familles s'étaient disséminés, séparés, parfois pour toujours.

Beaucoup cependant, se souvenant du jour où le roi avait accueilli les Juifs à Londres, avaient choisi de rester. Pourquoi le monarque les aurait-il protégés alors, si c'était pour les abandonner maintenant ? L'édit, selon eux, n'était qu'une manœuvre politique, un moyen d'apaiser ceux que leur présence dérangeait.

Au début, les faits semblèrent leur donner raison : il n'y eut ni évacuation de masse, ni massacre. Néanmoins, on entendit de plus en plus souvent parler de familles réveillées au beau milieu de la nuit et conduites séance tenante aux portes de la ville, un balluchon pour tout bagage. Et cette nuit, leur tour était venu, songea Rachel avec anxiété. Son père était pourtant tellement certain qu'ils seraient épargnés !

Ce n'est pas réel. Je vais ouvrir les yeux et me retrouver dans une tempête de neige avec Sarah. Ce n'est pas réel...

— Dépêche-toi ! la pressa sa sœur. Vite ! Ils sont dans l'escalier.

Elles avaient à peine fini de s'habiller quand le premier soldat apparut sur le seuil. Il les salua d'un geste raide ; ses cheveux grisonnants dépassaient de son casque.

— Damoiselles. Vous avez jusqu'au lever du soleil pour préparer vos affaires. Ça viendra vite, ajouta-t-il en jetant un coup d'œil vers la fenêtre.

— Et si nous ne sommes pas prêtes à ce moment-là ? lança Rachel.

— Rachel ! s'exclama sa sœur.

— J'ai reçu des ordres. Si vous voulez rester en vie...

Il haussa les épaules sans prendre la peine d'achever sa phrase, comme pour leur signifier que tout cela ne le concernait pas.

Rachel acquiesça d'un bref mouvement de tête. Manifestement, il ne fallait attendre aucune compassion de la part de cet homme. Le visage inexpressif, il les regarda tirer les draps et les nouer entre eux pour former des balluchons. Quand elle eut rempli le sien, Sarah ramassa son fardeau sur le sol et, les yeux baissés, passa rapidement devant le soldat pour sortir.

Rachel, quant à elle, jeta un dernier regard à la chambre où elle avait dormi toute sa vie : les sommiers, les crochets nus sur le mur, le bougeoir sur la petite table dans le coin… Comme elle s'apprêtait à saisir la chandelle – ce précieux morceau de cire qu'elles avaient le droit d'allumer les nuits d'hiver –, le soldat se gratta la gorge. Elle lui lança un coup d'œil par-dessus son épaule. Il lui fit non de la tête. Ôtant sa main comme si elle s'était brûlée, elle dut faire appel à toute sa raison pour ne pas lui hurler dessus, en lui demandant ce que représentait un misérable bout de cire pour lui qui l'arrachait à sa maison et son passé. Au lieu de quoi, elle emboîta le pas à sa sœur en silence.

En bas, son père rangeait ses livres dans un sac de toile huilée : son siddour, le livre de prières, et son Tanak, la Bible qu'il avait reçue de son grand-père. À ses pieds, dans un petit coffre en bois, se trouvaient la ménorah et le talit, le châle de prière dont il se couvrait pour Shabbat. Rachel entendit la charrette que sa mère avait réservée à tout hasard s'arrêter devant l'entrée. Son père s'affairait, visage baissé, sous le regard vide de deux soldats à peine plus âgés qu'elle. Soudain, l'un d'eux tourna les yeux vers elle et lui fit signe de gagner la pièce du fond. Rachel se figea sur place. Il voulait l'entraîner dans le petit cabinet noir et désert. Sentant une main se poser sur son épaule, elle pivota vers sa mère.

— La charrette est là, annonça celle-ci d'un ton qu'elle ne lui avait jamais entendu.

Un ton timide et embarrassé, contrastant avec la colère qui durcissait ses traits.

— S'il vous plaît, peut-on commencer à charger ?

Le soldat avait dû acquiescer, car mère ramassa une caisse et la porta dehors. Rachel l'imita, soulagée de sortir sous la pluie battante. Le charretier les arrêta d'un geste.

— On paie d'abord, grogna-t-il.

— On vous paiera une fois hors des murs de la ville, répondit mère. C'est ce qui était prévu.

À cette remarque, l'homme lâcha un rire gras.

— Dans ce cas, portez vos affaires vous-mêmes, ma brave dame. Vous avez jusqu'au lever du soleil.

Mère se raidit, mais opina et sortit l'argent de la bourse nouée à sa taille. Mais le charretier refusa, réclamant une somme exorbitante.

— Ce n'est pas le prix convenu ! protesta mère avec une pointe d'effroi dans la voix.

— Le lever du soleil, répéta l'autre. À prendre ou à laisser.

— On prend ! déclara père, passant devant son épouse pour donner à l'homme l'argent qu'il réclamait.

Après avoir mordu les pièces l'une après l'autre, ce dernier grommela :

— Chargez vous-mêmes. Y en a que deux qui montent, les autres marchent.

Tout fut terminé en moins d'une heure. Mère et Sarah traversèrent les rues détrempées, assises à l'arrière de la charrette. Quand le ciel commença à blanchir, Rachel lut la peur dans le regard de ses parents. L'aurore approchait et il restait encore la moitié de la ville à traverser.

Elle ne s'était pas retournée une seule fois vers leur maison et avait ignoré les visages derrière les fenêtres. Bien qu'elle les connût depuis l'enfance, pas un de leurs voisins n'était venu leur exprimer son désarroi ou les aider. Ils n'avaient pas eu un mot de soutien, pas même un au revoir, comme s'ils avaient été de parfaits étrangers.

Ils avaient laissé beaucoup de choses derrière eux, n'emportant que les livres de père, l'argenterie de mère, la dot de Sarah et trois coffres remplis d'objets et de vêtements. Avant de partir, sa mère avait balayé la cuisine des yeux et soupiré en caressant une dernière fois la grande table en bois autour de laquelle ils mangeaient chaque jour. Rachel s'était vivement détournée, de peur de laisser sa rage exploser. Qu'avaient-ils fait pour mériter qu'on les traite d'une manière aussi ignoble ? Ils étaient de bons et loyaux sujets du roi. Certes, leurs coutumes et croyances différaient de celles des Chrétiens, mais ils priaient néanmoins le même Dieu, obéissaient aux mêmes règles. Quels crimes inconnus avaient-ils commis pour devenir des parias ?

Qu'arriverait-il aux Juifs qui restaient malgré les avertissements répétés, ceux-là mêmes qui les regardaient passer en ce moment ? Paieraient-ils leur entêtement de leur vie ? Les soldats allaient-ils les massacrer ? Elle refusait d'y penser, préférant chasser leur souvenir de son esprit, y compris celui du garçon qui avait promis de l'épouser lorsqu'ils seraient plus grands, et les avait observés sans mot dire tandis qu'ils chargeaient la charrette. Elle ne voulait pas non plus penser à Isabel, sa meilleure amie, qui ne saurait jamais ce qui lui était arrivé.

La pluie avait cessé et le ciel s'éclaircissait de plus en plus. Or, ils n'avaient toujours pas quitté Londres. D'autres familles juives se dirigeaient vers les portes de la ville, chargées de balluchons et de bébés emmaillotés. En découvrant les autres voitures amassées devant Aldgate, le charretier poussa un juron et fouetta son cheval pour l'obliger à hâter le pas. Rachel, comme son père, conserva une main sur le bord de la carriole, effrayée à la fois par la multitude et la peur, désormais palpable, des gens alentour.

Un groupe de jeunes garçons leur balança des fruits pourris. Ils ne réagirent pas, trop absorbés par la file qui s'allongeait devant eux. Puis mère fut touchée ; une tache sombre s'étala sur son épaule. Père fit volte-face, les traits déformés par la colère.

— Non ! s'écria mère. Jacob, non ! Ne te préoccupe pas de ça.

Un autre projectile atterrit sur père. Il devint écarlate.

— Ça ne suffit pas de nous chasser de nos maisons ? De nous traiter comme du bétail ? Il faut encore nous humilier ? C'est insupportable !

Mère le saisit par le bras.

— Jacob, réfléchis. Tout ce que veulent ces garçons, c'est que tu te fâches et leur coures après. Si tu as le malheur de leur faire ce plaisir, nous serons encore ici au lever du soleil, et Dieu sait ce qui arrivera. Ignore-les. Ils ne sont rien. Tout cela n'est rien. Nous y survivrons.

Ils se dévisagèrent un instant, les yeux dans les yeux, et père hocha la tête.

Soudain, un brouhaha s'éleva derrière eux, puis un escadron royal apparut dans un fracas de métal. Les hommes d'armes se postèrent de chaque côté de la route, parfaitement droits sur leurs destriers dont le souffle tiède s'élevait dans l'air froid. Rachel observa leurs visages, les vit contempler l'horizon et échanger des regards. Avaient-ils reçu l'ordre de fondre sur ceux qui n'auraient pas quitté Londres à l'aurore ? Elle se mit à prier, pour sa famille, pour ceux qui se trouvaient derrière eux.

Ce fut alors qu'elle entendit son nom.

— Rachel ! Rachel !

Son cœur bondit dans sa poitrine. Il n'y avait qu'Isabel pour oser braver une telle folie, songeait-elle, soudain plus légère. Qu'Isabel pour s'inquiéter de son sort quand tout Londres s'en fichait.

— Isabel! appela-t-elle en se haussant sur la pointe des pieds pour tenter d'apercevoir son amie. Isabel!

La file s'ébranla devant eux. Père lui prit le bras.

— Ne t'arrête pas, Rachel.

— Mais, papa, c'est Isabel! Comment a-t-elle su?

— Elle vit à la cour, répondit-il. Ils sont au courant.

— Rachel!

La voix d'Isabel était plus proche à présent.

Une main longue et mince s'agita fébrilement audessus de la foule et, enfin, Rachel découvrit son amie. Ses cheveux châtain clair retombaient librement sur ses épaules et elle avait troqué ses atours contre une tenue de servante. Mais cela ne trompait personne: aucune domestique ne possédait la noble allure et l'exceptionnelle beauté d'Isabel. Rachel sentit ses yeux s'embuer de gratitude.

— Par ici, Isabel! Par ici!

— On n'a pas le temps, Rachel! lança père.

Elle demeura néanmoins sur place, le bras levé pour faire signe à Isabel. Le groupe devant eux se disputait avec les sentinelles postées devant les portes. Soudain, la raison de cette attente interminable devint évidente: il fallait payer pour sortir! La nouvelle se propagea le long de la queue, déclenchant une vague de frayeur et de colère. Les chevaux se mirent à piaffer et renâcler.

Isabel émergea de la foule.

— J'ai cru que je ne te trouverais jamais! s'écriat-elle en l'étreignant.

— Je n'ai pas pu te prévenir. Les soldats sont arrivés...

— Dès que j'ai appris ce qui se passait, j'ai couru jusque chez toi, expliqua Isabel, hors d'haleine, mais vous étiez déjà partis. Oh, Rachel! Où allezvous vous réfugier? Sieur Jacob, où comptez-vous aller?

Les traits de père se radoucirent.

— Je l'ignore, Isabel. Je l'ignore.

— Je ne pensais pas que le roi appliquerait le décret, confia Isabel, inquiète. Vous n'avez aucune protection pour ce voyage ! Vous savez combien les routes sont dangereuses.

— Nous n'avons pas le choix, répondit père.

— Si seulement j'avais les moyens ou le pouvoir de vous fournir une escorte ! Faites attention, faites attention, répéta Isabel en la serrant un peu plus fort. Je ne supporterais pas qu'il t'arrive quoi que ce soit. Nous ne savons même pas quand nous nous reverrons !

— Isabel, nous ne nous reverrons jamais.

— Non, non, ne dis pas ça ! Nous nous retrouverons, j'en suis sûre, et tu dois le croire ! Nous serons toujours amies. Rien ne pourra changer cela.

— Rachel, viens ! cria père quand ce fut leur tour de franchir les portes.

Il tendit une poignée de pièces à l'une des sentinelles et se tourna vers Isabel.

— Au revoir, Isabel. Merci de votre amitié pour ma fille. Rachel…

Rachel s'arracha des bras d'Isabel. Elles étaient toutes deux en pleurs.

— Prends soin de toi, ma tendre amie, supplia Isabel. Rachel, oh, pour l'amour de Dieu, fais attention ! Je prierai pour toi chaque jour ! Je prierai pour vous tous !

— Et moi pour toi, Isabel. Pour ta nouvelle vie à la cour.

— Rachel, vite !

Rachel rejoignit sa famille pour sortir. Lorsqu'elle se retourna, Isabel avait été engloutie par la multitude. Les rayons du soleil caressaient les toits des maisons. Son père la pressa pour rattraper la charrette.

— Rachel, déclara-t-il d'un ton réconfortant, nous sommes hors de Londres, et nous avons encore beaucoup à faire. Essuie tes larmes. Nous affronterons l'avenir tous ensemble.

Rachel renifla. À présent, ils devaient se préparer à braver les dangers de la route. Les bras ramenés sur sa poitrine comme un bouclier, elle contempla la tache sombre sur la robe de sa mère, consciente que désormais elle ne se sentirait plus en sécurité nulle part.

1

Margaret MacDonald MacMagnus offrit son visage au vent et retint son souffle. Même après toutes ces années, elle continuait à grimper au sommet de ce promontoire pour attendre le retour de son époux. Deux navires avaient accosté depuis ce matin, mais pas celui de Gannon. Néanmoins, elle n'était pas inquiète. La journée n'était pas finie, et Gannon MacMagnus était un homme de parole. Il avait dit qu'il rentrerait aujourd'hui, il serait donc là avant la nuit.

Elle avait hâte de le revoir. N'était-ce pas stupide de vivre depuis presque trente ans avec un homme et de se languir de lui au bout de quelques malheureux jours d'absence ? D'autant qu'il n'était pas parti en des lieux inhabituels ou dangereux, juste sur l'île de Skye visiter son frère Davey, puis en Ayrshire pour voir Magnus, son fils aîné établi sur le fief que leur avait donné le roi des années auparavant.

Soudain, la voile blanche qu'elle espérait apercevoir se profila au sud. Le bateau approchait rapidement, fendant les flots bleu sombre de sa coque noire enfoncée jusqu'au bastingage. Mais il n'était pas seul, remarqua-t-elle. Une autre embarcation arrivait du nord. Un navire viking à larges barrots et coque aplatie, dont la vision éveilla un flot de mauvais souvenirs. Sa voile carrée à rayures rouges et jaunes formait une tache éclatante sur la masse sinistre des nuages d'orage.

Parcourue d'un frisson, Margaret croisa les bras. Ce n'était pas un vaisseau de guerre : ce temps-là était révolu à jamais. Il devait s'agir d'un messager venu du nord, rien de plus. Pourtant... Elle se retourna vers le sud, réconfortée à la vue du bateau de Gannon s'engageant dans le bras de mer. Quelle que soit la nouvelle apportée par le navire viking, Gannon serait à ses côtés pour y faire face, comme toujours.

Avant de s'élancer vers lui, elle parcourut des yeux la vallée, *sa* vallée, où Gannon et elle s'étaient établis, transformant ce qui restait de sa famille et de son clan en une communauté prospère. L'endroit était désormais désigné sous le nom de Loch Gannon, ce qui ne cessait d'amuser son mari. L'honneur n'était pourtant pas usurpé, car sans lui, aucun des habitants n'aurait pu vivre ici. De chaque côté du bras de mer, les collines qui s'élevaient au nord et à l'est les protégeaient du reste du monde. Un peu plus bas, au sommet d'un pic rocheux, se dressait le château fort. Tandis qu'elle courait, le cor résonna deux fois. Elle reconnut d'abord les notes familières annonçant à tous le retour du maître de la vallée, puis celles signifiant l'approche d'un navire inconnu. Gannon avait bien éduqué les membres du clan, qui devaient déjà préparer un festin de bienvenue pour lui et ses hommes. En revanche, ce serait elle qui l'accueillerait ainsi que leurs visiteurs.

Elle rencontra Rory, son plus jeune fils, sur le chemin de la poterne. La lumière jouait dans ses cheveux, aussi blonds que ceux de son père. Grand, fort, prêt à affronter la vie, il ressemblait tellement à Gannon ! Il avait son menton, son regard bleu, ses épaules larges. Et la même impatience.

— Mère ! Savez-vous de qui il s'agit ? Père et qui d'autre ?

Elle secoua la tête, pour ne pas montrer combien sa cavalcade depuis le haut de la colline l'avait essoufflée. Si elle oubliait souvent qu'elle n'avait plus vingt ans, son corps se chargeait de le lui rappeler.

— Un drakkar, mais j'ignore qui est à bord.

Rory fronça les sourcils, exactement comme son père lorsqu'il était pensif.

— Peut-être apporte-t-il des nouvelles du voyage de la reine.

À cette suggestion, elle se détendit. Margaret de Norvège était en effet en route pour être couronnée reine d'Écosse et prendre place, à sept ans, sur le trône qui lui était échu depuis l'âge de trois.

— Tu as raison, il s'agit sûrement de ça. Drason nous avait promis de nous prévenir quand elle ferait escale aux Orcades avant de repartir pour Londres. Je vais juste…

— Aller accueillir père, termina Rory en riant. Comme d'habitude.

— Et un jour, mon garçon, si tu es aussi chanceux que ton père, ta propre épouse t'attendra avec la même impatience.

— Auparavant, vous devrez lui apprendre à m'adorer comme vous adorez père.

— Adorer ! C'est encore lui qui raconte ça, n'est-ce pas ?

Elle s'esclaffa avec lui et se dirigea vers la forteresse édifiée par Gannon. Protégée par une simple lice au départ, elle était désormais ceinte d'épais murs de pierre et capable de résister aux armes de siège et aux incendies. À cette idée, Margaret revit les forteresses d'Inverstrath et de Somerstrath dévastées par le feu, avant de chasser rapidement de son esprit ces souvenirs de l'époque où sa sœur Nell et le jeune Davey avaient affronté l'horreur, et où Gannon était entré dans sa vie.

Cela faisait maintenant vingt-sept ans qu'elle était devenue l'épouse de Gannon MacMagnus ; elle lui avait donné cinq enfants, dont deux avaient atteint l'âge d'homme. Magnus, déjà marié, apprenait à diriger ses terres et ses gens. Quant à Rory, s'il était encore jeune, elle ne s'inquiétait pas pour lui. Ne réussissait-il pas tout ce qu'il entreprenait ? Il fallait juste qu'il bâtisse son propre foyer avec une femme qu'il aimerait et qui, oui, l'adorerait, car il le méritait. Mais tout cela viendrait en son temps.

Le *Lady Gannon* pénétra dans le bras de mer toutes voiles dehors, Gannon à la barre. Margaret se posta au bout du ponton pour l'attendre, Rory à son côté. Le vent avait forci. D'épais nuages noirs dissimulaient déjà le sommet des collines, et les mouettes volaient vers l'intérieur des terres à la recherche d'un abri. L'orage serait bientôt là. De fortes tempêtes accompagnaient généralement l'équinoxe d'automne, et manifestement, celle-ci ne ferait pas exception. Les cheveux longs de Rory lui fouettaient le visage. Il les rejeta en arrière d'un geste si similaire à celui de Gannon qu'elle sourit malgré elle.

Puis Gannon agita le bas pour la saluer, et, comme d'habitude, elle ne vit plus rien d'autre que lui. Il portait le pantalon étroit à carreaux des Écossais, des chausses de laine et une tunique safran. Il avait délaissé le costume irlandais depuis longtemps. Parfois, elle-même oubliait qu'il était originaire d'Irlande, et non de cette côte occidentale d'Écosse où elle avait toujours vécu. Néanmoins, les symboles celtiques gravés sur son bateau et les runes nordiques peintes sur le bastingage lui rappelaient que Gannon était un cadeau venu de la mer : une perte pour l'Irlande, un gain pour l'Écosse.

Elle le salua en retour, heureuse. Son homme était de retour, tout allait bien… pour un moment, du moins, car bientôt, au détour du dernier virage qui dissimulait Loch Gannon au reste du monde, apparut le drakkar. Elle reconnut aussitôt Drason. Celui-ci était leur ami depuis leur rencontre durant l'été 1263. Tout d'abord ennemis, ils s'étaient rapidement rendu compte qu'une même haine envers Nor Thorkelson, l'homme qui avait décimé sa famille et l'oncle de Drason, les unissait. Joignant alors leurs forces, ils avaient finalement vaincu ce dernier sur l'île de Skye, au cours d'une bataille si formidable qu'on en parlait encore dans toute l'Écosse. Drason lui adressa un signe de la main, un salut presque timide qui contrastait avec son exubérance naturelle. Margaret sentit son cœur se serrer. Quelles que fussent les nouvelles qu'il apportait, elles n'étaient pas bonnes. Cela ne pouvait pas concerner son frère Davey ni Magnus, puisque Gannon arrivait de chez eux. Ni Nell qui se trouvait à Stirling pour accueillir la reine, donc loin des Orcades et de la mer.

Pourtant, un malheur était survenu.

— Ma chérie ! cria Gannon dès qu'il fut à portée de voix. As-tu vu Drason ? Fais dire aux serviteurs de barrer la porte de la cave, ou il boira tout !

Elle sourit, mais comprit à son regard perplexe que lui aussi avait remarqué la tension de Drason. Ce dernier portait un plastron de cuir et un casque sur ses cheveux blonds. Ce n'était pas là la tenue d'un homme rendant visite à des amis, plutôt celle d'un voyageur prudent en des temps incertains. Elle attendit en silence que les hommes saisissent les cordes et amarrent le *Lady Gannon*. À peine débarqué, Gannon l'enlaça et l'embrassa devant tout le clan.

Il lui sourit.

— Tu m'as manqué, Margaret. Comment vas-tu ?

— Très bien, maintenant que tu es de retour.

Elle lui caressa la joue et l'embrassa de nouveau. Son merveilleux époux n'était plus un jeune homme. Des rides s'étaient formées autour de son regard d'azur et ses tempes grisonnaient, mais il était toujours vif et imposant. Il restait l'homme le plus séduisant qu'elle eût rencontré, et elle la femme la plus chanceuse au monde d'aimer et d'être aimée par ce fier guerrier. Les yeux brillants, elle le regarda serrer Rory contre lui.

— Rassure-moi : c'est bien toi qui grandis, pas moi qui rapetisse ? dit-il à son fils.

— C'est moi qui grandis, père, répliqua Rory en riant.

— Tout va bien ici, mon amour, assura-t-elle. C'est bon de t'avoir de nouveau à la maison. Comment va tout le monde ?

— Bien. Ils vont tous bien. Magnus apprend à diriger son domaine, et Jocelyn est égale à elle-même.

Ce qui signifiait, traduisit Margaret, que leur bru s'était montrée aussi ombrageuse et susceptible qu'à son habitude. Parfois, elle regrettait que Magnus, lui-même si sérieux, n'eût pas choisi une femme plus enjouée. Mais puisque manifestement Jocelyn le rendait heureux, il n'y avait rien à redire. N'était-ce pas là tout ce qu'une mère pouvait souhaiter pour son fils ?

— Ton frère t'embrasse, dit Gannon. Son tas de pierres commence à ressembler à un château, ce sera une belle forteresse une fois terminé. Davey espère que tu viendras bientôt le voir. Ils sont tous en forme.

Il jeta un coup d'œil au drakkar de Drason et reprit d'un ton plus grave :

— Je me demande quelles nouvelles il apporte. Tu as entendu parler de quelque chose ?

Margaret secoua la tête.

— Non. Rory pense que cela concerne peut-être la nouvelle reine. Elle devait faire halte aux Orcades.

— Il a sûrement raison, répondit Gannon en la prenant par la taille.

— Pour qu'il vienne en personne, ce doit être important, commenta Rory.

— Cela fait quatre ans qu'on ne l'a pas vu, fit remarquer Margaret. Depuis la mort du roi Alexandre.

Gannon plongea son regard dans le sien pour répéter :

— Oui, depuis la mort du roi.

Le bateau arriva en glissant le long du ponton, et Drason se pencha au-dessus du bastingage. Il ôta son casque en les dévisageant tour à tour.

— Elle est morte, annonça-t-il. Votre reine est morte sur les îles Orcades.

Margaret poussa un cri.

— Vous en êtes sûr ? La petite reine est morte ?

— Je suis venu dès que je l'ai appris.

— Oh, la pauvre enfant ! s'exclama Margaret.

Gannon saisit la main de Drason.

— Merci d'être venu nous apprendre la nouvelle en personne, mon ami. À présent, viens, allons discuter de tout ça à l'intérieur.

— Qu'est-ce qui va se passer ? interrogea Rory. Quelles seront les conséquences de son trépas ?

— Il y aura une lutte pour la couronne, répliqua Margaret en soupirant. Et rien ne garantit que le vainqueur sera le meilleur chef pour notre peuple.

— Cela signifie, intervint Gannon, que les loups vont sortir du bois. Et le léopard, au sud, attendra de voir qui gagne. Que Dieu vienne en aide à l'Écosse.

Fille du roi Erik de Norvège et reine d'Écosse depuis l'âge de trois ans, Margaret de Norvège était, par sa mère, la petite-fille du roi Alexandre III d'Écosse et la dernière représentante de sa lignée. Maintenant qu'elle aussi avait disparu, les aspirants au trône allaient se multiplier.

Assise entre Gannon et Rory près de l'immense cheminée de la grande salle, Margaret écouta Drason leur dresser le tableau de la situation. Les années l'avaient beaucoup changé, nota-t-elle. Bien qu'il fût plus jeune que Gannon, ses cheveux blonds étaient déjà striés de mèches grises. Devant sa mine grave et soucieuse, elle fut prise d'un élan de tendresse pour cet ami fidèle. Drason avait laissé sa femme et sa famille pour leur porter lui-même la nouvelle. Oui, il y avait de braves hommes sur cette terre – y compris aux Orcades.

— Il paraît qu'elle est tombée malade pendant le voyage, précisa Drason. Certains soupçonnent un empoisonnement, bien sûr, mais je n'y crois pas. On la disait d'une santé fragile, et je vois mal en quoi son trépas pendant qu'elle se trouvait sous leur protection avantagerait les Nordiques.

— Pas plus que le roi Édouard, qui va être obligé de modifier ses plans, souligna Gannon.

— On ne devrait pas avoir le droit d'utiliser un enfant comme un pion pour des enjeux de pouvoir, décréta Margaret. Comment son père a-t-il pu la laisser partir loin de lui ? Ce n'était encore qu'une toute petite fille.

Elle marqua une pause, avant de reprendre d'un ton désolé :

— Juste une fillette. Pauvre petite.

— Il n'avait pas le choix, rappela Gannon. Il l'avait promise au fils d'Édouard d'Angleterre par traité. Et puis, le roi Erik n'est lui-même qu'un gamin – à peine vingt ans, je crois – tandis qu'Édouard est un souverain puissant. Des hommes plus âgés se sont inclinés devant lui. Je ne suis pas surpris qu'Erik ait cédé à ses exigences.

— C'est immoral de marier son fils à la petite-fille de sa sœur, affirma Drason.

— Et aussi immoral de la part du pape d'approuver cette union, renchérit Gannon. Pourtant, il l'a fait. Et maintenant, plus personne ne sait à qui revient la succession.

— Il faudra remonter des générations en arrière, dit Margaret. Les Balliol et les Bruce réclameront la couronne. Même les Comyn auront un avis sur la question, je suppose.

Elle soupira en songeant aux mesures que ses cousins risquaient de prendre pour conserver leurs prérogatives malgré la nouvelle situation.

— Et je ne parle pas de tous les bâtards royaux susceptibles de revendiquer leur place sur le trône, ajouta-t-elle.

Drason fronça les sourcils.

— Ils n'auraient aucune chance d'y parvenir, n'est-ce pas ? Je ne suis pas un spécialiste de la politique écossaise, mais il me semble qu'aucun enfant illégitime n'a jamais gouverné le pays.

— Non, en effet, approuva Gannon. Mais comment voit-on les choses sur les îles Orcades ? Que pense ton peuple de tout ça ?

Drason eut un sourire contrit.

— Les gens regrettent surtout qu'elle ne soit pas morte ailleurs. Certains ont peur qu'Erik de Norvège ne se venge sur les Orcades, même si des hommes à lui étaient près d'elle au moment de sa mort. D'autres craignent plutôt la colère de l'Écosse ou du roi Édouard. Et même si personne n'ose le formuler directement, quelques-uns se demandent si elle était aussi malade que le suggère son entourage.

— Que veux-tu dire ? s'enquit Gannon. L'un d'eux l'aurait assassinée ?

— Peu probable, mais pas impossible. Cite-moi un endroit où l'on ne peut acheter un homme ou l'effrayer pour qu'il trahisse. Le monde est rempli de misérables, tu le sais aussi bien que moi.

Gannon hocha la tête.

— Il y a un royaume en jeu, et l'Écosse, comme tous les pays, a son lot de rapaces.

— Que va-t-il se passer pour Nell ? interrogea Margaret. Il était prévu qu'elle et sa fille aînée servent la reine. Elles l'attendent à Stirling.

— Eh bien, maintenant, Nell n'ira plus à Londres avec la reine, répondit Gannon. Malgré la raison, cela doit plutôt vous faire plaisir, ma dame.

— Oui, reconnut Margaret.

La future reine devait rencontrer la noblesse écossaise à Stirling et Édimbourg, puis poursuivre son voyage jusqu'à Londres pour vivre à la cour d'Édouard d'Angleterre en attendant le jour du mariage. En tant que demoiselle d'honneur, Nell était censée l'accompagner avec ses filles.

— Je me demande si Nell demeurera à Stirling en attendant le couronnement du nouveau roi. Si ça se trouve, elle ne sait pas encore la nouvelle. Il faudrait la prévenir.

— Je m'en occupe, proposa aussitôt Rory. Je peux partir pour Stirling demain.

Margaret se tourna vers son fils. L'enthousiasme qu'elle lut sur ses traits à la perspective de ce périple, l'effraya. Elle allait bientôt le perdre. Certes, elle avait toujours su que Rory quitterait Loch Gannon un jour, que cette vie paisible ne suffirait pas à le retenir ici. Il avait voyagé en Irlande et à travers l'Écosse avec eux, et Gannon l'avait emmené sur le Continent et jusqu'à Londres. Mais désormais, Rory se sentait prêt pour davantage. À juste titre ou non…

Gannon considéra son fils d'un air songeur.

— La nouvelle leur parviendra bien avant que toi ou quiconque arrive là-bas, mais cela me semble néanmoins une bonne idée. J'aimerais savoir ce qui se dit à la cour.

— Je prendrai la route au lever du jour.

— Emmène plusieurs hommes avec toi.

— Juste quelques-uns, répliqua Rory, avant de citer plusieurs noms.

Margaret les écouta discuter du voyage. Rory paraissait si exalté. Pourquoi fallait-il que son cadet se lance dans la vie lors d'une période aussi délicate ? Pourquoi arrivait-il à l'âge adulte au moment où l'Écosse s'apprêtait à plonger dans une nouvelle tourmente ?

— Gannon, tout cela me fait peur, murmura-t-elle. Crois-tu que je me fais du souci pour rien, mon amour ?

Gannon lui embrassa le front sans répondre.

La mère d'Isabel de Burke se pencha pour inspecter les jupons de sa fille.

— Il y aura beaucoup d'hommes, dit-elle. Ils te testeront, tu sais. Ce sont des loups.

— Oui, mère.

Isabel connaissait le sermon par cœur. Les hommes que sa mère appelait «les loups» fondaient sur les jeunes filles assez stupides pour leur offrir leur virginité en échange de quelques colifichets. Invisible sous ses tenues sages, Isabel avait eu largement l'occasion de les observer, qui se penchant sur une épaule, qui caressant une joue, qui déposant un baiser sur une nuque… Mais aujourd'hui, tout cela était terminé. Car désormais, elle allait passer du côté de celles que l'on courtisait.

— La plupart des hommes sont mariés, continua sa mère en lui ajustant sa robe de soie. Mais les intentions des autres ne sont pas plus honorables. Certaines filles sont assez bêtes pour croire qu'ils leur proposent une affection véritable. Elles ne voient pas le jeu pour ce qu'il est : celui du chasseur et du gibier.

Elle se redressa et plongea les yeux dans les siens :

— Ces écervelées ne se rendent pas compte qu'elles sont juste une proie de plus, un nom que ces hommes brandissent en vainqueur devant leurs amis avant de l'oublier. Beaucoup de jeunes filles se sont couvertes de honte pour avoir confondu amour et luxure. Tu ne les imiteras pas.

— Non, mère.

Elle savait la réponse que sa mère désirait entendre. Malgré tout, elle avait écouté et retenu la leçon ; elle connaissait le prix de ce genre de folie. La place qu'on lui offrait n'était-elle pas celle d'une jeune fille de bonne famille, qui avait dû quitter la Maison royale après plusieurs semaines de vomissements inopinés ? Non, elle ne serait pas stupide au point de se retrouver grosse.

— Rappelle-toi ce jour, Isabel. Rien ne sera jamais plus comme avant. Tu as été choisie pour servir Éléonore de Castille, reine d'Angleterre, d'Irlande et d'Aquitaine par la grâce de Dieu. Elle t'a élue entre toutes, toi une Anglaise, plutôt qu'une dame de son propre pays. C'est un grand honneur.

Un honneur totalement inattendu, et qui ne pouvait être refusé, songea Isabel. Sa mère expliquait ce choix par leurs liens avec la Couronne, sauf que cela datait de plusieurs générations et que les de Burke avaient été ignorés depuis. Séduite par le roi, son arrière-grand-mère avait en effet donné le jour à un enfant, mais ce dernier – sa future grand-mère – n'avait jamais été reconnu, et la pauvre femme avait été reniée par sa propre famille. Heureusement, le roi lui avait tout de même octroyé une maison à l'intérieur de la cité de Londres, où elle avait pu élever seule sa fille.

Isabel avait hérité d'elle la finesse de ses traits, sa peau diaphane, ses yeux verts et une abondante chevelure châtain clair. Elle possédait également les longues mains de sa mère et, d'après cette dernière, la haute taille de son père.

— Regarde-toi, dit sa mère d'un ton plus doux en la faisant pivoter vers le grand miroir en provenance du Continent.

Isabel contempla son reflet, légèrement ondulé, sur la glace. Elle ressemblait à une jeune fille qui essaie de donner le change. Certes, elle était prête à entrer dans cette nouvelle partie de sa vie, mais elle était également terrifiée. Pas à la perspective du travail, même si elle savait qu'elle serait chargée des tâches les plus ingrates, celles que les suivantes plus âgées et beaucoup plus influentes refusaient d'exécuter, mais parce que, après toutes ces années dans l'ombre, elle deviendrait un objet de discussion et de spéculations. Beaucoup cher-

cheraient à deviner pourquoi on l'avait choisie, plutôt qu'une des nombreuses jeunes filles nobles de la cour.

— Je regrette que ton père ne puisse pas voir ça ! s'exclama sa mère d'un ton farouche.

— Moi aussi. Il aurait été tellement content.

Sa mère haussa un sourcil. Contrairement à elle, elle ne semblait pas regretter son père. Elle parlait rarement de lui, et jamais avec tendresse. Isabel n'avait de lui que de vagues souvenirs, celui d'un homme la soulevant dans ses bras avec un rire chaud et réconfortant. Malgré les années écoulées depuis sa mort, il lui manquait.

— Ne fais confiance à aucun d'eux, reprit sa mère. Écoute, apprends, souris, badine, mais n'accorde jamais, *jamais* ta confiance.

Isabel hocha de nouveau la tête. Elle connaissait bien la cour. N'était-elle pas née à l'ombre du palais royal, à l'époque où son père travaillait au service du trésorier de la Maison royale ? Cette charge consistait à superviser toutes les transactions financières liées aux domestiques, aux atours et équipages du roi et de la reine, mais également à l'équipement militaire, depuis les armes et armures jusqu'aux chevaux et aux palefreniers.

Quant à la mère d'Isabel, elle était première couturière de la reine, avec cinq personnes sous ses ordres. Logée à la fois à Windsor et ici, à Westminster, Isabel avait passé l'essentiel de ses jeunes années à parcourir les couloirs des palais royaux, aussi invisible à la famille royale qu'aux nobles qui fréquentaient ces lieux. Enfant, elle les observait avec fascination, imitant même leurs accents et leurs manières, pour le plus grand amusement de sa mère et de sa grand-mère. Mais désormais plus rien ne serait pareil, car elle entrait au service de la reine.

Éléonore de Castille était l'épouse du roi Édouard. Si autrefois Isabel admirait cet homme puissant comme un lion, aujourd'hui elle le détestait. Édouard était un souverain impitoyable, défendant les Juifs un jour, les expulsant de leurs maisons le suivant. Elle ne lui pardonnerait jamais sa trahison et sa cruauté. Éléonore, en revanche, avait parfois pris le temps de discuter avec elle, même si on racontait qu'elle n'était pas aussi plaisante avec la plupart de ses gens – notamment ses métayers – ni très aimée de son peuple.

— Ce que je ne comprends pas, répéta Isabel, c'est pourquoi moi. Certes, la reine a toujours été gentille à mon égard, mais nous n'avons échangé que quelques mots. Je suis même surprise qu'elle se souvienne de mon nom.

— Pourquoi pas ? Elle te connaît depuis que tu es toute petite, non ?

— Mère, la reine Éléonore ne me connaît pas.

— Mettrais-tu en doute ta bonne fortune, Isabel ? La plupart des jeunes filles seraient ravies de se retrouver à ta place. Que dis-je ? La plupart des femmes d'Angleterre ! C'est l'occasion de laver le nom de la famille, et peut-être de faire un beau mariage. Pourquoi faut-il toujours que tu te poses des questions ? Si la reine ne te connaît pas bien, le temps y remédiera.

— Une fois en place, quand la reine aura confiance en moi, je lui parlerai du sort réservé aux Juifs. Si je lui explique bien que le roi a été trop dur et qu'ils n'ont rien fait pour mériter ça, sinon déplaire à une poignée de citoyens, je suis sûre qu'elle acceptera d'en discuter avec Édouard. Il pourrait revenir sur sa décision.

Mère se raidit, le regard étincelant.

— Tu ne feras pas une chose pareille !

— Si, mère. Le roi considère cette affaire d'un seul point de vue. Les Chrétiens n'ont pas le droit de prêter de l'argent, c'est pour cette raison que les Juifs ont été appelés à Londres. Il y a quelques années, lui-même les défendait, et maintenant...

— Isabel, je t'interdis de faire allusion à cette histoire !

— Rachel et sa famille ont été chassées de Londres comme du bétail. Vous ne les avez pas vus, moi si. Et quel délit ont-ils commis ? Ils ont réussi à vivre confortablement : c'est là, leur crime ?

— Ils refusent de reconnaître l'existence du Christ.

— Les Maures aussi, on ne les expulse pas pour ça.

— Ils sont moins nombreux.

— Ils sont surtout moins prospères. Vous ne vous rendez pas compte de l'injustice que cela représente, mère ? J'ai perdu ma plus chère amie pour des questions de jalousie !

— Il était temps de mettre un terme à cette amitié, Isabel. Elle était contre nature.

— Contre nature ! Nous avons grandi ensemble. Il n'y a rien de contre nature ! Rachel a été mon amie quand tous les autres nous traitaient de haut. Elle se moquait que grand-mère soit une enfant illégitime, et je me moquais qu'elle soit juive.

— Personne ne doit savoir que tu étais amie avec Rachel d'Anjou. Personne, tu m'entends ? Et tu n'importuneras pas la reine avec une quelconque requête, encore moins celle-là. Tu risques bien plus qu'une rebuffade, Isabel. C'est ta vie que tu mets en jeu, et la mienne et celle de ta grand-mère par-dessus le marché. Te rends-tu compte de qui tu es, par rapport à la reine ? D'un mot, elle peut te faire emprisonner ou condamner à mort. Ta grand-mère pourrait être punie pour avoir autorisé cette amitié – pire, pour l'avoir encouragée. Et à mon insu car, comme tu le sais, je ne l'ai jamais approuvée.

— Si cette reine est si impitoyable que vous le dites, à quoi bon la servir ? Quel devoir de loyauté ai-je envers le roi Édouard, dont le grand-père a refusé de reconnaître son propre enfant ? Cela aurait été pourtant facile pour lui !

— Isabel, tu parles comme une félonne ! s'écria sa mère en reculant d'un pas. Qui sommes-nous pour juger les décisions royales ? Je comprends, tu es jeune et le départ de Rachel t'a bouleversée, néanmoins tu ne dois plus tenir ce genre de discours. Jamais ! Tout cela est de la faute de ta grand-mère, avec sa manie de te laisser fréquenter n'importe qui.

Se radoucissant, elle ajouta :

— Mon enfant, je te demande d'être raisonnable, pour moi et pour ta grand-mère. Tu as été choisie, élevée à un nouveau rang. C'est un grand honneur, et c'est le destin que te réserve Dieu. Alors, ne discute pas. Promets-moi que tu n'importuneras pas la reine avec cette histoire. Tu tiens nos existences entre tes mains.

— Croyez-vous vraiment cela, mère ? Que nous pourrions tous mourir à cause d'une simple question posée à la reine ?

— N'as-tu donc rien appris durant toutes ces années à la cour ? Qu'est-ce qui te fait croire que la reine est en désaccord avec son mari au sujet des Juifs ? Ils sont d'accord sur tout le reste, mon enfant. Si elle se plaignait au roi de ton attitude, qu'arriverait-il ? Penses-tu qu'Édouard apprécierait d'être remis en question par une simple suivante ? Ne t'occupe pas de ces histoires, Isabel. Juge-le si tu veux, mais en silence. Promets-moi que tu ne diras rien.

— Mère…

— Promets !

Comme elle ne répondait pas, sa mère éclata en sanglots.

— Va-t'en, alors ! Va-t'en ! cria-t-elle. Je ne veux plus te voir tant qu'il y aura ce problème entre nous.

Elle enfouit son visage entre ses mains.

Isabel soupira. Sa mère ne connaissait pas de demi-mesure. Avec elle, tout était toujours blanc ou noir. Heureusement, elle avait l'habitude de ses changements d'humeur et ne s'en alarmait plus. De toute manière, à moins de mentir, elle n'avait d'autre choix que la contrarier. Car jamais elle n'abandonnerait Rachel. Même si dans l'immédiat, s'avoua-t-elle en son for intérieur, elle ne pouvait pas faire grand-chose. Un jour cependant, lorsqu'elle connaîtrait mieux la reine, elle évoquerait le cas de Rachel.

— Promets-moi au moins de ne pas mettre nos vies en péril, Isabel.

— Oui, mère, je vous promets de ne pas mettre votre vie ni celle de grand-mère en danger.

— Ni la tienne. Promets !

— Je promets d'être prudente.

Sa mère essuya ses larmes.

— Bien. Quand la cour résidera à Westminster, tu vivras auprès de la reine et nous pourrons nous voir tous les jours. Lorsqu'elle partira en voyage, tu la suivras, bien sûr. Il te faudra une escorte pour rendre visite à ta grand-mère. Surtout, ne sors jamais sans être accompagnée.

— Ce n'est pas nécessaire. Je me promène dans les rues de Londres depuis ma plus tendre enfance.

— Pas la nuit. Promets-moi que s'il est tard et que personne ne peut t'escorter, tu resteras à la Tour.

Isabel hocha la tête. De toute façon, ça ne lui coûterait pas beaucoup : elle adorait l'atmosphère de la Tour de Londres, avec ses deux cents ans d'histoire et la présence invisible de son bâtisseur, Guillaume le Conquérant. Sa mère, au contraire, la détestait. Sans doute parce que c'était là que se trouvait le bureau de son père, pensait Isabel, et que la bâtisse lui rappelait la mort de celui-ci.

— Récite-moi les noms des suivantes de la reine, ordonna sa mère.

Isabel s'exécuta. Les visages défilaient devant ses yeux tandis qu'elle les nommait une à une. Des femmes issues de puissantes familles, des épouses et des filles d'hommes éminents. Et elle, Isabel, totalement insignifiante. Tout le monde devinerait pourquoi elle avait été choisie, et la faute de son arrière-grand-mère réapparaîtrait au grand jour – sauf que cette fois, personne n'y ferait allusion.

— Tu as oublié lady Dickleburough, fit remarquer sa mère.

— Ah oui, acquiesça Isabel avec un rictus de dégoût.

À un âge avancé, lady Dickleburough se comportait comme une jouvencelle, oubliant que l'époque de sa jeunesse était depuis longtemps révolue. Ses décolletés laissaient voir une gorge fripée et une poitrine flétrie qui ne suffisait plus à remplir son corset ; de profondes rides creusaient le tour de ses yeux et de sa bouche. Dans son visage couvert de fard, son regard ressemblait à deux boutons noirs à demi enfouis sous les plis des paupières tombantes. Mariée à un baronnet sans pouvoir ni fortune, elle était elle-même issue d'une famille de hobereaux insignifiants.

— Comment se fait-il qu'elle soit toujours à la cour ? Possède-t-elle un atout que j'ignore ?

Sa mère s'esclaffa.

— Dans sa jeunesse, elle avait un certain charme, à condition d'aimer les aguicheuses. C'était une compagne très… complaisante.

— Est-il vrai qu'elle a été la maîtresse d'hommes influents ? De plusieurs, même ?

— Oui. Et certains ont préféré qu'elle reste à la cour plutôt que courir le risque qu'elle répète tout ce qu'elle savait. Ils lui ont offert des appartements, des bijoux et des vêtements pour qu'elle se tienne tranquille.

— Que pense son mari de tout cela ? Il est au courant ?

— Bien sûr. Il en a été le premier bénéficiaire. Il ferme les yeux et continue à profiter des cadeaux des amants de sa femme. Aujourd'hui, elle ne vend plus ses faveurs, mais son silence. Elle a un don pour flairer un secret à des lieues à la ronde.

À moins de vouloir que tout Londres soit au courant, ne lui confie jamais rien. En revanche, elle peut représenter une alliée intéressante, car elle connaît tout sur tout le monde. Mais pour en revenir à nos affaires, enchaîna sa mère, reste bien sur tes gardes quand tu voyageras avec la reine. Les routes sont dangereuses. Même avec les soldats du roi pour te protéger, tu devras te montrer prudente.

Isabel acquiesça en songeant à Rachel et à sa famille. Elle n'avait reçu aucune nouvelle depuis leur départ. Non qu'elle s'attendît vraiment à en avoir, mais c'était difficile de ne rien savoir.

— Je me demande où Rachel…

— Oui, oui, coupa sa mère. Je sais que tu t'inquiètes, mais il faut te faire une raison : tu n'entendras sans doute plus jamais parler de ton amie. Il y a trois mois qu'ils sont partis. À l'heure qu'il est, ils ont sûrement trouvé refuge quelque part.

— Mais où ? Ils étaient chassés d'Angleterre.

— Le monde ne se limite pas à l'Angleterre. Il y a des tas d'endroits où s'établir, pour un homme comme Jacob d'Anjou.

— Je devrais interroger lady Dickleburough, plaisanta Isabel. Puisqu'elle est au courant de tout, elle pourrait peut-être me renseigner.

En guise de réponse, sa mère la considéra d'un d'air anxieux. Puis elle posa son aiguille, le regard perdu dans le vide. Isabel la dévisagea, mal à l'aise.

— Ce n'était pas sérieux, mère. Je n'ai pas l'intention de demander quoi que ce soit à lady Dickleburough.

— Isabel… commença sa mère d'un ton bizarre.

— D'ailleurs, j'ai promis de ne plus parler de Rachel. J'ai bien compris qu'il était préférable de ne pas mentionner mon amitié avec elle.

— Isabel, reprit mère sans la regarder. Je dois t'avouer quelque chose.

Elle se leva et lui caressa la joue, avant de s'éloigner en soupirant.

— J'aurais préféré te laisser dans l'ignorance, mais il est temps que tu saches. Quitte à apprendre la vérité, je préfère que ce soit de ma bouche plutôt que de celle de lady Dickleburough ou d'un autre courtisan. Personne n'oserait y faire allusion devant moi, mais je suis sûre que certains seront ravis de t'en parler.

Elle émit un nouveau soupir.

— Mère, si c'est à propos de la... sottise de mon arrière-grand-mère, je suis au courant. Depuis des années.

Sa mère secoua la tête.

— Non, Isabel, il s'agit d'autre chose. Je ne sais pas comment te dire ça, murmura-t-elle en s'arrêtant devant la fenêtre.

Isabel attendit, le cœur battant. Qu'est-ce qui pouvait troubler sa mère à ce point ? Grand-mère était-elle malade ? Était-ce pour cette raison que sa mère voulait qu'elle lui rende visite plus souvent ? Soudain, une autre éventualité lui traversa l'esprit.

— Êtes-vous souffrante, mère ? Vous semblez en forme, mais...

— Non, non, ce n'est pas moi le problème, mon enfant. Ou plutôt, si. C'est-à-dire que... ton père... Je...

Elle se détourna de la vitre, redressant le menton comme pour se donner du courage.

— J'étais très jeune, bien plus jeune que toi actuellement. Il était si beau et si charmant. J'ai cru tout ce qu'il me racontait, que j'étais belle, qu'il m'aimait et m'aimerait toujours. Il a gagné mon cœur. Alors, je... je suis devenue sa maîtresse. Et tu es née.

— Mais il n'y a pas de honte à cela, mère ! Les hommes et les femmes qui s'aiment se marient et font des enfants. Ainsi va le monde.

— Ainsi va le monde... répéta sa mère avec un ricanement amer. J'étais tellement naïve, Isabel ! Je savais pourtant ce que c'était d'être la fille d'une bâtarde. J'avais entendu les gens traiter ma grand-mère de

42

putain du roi, vu ma mère souffrir du déshonneur et du mépris. À croire que je n'avais rien appris.

— Mais, mère…

— Chut ! Écoute-moi, car si je ne le dis pas maintenant, je risque de ne jamais le faire. Au moment de te jeter dans un nid de vipères, je me rends compte combien je t'ai mal préparée.

Elle se tut, le temps d'une longue inspiration, puis lâcha :

— Je t'ai menti, Isabel. Ton père vit toujours.

2

— Aujourd'hui, il s'appelle lord Lonsby, poursuivit mère. Quand je l'ai rencontré, il était le fils d'un cadet de famille, mais il a fini par hériter du titre de son oncle. Il n'a jamais été au service du trésorier de la Maison royale, ni travaillé à la Tour de Londres. Et il était déjà marié bien avant ta naissance. Il vit avec sa femme et ses enfants dans le Nord, en Northumbrie, près de la frontière écossaise.

Elle marqua une pause, puis reprit en se tordant les doigts :

— Tu es une enfant illégitime, Isabel, comme ta grand-mère. Tu dois te montrer moins stupide que je ne l'ai été. Ne fais pas confiance aux prédateurs. Ne crois jamais les hommes.

Elle se détourna, les yeux humides. Émue, Isabel s'élança vers elle pour la serrer dans ses bras, lui assurant que cela ne faisait aucune différence. Ce qui était faux, bien sûr. Elle se sentait à la fois blessée qu'on lui eût caché la vérité durant si longtemps, et excitée d'apprendre que son père était toujours vivant. Peut-être pourrait-elle lui rendre visite. Mais accepterait-il de la voir ? Après tout, il les avait abandonnées. Néanmoins, il était en vie, contrairement à ce qu'elle avait toujours cru.

— Pourquoi ne m'avez-vous rien dit ? demanda-t-elle finalement.

— Au début, tu étais trop jeune pour comprendre. Puis, lorsque tu as grandi, j'ai craint de te décevoir. Apprendre que sa mère est une dévergondée ne fait plaisir à personne.

— Mère ! Vous n'êtes pas une dévergondée ! Tout cela ne change en rien mes sentiments pour vous.

Pourtant, au moment où elle prononçait ces mots, Isabel se rendit compte qu'elle mentait. Tous ces sermons à n'en plus finir, ces injonctions à se conduire de manière irréprochable, pour découvrir que sa mère s'était comportée comme... une idiote ? une débauchée ? Non, sa mère n'était pas une débauchée. En revanche, elle avait du mal à contrôler ses émotions. Sans doute était-elle déjà ainsi jeune fille, prête à foncer tête baissée dans une direction ou une autre selon ses humeurs, aussi changeantes qu'un ciel d'avril. Dieu du ciel ! songea Isabel, incrédule. Toutes ces années pour apprendre, juste avant d'entrer à la cour, qu'elle était une bâtarde comme sa grand-mère.

— En rien, renchérit-elle comme pour mieux déguiser la teneur de ses pensées.

Le regard de sa mère s'embrasa.

— Ne dis pas de bêtises ! Bien sûr que cela change quelque chose ! Il le faut, d'ailleurs, pour que tu en tires la leçon et te montres plus prudente que je ne l'ai été. Et ton arrière-grand-mère avant moi, même si sa faute était moins grande, car aucune femme n'oserait repousser un roi. Moi, en revanche, je n'ai pas d'excuses. Je suis la seule responsable de ma ruine.

— Vous étiez jeune. Naïve.

— J'étais jeune, en effet, et totalement stupide. C'est pourquoi je t'ai toujours mise en garde contre les hommes. Il ne faut jamais leur faire confiance, quoi qu'il arrive.

— M'auriez-vous avoué la vérité si je n'avais pas été choisie pour entrer au service de la reine ? Ou l'avez-vous fait uniquement par peur que lady Dickle-burough ou une autre suivante ne me la révèle ?

— J'avais prévu de t'en parler. J'attendais juste le bon moment. Que tu sois assez grande pour l'entendre.

— Est-ce qu'il... Avez-vous de ses nouvelles ?

— De temps à autre. Au début, il m'envoyait de l'argent, mais depuis ces dix dernières années... rien.

— Il a une femme, m'avez-vous dit. Et des enfants.

— Sept, je crois.

— Sept, répéta Isabel, stupéfaite. Alors, j'ai des frères... des sœurs.

— Oui. Il a deux fils plus âgés que toi, une fille de ton âge, et d'autres plus jeunes. Je ne sais rien d'eux, sinon leur nombre. Isabel, tu crois pouvoir me pardonner ?

— Oh, mère ! s'exclama Isabel en la serrant de nouveau contre son cœur. Je n'ai rien à vous pardonner. Je comprends.

— Non, Isabel. Tu ne comprends pas. Tant qu'un homme ne t'aura pas fait totalement perdre la tête, tu ne comprendras pas. C'est pourquoi je prie pour qu'une telle chose ne t'arrive jamais. Reste sur tes gardes. Ne fais confiance à personne.

Les trois premiers jours qu'Isabel passa au service d'Éléonore de Castille se déroulèrent dans une ambiance froide et maussade. Le quatrième jour, le soleil perça timidement les nuées, avant de briller de tous ses feux le cinquième. L'humeur d'Isabel suivit celle du ciel, s'allégeant à mesure qu'elle se familiarisait avec sa nouvelle vie. Certes, elle n'avait pas changé d'avis au sujet du roi, mais elle conservait l'espoir de lui faire prendre conscience de son erreur concernant les Juifs par l'intermédiaire de la reine. Et même si, pour l'instant, elle n'avait pas eu l'occasion d'échanger un seul mot en privé avec celle-ci, elle comptait sur le temps pour l'aider à s'en rapprocher.

En attendant, elle avait l'esprit suffisamment occupé par ses responsabilités, et par l'aveu de sa mère à propos de son père. Elle comprenait mal pourquoi celle-ci avait mis aussi longtemps à lui avouer la vérité. D'autant que l'abandon dont elle avait été victime aurait constitué un argument de poids dans ses sempiternels sermons sur la perversité masculine.

Son père avait sept enfants, se rappela-t-elle. Elle qui avait toujours rêvé d'avoir une sœur, voilà qu'elle en gagnait plusieurs d'un coup ! Sauf qu'elle ne connaîtrait jamais ni les uns ni les autres. Sous le choc de la révélation, elle n'avait pas pensé à interroger sa mère plus avant, mais à présent les questions l'assaillaient. Surtout lorsqu'elle patientait, assise dans un coin de la grande salle, attendant les ordres royaux. Et elle patientait souvent…

— C'est fou ce qu'on attend, expliqua-t-elle à sa grand-mère la première fois qu'elle lui rendit visite. Je ne fais quasiment rien d'autre.

Autorisée à quitter Westminster pour la journée, elle s'était levée tôt et avait pris un bateau jusqu'à l'autre rive, où vivait sa grand-mère. Bien que celle-ci l'eût accueillie avec un grand sourire, Isabel avait tout de suite compris à son regard qu'elle était au courant des révélations de sa mère. Néanmoins, elles n'abordèrent pas tout de suite le sujet, préférant discuter de sa nouvelle vie à la cour.

— Je passe l'essentiel de mon temps à suivre la reine sans rien faire. Assise ou debout durant ses promenades, je suis constamment en train de contempler son dos. Je comprends mieux maintenant pourquoi on nous appelle les « suivantes ».

Grand-mère poussa l'assiette de gâteaux vers elle avec un petit rire amusé.

— En quoi consiste le reste de ta charge ? Tu peux me décrire une journée ?

— Avant le réveil de la reine, on doit préparer sa toilette, nettoyer les chambres, vider les pots d'aisances et prendre les messages. Chaque matin... Écoutez ça, je ne suis là-bas que depuis cinq jours, et on croirait déjà une experte ! se moqua-t-elle. Le roi vient voir son épouse tous les jours, reprit-elle, parfois en compagnie de ses conseillers. La plupart du temps, les enfants sont également présents.

— Combien en a la reine, déjà ? Quatorze ?

— Quinze. Mais seuls six sont encore vivants. Vous vous rendez compte, grand-mère : seulement six sur quinze !

— Cela n'a rien d'étonnant, ma chérie. Ils ont eu de la chance. La princesse Éléonore vit en Aragon, je crois ? Et Jeanne a épousé Gilbert de Clare en mai, non ?

— Oui ! J'aurais tellement aimé être auprès de la reine à cette époque. La cérémonie à l'abbaye de Westminster était magnifique, paraît-il. Mais vous avez déjà dû entendre tous les détails à ce sujet.

Grand-mère s'esclaffa.

— En effet. Même si je les ai oubliés. Contrairement à la plupart des habitants de Londres, je ne passe pas mes journées à discuter des faits et gestes de la famille royale. Les princesses ont des mariages princiers, il est normal que le sien l'ait été. Et les autres enfants ?

Comptant sur ses doigts, Isabel répondit :

— Margaret a quinze ans, Mary, onze, Elizabeth, huit, et le prince Édouard, six. Lady Dickleburough dit qu'ils sont tous aussi têtus que leur père.

— Lady Dickleburough ? Elle est toujours à la cour ? Personne ne l'a encore assassinée ?

— Grand-mère ! Pourquoi ferait-on une chose pareille ?

— Elle sait beaucoup trop de choses. Ils doivent la payer grassement pour qu'elle se taise. Surtout, ne te fie pas à elle, mon enfant.

— Oh, il n'y a pas de risques. Même si elle est amusante. J'ai également fait la connaissance d'Alis de Braun. Elle a été très gentille avec moi.

— Alis de Braun ? répéta grand-mère avec une moue dédaigneuse. Son grand-père était un marchand !

Isabel lâcha un rire.

— Le mien aussi, rappela-t-elle.

— Ton grand-père, rectifia grand-mère d'un ton empreint de malice, était un négociant prospère que le roi a élevé au rang de chevalier. Grâce à lui, j'ai eu une vie très confortable. Celui d'Alis de Braun vendait du poisson sur les quais et a fini par s'acheter un étal de poissonnier.

— Comment est-elle entrée à la cour, alors ?

— Alis est jolie, ce qui est utile. Et elle a eu un bienfaiteur. Sa mère a épousé un vieux baron sénile qui a eu la bonne idée de mourir peu après la naissance d'Alis et de sa sœur. Voilà une femme qui sait mener sa barque.

Il y eut un silence. Isabel mordit dans une figue.

— Le connaissiez-vous ? Mon père, je veux dire ? L'avez-vous rencontré ?

Sa grand-mère s'appuya contre le mur et la contempla un moment.

— Lonsby ? Très souvent. Je le méprisais, et le méprise toujours. Il a menti dès le premier jour, et ma fille a été assez bête pour croire à ses boniments. Certains hommes, Isabel, sont incapables de résister à un joli minois ou une occasion facile ; il en fait partie. Tu n'es pas le seul enfant illégitime qu'il a laissé sur son passage. Le roi en a eu quinze, et à mon avis, Lonsby n'a pas grand-chose à lui envier sur ce point. Il est incapable de garder sa... de se dominer.

— Il était marié avant de rencontrer mère ?

— Depuis des années.

— Mais si tout le monde était au courant, pourquoi ne l'a-t-on pas mise en garde ?

— C'était un homme insignifiant, il ne m'est pas venu à l'idée qu'il pourrait lui plaire. Il l'a courtisée très discrètement. Je savais que ta mère s'intéressait à quelqu'un, mais je croyais que c'était le jeune homme en bas de la rue. Un garçon en qui j'avais toute confiance et qui l'aimait vraiment. Ce qui est toujours le cas, à mon avis, même s'il est marié depuis des années à présent.

— Mère se traite de dévergondée.

Grand-mère soupira.

— Non, même s'il y a une propension au libertinage certaine dans la famille. Ma mère n'a jamais vraiment regretté sa faute. Toute mon enfance, elle m'a répété que je devais être fière d'être fille de roi. Pour tout le bien que ça nous a apporté ! Enfin, il nous a au moins donné cette maison, et contrairement à ce que disent certains, ce n'est pas négligeable. Le prix du péché, je suppose. Quoi qu'il en soit, ma chérie, tu dois te montrer plus prudente que nos mères. Vois comme la tienne est amère aujourd'hui. Ce sont toujours les femmes qui paient, jamais les hommes.

— Pourquoi ne m'avez-vous rien dit ? s'enquit Isabel en essayant de bannir toute trace d'accusation de sa voix.

— C'était à ta mère de le faire, pas à moi. J'aurais préféré que tu ne l'apprennes jamais. À présent, tu portes le deuil de l'image que tu avais de ton père, pas de l'homme qu'il est. Quel besoin avais-tu de savoir que ta vision était très éloignée de la réalité ?

— Est-ce qu'il est au courant ? Je veux dire, mon père. Il sait pour moi ? J'ai tellement l'impression d'avoir des souvenirs de lui.

— Bien sûr qu'il sait. C'est grâce à l'influence de son oncle que ta mère est devenue couturière de la reine. S'il ne s'est jamais occupé d'elle, il a tout de même veillé à ce qu'elle ne meure pas de faim – bien que, tu t'en doutes, je ne vous aurais pas laissées dans le besoin. Mais ta mère est fière, elle n'aurait jamais accepté mon aide. Je l'ai suppliée de venir vivre ici, mais elle tenait à payer pour son erreur.

— Moi.

— Non, Isabel, tu n'étais pas une erreur. Lonsby en était une. Sans toi, elle serait sortie de cette épreuve brisée. Tu lui as donné une raison de se lever chaque jour, et elle en avait besoin après qu'il l'a abandonnée.

— Elle a dû me détester.

— Au contraire, ma chérie. Tu es devenue sa lumière. Le seul point positif de cette terrible histoire.

— C'est pour cela que mère déteste tant les hommes ? Car elle les hait vraiment, n'est-ce pas ?

Grand-mère poussa un soupir.

— Oui. Pourtant, il existe aussi beaucoup d'hommes bien. Écoute-la, mais garde de la sagesse dans ta prudence, Isabel. Il n'y a rien de plus merveilleux qu'être aimée par un homme valeureux. Ton grand-père m'aimait, et il aimait ta mère. Et toi aussi. C'était un homme loyal et bon. Il y en a, Isabel. Je regrette juste qu'il n'ait pas vécu assez longtemps pour te voir adulte.

— Que pensait-il de mon père ?

— Heureusement qu'il avait quitté Londres avant que ton grand-père ait appris la nouvelle. Mais assez parlé de Lonsby. Est-il vrai que les Écossais ont demandé au roi Édouard de choisir leur souverain à leur place ?

— C'est ce qu'on raconte. Il y aurait treize candidats, y compris le roi Erik de Norvège et Édouard en personne.

— Treize ?! Pourquoi pas une centaine, pendant qu'ils y sont ? Quelle folie que tout cela ! s'exclama grand-mère en secouant la tête. Les Écossais ne parviendront donc jamais à s'entendre entre eux ? Ces querelles incessantes finiront par causer leur chute. Il vaudrait mieux qu'ils se contentent de considérer Édouard comme leur roi et le laissent régner sur toute l'île. C'est ce qui serait arrivé, de toute façon, si la fille d'Erik de Norvège avait épousé le prince. Tout le monde sait qu'Édouard aurait assuré la régence jusqu'à leur majorité. Et le monde ne s'en serait pas plus mal porté, si tu veux mon avis. Alors, le roi ira-t-il en Écosse? Et la reine?

— Je n'en suis pas certaine. À ce qu'il paraît, il aurait été décidé lors de la dernière réunion du Parlement qu'il resterait dans le Nord et attendrait la reine à Lincoln. Lincoln! Vous vous rendez compte de tout ce que je vais découvrir!

— Peut-être même l'Écosse – bien que j'aie du mal à imaginer qu'on puisse avoir envie de découvrir cette contrée. Même les Romains n'ont pas voulu monter jusque là-haut. Mais oublions l'Écosse. Dis-moi, que portes-tu à la cour?

Isabel s'esclaffa et décrivit à sa grand-mère les tenues magnifiques qu'elle arborait dans ses nouvelles fonctions.

Après lui avoir donné un panier de fruits et de confiseries pour sa mère, la grand-mère d'Isabel la fit accompagner par un valet jusqu'au ponton des bateaux reliant le centre-ville à Westminster. Une fois sur le quai, Isabel paya le laquais, acheta son passage et monta sur le bateau sous un crachin froid. Au moment où elle s'engageait sur la passerelle, une rafale de vent lui rabattit une mèche sur le visage, l'empêchant de voir où elle posait le pied.

— Attention, damoiselle! s'écria une voix masculine. Attendez, je vous aide.

Elle sentit une main saisir la sienne. Repoussant ses cheveux, elle avisa un fringant jeune homme en habit de chevalier. Bien qu'elle eût l'impression d'avoir rencontré tous les chevaliers du roi, elle fut certaine de n'avoir jamais croisé celui-là. Elle se serait souvenue de ce beau visage anguleux encadré de cheveux châtains, du regard intense et sombre

sous les sourcils noirs, et surtout de ce sourire ave-
nant. Un Français, devina-t-elle.

— Merci, sir, dit-elle d'un ton sec, s'empressant de
retirer sa main dès qu'elle fut à bord.

Le panier posé à sa droite, elle croisa les doigts
sur ses genoux et admira le fleuve. La pluie redou-
blait. Autour d'elle, plusieurs passagers gromme-
laient d'impatience sous leurs capuchons. Or, le
bateau n'était qu'à demi rempli. Il faudrait patienter encore un moment avant le départ, estima-t-elle.

Elle se trompait. Du coin de l'œil, elle vit le chevalier échanger quelques mots avec le capitaine et
lui donner une poignée de pièces, puis le bateau
s'éloigna du quai. Le chevalier s'assit alors sur le
banc, de l'autre côté du panier, la gratifiant d'un
sourire.

— Vous n'aviez pas envie que nous restions ici à
nous faire tremper, je suppose ?

— Non.

Elle ne trouva rien d'autre à répondre, ce qui lui
procura la désagréable impression d'être stupide.
Avait-il vraiment payé le capitaine pour partir
sur-le-champ ? Elle l'observa à la dérobée pendant
qu'il contemplait le fleuve face à lui. Il devait faire
partie des chevaliers rentrés de Gascogne avec le roi
Édouard. Depuis quelques années, celui-ci passait
en effet beaucoup de temps sur ses terres de France,
d'où il avait ramené de nombreux vassaux en
échange de fiefs et de titres.

— Vous êtes l'une des demoiselles d'honneur de la
reine ? s'enquit-il d'une voix de miel.

— Oui, répliqua-t-elle, surprise.

— Vous devez être la nouvelle venue.

— Comment êtes-vous au courant ?

— Ce n'est pas difficile. Tout Londres sait que la
reine a une nouvelle suivante. Il va falloir vous
habituer à être reconnue. Et abordée par des gens
vous demandant d'intercéder en leur faveur auprès
de la reine.

On l'avait déjà avertie de ce genre de choses. Elle connaissait d'ailleurs plusieurs suivantes qui avaient accepté de transmettre de telles requêtes et en avaient été grassement récompensées.

L'homme avait un sourire franc. Charmant. Isabel repensa aux mises en garde de sa mère, et décida de les ignorer. Quel mal y avait-il à se montrer polie avec un inconnu, le temps d'une traversée ? Les autres passagers les regardaient ouvertement, certains arborant une moue désapprobatrice, d'autres sans expression particulière, et quelques-uns souriant.

— À qui ai-je l'honneur ?

— Henri de Boyer.

— Sir Henri de Boyer. L'un des chevaliers du roi ? dit-elle en désignant son costume.

— En effet. Et vous, portez-vous un nom, damoiselle d'honneur ?

— Isabel de Burke.

— Enchanté de vous connaître, damoiselle Isabel.

— Moi de même, sir.

— Vous rentrez d'un rendez-vous galant ?

— Non ! J'étais en visite chez ma grand-mère.

Il y eut un silence. Finalement, n'y tenant plus, Isabel demanda :

— Et vous ?

— Si je rentre d'un rendez-vous galant ? répéta-t-il en s'esclaffant. Oui, en quelque sorte. Si l'on considère que je suis amoureux de cette ville. Dès que j'ai un peu de temps, j'en parcours les rues. Bientôt, elle n'aura plus de secrets pour moi, chuchota-t-il en se penchant vers elle. Même vous ne la connaîtrez pas aussi bien.

— Cela m'étonnerait. J'y ai vécu toute ma vie. Petite, je jouais dans la rue où nous avons embarqué.

— Vraiment ? fit-il avec un sourire amusé. Quand était-ce ? L'an dernier ?

— Je ne suis pas aussi jeune que cela.

— Oh si, vous l'êtes, douce Isabel de Burke. L'innocence brille au fond de vos grands yeux. Dans quelques années, vous serez blasée, mais pour l'instant, vous possédez encore la merveilleuse fraîcheur de la jeunesse. Cela vous rend très attirante.

Elle lui jeta un regard oblique, ne sachant que répondre. Il lâcha un petit rire, mais n'ajouta rien. Une fois à Westminster, il souleva son panier et le monta en haut de la passerelle. Puis, d'un geste naturel, presque familier, il lui prit la main pour l'aider à débarquer. Elle se laissa faire, le lâchant néanmoins dès qu'elle fut sur la terre ferme.

— Retournez-vous au palais ? interrogea-t-il.

Elle hocha la tête.

— Moi aussi. Dans ce cas, je vous accompagne.

En silence, ils traversèrent la foule et passèrent devant les gardes, qui les saluèrent. À l'intérieur du château, Isabel repoussa son capuchon trempé de pluie et tendit le bras vers son panier. Henri le lui donna, la gratifia d'une petite révérence, puis s'éloigna, le sourire aux lèvres. Elle le suivit un moment des yeux, souriant à son tour. Henri de Boyer, chevalier du roi.

Il existe aussi beaucoup d'hommes bien...

— Oh, je vous en prie ! Vous ne croyez pas une chose pareille ? s'exclama Isabel en riant. Ce ne sont que des ragots.

— Les ragots sont parfois vrais, rétorqua lady Dickleburough.

— Que Langton aurait signé un pacte avec le diable ? Qu'il aurait tué sa maîtresse pour l'empêcher de le faire chanter ? Non, ce sont sûrement des inventions. Les élucubrations d'un esprit trop imaginatif.

— Décidément, vous êtes encore très jeune, ma chère amie.

— Mais il est trésorier de la Maison royale, et très proche du roi.

— Ce qui prouve sa vertu, d'après vous ? Regardez, les voilà ! s'écria lady Dickleburough, changeant brusquement de sujet.

Elle se pencha pour mieux voir les chevaliers qui s'avançaient dans la cour.

— Où est ce beau chevalier si admirable dont vous m'avez parlé ?

Isabel s'inclina à son tour au-dessus du parapet de pierre.

— Là. Celui qui lève la tête.

— À la recherche d'une femme, sans doute. Il vous a déclaré rentrer d'un rendez-vous galant et vous avez choisi de ne pas le croire. Or, quand un jeune homme dit ce genre de choses, il vous ouvre une fenêtre sur son âme. À mon avis, il venait bien de quitter une maîtresse. J'ai entendu dire qu'il était le père de l'enfant de la jeune fille que vous remplacez.

— Et moi, que ce dernier était monseigneur Langton.

— Ce qui ne ferait que corroborer ce que je vous racontais à son sujet. Vous n'avez pas encore rencontré Walter Langton, n'est-ce pas ?

— Non.

— Vous le trouverez inoubliable, j'en suis certaine. Comme nous toutes.

Isabel se tourna vers sa compagne. La lumière du jour durcissait les rides autour de ses yeux et de sa bouche. Elle portait une large ceinture constellée de joyaux et une guimpe de soie blanche, qui donnaient à sa toilette un caractère ostentatoire dissonant avec le style vestimentaire en vigueur à la cour. En effet, le roi Édouard semblant faire peu de cas de son apparence, les courtisans n'avaient d'autre choix que d'imiter sa sobriété. À l'exception de lady Dickleburough qui, dédaignant la règle implicite, s'habillait comme elle l'entendait.

En la voyant aujourd'hui, il était difficile de se représenter la séductrice qu'elle avait été autrefois : une jeune fille irrésistible qui attirait les hommes et savait les garder. Parfois cependant, quand lady Dickleburough minaudait avec un jeune galant, Isabel parvenait à l'imaginer telle qu'elle était à l'époque, finalement assez semblable à Alis de Braun.

Oui, malgré les années qui les séparaient, les deux femmes possédaient de nombreux points communs. Alis était jolie et consciente de l'être. Tout, depuis le mouvement de ses hanches – toujours un peu plus prononcé lorsqu'un homme se trouvait dans les parages – jusqu'à l'inclinaison de sa tête, son rire flûté ou son sourire chargé de promesses, était calculé pour capter l'attention. Pas étonnant que les autres femmes l'évitent. Elles avaient beau être de haute naissance, richement mariées ou couvertes d'or et de bijoux, aucune ne possédait sa jeunesse et sa beauté.

— Langton vous trouvera, Isabel. Alors, vous déciderez.

— Je déciderai quoi ?

Lady Dickleburough eut un sourire entendu.

— Beaucoup de chemins s'offrent à nous, ici à la cour. Beaucoup d'hommes. Un conseil : si vous accordez vos faveurs, faites-le contre quelque chose qui en vaille la peine.

Jouant avec le rubis de l'une de ses bagues, elle ajouta :

— La vertu est une denrée rare, assez précieuse pour en obtenir le meilleur prix. Il se peut qu'Henri de Boyer vous plaise – vous ne devez d'ailleurs pas être seule dans ce cas. Mais êtes-vous certaine qu'il représente le meilleur investissement ? Choisissez plutôt un homme plus âgé, Isabel. Ferrez-le avant même qu'il se sache traqué. Et exigez le mariage, ne vous contentez pas de quelques promesses et d'un après-midi dans une chambre de Londres.

— Êtes-vous en train d'apprendre la vie à Isabel ? lança Alis en les rejoignant.

Elle se pencha à son tour pour contempler les chevaliers en contrebas.

— Serais-je trop ignorante pour cela ? rétorqua lady Dickleburough. Je connais quelques histoires qui pourraient l'intéresser.

— Oh oui, Isabel, elle en a des centaines à raconter. Certaines risquent même de vous sembler étonnamment familières.

Isabel regarda tour à tour Alis et lady Dickleburough.

— Mes leçons pourraient lui être utiles, chère Alis. Je vous rappelle que j'ai un mari.

— Et moi, chère lady Dickleburough, un amant. Que je vais retrouver de ce pas.

Sur ces mots, Alis jeta un dernier regard en direction des chevaliers, rejeta ses longs cheveux en arrière, et tourna les talons. Isabel la suivit un instant des yeux, avant de reporter son attention sur les hommes d'armes. Trop tard. Henri avait passé les portes du palais.

— Qui est l'amant d'Alis ? interrogea-t-elle. Vous le connaissez ?

Lady Dickleburough se contenta de sourire en guise de réponse.

Une semaine entière s'écoula, une semaine passée à apprendre le contenu de sa charge, dont une grande partie consistait à accompagner la reine où et quand elle le désirait. Or, aujourd'hui, la souveraine avait décidé de se rendre à Westminster puis à Londres sur son palefroi. Et puisqu'elle devait traverser les rues encombrées de monde, une escorte royale l'accompagnerait.

— Damoiselle Isabel ! Êtes-vous prête à affronter le monde ?

Isabel reconnut immédiatement la voix enjouée. Elle sourit à Henri de Boyer. Monté sur un fringant destrier harnaché aux couleurs de la Couronne, il portait un plastron métallique et de longs gants en mailles de fer lui dissimulant les coudes. Son heaume était niché dans le creux de son bras. Ses compagnons se penchèrent pour voir à qui il s'adressait.

— Messires, j'ai l'honneur de vous présenter la nouvelle demoiselle d'honneur de la reine. Damoiselle Isabel de Burke. Nous cheminerons à vos côtés toute la journée, damoiselles, pour assurer votre protection jusqu'à Londres.

— Grand merci, sir, répondit-elle du même ton léger. Je me sens d'ores et déjà en sécurité.

— Aucune femme n'est en sécurité à proximité de Boyer, se moqua un jeune chevalier.

— Je saurai m'en souvenir, assura-t-elle en riant avec eux.

— Nous nous reverrons tout à l'heure, belles damoiselles.

Henri se pencha vers elle pour ajouter :

— J'attends déjà ce moment avec impatience.

— Moi aussi, confia Isabel.

Elle poussa un soupir en suivant les cavaliers des yeux.

— N'est-ce pas le plus bel homme que vous ayez jamais vu ?

— Est-ce lui, de Boyer ? s'enquit Alis. J'en ai entendu parler.

— Vous ne le connaissez pas ?

— Non, répondit Alis en regardant pensivement Henri franchir les portes du château.

— Que raconte-t-on à son sujet ?

— Qu'il est aussi délicieux qu'il en a l'air. J'aimerais bien y goûter par moi-même.

Isabel jeta un regard surpris à Alis, avant de dissimuler son étonnement. Elle vivait depuis assez longtemps à la cour pour savoir qu'on y tenait ce genre de propos. Mais jusqu'alors, personne ne l'avait fait devant elle.

Alis eut un sourire langoureux.

— Vous apprendrez, Isabel, à prendre votre plaisir quand il se présente.

— Saisissez-vous toujours le vôtre au vol, Alis ? intervint lady Dickleburough.

— Comme toute femme intelligente. Ce qu'Isabel deviendra vite. Elle a déjà un goût très sûr pour les hommes, vous ne trouvez pas ? Ah, voilà nos chevaux. À présent, c'est à nous de monter au lieu d'être montées. Isabel, vous apprendrez également bientôt le sens de ces paroles.

Isabel dissimula son agacement. Elle commençait à en avoir assez qu'Alis la traitât comme une enfant ignorante. Elle s'installa en selle. L'escorte royale s'allongea en une longue file dans les ruelles étroites. À en juger par les quelques insultes qui fusèrent sur leur passage, tout le monde n'appréciait pas la reine. Un imprudent jeta même des ordures depuis une fenêtre. Il ne toucha personne, mais des gardes se précipitèrent aussitôt vers la porte de sa maison. Sans aucun doute, le responsable allait payer son geste très cher. Devant et derrière la souveraine, les chevaliers représentaient une force assez dissuasive pour que personne n'osât s'approcher d'elle. Quand enfin ils s'engagèrent sur la route plus large hors des murs de Westminster, Isabel émit un soupir de soulagement. Pour sa plus grande joie, elle fut bientôt rejointe par Henri.

— Damoiselle Isabel, ce voyage vous plaît-il ?

— Sir ! Comment cela pourrait-il être ? Je tremblais de peur à l'idée que la reine pût être attaquée. Je suis contente que nous ayons quitté la ville.

— Elle n'est pas très populaire, n'est-ce pas ? Mais c'est la raison de notre présence. Nous sommes là pour vous protéger. Et profiter de l'indicible plaisir de votre compagnie.

— Joliment tourné, chevalier, intervint Alis qui les avait rattrapés. Vous maniez les mots avec art.

Henri inclina la tête en souriant.

— Face à deux muses telles que vous, je n'en tire aucun mérite.

Alis sourit à son tour et le considéra, matoise.

— Comme les femmes doivent vous aimer, sir de Boyer... Êtes-vous aussi doué pour le reste que pour la flatterie ?

— Il n'y a là nulle flatterie, damoiselle. Je loue juste ce que je vois.

— Vos louanges seraient-elles plus grandes encore si vous en voyiez plus ?

— Cela dépendrait du spectacle, répondit-il dans un éclat de rire.

— Je saurai m'en souvenir, rétorqua Alis, avant de talonner son cheval pour rattraper lady Dickleburough.

Henri la suivit des yeux.

— Qui est-ce ?

— Alis de Braun, déclara Isabel sans enthousiasme.

— J'ai entendu parler d'elle. À présent, je m'en rappellerai.

Isabel tressaillit à cette remarque.

— Jalouse, douce Isabel ? s'enquit Henri avec un petit rire. Vous auriez tort. Elle est jolie, c'est vrai, mais vous êtes belle. Dans dix ans, elle sera amère et défaite tandis que vous serez toujours magnifique. Sa beauté est de celles qui se fanent avec le temps, et l'usage. Maintenant, dites-moi, rendez-vous toujours visite à votre grand-mère ?

— Oui, souvent.

— Dans ce cas, je regarderai si je vous aperçois sur le fleuve.

Sur un bref salut, il rejoignit l'avant du cortège. Au passage, il ralentit pour échanger quelques mots avec Alis. La jeune fille lui sourit puis, après ce qui sembla une brève hésitation, hocha la tête. Henri arborait un sourire radieux quand il la quitta.

3

Berwick-upon-Tweed, Écosse

— Nous y voilà ! annonça le père de Rachel d'un ton enjoué.

Rachel Angenhoff, anciennement Rachel d'Anjou, contempla d'un air consterné sa future demeure, tentant de dénicher un point positif dans ce spectacle. La maison tenait debout. À part ça, elle ne trouva rien.

La bâtisse n'était pas simplement vieille : elle tombait en ruine. Les murs penchaient dangereusement, les tuiles du toit étaient craquelées et couvertes de moisissure, le bois des embrasures piqué de vers, et les marches du perron creusées par les ans. Son père, elle en était certaine, n'avait rien noté de tout cela. Il avait juste remarqué les hautes fenêtres en vitrail qui laissaient la lumière entrer à flots dans les pièces du rez-de-chaussée et du premier, la rue passante et animée en dessous, et les nombreux voyageurs qui lui avaient assuré qu'ils seraient ravis d'avoir un nouveau point de chute à Berwick. Il avait vu l'avenir dans l'enseigne rutilante au-dessus de la porte crasseuse, alors qu'elle-même ne distinguait rien d'autre qu'une maison croulante nécessitant des années de travaux. Son père grimpa les marches et poussa la porte en ignorant le craquement sinistre des gonds.

— Venez, venez, dit-il comme s'il les invitait à entrer dans un palais.

Au moins, nous ne sommes plus en Angleterre, tenta de se réconforter Rachel. Néanmoins…

Tenant ses jupons d'une main, mère monta l'escalier d'un pas prudent et disparut dans l'obscurité.

— Bien… bien, l'entendit commenter Rachel.

Elle n'eut pas besoin de se tourner vers Sarah pour deviner que sa sœur avait elle aussi reconnu le ton de leur mère. Elle trouvait l'auberge horrible. Mais à quoi bon se plaindre, puisque père l'avait déjà achetée ?

— Oui, Jacob, enchaîna-t-elle, il y a moyen d'en faire quelque chose de bien. Les filles, venez nous aider. Nous avons besoin de votre avis pour notre nouvelle maison.

Une moue dubitative sur les traits, Sarah remonta sa robe et pénétra dans la bâtisse. Rachel jeta un coup d'œil aux hommes derrière elle qui attendaient de porter les bagages à l'intérieur.

Chez nous, pensa-t-elle en essayant de se familiariser avec cette idée. Non, jamais, même si je dois y rester jusqu'à la fin de mes jours.

Berwick était leur refuge, l'endroit où ils vivraient, mais ce ne serait pas *chez eux*.

Finalement, ce port grouillant d'activité au bord de la Tweed n'était pas trop désagréable. Aucun d'eux n'aurait choisi de s'y installer, mais après deux mois de voyage et une semaine passée à attendre sur l'autre rive tandis que père s'occupait d'acheter l'auberge, ils se sentaient tous soulagés de se poser quelque part. Ils étaient arrivés ce matin par l'un des nombreux bateaux qui traversaient l'estuaire. Agrippée au bastingage, elle avait contemplé la ville dans l'espoir de découvrir un aspect qui la séduirait. Sans grand succès.

— Rachel ! appela sa mère depuis le seuil.

Elle ne bougea pas, le regard fixé sur la cité à ses pieds. Protégée par une lice de bois, Berwick avait été construite en bordure du fleuve, ce qui l'abritait des tempêtes et des marées de l'océan. Un imposant château fort dominait les maisons et les échoppes rassemblées autour du port. Selon la légende, la ville avait été fondée par saint Boisel, un saint saxon, auquel avait été dédiée la cathédrale éponyme bâtie près de deux siècles plus tôt. Le port n'avait cependant plus rien de sacré aujourd'hui, avec ses navires venus du monde entier. Ironie du sort, songea Rachel, la Saint-Boisel était le 18 juillet, jour où Édouard d'Angleterre avait expulsé les Juifs d'Angleterre. À cette même date, il signait le traité scellant l'union de son fils et de la petite-fille de sa sœur. Mais à présent la petite reine était morte et, si triste cela fût-il, Rachel éprouvait une certaine satisfaction à voir les projets du souverain mis à mal.

— Rachel, viens ! insista mère.

Elle releva ses jupes, mais demeura encore quelques instants dehors. Elle s'en voulait de sa mélancolie. Après tout, ils avaient survécu et étaient arrivés ici entiers, avec presque tous leurs biens. Comparée à d'autres, sa famille avait eu de la chance. Jacob, qui avait eu l'occasion de passer par Berwick quelques années plus tôt, s'était souvenu d'avoir séjourné à l'auberge, où il avait discuté avec le propriétaire. Vieux garçon, ce dernier s'inquiétait pour ses vieux jours. Quand Jacob l'avait contacté pour lui proposer de racheter l'établissement, il avait accueilli son offre avec joie.

— Gilbert restera avec nous et nous aidera en échange du gîte et du couvert, leur avait annoncé père hier soir.

Rachel avait grimacé.

— Tu préfères continuer à errer sur les routes ? était alors intervenue sa mère d'un ton sec. As-tu déjà oublié ce que nous avons traversé pour arriver ici ?

— Non, avait-elle répondu en se rappelant le trajet épuisant et la crainte constante d'être attaquée.

Oui, elle était prête à trouver une nouvelle demeure.

— Mais le Shabbat ? s'était-elle enquise. Nous ne pouvons pas tenir une auberge comme des Chrétiens et continuer à observer Shabbat.

— J'ai également abordé ce sujet avec Gilbert, avait déclaré Jacob. Il travaillera les vendredis soir et les samedis, et nous engagerons quelqu'un pour l'aider. Le reste de la semaine, nous nous débrouillerons tous les quatre.

— Ce qui signifie que nous aurons plus de travail avant et après Shabbat, précisa mère. Comme cela a toujours été le cas.

Rachel avait acquiescé, bien qu'en son for intérieur, elle éprouvât de nombreuses craintes concernant la réussite d'un tel projet. Son père n'avait jamais travaillé de ses mains ; jusqu'ici, il les avait nourris grâce à son esprit.

Comme si elle avait lu dans ses pensées, mère avait alors repris :

— Ça va marcher, Jacob. Nous apprendrons à faire tourner une auberge. Et même si cela échouait, avait-elle ajouté en tapotant ses jupes, tout ne serait pas perdu.

Rachel s'était sentie un peu rassurée par ces mots. Le jour où le roi Édouard avait promulgué son édit, sa mère avait cousu tous leurs bijoux et pièces d'or dans l'ourlet de leurs vêtements. Aucun n'avait revu le jour jusqu'alors, mais il était réconfortant de savoir qu'ils ne mourraient pas de faim si jamais leurs desseins échouaient.

— Nous apprendrons, avait renchéri Jacob. Maintenant, prions ensemble.

Trop inquiète de l'avenir pour penser à autre chose, Rachel avait débité les paroles de la prière machinalement. Oui, avait-elle fini par se persuader, ils apprendraient parce qu'il en allait de leur survie. Pourtant, aujourd'hui, tandis qu'elle contemplait sa nouvelle demeure, elle sentait ses doutes revenir. Qu'est-ce que son père espérait vraiment faire de ça ?

Au moins seraient-ils tranquilles à Berwick. La cité était pleine d'étrangers, de marchands hollandais et flamands, de lainiers anglais et écossais. Seuls les Français, bien que tolérés, n'étaient guère appréciés, d'où la décision de son père de changer leur nom de famille d'Anjou en Angenhoff.

Il y avait également d'autres Juifs à Berwick, des négociants, des tailleurs, et bon nombre de ceux qui avaient fui vers le Nord. La ville les avait absorbés sans même s'en rendre compte. Avec ses cheveux blonds et ses yeux bleu ciel, Sarah serait prise sans problème pour une Écossaise. Rachel, en revanche, était trop brune et d'une carnation trop pâle.

— Rachel !

Cette fois, le ton de mère était sans discussion.

Rachel grimpa rapidement les marches et pénétra dans l'auberge. L'odeur de moisissure, de pourriture et d'urine lui sauta aux narines ; elle dut se retenir pour ne pas hurler en voyant les souris trottiner au bas des murs.

Mère lui adressa un sourire crispé.

— Le temps de poser nos affaires et nous commencerons à nettoyer. Je pense qu'on pourra ouvrir dans une quinzaine de jours.

Rachel échangea un regard incrédule avec Sarah.

— Tout ça paraît solide, reprit mère en désignant les tables et les bancs. Ce qu'il faut, c'est un bon décrassage et une couche de chaux sur les murs. Jacob, va dire au charretier de décharger nos bagages. Nous sommes prêts à nous installer dans notre nouvelle maison.

Notre maison, se répéta Rachel, maussade. Enfin, ils étaient en Écosse. À l'abri du roi Édouard.

La vitesse à laquelle elle apprit son nouveau métier surprit Rachel au moins autant que ses parents. Comme sa mère l'avait prévu, ils servirent leurs premiers repas quinze jours après leur arrivée. La semaine suivante, les chambres à l'étage étaient prêtes à recevoir des voyageurs.

Depuis la mort de la fille du roi de Norvège, tout le monde ne parlait que de la succession du trône d'Écosse. De nombreuses rumeurs couraient dans les rues de Berwick tandis que chacun débattait des mérites des différents candidats. Bien qu'ils fussent au nombre de treize, seuls deux semblaient vraiment de taille à rester en lice : Robert Bruce, l'aîné, et John Balliol. Pour Rachel, qui écoutait les arguments généalogiques, le choix était simple : n'importe qui sauf Édouard d'Angleterre.

Contre toute attente, l'humeur de sa mère s'était améliorée depuis leur expulsion. Elle qui, à Londres, se plaignait souvent malgré un train de vie très confortable, paraissait avoir puisé en elle des ressources insoupçonnées. Privée de ses bijoux, de ses fourrures et de ses serviteurs, elle concentrait son énergie à entretenir les chambres, préparer les repas, veiller à ce que les clients paient à l'avance et que chaque chope de bière soit comptée. Et le résultat était d'autant plus concluant que toute l'Écosse semblait passer par Berwick.

Vers la fin octobre, par un jour gris et pluvieux, Sarah surgit dans la cuisine où Rachel préparait le dîner avec sa mère.

— Je viens d'avoir des nouvelles d'Angleterre, annonça-t-elle. Les Juifs, ceux qui sont restés à Londres… il paraît qu'on les rassemble pour les obliger à quitter le royaume en bateau. Tous leurs biens sont confisqués et ceux qui refusent de partir sont tués, précisa-t-elle, effarée. Mais il y a pire : le roi Édouard a reçu une lettre lui demandant de désigner le futur souverain d'Écosse.

Mère la regarda, puis baissa rapidement les yeux. Pas assez vite cependant pour dissimuler la peur dans ses prunelles. Rachel posa le couteau qu'elle tenait à la main.

— D'après certains, la lettre aurait été envoyée par les Bruce, continua Sarah, hors d'haleine. D'autres pensent que c'est un évêque qui l'a écrite, dans le but d'empêcher une guerre de succession.

Mère porta une main à son cœur.

— Ne me dis pas que le roi Édouard va venir ici !

— Ce n'est pas prévu pour le moment, en tout cas.

— L'Angleterre est encore trop proche, commenta mère en se levant, mais au moins ce n'est pas ici. Je vais annoncer la nouvelle à votre père.

Sur le seuil, elle s'arrêta et pivota vers Sarah pour demander :

— Qui t'a raconté tout ça ?

Sarah s'empourpra.

— Ce marchand. Tu sais, ce…

Elle fronça les sourcils comme si elle cherchait le nom, mais Rachel devina que c'était une feinte.

— Edgar Keith, je crois. Quelque chose comme ça.

— Edgar Keith ? répéta mère. Celui qui a logé trois jours ici ?

Sarah hocha la tête.

— C'est ça.

— Ah, fit mère avant de se détourner.

— Tu crois que c'est vrai ? interrogea Rachel dès qu'elles furent seules.

— Bien sûr ! Edgar ne me mentirait pas.

— Je ne te parle pas d'Edgar, dit Rachel avec une pointe d'agacement, mais du roi Édouard. À ton avis, il pourrait avoir son mot à dire concernant la Couronne écossaise ? Ce serait catastrophique.

— Tout ira bien, Rachel. Ne te fais pas de souci.

Rachel essaya de ne pas s'inquiéter, mais bientôt, alors que la pluie battante poussait les voyageurs vers l'auberge, la nouvelle se confirma. Édouard d'Angleterre choisirait le nouveau monarque d'Écosse. Quand elle se coucha après une longue journée de travail, elle était trop harassée pour discuter avec Sarah. Ce qui était aussi bien, car ni l'une ni l'autre n'avait envie d'exprimer à voix haute ce qu'elles pensaient tout bas, à savoir que si l'autorité d'Édouard s'étendait jusqu'à Berwick, leurs vies seraient de nouveau en péril.

Rachel songea à Isabel. Son amie, en tant que suivante de la reine, connaissait sans doute déjà la nouvelle. Avait-elle peur pour elle ? Probablement pas. Après tout, Isabel ignorait où ils étaient allés ; elle devait les imaginer réfugiés sur le Continent. Rachel poussa un soupir. Pourquoi Londres était-il trop loin pour rester en lien avec Isabel, et trop proche pour échapper à l'hostilité du roi Édouard ?

Rory MacGannon essuya son visage mouillé de pluie et s'appuya sur l'autre étrier. Pas plus que son cousin à côté de lui, il ne cherchait à dissimuler son impatience.

— MacGannon, c'est ça ? interrogea pour la troisième fois la sentinelle à l'entrée de la forteresse.

— Oui, Rory MacGannon. J'aimerais voir Liam Crawford.

— MacGannon...

L'air dubitatif, le garde ferma le guichet de la porte dans un claquement sec.

— J'aurais dû annoncer MacDonald, confia Rory à son cousin Kieran. Vous les MacDonald êtes les bienvenus ici. À l'heure qu'il est, nous serions installés devant un bon feu, au lieu de nous faire tremper en nous demandant si on va nous renvoyer.

— C'est vrai, le nom sonne mieux. Nul doute que mon père et ta mère seraient d'accord là-dessus, plaisanta Kieran. Tu aurais dû me laisser frapper.

Rory haussa les épaules. Kieran n'avait pas tort. En fait, il s'attendait presque à ce qu'on leur refusât l'entrée. Certes, ce n'était pas la première fois qu'il venait à la forteresse de Stirling, mais jusqu'alors il était toujours accompagné de ses parents. Quant à son cousin, de deux ans son cadet, il n'avait jamais voyagé seul avant ce jour.

— Que fera-t-on s'ils refusent de nous recevoir ? s'enquit Kieran.

— Nous trouverons un endroit sec où dormir et les maudirons devant une bonne bière.

— Ce ne sera pas nécessaire, fit remarquer une voix dans son dos.

Rory pivota vers la porte, soulagé. Le garde ouvrit le petit battant à droite du portail, laissant apparaître Liam.

— Vous passerez la nuit dans un lit sec et tiède, le ventre rempli de bon vin, reprit celui-ci.

Scrutant l'obscurité derrière eux, il demanda :

— Combien êtes-vous ?

— Juste nous deux, l'informa Rory.

— Parfait. Je vais donner des ordres pour qu'on prépare de quoi vous restaurer. Patientez un instant, le temps qu'on ouvre la grande porte.

Tandis qu'il éloignait son destrier, Rory entendit s'élever la voix autoritaire de Liam, suivie d'une autre plus profonde. Enfin, les vantaux s'écartèrent et son oncle leur fit signe d'avancer.

Rory s'étonna de voir autant d'hommes à l'intérieur du corps de garde. En ces temps incertains, il s'était attendu à un grand nombre de désertions, mais un rapide coup d'œil aux alentours lui assura qu'il n'en était rien. Au contraire. Dans la lueur des torches, la forteresse de Stirling et le village à ses pieds grouillaient d'hommes en armes. Il y avait là quelques fidèles à la Couronne – quel qu'en fût le détenteur – reconnaissables à leurs atours royaux, des Highlanders portant le costume traditionnel de leurs clans, des frontaliers en armure de cuir et, à en juger par leurs accents, des natifs du Nord et du Sud-Ouest. Rory et Kieran mirent pied à terre et conduisirent leurs chevaux précautionneusement sur les pavés luisants de pluie.

— Pourquoi avons-nous attendu si longtemps ? interrogea Rory.

— Vous avez eu de la chance que ça n'ait pas été plus long, répondit Liam. Personne ici n'arrive à prendre de décision.

— Je me suis demandé si le nom de MacGannon n'était pas la cause du problème.

Liam lui lança un regard acéré.

— C'est le cas.

— Je vois. Tout le monde a entendu parler de mon père.

— En effet. Et de toi, précisa Liam. Désormais, vous êtes tous deux célèbres.

Rory hocha la tête. Toute l'Écosse savait que son père avait remué ciel et terre pendant des années pour retrouver Davey, le jeune frère de son épouse, enlevé et vendu comme esclave par des Vikings. Gannon et Margaret l'avaient finalement découvert dans le Jutland au Danemark, chez un meunier danois auquel ils l'avaient racheté – non sans difficulté – à prix d'or.

Malheureusement, ce n'était pas le courage ni de l'habileté de Gannon face aux Vikings dont on se souvenait, mais de son bannissement de la cour d'Alexandre pour meurtre. Une accusation et un exil totalement injustes, d'ailleurs, puisque sa victime, Lachlan Ross, avait perdu la vie au cours d'un combat singulier. Mais cela, presque tout le monde l'avait oublié, ainsi que la raison de leur bagarre : la rossée que Lachlan avait donnée à Margaret, manquant la tuer. Dieu merci, Margaret, elle, s'en rappelait et Gannon, qui l'aimait déjà à l'époque, n'en demandait pas plus.

— Et cette célébrité ne doit rien à ton père, Rory, reprit Liam.

— De quoi parlez-vous, mon oncle ?

— De la menace qui pèse sur toi, mon garçon. Une guerre sans merci. Ils exigent ta tête.

— Je t'avais dit qu'il serait au courant, intervint Kieran. Tout le monde l'est.

Deux hommes arrivèrent face à eux dans la cour.

— C'est MacGannon, chuchota l'un d'eux à son voisin en examinant Rory avec attention.

Au moment de le croiser, il lui donna un grand coup d'épaule et continua son chemin, l'air de rien.

— Tu les connais ? interrogea Liam.

— Non.

Liam poussa un juron.

— Nous reparlerons de ça plus tard, mais pas ici. De toute manière, cela ne change rien. Comme je te l'ai dit, la confusion qui règne ici suffit à expliquer votre attente, et le nom de MacGannon n'a probablement rien à y voir. Depuis que nous n'avons plus ni roi ni reine, la moindre décision exige des heures de discussion. Une chance qu'une des sentinelles, sachant que j'étais ton oncle, soit venue me prévenir, autrement vous seriez encore en train de patienter.

— Donc, visiblement, vous avez appris la mort de la fille d'Erik de Norvège.

— Oui, et nous avons envoyé nos condoléances à ses parents. Venez, entrons.

Rory et Kieran suivirent Liam dans la haute cour. La pluie avait redoublé. Ils laissèrent leurs chevaux à un garçon d'écurie, puis montèrent un escalier menant à une autre porte. Une fois dans le donjon, ils ôtèrent leurs capuchons. Les anciens murs de bois avaient été rebâtis en pierre. Rory n'en fut pas surpris : à chaque fois qu'il était venu à Stirling, de nouveaux travaux étaient en cours. D'ailleurs, les derniers entrepris étaient inachevés.

— Je sais, dit Liam en notant la direction de son regard. Qui sait quand cela pourra être terminé, maintenant ? Ou si le nouveau souverain passera par ici ?

Les entraînant dans un autre escalier, Liam poursuivit :

— J'ignore si la forteresse de Stirling sera maintenue. Certains pensent qu'elle sera abandonnée, d'autres parlent au contraire d'agrandissements.

— Mais c'est la porte des Highlands ! s'exclama Rory. Ce serait de la folie de la laisser sans surveillance.

— Je suis bien d'accord. Hélas, ce n'est pas forcément le cas de John Balliol ou de Robert Bruce.

— Parce que vous pensez que le prochain souverain sera l'un d'eux ? questionna Kieran.

— Qui d'autre ? Personne ne laissera un bâtard, même royal, monter sur le trône. Et quels sont les autres prétendants ? Erik de Norvège ? Croyez-vous vraiment que les Écossais accepteront de tomber sous le joug de la Norvège, à peine vingt ans après s'être débarrassés des Vikings ? Tout le pays a connu l'épouvante cet été-là ; des familles et des villages entiers ont été décimés. Mais je n'ai pas besoin de vous le dire, vous le savez aussi bien que moi. En outre, Erik est trop affaibli pour exiger la Couronne, ce qui est une bonne chose.

— Et Édouard d'Angleterre ? interrogea Rory.

Liam lui fit signe de se taire. Ils gravirent la dernière volée de marches en silence.

— Nous y voici, annonça Liam en poussant la porte de la grande salle.

Chauffée par une immense cheminée, elle était confortablement aménagée, avec des sièges et un lit dans un coin. Des flacons de vin et des pichets de bière étaient posés sur une table contre le mur du fond.

— On peut parler tranquillement ici, mais doucement. Surtout, ne dites rien d'important en dehors de cette pièce, d'accord ? Je suis désolé, mes amis, mais la situation est instable et tout le monde répète tout à tout le monde. La candidature d'Édouard d'Angleterre est sans doute la plus subtile, car il ne réclame pas directement le trône, mais s'affirme comme le suzerain de l'Écosse.

— Comment est-ce possible ? s'étonna Kieran.

— Tu te rappelles que le roi Alexandre a épousé la sœur du roi Édouard ?

— Oui.

— Après cette union, Alexandre s'est rendu en Angleterre pour rendre hommage à Édouard. Mais il a clairement dit – et même écrit – que cet acte ne concernait que ses terres anglaises. Il reconnaissait la suzeraineté d'Édouard sur ces fiefs, mais était toujours roi et seul souverain d'Écosse. Évidemment, si la jeune reine avait vécu, ce point serait devenu un détail : le fils d'Édouard aurait épousé la reine d'Écosse, et les deux royaumes auraient été unifiés sous le règne de leur enfant. Mais la reine n'étant plus, ce projet disparaît avec elle.

— À votre avis, que fera Édouard ? demanda Kieran.

— Le Léopard du Sud ? L'imaginez-vous laisser passer une telle occasion de gouverner l'Écosse ? Cela m'étonnerait. Le souper sera bientôt servi, enchaîna soudain Liam. Débarrassez-vous de vos vêtements trempés et réchauffez-vous près de l'âtre. Votre tante Nell n'est pas ici ; autrement, elle se serait déjà occupée de vous.

— Nell est partie ? s'étonna Rory en ôtant ses bottes. Où est-elle ?

À la lueur des flammes, Rory vit une ombre glisser dans les yeux de Liam. Manifestement, son oncle était inquiet.

— Je l'ai envoyée en Ayrshire avec les enfants dès que j'ai appris la mort de la petite reine. J'ai peur que l'instabilité du trône d'Écosse ne mette sa vie en danger.

Il marcha vers la table pour servir trois gobelets de vin.

— Les Comyn sont déjà passés ici pour lui demander de rester ; ils veulent se servir d'elle pour leur propre ambition. Et les Balliol lui ont fait parvenir plusieurs messages. Je préfère qu'elle soit à l'écart de ces luttes de pouvoir, du moins jusqu'à ce qu'on connaisse le nom du futur roi. Ou si tout cela va dégénérer en guerre. Vous verrez, la plupart des femmes ont quitté Stirling.

Rory et Kieran échangèrent un regard tandis que Liam traversait la salle pour sortir deux cottes de laine d'un coffre sous la fenêtre.

— À votre avis, cela finira par une guerre ? s'enquit Rory en laissant tomber sa tunique au sol.

— Regardez-vous, tous les deux ! Vous l'espérez presque, pas vrai ? Vous avez tort, je vous assure. J'ai vécu la guerre et je n'ai aucune envie de recommencer. Tenez, dit Liam en leur tendant les cottes, cela vous permettra de rester au chaud en attendant que vos habits soient secs. À présent, si vous m'expliquiez la raison de votre visite, et pourquoi diable tout le monde parle du crime de Rory MacGannon ?

— Je t'avais dit qu'il serait au courant, lança Kieran à l'adresse de Rory. Et ça ne fait que deux jours.

— Père nous a demandé de venir vous voir, vous et Nell. À la fois pour entendre ce qui se raconte et vérifier que vous étiez au courant pour la petite reine, même si le contraire aurait été surprenant. Ensuite, nous descendrons à Édimbourg.

— Puis à Berwick, précisa Kieran.

— Pour entendre ce qui se dit là-bas également, je suppose, devina Liam en allant répondre à la porte.

Il revint avec un plateau chargé de victuailles, qu'il posa sur la table.

— Venez manger, les garçons, et expliquez-moi comment vous vous êtes retrouvés au centre de cette histoire de crime et de vengeance.

— Nous étions à Onich, sur la rive du loch Linnhe, commença Rory.

— Je connais. Et alors ?

— Un homme a tenté de violer une jeune femme.

— Et ?

— Je l'en ai empêché. Nous nous sommes battus, et je l'ai tué.

— J'ai entendu dire que tu l'avais coupé en morceaux.

— C'est faux.

— Il lui a arraché à moitié la tête, mais pas totalement, souligna Kieran. Ils étaient quatre. Rory a tué celui-là, blessé un autre, et les deux autres ont pris la fuite.

— La jeune femme est vivante. Elle a témoigné en ma faveur, déclara Rory.

— Ce n'est pourtant pas la rumeur qui circule. J'ai entendu que c'était toi qui tentais de la violer et avais attaqué les autres.

— C'est illogique. Je vois mal quelqu'un violer une femme et dans le même temps engager un combat avec des témoins.

Liam hocha la tête et but une gorgée.

— N'est-ce pas ce qu'a fait l'homme dont tu viens de parler ?

— Non. C'est nous qui lui sommes tombés dessus en le voyant déshabiller la fille maintenue par deux de ses compères. Je ne comptais pas le tuer, juste l'arrêter, mais il s'est débattu et j'ai dû répliquer. Je ne regrette rien.

— Tu devrais. Tu t'es fait des ennemis. Et, bien sûr, ils ont déformé la vérité à leur avantage.

— La femme rétablira la vérité.

— Et sera violée pour cela, ou pire. Si elle a un minimum de jugeote, elle se taira au contraire. À quel clan appartenaient ces hommes ?

— Celui des MacDonnell.

— Aïe ! Juste les terres qu'il te faut traverser à chaque fois que tu viens ici. Des cousins de ta mère.

Rory avala une lampée de vin et reposa son gobelet.

— Je n'ai pas eu le choix, oncle Liam, même s'il est vrai que je ne me suis pas posé la question. D'ailleurs, si la même chose devait se reproduire, je recommencerais. Et si les MacDonnell abritent des gredins dans leur clan, autant être au courant.

— Non, ils ne sont pas comme ça.

Liam s'adossa à son fauteuil et considéra longuement Rory.

— Quel âge as-tu ?

— Vingt et un ans.

— Tu as encore beaucoup à apprendre.

— Qu'étais-je supposé faire ?

— Exactement ce que tu as fait, mon garçon. Mais tu aurais dû te montrer plus malin.

Rory fronça les sourcils, perplexe.

— La prochaine fois, tue-les tous, poursuivit Liam. Ne laisse personne répandre une histoire fausse. À présent, donnez-moi des nouvelles de l'Ouest et des îles.

Rory et Kieran s'exécutèrent en dégustant du bœuf tiède accompagné de pain noir, du fromage et une compote de pommes. Liam coupa la viande à l'aide d'un poignard gravé de signes inconnus. Une arme probablement achetée lors d'un de ses nombreux voyages autrefois, estima Rory. Liam parlait rarement de son passé troublé, mais Rory savait qu'il avait résidé dans différentes cours étrangères comme ambassadeur du roi Alexandre. Il se trouvait d'ailleurs en France à l'époque où Margaret avait été forcée d'épouser Lachlan, et en Flandres quand Gannon avait été banni pour le meurtre de celui-ci. Mais il y avait longtemps de cela.

— Croyez-vous vraiment que nous aurons une guerre de succession ? interrogea Rory.

— Et toi, que les Bruce reculeront ? Les Balliol sont plus proches de la Couronne, c'est une évidence pour tout le monde, mais les Bruce sont trop ambitieux pour l'admettre.

— Vous n'aimez pas beaucoup les Bruce, n'est-ce pas ? fit remarquer Kieran.

Liam eut un ricanement méprisant.

— C'est le moins qu'on puisse dire. Les Bruce ont causé beaucoup d'ennuis dans la région de Carrick et se sont fait de nombreux ennemis. Néanmoins, ce serait de la folie de mésestimer leur pouvoir. Robert l'aîné a beau être vieux, il reste toujours aussi vicieux. Quant à son fils, il suffit de penser à la manière dont il a kidnappé Marjory de Carrick et l'a obligée à l'épouser pour avoir une idée de son caractère.

— Je croyais que c'était l'inverse qui s'était passé, s'étonna Kieran.

Liam haussa les épaules.

— Peu importe. Ils vont très bien ensemble, de toute façon. Tous deux sont liés à la Couronne anglaise et espèrent voir Édouard prendre parti pour leur cause.

— Et Balliol ? s'enquit Rory. Entre-t-il dans la compétition seul, ou soutenu par l'Angleterre ?

— Les deux, bien sûr. Il bénéficie également du soutien de tes cousins, les Comyn. Ils surveillent ses arrières. Et vous feriez bien de les imiter, l'un et l'autre. Quand ils apprendront que vous voyagez, ils essaieront de vous convaincre de collecter des informations pour eux en échange de grandes promesses. C'est une bonne époque pour parcourir le pays. Comptez-vous vous arrêter ici au retour ?

— Oui.

— Parfait. Qui sait ? Nous aurons peut-être un roi à ce moment-là.

Ils discutèrent encore un peu, puis Liam regagna sa chambre confortable tandis que Rory et Kieran s'installaient dans la grande salle pour dormir.

— À ton avis, il y aura la guerre ? s'enquit Kieran en buvant directement à la gourde remplie de vin que leur avait donnée Liam.

— C'est possible, répondit Rory.

Il s'allongea sur le lit de camp. Dehors, la pluie tombait à verse ; il remonta sa couverture sous le menton, content d'être au sec.

— De quel côté te battras-tu si c'est le cas ?

— Les Balliol, je suppose. Tu as entendu Liam : il ne fait pas confiance aux Bruce. Mon père non plus.

— Je suis prêt !

Rory lâcha un rire.

— Encore un peu de vin, et tu commenceras la guerre tout seul, railla-t-il.

— Tu n'es pas prêt à combattre pour une bonne cause ?

— Je suis pour la cause *juste*.

Peu après, Kieran s'endormit. Rory resta allongé dans le noir à s'interroger sur son avenir. Il se sentait au seuil de quelque chose, mais n'arrivait pas à déterminer s'il devait avancer ou non. Ou s'il avait le choix. Son père avait fait plusieurs rêves prémonitoires et, une fois de plus, Rory regretta de ne pas avoir hérité de son don.

Le lendemain, un soleil radieux brillait dans le ciel. Pressés de partir pour profiter du beau temps, Rory et Kieran déjeunèrent en compagnie de Liam dans une salle remplie de seigneurs et d'hommes d'armes venus des quatre coins de l'Écosse. Puis ils se rendirent ave leur oncle aux écuries pour récupérer leurs montures.

Un palefrenier les salua et demanda leurs noms.

— MacDonald, indiqua Kieran.

— MacGannon.

À la mention de celui-ci, le garçon écarquilla les yeux et désigna la rangée de stalles, avant de filer en courant.

Kieran et Liam échangèrent un regard perplexe tandis que Rory examinait les box les uns après les autres. Il trouva le destrier de Kieran, mais pas le sien. La dernière stalle au fond était vide. Du moins le crut-il au début, avant d'aviser une forme sombre sur le sol. Il se pencha pour mieux voir.

— Par le Christ !

Kieran, à côté de lui, porta la main à sa bouche.

L'animal avait la gorge tranchée. Son sang avait imbibé la paille, rougissant tout l'espace autour.

— Ils savent que tu es là, mon garçon, commenta Liam d'un ton calme.

4

Après avoir acheté un autre destrier au village, Rory quitta Stirling avec la désagréable impression d'être observé. Malgré le soleil, il frissonnait; il se surprit plusieurs fois à regarder par-dessus son épaule. Liam les accompagna une heure durant, puis les quitta à un embranchement, non sans les sermonner une dernière fois:

— Berwick est une ville rude. Outre les Flamands, qui sont partout, il y a de nombreux Hollandais et Dieu sait combien d'Anglais. Vous enverrez des messagers porter des nouvelles chez vous?

— Oui. Et si nous entendons quelque chose d'important, nous vous en dépêcherons un aussi.

— Restez prudents.

Liam marqua une pause, sourcils froncés, avant d'ajouter:

— Voulez-vous que je vous accompagne jusqu'à Falkirk?

— Et que vous nous bordiez dans notre lit? ironisa Rory. Non merci, c'est inutile.

Liam leur serra la main.

— Rappelez-vous: eux vous connaissent, mais vous ignorez à quoi ils ressemblent. Il semblerait que tout le clan des MacDonnell ait décidé de se lancer à votre poursuite. Actuellement, l'Écosse n'a plus de loi. Ne comptez pas sur l'humanité de vos congénères. Bon voyage, mes amis. Surveillez vos arrières.

— Nous le ferons, promit Rory.

À Falkirk, ils n'apprirent rien de nouveau. Les mêmes rumeurs concernant la succession au trône couraient dans les rues et les tavernes. Ils entendirent également parler de Rory MacGannon qui, disait-on, avait tué quatre hommes à mains nues et violé toutes les femmes d'une famille. Malgré son envie de rétablir la vérité, Rory garda le silence et la tête basse. Quelle ampleur cette histoire atteindrait-elle, avant que les gens comprennent l'ineptie de tels ragots ?

Dieu merci, constata-t-il, son nom avait disparu des conversations à Édimbourg. En revanche, ils obtinrent des nouvelles du Continent et du roi Édouard, stationné dans les Midlands avec son armée.

Le temps de se reposer, ils reprirent la route vers le Sud, accompagnés d'un flot ininterrompu de voyageurs. Enfin, par un gris après-midi de novembre, ils atteignirent la rive de la Tweed, face à Berwick.

Rory n'eut aucun mal à trouver un passeur pour traverser l'estuaire. Le port grouillait d'embarcations : canots d'osier, grands navires marchands, galères anglaises, drakkars, barques de pêcheurs, et autres esquifs en tout genre.

Avant de débarquer, Rory demanda au passeur s'il connaissait un endroit où dormir.

— Pour vous ? répondit l'homme avec un ricanement méprisant. Un peu en aval, à l'entrée de la ville, vous trouverez ce que vous cherchez, y compris des filles hospitalières, même avec les Highlanders.

— Que voulez-vous dire ? s'insurgea Kieran, indigné.

Rory, quant à lui, préféra prendre la remarque à la plaisanterie :

— Même avec les Highlanders ? En effet, elles n'ont pas l'air très farouches.

Le passeur lâcha un rire.

— Vos congénères ne sont pas toujours bienvenus dans le Sud, mais Berwick n'est pas bégueule. Si vous vous tenez tranquilles, vous n'aurez pas d'ennuis.

— Nous sommes là pour affaires, pas pour créer des problèmes.

— Dans ce cas, tout se passera bien. À Berwick, on a le sens des affaires.

L'homme les considéra en fronçant les sourcils.

— Vous êtes jeunes, pour des marchands.

— Nous ne sommes pas marchands. Vous avez des conseils à nous donner pour négocier avec eux ?

— Ne montrez pas qui vous êtes. Changez de vêtements et parlez un écossais correct, pas gaélique. Ça évitera qu'ils ne vous entourloupent.

— Nous ne sommes pas complètement stupides, protesta Kieran.

Le passeur l'examina longuement.

— Vous me demandez mon avis, je vous le donne. Mais prenez-le sur ce ton-là si ça vous chante, comme ça tout le monde pensera qu'on a raison de considérer les Highlanders comme des sauvages.

— C'est aussi votre avis ? s'enquit Rory. Qu'on est des sauvages ?

— Oh, moi, je n'ai pas d'avis. Je fais traverser ceux qui me paient. Les autres, je les laisse sur la rive.

— Ça me paraît honnête, commenta Rory.

Ce qui lui valut un éclat de rire.

Après avoir marché un moment en silence, Kieran se mit à maugréer contre les remarques du passeur. Rory l'interrompit en secouant la tête.

— Laisse tomber.

— Mais tu as entendu ce qu'il a dit à propos des Highlanders ?

— Oui. Ils nous prennent pour des barbares. C'est à cause de nos vêtements. Vois-tu quelqu'un d'autre habillé comme nous, ici ?

De fait, leur tenue ne passait pas inaperçue. Les habitants de Berwick portaient de grandes tuniques noires sur des chausses, ou des bliauds longs et sombres au-dessus de chainses colorées ; leurs manteaux n'étaient généralement pas doublés, ou d'une simple couche de laine moelleuse. Rory et Kieran, quant à eux, arboraient une lourde tunique safran sur un pantalon étroit en tartan et une cape noire à revers de fourrure leur descendant aux chevilles. Et bien sûr, jeté sur l'épaule, le plaid traditionnel teint avec des plantes locales. Leur coiffure aussi détonnait, puisque les citadins avaient les cheveux courts ou dissimulés sous une coiffe, tandis que les leurs flottaient librement sur leurs épaules. Leur seul point commun avec les gens de Berwick était leurs bottes de cuir à talons plats.

— Non, mais nous ne sommes pas les seuls étrangers, et certains ont des accoutrements autrement plus extravagants que les nôtres.

Kieran avait raison. Il y avait là des visiteurs venus de partout : des Italiens couverts de soie aux vives couleurs, des Vikings parés d'or et de fourrures, des Maures d'Espagne à la peau sombre, et des sujets du Continent sobrement mais élégamment vêtus.

— Peut-être les gens d'ici les considèrent-ils tous comme des barbares.

— Dans ce cas, nous ferions mieux de leur montrer qu'ils se trompent à notre sujet.

— Nous ferions surtout mieux de nous mettre en quête d'un endroit où nous rassasier et dormir, répliqua Rory en levant les yeux vers les gros nuages noirs au-dessus de leurs têtes. On est ici pour récolter des informations, pas pour changer les états d'esprit. Je te rappelle que nous ne sommes que deux. Je préférerais être un peu mieux équipé avant d'essayer de modifier l'opinion des gens de Berwick sur les Highlanders.

Kieran sourit.

— Tu as raison. Même si, à mon avis, on a nos chances. Ne raconte-t-on pas que Rory MacGannon a tué vingt hommes d'une seule main ?

— Seulement vingt ? Je croyais que c'était quarante.

Ils dénichèrent une auberge dans une ruelle au pied de la muraille du château. Une ambiance chaleureuse se dégageait de la salle pleine à craquer et bourdonnante de conversations. Rory posa ses sacoches sur le seuil, se délectant du délicieux arôme qui monta à ses narines quand une serveuse passa devant lui, un plateau d'assiettes fumantes dans les mains. Il mourait de faim !

En se tournant vers Kieran, il s'aperçut que son cousin discutait déjà avec une jeune fille. Bien que cette dernière lui tournât le dos, Rory devina qu'elle était jolie. Elle avait des cheveux noirs qui ondulèrent en vagues soyeuses dans son dos quand elle s'esclaffa. Manifestement, le charme de Kieran opérait.

Après être convenu d'un tarif convenable pour le gîte et le couvert avec l'homme dégingandé venu l'accueillir, Rory s'installa à une petite table inoccupée dans un coin et héla son cousin. Kieran le rejoignit. Il arborait un sourire rayonnant.

— À peine arrivé, et tu cours déjà après une fille, ironisa Rory. Qui est-ce ?

— Je ne connais pas son nom, mais comme elle m'a promis de nous apporter un pichet de bière, je suppose qu'elle travaille ici.

— Très subtil de ta part.

— Eh, ne te moque pas. Lequel d'entre nous a déjà abordé une fille ?

— Lequel d'entre nous a trouvé une chambre pour la nuit ?

— D'accord. Mais qui a commandé la bière ?

— C'est bon, tu as gagné, concéda Rory en riant.

En attendant qu'on les serve, il observa les autres clients. La plupart étaient des hommes, mais s'y mêlaient aussi quelques femmes, dont certaines parées de riches étoffes. Rien d'étonnant, songeat-il, dans le port le plus prospère d'Écosse, où transitaient la plupart des denrées du pays et du nord de l'Angleterre à destination du Continent. Autour de lui, on entendait d'ailleurs une multitude de langues : écossais du Sud, français – celui des Écossais et des Anglais fréquentant les cours royales –, gaélique, anglais, flamand, hollandais, et deux ou trois autres dialectes inconnus de lui.

Bien sûr, il y avait également la clientèle habituelle des tavernes : des marins burinés ayant vécu trop longtemps en mer ; un gringalet au regard torve qui contemplait les serveuses la mâchoire tombante ; deux gaillards prenant du bon temps en compagnie d'une prostituée ; un colosse oriental avec une queue-de-cheval au sommet du crâne qui buvait sec et riait gras ; un homme balafré de la tempe à la base de la gorge…

Bientôt, la jeune brunette arriva avec deux timbales de fer et un pichet de bière. Tandis qu'elle prenait leur commande, Rory détailla son fin visage aux traits réguliers où brillaient deux yeux gris emplis de vivacité. Sa voix était douce et mélodieuse, son accent raffiné.

Et anglais, nota-t-il avec surprise. Il l'examina plus attentivement. Malgré la simplicité de sa tenue, elle avait beaucoup d'allure ; ses mains étaient blanches et entretenues. Que faisait une jeune femme de sa classe dans une auberge de Berwick ?

Kieran, manifestement content de lui, la contemplait également, mais d'un air beaucoup plus gourmand. Elle croisa son regard, détourna le sien, le ramena sur lui… Cela, deux ou trois fois de suite. Amusé, Rory lui demanda de répéter leur commande.

Si cela la contraria, elle n'en laissa rien paraître. Et le petit jeu de regards entre Kieran et elle reprit de plus belle.

— Le gibier et le poisson sont délicieux, conclut-elle.

— Je suis sûre que tout ce que vous servez est délicieux, répondit Kieran.

Rory leva les yeux au ciel.

— Merci, jeune damoiselle, dit-il.

— De rien, messire.

— Pas la peine d'être aussi polie avec lui, prévint Kieran. Appelez-le Rory ou il va prendre la grosse tête. Moi, c'est Kieran. Et vous ?

— Contente de vous compter parmi nous ce soir, messires.

Le temps d'un sourire, et elle gagnait la table suivante, occupée par trois marins.

— Comment est le poisson ? s'enquit l'un d'eux.

— Très bon ce soir, dit-elle.

Un de ses acolytes fit la moue.

— Y devrait l'être tous les soirs, non ?

En guise de réponse, elle lui adressa un sourire guindé, et demanda s'ils désiraient de la bière ou du vin.

— Ni l'un ni l'autre. J'ai autre chose en tête, lança le premier en tendant la main dans sa direction.

Elle s'esquiva d'un bond.

— Je ne suis pas au menu, le prévint-elle.

Mais il bondit sur ses pieds et l'enlaça par la taille.

— Et si moi, c'est toi que je veux ? rétorqua-t-il en tentant de l'embrasser.

— Lâchez-moi ! Lâchez-moi ! s'écria-t-elle, au bord de la panique.

Rory et Kieran se levèrent dans un même élan. Rory plaça la pointe de sa dague sur la gorge de l'homme ; Kieran lui ôta les mains de la taille de la serveuse.

— Tu la laisses tranquille et tu t'excuses, d'accord ? murmura Kieran.

L'autre tourna les yeux de côté pour essayer d'apercevoir la lame. Rory appuya un peu plus fort. Le marin ramena la tête en avant et lâcha la fille.

— Bonne idée, approuva une voix.

Il s'agissait d'un Écossais, mais pas un Highlander.

Rory reconnut un jeune homme aperçu un peu plus tôt au fond de la salle. Celui-ci pointait un poignard sur le ventre du marin.

— Je crois, déclara-t-il, que vous n'avez plus faim. Vous allez donc sortir et laisser un généreux pourboire pour vous excuser.

— Du diable s'il fera ça! s'écria le deuxième marin en sautant sur ses pieds.

L'instant d'après, il lançait un pichet à la tête du jeune Écossais, qui l'esquiva et enfonça son poing dans l'estomac du premier marin. Le troisième comparse se joignit alors à la mêlée en hurlant.

Le combat fut rapide. Finalement, Rory, Kieran et leur nouveau compagnon jetèrent leurs trois agresseurs sous la pluie.

— On mettra le feu à l'auberge! menaça l'un d'eux en se relevant à grand-peine.

— Essayez un peu, répliqua Rory, et je vous promets que vous le regretterez.

— Maudits Highlanders!

Rory avança d'un pas; les trois vauriens s'enfuirent sans demander leur reste. Hilare, il attendit avec ses compagnons que les marins aient disparu avant de rentrer.

Ils furent acclamés par les autres clients. Le propriétaire les remercia avec effusion.

— On ne sait jamais ce que la nuit nous réserve, expliqua celui-ci en secouant la tête. Certains soirs, tout est calme, et d'autres… On ne peut pas sélectionner ceux qui entrent ici. Je vous suis très reconnaissant. Je vais vous faire servir d'autres bières.

— Merci beaucoup, aubergiste, fit Rory.

Leur nouvel ami écossais affichait un large sourire.

— On leur a fichu une frousse bleue, pas vrai?

— Sûr, acquiesça Rory.

La serveuse se précipita vers eux.

— Merci, merci beaucoup, dit-elle dans un souffle. Edgar, merci! J'ai eu tellement peur.

— Vous aviez raison, approuva l'Écossais. Il ne vous aurait pas lâchée.

— Ravi d'avoir pu vous aider, déclara Kieran. Comment pourrions-nous laisser quiconque s'en prendre à une jeune femme aussi belle que vous ?

— Merci encore.

Elle s'éloigna rapidement, le visage écarlate.

— Nous formons une bonne équipe, affirma Rory en se rasseyant. Je vous en prie, mon ami, joignez-vous à nous. Je m'appelle MacGannon. Rory Mac-Gannon.

Il leva sa chope pour saluer leur invité.

— Edgar Keith, se présenta l'inconnu en leur tendant la main. Vous êtes des Highlanders ?

— À quoi voyez-vous ça ? plaisanta Rory. Vous nous trouvez si différents de vous ?

— Un peu.

— Remarquez, vous aussi, vous nous semblez un peu étrange avec vos drôles de vêtements.

Keith s'esclaffa.

— Regardez autour de nous. Personne n'est habillé pareil.

— C'est vrai, acquiesça Kieran. Kieran Mac-Donald. De Skye.

— Skye ? Connaissez-vous un dénommé Davey MacDonald ? Il aurait été…

— Enlevé par les Vikings, termina Kieran. Vous avez eu vent de cette histoire ?

— Comme tout le monde. Et il aurait été sauvé par un dénommé Gannon. C'est bien le même homme ?

Kieran lâcha un rire.

— Oui. Et son fils est assis devant vous.

— J'ai entendu quelque chose à propos d'un Mac-Gannon, déclara Edgar Keith, pensif. Peu importe, ça me reviendra…

Edgar expliqua qu'il était le cadet d'un lainier de Lothian et, à ce titre, venait régulièrement à Berwick. Ils discutèrent ensuite de la mort de la petite reine et des rumeurs concernant l'avenir de l'Écosse. Edgar leur exprima son inquiétude pour son pays. Ses cheveux lisses tombaient sur son visage tandis qu'il parlait ; il les rejetait en arrière d'un air absent. Soudain, son expression changea. Son regard bleu se fit si intense que Rory se retourna pour voir qui il fixait ainsi.

Comme il l'avait présumé, il s'agissait d'une femme : une charmante jeune fille blonde qui contemplait Keith en retour d'un air inquiet.

— Excusez-moi un instant, dit celui-ci en se levant.

Il s'éloigna sans leur laisser le temps de réagir.

— Je me demande si toutes les filles de Berwick sont aussi jolies, s'interrogea Rory.

— On le dirait, répliqua Kieran en cherchant des yeux la brunette qui servait un groupe d'hommes attablés un peu plus loin. Elle est délicieuse, pas vrai ?

Rory suivit son regard. La jeune fille semblait remise de l'échauffourée avec les marins. Et elle se débrouillait plutôt bien pour échapper aux mains baladeuses ou à ceux qui tentaient de la retenir.

— Sans aucun doute.

— Eh, c'est moi qui l'ai remarquée le premier !

Rory leva les mains devant lui.

— Ne te tracasse pas, je ne compte pas empiéter sur ton territoire. Je me contentais de répondre à ta question.

Il pivota vers Edgar Keith. En grande conversation, l'Écossais et la jeune fille paraissaient avoir oublié le monde environnant. Rory termina sa bière.

— Un autre pichet ? interrogea la serveuse brune. Pour vous deux ?

— Oui. Merci, acquiesça Kieran. Damoiselle… ?

— Et pour Edgar Keith ? Il est parti ?

— Non, il est là. En train de discuter avec cette jeune fille, déclara Rory.

La serveuse tourna la tête dans la direction indiquée et pâlit.

— Excusez-moi, dit-elle en se dirigeant vers le couple.

— Tu perds ton temps, lança Rory à Kieran. Tu ne sauras même pas son nom.

— Tu paries ? rétorqua Kieran en sortant une pièce.

— Pari tenu. Si tu connais son nom avant demain matin, tu as gagné.

Ils regardèrent la serveuse rejoindre Edgar Keith et la jeune blonde. Elle leur parla avec agitation, lançant régulièrement des coups d'œil par-dessus son épaule, comme si elle craignait qu'on ne les remarquât. La blonde l'écouta, secoua la tête avec un sourire serein, et répondit quelque chose qui mit fin à la conversation. Les deux femmes se dévisagèrent, puis se tournèrent vers Edgar Keith qui acquiesça d'un signe de tête. Sur quoi, la brunette recula d'un pas, tourna les talons et disparut.

— Magnifique ! commenta Rory avec une moue.

Il avait faim, soif, et sentait que cela risquait de ne pas s'arranger de sitôt.

— Je suis désolé, s'excusa Keith en s'installant de nouveau à leur table. Vos gobelets sont vides. Commandons un autre pichet et reprenons notre conversation.

— J'ai déjà commandé, l'informa Rory, mais la serveuse a filé pour vous rejoindre. Tout va bien ?

Edgar Keith sourit.

— Oui, très bien. Ah, voilà Jacob.

L'aubergiste arriva, un pichet à la main.

— Voilà pour vous, messieurs.

— Mes amis, annonça Edgar, je vous présente notre hôte, Jacob Angenhoff. Ici depuis deux mois à peine, il a fait d'une bâtisse en décrépitude une auberge confortable. Désormais, je descends toujours ici quand je viens à Berwick. Jacob, Rory MacGannon et Kieran MacDonald.

— Ravi de vous avoir parmi nous, messires, déclara Angenhoff.

— Et nous d'y être, assura Rory en songeant que l'attrait de Keith pour l'établissement d'Angenhoff tenait plus à la blondinette qu'aux améliorations apportées au lieu. D'où venez-vous, sieur Jacob ?

Après un bref silence, Jacob sourit.

— Londres.

— Qu'est-ce qui a pu vous convaincre de quitter Londres pour Berwick ? demanda Kieran, surpris.

Le sourire de Jacob se figea.

— Êtes-vous déjà allé à Londres, messire ?

— Non, reconnut Kieran, mais j'espère bien m'y rendre un jour.

Il posa quelques pièces sur la table.

— Pour notre dîner et la bière.

— Je vous en prie, gardez votre argent, dit l'aubergiste. Vous êtes mes hôtes. C'est ma façon d'exprimer ma reconnaissance pour avoir pris la défense de ma fille Rachel. Vos plats ne devraient plus tarder. Je vais m'occuper de vos chambres.

Un dernier sourire, et il s'éloigna.

Kieran donna un petit coup de coude à Rory.

— Rachel Angenhoff. Je n'ai même pas eu à me renseigner.

Rachel les servit rapidement en évitant leurs regards. Malgré son amabilité, elle semblait contrariée.

Kieran lui sourit.

— Vous vous sentez bien ? Vous êtes encore secouée ?

— Non. Tout va bien maintenant, grâce à vous.

Elle jeta un coup d'œil à Edgar Keith et s'éloigna. Kieran la suivit des yeux.

— Elle est en colère contre moi, expliqua Keith. La jeune fille avec qui je parlais est sa sœur. Rachel désapprouve cette relation.

— Pourquoi ? s'étonna Kieran.

— Je ne suis pas… Elle est…

Il n'acheva pas sa phrase, reprenant aussitôt :

— Je vous serais reconnaissant de ne rien dire à Jacob. Il n'est pas au courant, et cela ne lui plairait pas.

— Vous n'êtes pas quoi ? insista Kieran. Qu'est-ce qui gênerait son père ? Votre âge ? L'odeur de la laine ?

Keith sourit.

— Ça doit être ça, à coup sûr. Vous savez, je raconte à tout le monde que je viens ici pour négocier avec les marchands de laine, mais en vérité c'est Sarah que je viens voir.

— Ils sont de Londres, n'est-ce pas ? demanda Rory.

— Oui. Arrivés depuis peu. Encore merci pour votre intervention de tout à l'heure.

— C'était normal.

Kieran lâcha un rire.

— Mon cousin s'est donné pour mission de protéger les belles dames en détresse, il semblerait. Il vole à leur secours régulièrement.

À cette remarque, Edgar claqua des doigts.

— Ça y est, je me souviens maintenant ! s'exclama-t-il. MacGannon. Votre nom, je l'ai entendu prononcé par des hommes recherchant un Highlander supposé avoir violé une jeune femme et assassiné son mari.

Rory secoua la tête, écœuré.

— C'est l'inverse qui s'est passé, précisa Kieran. Rory a sauvé la fille et tué le vaurien qui s'attaquait à elle.

— Dans ce cas, vous feriez bien de rétablir rapidement la vérité.

— Qui étaient ces hommes ? s'enquit Rory.

— Des brigands prêts à tout pour un peu d'or, à mon avis. En tout cas, pas des Highlanders. Si je peux vous donner un conseil : soyez très prudents. Ces pendards ont même promis une récompense à celui qui vous tuera. Vous devriez quitter la ville, ou au moins, vous habiller de manière plus discrète. Regardez autour de vous : la plupart de ces hommes trucideraient leur frère pour un peu d'argent.

Rory balaya la salle des yeux.

— Ils m'ont pourtant l'air assez banals, surtout pour un port tel que Berwick.

— Vous croyez ça ? Vous voyez celui-là, assis là-bas avec sa femme et ses deux enfants ?

— Oui.

— Et la femme à la table d'à côté avec sa servante ? C'est sa maîtresse. Il ne voyage jamais sans elle. Jacob l'a installée dans une aile, l'épouse dans l'autre. Sa précédente maîtresse a été empoisonnée. Par qui ? Mystère ! Et le freluquet au long cou, celui qui agite la tête comme un serpent ? C'est un marquis français, chassé de son pays suite à des crimes dont personne ne veut parler. Et cet autre, le gros avec des bagues à chaque doigt ? Un négociant en laines qui vole tous ceux qui ont le malheur de faire affaire avec lui. Deux d'entre eux ont essayé de l'assassiner. L'un est mort, l'autre a disparu. Vous voyez, nos canailles de tout à l'heure n'étaient pas forcément les plus dangereuses.

Comme Keith buvait une autre gorgée de bière, Rory observa de nouveau l'assemblée. Dire qu'il trouvait ces gens plutôt inoffensifs ! Il se sentit soudain très naïf. Puis les plats arrivèrent, apportés non par Rachel ou sa sœur, mais par une autre serveuse, visiblement plus expérimentée.

La nourriture était délicieuse et abondante. On leur servit une seconde assiette sans même qu'ils aient à la demander.

Rory et Keith discutèrent encore un bon moment en dégustant la bière d'Angenhoff, devisant autour du trépas de la reine et de ses conséquences éventuelles pour l'Écosse. Kieran, quant à lui, préféra se joindre à des joueurs de dés. Dans un coin de la salle, un homme fixait Rory. Il n'avait pas bougé de la soirée, buvant à petites lampées dans une écuelle de bois en épiant chacun de ses mouvements.

Finalement, Rory se leva. L'auberge, se rendit-il compte, était quasiment vide. Kieran, à demi écroulé sur son siège, n'avait plus qu'un seul partenaire. L'homme assis dans le coin était sorti à peu près en même temps qu'Edgar Keith. Peut-être s'était-il trompé à son sujet, après tout ?

Sur le seuil, la serveuse brune – Rachel – les regardait. Elle n'avait pas levé la tête lorsque Edgar Keith était passé devant elle, n'avait pas répondu à son au revoir. De toute évidence, Rachel n'appréciait pas la cour que le jeune homme faisait à sa sœur.

Rory haussa les épaules. Tout cela ne le concernait pas. Il était grand temps pour lui et Kieran d'aller se coucher. Et de barrer leur porte.

Adossée au montant de la porte, Rachel regarda Rory MacGannon aider son cousin à se mettre debout. Kieran MacDonald oscilla, mais parvint à rester sur ses pieds, ce qui tenait du miracle vu la quantité de bière qu'il avait ingurgitée. Grands, robustes et vêtus de ces costumes aux motifs bizarres typiques de leur région, ils ressemblaient en tout point à l'image qu'elle se faisait des Highlanders. Sauf que, jusqu'alors, elle avait toujours considéré ces derniers comme des barbares indignes d'intérêt.

Ces deux-là avaient modifié son opinion. Kieran l'avait fait rire dès le premier instant, se présentant avec une petite révérence comme un courtisan et lui révélant une âme beaucoup plus raffinée que ne le laissait supposer son apparence. De surcroît, ils avaient été les seuls – avec Edgar – à lui venir en aide face à des clients trop entreprenants.

Cette intervention l'avait soulagée, bien sûr, mais également ravie, car elle lui avait donné une raison supplémentaire de parler avec Kieran MacDonald. Il était tellement grand, tellement charmant avec son regard bleu et ses longs cheveux bruns ondulés. Son cousin Rory n'était pas mal non plus. Des Highlanders, se répéta-t-elle avec un sourire. Soudain, elle regrettait qu'Isabel ne fût pas là pour partager ce moment avec elle.

Edgar, qui avait dîné avec eux, lui avait indiqué leurs noms et lui en aurait sans doute appris davantage si elle avait cessé de l'accabler de reproches. Mais cela l'aurait obligée à cautionner une relation inacceptable, même si, ce soir, elle avait compris que les sentiments de sa sœur pour le jeune Écossais étaient déjà trop profonds pour être contrés.

Comment avait-elle pu être aveugle à ce point ? Si elle ne les avait pas surpris penchés l'un vers l'autre en train de se susurrer des mots tendres dans un coin, elle ne soupçonnerait toujours rien.

Sarah, dont elle se croyait pourtant si proche, avait bien protégé son secret. Pourtant, sa sœur aurait dû s'estimer heureuse que ce soit elle et non l'un de leurs parents – qui leur rappelaient dix fois par jour de ne jamais badiner avec les clients – qui les ait surpris. Car même si Edgar Keith semblait sincère et animé d'honnêtes intentions, Sarah savait très bien que rien ne serait jamais possible entre eux.

Au début, leurs parents leur avaient interdit d'entrer dans la salle de l'auberge, les confinant à la cuisine. Mais, mère étant une bien meilleure cuisinière qu'elles et père un serveur déplorable, elles avaient rapidement aidé ce dernier durant la journée, puis à l'heure du souper.

Certains soirs comme celui-ci, quand la salle était pleine et qu'elle n'avait pas le temps de penser, Rachel ne s'en plaignait pas. Mais lorsque les clients se faisaient rares et en profitaient pour essayer de discuter – ou plus – avec elle, elle haïssait sa nouvelle vie.

Le pire, c'étaient les femmes. Il s'agissait le plus souvent d'épouses ou de maîtresses qui accompagnaient leur mari ou amant, et prenaient un malin plaisir à afficher leur supériorité sociale. Rachel avait beau se raisonner, elle se sentait profondément blessée dans son orgueil. Pourtant, sa vie d'autrefois ne reviendrait jamais, elle le savait. Autant s'habituer à celle-ci et en tirer le meilleur parti. Ce qui, en son for intérieur, ne l'empêchait pas de la détester.

Berwick changeait à une vitesse vertigineuse : les voyageurs y affluaient en masse et, depuis la mort de la jeune reine, une tension de plus en plus forte imprégnait l'atmosphère, suite à l'arrivée de notables anglais. Si la rumeur était vraie, Édouard d'Angleterre lui-même y séjournerait bientôt afin de désigner le futur souverain. Lorsque Rachel avait exprimé ses craintes à ce sujet, père l'avait rassurée. Édouard n'avait pas interdit aux Juifs de s'installer en Écosse, avait-il rappelé. En outre, les Écossais verraient d'un mauvais œil le monarque anglais imposer sa loi chez eux. Et si, par malheur, la situation tournait mal, ils pourraient toujours fuir ailleurs. Certes, avait songé Rachel. Mais alors, il faudrait tout recommencer, et ses parents n'étaient plus très jeunes.

Contrairement au reste de sa famille, elle avait fait peu d'efforts pour acquérir l'accent local. C'était sa manière à elle de conserver un lien avec Londres – même si ce lien, comme elle l'avait ressenti ce soir quand Rory MacGannon l'avait dévisagée plus attentivement, pouvait se révéler dangereux. Bien qu'ils n'aient aucune envie de se cacher, mieux valait ne pas s'exposer inutilement.

Cette pensée la ramena à Sarah. Quelle folie s'était emparée de sa sœur pour badiner ainsi avec Edgar Keith ? Si encore il s'était agi d'un homme frivole, mais de toute évidence ses intentions étaient sérieuses. Ce qui rendait les choses encore plus difficiles. Avaient-ils perdu l'esprit pour se regarder comme ça, les yeux dans les yeux ?

— Pardonnez-nous, damoiselle Angenhoff.

Rachel tressaillit, croisant le regard de Rory Mac-Gannon. D'un mouvement du menton, il désigna son cousin, affalé sur lui et à demi endormi.

— J'ai peur que nous ne réussissions pas à passer avec vous devant la porte. Si vous pouviez… ?

Elle bondit sur le côté.

— Oh, excusez-moi ! Avez-vous besoin d'aide ?

Il sourit, amusé.

— Il fait au moins deux fois votre poids. Non, merci, je me débrouillerai.

— Je pensais à mon père, ou l'un de nos employés.

— Ah, vous êtes la fille de Jacob, c'est ça ? répliqua-t-il en la considérant longuement.

— Oui…

Son cousin redressa la tête pour la regarder, les yeux plissés, puis retomba en avant, ses longs cheveux noirs pendant devant son front. Même ainsi, il lui parut séduisant.

— Tu l'as vue, Rory ? articula-t-il d'une voix épaisse. Tu as vu comme elle est belle ? Magnifique. Splendide. Elle s'appelle Rachel, et j'ai gagné mon pari. On devrait dire quelque chose à Rachel. Que peut-on lui dire ? Juste qu'elle est ravissante. C'est ça qu'il faut lui dire, pas vrai ?

— On devrait surtout lui souhaiter bonne nuit. Désolée, damoiselle Angenhoff, il n'est pas méchant, ne lui en voulez pas.

— J'arrive ! cria Jacob en sortant de la cuisine. Laissez-moi vous aider, monsieur.

Rachel recula d'un pas et suivit les trois hommes des yeux tandis qu'ils s'engageaient dans l'escalier. Elle les entendit manœuvrer dans l'étroit couloir menant à la chambre, puis un chant égrillard s'éleva brièvement, et le silence retomba. Le Highlander avait une jolie voix. Pas très bon goût en matière de chansons, mais un beau timbre profond.

Lâchant un petit rire, elle courut rejoindre sa sœur.

5

— Mais je n'avais pas prévu que ça tournerait ainsi, se défendit Sarah, une pointe d'agacement dans la voix. Je te l'ai déjà dit et répété : on a juste commencé à discuter, et...

— Je n'arrive toujours pas à croire que tu ne m'en aies pas parlé.

— Il est descendu ici au moins cinq fois en deux mois ! Tu ne t'es aperçue de rien ?

Rachel s'exhorta au calme. Elle se sentait trahie.

— Si, j'ai observé qu'il venait souvent.

— Et à chaque fois, il demandait après moi. Ça ne t'a pas frappée ?

— Non. Et tu ne m'as rien dit.

Sarah haussa les épaules.

— Je pensais que tu l'avais remarqué. D'ailleurs, il n'y avait rien à dire.

— Tu m'as tout caché.

Elles s'affrontèrent du regard un instant, et Rachel comprit que son univers, une fois de plus, venait de basculer.

— Père et mère sont-ils au courant ?

— Mère l'est. Quant à père... Edgar doit lui parler. Pas tout de suite, mais bientôt.

— Et lui demander la permission de te courtiser ? Tu n'es pas sérieuse !

Sa sœur croisa les bras, sur la défensive.

— Pourquoi pas ? C'est si étonnant que je plaise à un homme ? Impossible à imaginer ?

— Là n'est pas la question, Sarah. C'est un…

— Un homme bien. C'est tout ce qui compte, non ?

— Tout ce qui compte ! As-tu perdu l'esprit ? Est-ce qu'il sait ?

— Quoi ? Que je suis juive ? cracha Sarah. Oui, il sait. Et ça ne l'empêche pas de vouloir de moi.

— Et sa famille ?

— Elle n'est pas au courant.

— Sarah ! Ils ne seront jamais d'accord ! Père ne sera jamais d'accord ! Où as-tu la tête ?

— Nous ne sommes plus à Londres, Rachel ! Je n'ai plus le choix que j'avais là-bas, et je n'ai pas l'intention de passer ma vie à servir de la bière. Quitte à vider des pots d'aisances, je préfère que ce soit les miens, pas ceux d'inconnus. Edgar Keith s'intéresse à moi. Rien ne s'est encore passé entre nous, mais cela viendra, j'y veillerai. Je ferai ce qu'il faut pour qu'il m'aime, qu'il ait envie de passer le restant de sa vie avec moi. Je le rendrai heureux et il prendra soin de moi. Nos enfants n'auront jamais à abandonner leur maison au milieu de la nuit. C'est un marché honnête pour tous les deux. C'est trop te demander d'être contente pour moi ?

— Mais, Sarah…

Sarah se tourna vers le mur.

— Si tu n'es pas assez généreuse pour te réjouir de ce qui m'arrive, il n'y a rien à ajouter.

Rachel contempla le dos de sa sœur un long moment. Finalement, elle souffla la chandelle et garda les yeux ouverts dans le noir, regrettant plus que jamais son amie Isabel.

— Damoiselle Angenhoff.

Rachel continua à plier le linge sans répondre. Ce n'est que lorsque l'homme l'appela une seconde fois qu'elle comprit qu'il s'adressait à elle. Elle était

Rachel Angenhoff à présent, la fille de l'aubergiste. Soudain consciente de ses cheveux en désordre, elle pivota vers lui.

Kieran MacDonald, le grand Highlander brun aux épaules larges, se tenait devant elle. Il la fixait de ce même regard d'un bleu vibrant que la veille dans la salle de l'auberge. Il l'avait fait rire avec ses remarques pleines d'esprit, et plus tard lorsque, trop ivre pour tenir debout, il avait oublié sa réserve et l'avait complimentée. Ses yeux étaient légèrement rougis ce matin, ses joues un peu pâles, mais il lui parut toujours aussi charmant.

— Messire ?

Il croisa les mains devant lui, une expression si grave sur les traits qu'elle faillit s'esclaffer. Lui, pourtant, ne plaisantait pas : il était gêné, se rendit-elle compte avec surprise.

— Je suis venu m'excuser.

— De quoi ?

Il décroisa les doigts, puis les recroisa. Ayant pitié de lui, elle reprit :

— Vous n'avez aucune raison de vous excuser. Vous n'avez rien fait de mal.

— J'étais ivre.

— C'est certain.

— J'ai fait du tapage.

— En effet.

— J'ai chanté ?

— Brièvement.

— Vous ai-je empêchée de dormir ?

— Non. Vous vous êtes endormi avant, je présume.

— Je ne fais pas cela, en temps normal.

— Quoi ? Dormir ?

Il lui sourit. Elle sentit le souffle lui manquer.

— Non, damoiselle, je dors, comme tout le monde. Mais je n'ai pas pour habitude de boire et me conduire comme un idiot.

— Vous n'avez fait de tort à personne. Vous avez perdu votre argent au jeu et bu trop de bière, mais, croyez-moi, vous n'avez rien commis de répréhensible.

— Que vous ai-je dit ?

— Vous l'avez oublié ?

Il hocha la tête.

— Votre cousin...

— D'après lui, je me suis comporté comme le dernier des idiots. Qu'est-ce que je vous ai dit, damoiselle ?

Rachel s'empourpra.

— Je...

— Mon Dieu, qu'ai-je déclaré qui puisse vous faire encore rougir maintenant ?

— Que j'étais ravissante.

À ces mots, il sourit, d'un sourire si charmeur qu'elle sentit son cœur s'accélérer. La tête penchée sur le côté, il la dévisagea.

— On dirait que l'ébriété n'altère en rien mon bon goût, commenta-t-il. J'avais raison. Vous êtes ravissante.

Elle fut incapable de répondre. Le sourire du Highlander s'agrandit.

— Vous êtes une très belle femme, Rachel Angenhoff, reprit-il d'une voix suave. J'espère que vous ne m'en voudrez pas de vous le répéter. Et, cette fois, sans une seule goutte d'alcool dans les veines.

Sur quoi, il sortit, la laissant seule dans la pièce, abasourdie.

Une semaine s'écoula sans incident. Les Highlanders restèrent à l'auberge, mais Rachel s'arrangea pour ne plus s'occuper d'eux, abandonnant cette tâche à Sarah et à l'autre serveuse. Les Highlanders étaient réputés dangereux, elle le savait, mais, à sa façon, Kieran MacDonald dépassait ses pires craintes. Qu'importe ? Il partirait bientôt. Elle l'oublierait.

Sarah et elle se parlaient peu. Elle avait l'impression que sa sœur avait franchi une frontière et qu'elle-même la regardait s'éloigner sans pouvoir la suivre. Elle avait surpris plusieurs fois leur mère, les yeux fixés sur Sarah et Edgar Keith. Mère savait et, pourtant, elle n'avait rien fait pour mettre un terme à cette relation. Mais père ne réagirait sûrement pas de la même manière ; il ne permettrait jamais à Edgar Keith de courtiser Sarah. Que se passerait-il alors ?

Cette inquiétude constamment en arrière-plan de ses pensées, elle s'occupait à la cuisine ou dans les chambres. Grâce à l'ancien propriétaire, Gilbert Macken, elle découvrait peu à peu les ficelles du métier et, notamment, comment différencier au premier coup d'œil les bons clients des indésirables. Attentionné et efficace, Gilbert possédait en outre une discrétion à toute épreuve qui rendait sa compagnie d'autant plus agréable.

Parfois, elle observait sa sœur et ses parents dans leur nouvelle peau d'aubergistes avec le sentiment étrange de se retrouver face à des inconnus. Comment avaient-ils pu changer autant en si peu de temps ? Elle-même ne se reconnaissait plus, qui acceptait d'être complice de Sarah en distrayant leur père pendant que celle-ci échangeait des mots doux avec Edgar.

Elle se sentait horriblement malheureuse dans sa nouvelle vie, et Kieran MacDonald, avec sa fière allure et ses manières aimables, n'arrangeait pas les choses. Bien que, pour être honnête, il ne fît rien d'autre que lui sourire ou lui souhaiter le bonjour, elle l'évitait au maximum, lui préférant son cousin Rory qui se contentait de parler avec elle naturellement, sans flirter.

La pluie avait confiné les voyageurs à l'intérieur toute la journée. En début de soirée, père conseilla de les soûler rapidement avant la nuit, afin d'être tranquilles pour le Shabbat. Sarah s'esclaffa à cette plaisanterie, qui n'arracha qu'un sourire guindé à Rachel. Le Shabbat commencerait avec le coucher du soleil et, salle pleine ou non, père le respecterait, elle le savait.

Elle aimait ce rituel qui créait un trait d'union entre eux et les générations précédentes, leur rappelait les joies et les peines de leur peuple et les reliait à l'aube des temps.

Jusqu'à aujourd'hui, elle avait toujours cru qu'il en allait de même pour sa sœur et sa mère, mais à présent elle se rendait compte de son erreur. Comment Sarah pouvait-elle partager ce sentiment, prier avec eux et regarder père mettre le châle sur ses épaules pour lire le siddour ou le Tanak quand, au fond de son cœur, elle s'était déjà détournée d'eux et de leur religion ? Et mère, comment parvenait-t-elle à croiser les doigts, baisser la tête et murmurer les répons alors qu'elle connaissait les intentions de sa fille et la douleur qu'éprouverait père le jour où il les découvrirait ? Rachel se sentait tiraillée entre sa loyauté envers sa sœur et l'espoir que celle-ci reviendrait à la raison.

Comme tous les vendredis soir, mère apporta les plats dans la petite pièce réservée au Shabbat à côté de la cuisine, puis s'essuya les mains sur son tablier avant de recevoir la purification et la bénédiction. Son talit sur les épaules, père remercia Dieu pour cette nouvelle semaine de santé et de prospérité, puis Sarah, mère et Rachel s'avancèrent dans la clarté des candélabres d'argent transmis de mère en fille depuis des générations.

Père entamait la seconde prière lorsque la porte s'ouvrit à la volée.

Kieran MacDonald et Rory MacGannon apparurent sur le seuil. Surpris, les deux hommes les contemplèrent un instant sans rien dire. Puis, se ressaisissant, Rory repoussa le battant en déclarant :

— Excusez-nous. La salle est bondée, et nous avons proposé à Gilbert d'aller chercher un tonneau au cellier. Manifestement, nous nous sommes trompés de pièce. Désolés d'avoir interrompu votre… service. Encore pardon.

La précipitation avec laquelle il referma n'empêcha pas Rachel de lire la sidération dans les yeux de Kieran. Elle sentit ses joues s'empourprer. Si cela avait été possible, elle aurait disparu sous terre. Puis une vague de colère succéda à sa gêne. De quoi avait-elle honte ? Elle était juive et fière de l'être, et Kieran MacDonald était un imbécile de ne pas s'en être douté ! Ne s'appelait-elle pas Rachel ?

Elle ferma les paupières, s'efforçant de ravaler ses larmes. Quand elle les rouvrit, sa sœur la regardait. Sarah ne fit aucun commentaire, mais ce n'était pas nécessaire. « Tu comprends, maintenant ? » semblait dire son expression. Oui, à son grand regret, Rachel comprenait.

— Arrête de bouger, Isabel ! Comment veux-tu que je finisse cet ourlet si tu sautes comme un lapin ? maugréa sa mère malgré les épingles serrées entre ses dents.

Isabel se redressa et regarda droit devant elle, pressée d'en finir avec la séance d'essayage. La reine devait rejoindre le roi Édouard à Lincoln, d'où ils partiraient ensemble pour l'Écosse. La plupart de ses suivantes l'accompagneraient. Isabel, qui n'avait quitté Londres qu'une seule fois dans sa vie, se sentait tout excitée à cette idée.

Dans cette perspective, on lui avait donné plusieurs robes d'occasion, avec charge pour sa mère de les remettre au goût du jour. Après cela, elle se précipiterait chez le fourreur afin de faire doubler la vieille cape de velours que lui avait donnée la reine, en même temps qu'une lettre l'autorisant à porter le velours royal. Elle avait également reçu des chaussures ! Des souliers exquis avec des talons si hauts qu'elle risquait de se tordre la cheville à chaque pas. Mais peu lui importait, tant elle prenait de plaisir à soulever sa robe pour voir apparaître les délicats motifs brodés sur le cuir souple comme du satin.

Tous ces changements, depuis sa nouvelle position jusqu'à ses magnifiques atours, lui donnaient le tournis. Elle avait envie de chanter et de danser de joie, et ressentait de plus en plus de difficulté à rester immobile en attendant que sa mère eût terminé.

— Il ne nous reste que deux jours, rappela celle-ci en lui faisant signe de pivoter. Tu dois être prête pour partir avec la reine. Il est hors de question d'être en retard.

— Je ne le serai pas, mère, assura-t-elle.

— Sans doute. Mais ce n'est pas toi qui seras obligée de coudre à la lueur de la chandelle.

— Je peux vous aider, mère, proposa Isabel, assaillie par une vague de culpabilité. Même si tout n'est pas parfait, je suis sûre que ça ira très bien. Ne vous tracassez pas pour ça.

— Comment ? Tu voudrais que ma propre enfant, la fille de la couturière de la reine, ne soit pas vêtue parfaitement ! C'est hors de question ! D'autant que vous ferez sûrement halte dans un ou deux châteaux, ne serait-ce que pour voir s'ils peuvent être achetés. Tu connais le goût de notre reine pour la terre.

Isabel acquiesça. Oui, l'étendue des fiefs de la reine Éléonore n'était un secret pour personne, pas plus que la dureté et l'avidité de ses régisseurs. Sur ce point, cependant, elle préférait se faire son propre avis le moment venu. Les gens, avait-elle en effet remarqué, étaient trop souvent enclins à répandre des mensonges.

— Voilà ! soupira mère en se redressant.

Elle piqua les épingles restantes dans le petit coussinet de velours fixé à sa ceinture.

— Tourne un peu, que je voie si ça tombe bien.

Isabel pivota, et exécuta une révérence qui lui valut un petit rire ravi.

— Je suis certaine que tu seras la plus belle de toutes les suivantes, mon enfant.

— Ce ne devrait pas être trop difficile, mère. La plupart sont beaucoup plus vieilles que moi. Certaines servaient déjà la reine il y a des dizaines d'années, à l'époque où le roi était en croisade.

— Pas si longtemps que cela, corrigea mère. Maintenant, enlève cette robe que je puisse coudre l'ourlet. Tu devras te montrer très prudente pendant le voyage, mon enfant. Pense à t'abriter du froid et de la pluie. Tu ne seras pas dans le carrosse de la reine, je suppose ?

— Je ne vous l'ai pas dit, mère ? Je vais avoir mon propre palefroi !

— Ce qui signifie que tu seras dehors par tous les temps, et en première ligne si des brigands attaquent.

— Le roi a envoyé plusieurs de ses chevaliers pour nous protéger, précisa Isabel en s'empourprant à l'idée qu'Henri de Boyer serait peut-être parmi eux.

Par chance, occupée à ranger les vêtements dans un coffre de bois, sa mère ne remarqua rien.

Isabel se frotta les bras. Son premier périple en tant que demoiselle d'honneur ! Ils feraient escale dans des châteaux royaux, seraient invités dans de nobles familles, et continueraient vers le Nord pour retrouver le roi à Lincoln. Oui, tout s'annonçait merveilleusement bien, même si un incident qu'elle avait préféré taire à sa mère gâchait une partie de son plaisir.

Cela s'était passé la veille, après qu'elle eut reçu l'ordre de se rendre chez le trésorier de la Maison royale pour signer le reçu de ses tenues, son palefroi et ses gages. Elle était arrivée à la Tour de Londres par la porte donnant sur le fleuve, percée quelques années plus tôt à la demande du roi Édouard.

Face au bâtiment, elle s'était soudain rendu compte combien le père qu'elle s'était inventé durant son enfance lui manquait. Une partie d'elle l'imaginerait toujours dans cette bâtisse, passant ses journées à noter les dépenses de la Couronne sur de grands registres.

Walter Langton n'était pas là, à son arrivée. Elle l'avait attendu avec une certaine anxiété, se demandant si les rumeurs sur son compte étaient vraies et s'il avait réellement signé un pacte avec le diable pour évincer son prédécesseur.

Lorsqu'il était apparu, trois clercs sur les talons, elle avait sur-le-champ repoussé cette hypothèse. Langton avait un physique répugnant, certes, mais il ressemblait plus à un marchand de poisson qu'à un suppôt de Satan se prosternant sur des pentagrammes. Grand, il avait des cheveux grisonnants et une tête directement posée sur ses épaules qui le faisait ressembler à un reptile. Il marchait le ventre en avant, en ondulant légèrement des hanches, presque comme une femme. Des taches d'encre maculaient ses mains épaisses et grasses. À l'instar de la plupart des courtisans, il était vêtu sobrement sans ors ni bijoux. Elle s'était efforcée de rester impassible sous le poids de son regard brun et humide.

— Ah. L'adorable damoiselle de Burke. Je suis ravi de vous rencontrer de nouveau.

Elle avait effectué une révérence, cherchant sans succès à quelle occasion ils s'étaient croisés.

— Monseigneur.

Il s'était approché et l'avait détaillée en tournant autour d'elle tel un prédateur. Isabel avait senti un frisson glacé la parcourir.

Et soudain, il s'était écarté pour aller s'asseoir derrière son bureau, en faisant signe à l'un des clercs de lui apporter un registre. Le clerc s'était exécuté avec empressement, posant le grand livre devant son maître et l'ouvrant à une page couverte de signatures.

— J'aurais besoin que vous accusiez réception de vos robes et de votre palefroi, mademoiselle. Savez-vous écrire votre nom ?

— Oui, monsieur, avait-elle répondu en s'approchant de la table.

— Non, venez plutôt de ce côté.

Elle avait obéi, ses jupes serrées contre elle, non sans jeter un coup d'œil en direction du garde, qui contemplait la scène d'un air impassible. Lorsqu'elle s'était retrouvée à côté de lui, Langton l'avait saisie par la taille pour l'attirer plus près. Ses yeux étaient au niveau de ses seins.

— En êtes-vous satisfaite ? s'était-il enquis.

— Pardon ?

— Votre monture, avait-il précisé en caressant la soie de sa robe. Vos vêtements. Du tissu de grande qualité. Et d'une finesse extrême. Je peux sentir la chaleur de votre peau à travers. Vous plaisent-ils ?

— Beaucoup, avait-elle assuré, de plus en plus mal à l'aise.

La main de Langton avait glissé plus bas, sur l'arrondi de ses fesses. Elle s'était détournée pour lui échapper.

— Où dois-je signer, monseigneur ?

— Ici, avait-il indiqué en plaçant ses doigts sur les siens. Vous avez la peau très douce. Méfiez-vous, le parchemin est mince, soyez délicate. Comme vous le seriez avec un amant. Caressez-le avec l'encre, tirez votre trait lentement et laissez-le s'allonger sous votre pression.

Elle s'était penchée sur le registre, consciente de la paume de Langton sur sa taille, de ses yeux fixés sur ses seins, puis avait signé à toute vitesse, avant de contourner rapidement la table pour venir se placer face à lui. Le regard de Langton étincelait. Il s'était ensuite levé pour la rejoindre et, son visage touchant presque le sien, avait murmuré :

— Aimeriez-vous recevoir plus ?

— Plus, monseigneur ?

— De robes, de chevaux, d'avantages. Ne vous êtes-vous pas demandé pourquoi la fille d'une couturière se retrouvait soudain élevée au rang de demoiselle d'honneur de la reine d'Angleterre ? Une telle dignité ne vous a-t-elle pas surprise ? Votre famille a-t-elle des liens avec la Couronne ? Est-elle riche ? Êtes-vous de haute naissance ?

— J'ai pensé que la reine m'appréciait.

Langton avait adressé un clin d'œil à ses clercs en s'esclaffant :

— Elle pensait que la reine l'appréciait ! Vous croyez vraiment que la reine Éléonore vous a remarquée ? Qu'elle recherche votre compagnie en particulier ?

— Non, avait-elle admis, la gorge nouée.

Il s'était encore rapproché. À présent, son torse touchait ses seins.

— Je suis très puissant, Isabel. Pour ceux qui savent être reconnaissants avec moi, la vie peut devenir merveilleuse.

Du bout de l'index, il avait suivi la ligne de son cou, de son épaule, de son décolleté.

— Demandez à Alis de Braun comment elle est arrivée à cette position. Et à votre mère, qui paie ses gages. Et qui pourrait la renvoyer. Comme ça, avait-il conclu en claquant des doigts.

Sur quoi, il avait reculé en déclarant :

— Merci, damoiselle de Burke. Et n'oubliez pas : si vous désirez… quoi que ce soit, je suis à votre disposition. Mon pouvoir est immense.

— M… Merci, monseigneur, avait-elle bredouillé, avant de pivoter sur ses talons et de filer vers la porte.

— Isabel ?

La voix de Langton était languissante.

Elle s'était arrêtée.

— Monseigneur ?

— J'ai choisi moi-même votre cheval et votre selle en vous imaginant à califourchon, cuisses ouvertes, votre corps frottant sur le cuir sous la soie de votre robe. Je vais continuer à vous visualiser ainsi.

— Je… monte en amazone, monseigneur. Mais merci, monseigneur.

Elle s'était enfuie, honteuse et humiliée par le rire dans son dos, ne comprenant pas quelle folie l'avait poussée à le remercier. Soulevant le bas de sa robe, elle avait dévalé les escaliers, avec l'impression d'être une putain. Langton lui avait donné ses vêtements, son cheval, sa place près de la reine, et désormais elle connaissait le prix de tout cela.

Le garde l'avait suivie plus lentement. Mais, une fois en bas des marches, il lui avait pris le bras :

— Puis-je vous donner un conseil ?

Elle avait hoché la tête, incapable d'articuler un mot.

— J'ai moi-même plusieurs filles, avait-il repris, un ton plus bas. Je vous en prie, ne montez jamais là-haut toute seule. C'est un homme puissant et habitué à obtenir ce qu'il veut. Ne prenez pas ses paroles à la légère…

Cette nuit-là, profondément troublée, elle s'était tournée et retournée dans le lit qu'elle partageait avec Alis, incapable de trouver le sommeil.

— Isabel ! Arrête de bouger ! s'était alors énervée sa compagne. Quelque chose ne va pas ?

— J'ai été convoquée dans le bureau de Walter Langton cet après-midi.

À cette nouvelle, Alis s'était assise.

— Ah. Il t'a effrayée ?

— Non. Enfin, si. Il est horrible.

— Avec le temps, tu t'y habitueras.

— Il m'a dit que c'était grâce à lui si j'étais là, et m'a conseillé de te demander comment tu étais devenue suivante de la reine.

Alis avait lâché un petit rire.

— Bien sûr, c'est toujours lui qui distribue les places. Tu ne le savais pas ? Comment crois-tu que les choses se passent à la cour ? T'estimes-tu amusante et spirituelle au point que la reine réclame ta présence parmi ses suivantes ? Qu'elle te choisisse, toi, une vulgaire fille de couturière ? Oui, c'est Walter Langton qui a tout arrangé, pour toi comme pour moi. Et tu serais bien avisée de te montrer reconnaissante.

— Alors, c'est vrai ? C'est lui qui t'a placée là ?

Un petit frisson avait parcouru Alis.

— Je n'ai aucun pouvoir face à lui.

Puis, changeant brusquement d'expression, elle avait enchaîné avec un sourire rusé :

— Sais-tu garder un secret ? Pouvons-nous être amies, Isabel de Burke ? Puis-je partager en toute confiance mes pensées et mes peines avec toi ?

— Oh oui, Alis. Ma meilleure amie a dû quitter Londres, et je serais heureuse si nous devenions proches.

— Moi aussi. J'avais également une très bonne amie, mais c'est elle qui a été renvoyée. Pauvre petite idiote, elle me manque tellement ! Mais parlemoi de ton amie. Elle a quitté Londres parce qu'elle était enceinte ?

— Non, pas du tout. Elle a été expulsée parce qu'elle est juive.

— Juive ? avait répété Alis, l'air pensif.

Puis, balayant cette information d'un geste de la main, elle avait décrété :

— C'est décidé, alors. À partir de maintenant, nous serons amies, Isabel. Ce qui signifie qu'on ne doit jamais se mentir. Lady Dickleburough, par exemple, raconte de drôles de choses à ton sujet, mais comment veux-tu que je te défende si tu me caches la vérité ?

— De quoi parles-tu ?

— Eh bien, il paraît que lorsque tu étais petite, tu lui aurais dit que ton père travaillait pour le trésorier de la Maison royale, alors qu'à moi, tu as dit qu'il vivait dans le Nord. À laquelle d'entre nous as-tu menti ?

— Aucune des deux. En fait, pendant des années, j'ai cru qu'il travaillait à la Tour. Mais je me trompais.

— Comment est-ce possible ?

Comme Isabel ne répondait pas, Alis avait poussé un soupir déçu.

— Je vois. Tu ne veux pas vraiment être mon amie.

— Parle-moi de Langton.

— Et toi de ton père.

— Moi-même, je viens juste d'apprendre la vérité.

— Qui est ?

— Ô mon Dieu. C'est tellement…

— Tellement quoi ? Honteux ? Comment peux-tu me dire ça, alors que je viens de t'avouer que j'étais également la victime de Walter Langton ? Qu'y a-t-il de plus humiliant que ça ?

— Il est ignoble !

— Oui, mais très puissant. À présent, explique-moi pour ton père.

— Il s'appelle lord Lonsby, avait alors commencé Isabel, avant de révéler le reste.

Le lendemain midi, l'histoire avait déjà été répétée à deux reprises.

Leçon numéro un, avait alors songé Isabel : ne jamais faire confiance à personne. À partir de maintenant, elle garderait tout pour elle.

Forte de cette décision, elle ne rapporta rien à sa mère de sa visite à Langton, pas plus qu'elle ne lui raconta comment elle s'était confiée à Alis et comment celle-ci l'avait trahie.

Le lendemain, tout, y compris la dernière robe, était prêt pour son départ. Les premières lueurs du jour teintaient le ciel quand Isabel rejoignit les autres suivantes dans la cour pour attendre la reine. Hormis Alis et lady Dickleburough, personne ne la salua. À présent, elle savait pourquoi, tout comme elle connaissait la raison pour laquelle elle ne partageait jamais leurs repas et n'avait pas été invitée à monter dans leur voiture. Frissonnante de froid, elle se hissa sur son palefroi. Au souvenir des dernières paroles de Langton, son moral s'effondra un peu plus.

Le voyage dura deux semaines, avec plusieurs haltes. Certains jours, Isabel avait tellement à faire qu'elle s'endormait à peine couchée. Elle était chargée du lit de la reine, ce qui impliquait de veiller à chaque arrivée à ce qu'il soit assemblé correctement, que draps, édredons et oreillers soient disposés selon les souhaits de la souveraine, et, à chaque départ, au démontage complet de la literie, son empaquetage et son chargement dans les chariots.

Elle pouvait heureusement se reposer un peu lorsqu'ils effectuaient des étapes plus longues, même si celles-ci se révélaient souvent d'un ennui mortel. Isabel et ses compagnes se voyaient alors obligées d'assister à des messes sans fin dans une abbaye ou un monastère, parfois en compagnie de la reine, d'autres fois en son nom. Ou encore elles attendaient, sagement assises, les mains sur les genoux, la fin de discussions politiques interminables.

Dieu merci, tout n'était pas aussi assommant. Ainsi découvrit-elle les paysages des Midlands, plusieurs forteresses comme celles de Warwick et de Kenilworth, la grande université d'Oxford et quelques très beaux manoirs. Bien qu'elle fût invitée en de nombreuses places, la reine choisissait ses arrêts avec soin, ne sélectionnant que des hôtes de choix.

Après des jours d'ignorance, Isabel finit par apprendre le nom de leur destination finale : le Lincolnshire, où ils accompagneraient le roi. Bientôt, elle comprit également pourquoi elle dormait si souvent seule en voyant la garde-robe d'Alis s'enrichir régulièrement d'un vêtement, d'une parure ou d'un bijou.

Quelques suivantes s'étaient un peu dégelées à son égard, certaines se montrant même presque amicales à mesure qu'elles prenaient conscience de sa gentillesse et de sa serviabilité. Toutes en revanche continuaient à éviter lady Dickleburough. En conséquence, la vieille femme se rabattait sur elle et Alis – l'autre exclue – pour discuter en chevauchant derrière le carrosse royal.

Après le Nottinghamshire, le temps se rafraîchit encore. La boue rendait les routes presque impraticables.

— Mon premier mari habitait près d'ici, expliqua lady Dickleburough. Une très belle propriété. Dommage qu'il ait eu deux fils d'une précédente union, sinon je vivrais dans le luxe à l'heure qu'il est. Si je n'avais pas été si jeune et si naïve à l'époque, j'aurais veillé à ce qu'il modifie son testament. Mais sa mort a été si soudaine, ajouta-t-elle avec un petit rire nerveux.

Isabel repensa aux rumeurs qui couraient sur la vieille suivante. Mais, après tout, que lui importait de savoir si lady Dickleburough avait ou non assassiné son époux ?

— La fièvre de la reine a empiré, enchaîna celle-ci. Vous n'étiez pas encore arrivée, la fois où elle a été si malade. Cela fait trois ans, mais entreprendre un tel voyage en novembre me semble bien imprudent. Le froid et la neige risquent de nous empêcher de regagner Londres avant la fin de l'hiver.

— Nous sommes presque à Clipstone, rappela Isabel. Le roi est là-bas, il a sûrement des médecins avec lui.

— Des médecins ! répéta lady Dickleburough avec un ricanement de dédain. Pour ce qu'ils valent !

— Tous les médecins ne sont pas des charlatans, intervint Alis.

— Non, bien sûr, ils ne le sont pas tous, ma chère Alis, répondit la vieille lady. Vous êtes bien placée pour le savoir, pas vrai ?

— Je ne vois pas à quoi vous faites allusion, rétorqua Alis.

Mais ses joues s'étaient empourprées.

— Vraiment ? susurra lady Dickleburough. Isabel, savez-vous qu'il existe des moyens de vous débarrasser de votre fardeau si jamais vous vous retrouvez grosse ?

— J'ai entendu parler de cela, acquiesça Isabel d'un ton prudent. Certaines femmes concoctent des potions.

— Et des sorcières jettent des sorts, renchérit lady Dickleburough en lançant un regard de biais à Alis. Il y a également des docteurs qui vous donnent des drogues spéciales. Et qui, si ça ne marche pas, proposent d'enlever la chose de vos entrailles. Contre paiement, bien sûr. C'est à Lincoln, n'est-ce pas, chère Alis, que vous vous êtes sentie si mal ?

Alis la gratifia d'un regard impassible.

— En effet. Mais je n'étais pas enceinte, lady Dickleburough, quoi que vous ayez entendu dire. Ou imaginé.

Lady Dickleburough émit un nouveau ricanement, puis, d'un coup de talons, rattrapa une autre suivante devant elles, avec qui elle s'entretint à voix basse. Alis la fusilla du regard.

— Méprisable créature. Je la hais ! siffla-t-elle entre ses dents. Rien de ce qu'elle dit n'est vrai. Pas un mot.

— Elle est horrible, acquiesça Isabel.

La vieille lady se retourna alors et la dévisagea avec un sourire mauvais. Isabel sentit un frisson la parcourir. Londres ne lui avait jamais paru aussi loin.

Les jours suivants s'étirèrent, mornes et pluvieux. La reine était toujours malade lorsqu'ils rejoignirent enfin le roi à Clipstone. Malgré tout, ils reprirent la route, leurs deux équipages désormais fondus en un seul, et inhabituellement silencieux à mesure que leur parvenaient les nouvelles de la reine Éléonore. Son état se dégradait de jour en jour. Le roi passait le plus clair de son temps à son chevet.

Finalement, ils firent étape à Harby, à trois ou quatre lieues de Lincoln, dans la demeure de Richard de Weston. Là, on leur annonça la fin du voyage.

À l'instar des autres suivantes, Isabel et Alis passèrent de nombreuses heures à prier pour le rétablissement de la reine dans la petite chapelle près de la maison de Weston. Ou à attendre dans le couloir devant les appartements d'Éléonore.

La toux de la reine résonnait dans la bâtisse, âcre et profonde. Le roi était dans tous ses états, réclamant des onguents, des potions, ordonnant qu'on prépare du bouillon au cœur de la nuit et tournant sans cesse autour du lit de son épouse. À le voir ainsi, Isabel lui pardonna presque l'expulsion des Juifs de Londres. Peut-être, se dit-elle, avait-il été mal instruit par ses conseillers. Un homme aussi amoureux de sa femme ne pouvait pas être cruel envers les autres. Chaque jour apportait son lot de nouveaux guérisseurs: des Égyptiens à la peau brune qui plongeaient leur regard magnétique dans celui d'Éléonore, des docteurs londoniens dont les saignées la laissaient chaque fois un peu plus affaiblie, des médecins du Nord la couvrant de cataplasmes. Penchés sur leurs horoscopes, les astrologues murmuraient entre eux, l'air grave. Isabel n'avait pas besoin de les entendre pour deviner leur pronostic.

Le temps ralentit, les heures s'étirèrent en une attente interminable. Personne ne parlait, de peur d'énoncer l'inéluctable. Puis, le soir du 28 novembre, un prêtre arriva en courant pour donner les derniers sacrements.

On raconta que le roi tint la main de son épouse jusqu'au dernier instant.

Isabel traversa le jour suivant dans une sorte de brouillard. Le corps d'Éléonore fut transporté à Lincoln pour y être embaumé. Des prières furent dites pour le salut de son âme par des centaines de sujets amassés dans la cathédrale et toutes les églises de la ville. On enterra ses viscères sur place, mais son cœur, placé dans un coffret en or, repartit à Londres avec sa dépouille.

La procession funéraire mit douze jours à atteindre la capitale. Ils firent halte à Grantham, Stamford et sept autres lieux, avant d'atteindre enfin l'abbaye de Westminster.

Isabel, perdue au milieu des processionnaires, pleura pendant presque tout le voyage. Elle pleura en pensant à Éléonore, la reine qui n'avait peut-être pas su gagner l'amour de son peuple mais avait conservé celui de son roi pendant trente-six ans. Elle pleura en pensant à Édouard, fou de douleur malgré un visage de marbre. Et elle pleura en pensant à sa mère et à elle, qui avaient tout perdu.

6

Rory savoura sa cuisse de poulet rôti, certain déjà qu'il regretterait la cuisine des Angenhoff. Mais il était temps de se remettre en route. Durant leur séjour, Kieran et lui avaient appris pas mal de choses grâce aux voyageurs venus du Continent et d'Angleterre : un désaccord opposait le roi Édouard à Philippe de France ; plusieurs cités-États d'Italie avaient conclu une alliance ; et la reine Éléonore était morte. La dernière nouvelle à leur être parvenue concernait le départ d'Édouard pour Londres afin d'organiser des funérailles royales en hommage à son épouse. En apprenant cela, une cliente de l'auberge avait éclaté en sanglots, mais son mari l'avait réprimandée sur-le-champ :

— Ce n'était pas une bonne reine, ma dame. Ne gaspillez pas vos larmes pour elle.

Autour d'eux, beaucoup avaient acquiescé.

Rory et Kieran n'avaient émis aucun commentaire.

Rory regarda Rachel servir des clients à une table voisine et se tourna vers son cousin.

— Tu lui as parlé, à propos de l'autre soir ?

Kieran secoua la tête.

— Que veux-tu que je dise ? « J'ignorais que vous étiez juive, et j'ai été surpris de vous voir célébrer le Shabbat, même si j'aurais dû m'en douter, sachant que vous êtes arrivés de Londres il y a peu de temps et que vous vous prénommez Rachel, mais j'étais trop occupé à vous regarder, et de toute manière je m'en fiche » ? Je me vois mal amener tout ça naturellement dans la conversation.

— Pourquoi ne pas juste le dire comme ça ? Tu ne lui as quasiment pas adressé la parole depuis. Tu crois qu'elle ne s'en est pas aperçue ? Nous partons, Kieran. Parle-lui, ou tu le regretteras plus tard. Et arrête de la manger des yeux.

— Oui, acquiesça Kieran sans cesser de la contempler.

Rory soupira, et leva le bras pour attirer l'attention de Rachel. Elle vint vers eux, ignorant le visage écarlate de Kieran.

— Vous savez que nous partons aujourd'hui ? demanda-t-il.

— Oui. Je vous ai entendu l'annoncer à mon père.

— Avant de vous quitter, nous tenions à vous remercier pour votre hospitalité. Ça a été un plaisir de vous rencontrer, vous et votre famille, Rachel Angenhoff. Nous vous souhaitons beaucoup de bonheur, ici à Berwick, et dans tout ce que vous entreprendrez. Et si votre sœur épouse Edgar Keith – ce qui, selon moi, serait une très bonne chose –, j'espère que vous et votre père finirez par lui pardonner.

Rachel hocha la tête, les lèvres pincées. Elle jeta un coup d'œil à Kieran, puis reporta vivement son attention sur Rory.

— Nous avons été ravis de vous compter parmi nos hôtes, et vous souhaitons un voyage sans encombre jusque chez vous.

— Merci, dit Rory.

Il y eut un silence gêné. Puis Rachel sourit et s'éloigna.

Rory regarda Kieran, incrédule.

— Tu n'as pas prononcé un mot ! Tu n'as donc rien retenu de mes leçons sur les femmes ? C'est pourtant simple : il suffit d'être sincère. Cela peut te valoir une gifle ou des insultes, mais aussi un baiser. Or, dans un cas comme dans l'autre, tu as l'avantage d'être fixé sur ses sentiments.

Kieran haussa les épaules avec un rire penaud.

— De toute façon, je ne la reverrai sans doute jamais. À quoi bon lui parler, si c'est pour qu'elle se sente encore plus mal ? Non, franchement, Rory, je pense qu'il vaut mieux se taire.

— À ta place, j'y réfléchirais.

Le temps de rassembler leurs affaires, ils descendirent saluer Jacob et sa femme. Rachel n'était nulle part en vue. Finalement, Rory sortit. Kieran s'attarda encore un moment, puis le rejoignit en soupirant.

Ils n'avaient pas fait trois pas quand la porte de l'auberge s'ouvrit brusquement sur Rachel, qui s'élança derrière eux.

— Messires, commença-t-elle en s'arrêtant près de Kieran, il paraît que le roi Édouard ramène la dépouille d'Éléonore à Londres.

— C'est exact, acquiesça Kieran.

— Dans ce cas, il ne viendra pas ici. C'est une bonne nouvelle.

Kieran plongea son regard dans le sien.

— Oui, une bonne nouvelle pour vous. Pour nous tous.

— Oui. Bon voyage. Je… Bon voyage.

Elle s'éloigna d'un pas, puis se retourna.

— Kieran, Rory… comptez-vous vous rendre à Londres ?

— Vous voulez dire à l'enterrement de la reine d'Angleterre ? répliqua Rory. Non, je ne pense pas.

— Oh. Bon voyage, alors.

Kieran la saisit par le bras avant qu'elle reparte.

— Pourquoi ? Avez-vous besoin de quelque chose à Londres ?

Rachel secoua vivement la tête.

— Non. Mais… si par hasard vous y alliez… si un jour vous passiez par là… pourriez-vous essayer de contacter une amie de ma part ? Elle est… enfin, était, l'une des suivantes de la reine.

Rory haussa les sourcils, surpris.

— C'est une amie d'enfance, expliqua-t-elle. Sa grand-mère habitait près de chez nous, et j'avais l'habitude de jouer avec elle quand elle venait la voir. Ensuite, nous sommes restées très proches, même si nos personnalités et nos manières de vivre étaient très différentes. Je… Nous sommes partis de Londres précipitamment, conclut-elle en s'empourprant. J'aimerais qu'elle sache que je vais bien.

— Vous pourriez lui écrire. Sait-elle lire ? interrogea Rory.

— Oui, bien sûr.

Rachel jeta un coup d'œil vers l'auberge. Jacob les regardait depuis le seuil.

— Mais j'ai peur… Je voudrais lui dire où je suis et que nous allons bien, mais je préférerais que personne d'autre ne soit au courant.

Rory lança un regard à Kieran, mais celui-ci demeura silencieux.

— Il y a peu de chances que nous allions à Londres, mais donnez-moi tout de même son nom. On ne sait jamais, quelqu'un de ma connaissance pourrait s'y rendre un jour. Dans ce cas, je lui demanderai de transmettre votre message.

— Elle s'appelle Isabel de Burke. Merci, je vous en suis très reconnaissante.

Elle sourit avant de reprendre :

— Merci pour tout, pour votre gentillesse… et votre compréhension.

— Un autre sourire comme celui-là, intervint soudain Kieran, et je pars pour Londres sur-le-champ.

Rachel en resta bouche bée.

— Je savais que vous veniez de Londres, poursuivit Kieran, mais j'ignorais la raison de votre départ. Je tiens à vous dire que peu m'importe le Dieu que vous vénérez ou ce que le roi Édouard pense de votre peuple. Je suis heureux de vous avoir rencontrée, Rachel Angenhoff, et vous souhaite bon voyage à vous aussi. Où que la vie vous conduise, bon voyage. Je ne vous oublierai pas, belle damoiselle, ajouta-t-il en lui prenant la main pour la porter à ses lèvres. Et je trouverai un moyen de contacter votre amie. Je vous le promets.

— Merci.

Un court instant, Rachel verrouilla son regard à celui de Kieran, puis elle tourna les talons.

— Je n'arrive pas à y croire, marmonna Rory.

Kieran poussa un énorme soupir.

— Ne t'en fais pas, Rory. Je t'apprendrai comment s'y prendre avec les femmes.

— Je suis impatient de voir ça, rétorqua Rory dans un grand éclat de rire.

Ils atteignirent Stirling peu avant la tombée de la nuit. Cette fois, on leur ouvrit les portes sans attendre. Après avoir fait annoncer leur arrivée à Liam, ils se dirigèrent vers les écuries, où Rory laissa un généreux pourboire au palefrenier en lui demandant de veiller sur son cheval. Le garçon acquiesça d'un air terrifié. À l'intérieur du donjon, ils furent accueillis par leur tante Nell, qui se précipita vers eux pour les prendre tour à tour dans ses bras, un sourire ravi aux lèvres.

— Enfin ! s'exclama-t-elle. On était inquiets de ne pas vous voir revenir de Berwick. Dépêchez-vous d'aller saluer votre oncle et de vous restaurer. Il faut que nous parlions. Nous partons tous demain matin.

— Tous ? s'étonna Rory en riant.

Rien ne semblait changer Nell, ni le temps, ni les enfants, ni les épreuves qu'elle avait traversées. Elle accueillait toujours la vie les bras grands ouverts et le cœur joyeux. Les années glissaient sur elle. Ses cheveux bruns étaient toujours aussi fournis et brillants, son pas léger, son regard clair.

— Où allons-nous ? Venez-vous à Loch Gannon avec nous ?

— Oh non, mon garçon, dit-elle en perdant le sourire. Nous ne partons pas ensemble. Vous, vous allez à Londres pour l'enterrement d'une reine.

Liam leur servit une coupe de vin.

— Elle pense que c'est bien que vous alliez à Londres.

— Ça l'est, décréta Nell. Vous apprendrez beaucoup de choses aux funérailles et sentirez l'atmosphère générale sur place. C'est important de savoir de quel œil les Anglais voient les intentions de leur roi par rapport à l'Écosse. Ils l'ont soutenu lorsqu'il a envahi le pays de Galles, mais j'ai cru comprendre qu'à présent, ils étaient las de la guerre.

— Las surtout de payer pour, fit remarquer Liam.

— Ce qui revient au même, commenta Nell. Rory, ton frère Magnus est venu me voir après avoir appris cette histoire avec l'un des membres du clan MacDonnell. Et ton père est descendu en Ayrshire pour essayer de comprendre ce qui se passait. Ce serait une erreur de traiter cette affaire à la légère, tu sais. Ils veulent se venger. C'est pourquoi je suis rentrée ici, pour prévenir Liam.

— Ce qui était de la folie, car les liens de sang qui vous unissent, Rory et toi, t'exposent également au danger, grommela Liam.

— Vingt hommes du clan Comyn m'escortaient – ce que tu sais parfaitement, mon amour, puisque tu me les as toi-même dépêchés pour prendre de mes nouvelles. Et puis, tu étais déjà en train d'essayer d'apaiser les choses avec les MacDonnell. Ce qu'a également fait ton père, Rory. Par chance, les MacDonnell n'ont aucune envie d'envenimer l'affaire, et ils essaient de rétablir la vérité autour d'eux. Une guerre de clans est bien la dernière chose dont ce pays a besoin.

— En effet, approuva Liam. Quitte à se battre, ils feraient mieux de s'en prendre au clan des Balliol ou des Bruce.

— John Comyn était là quand je suis arrivée ici, précisa Nell.

— Il conduit tout un groupe de tes cousins Comyn à Londres pour les funérailles, expliqua Liam à Rory. Il voudrait que tu les accompagnes, et tes parents ont envoyé un messager pour te dire d'y aller. Nous sommes d'accord.

— Alors, videz vos coupes, les garçons. Vous partez rejoindre John Comyn ce soir, et vous vous mettrez en route pour Londres demain matin.

John Comyn avait bien vieilli, songea Rory quand le cousin de sa mère l'accueillit. Les Comyn représentaient le clan le plus puissant d'Écosse, et John, comte de Buchan et laird de Badenoch, était leur chef. Il faisait également partie des treize aspirants au trône et était l'un des six Gardiens d'Écosse, les seigneurs chargés de la régence en attendant l'arrivée de la petite reine. Et à présent, jusqu'au couronnement d'un nouveau souverain.

En épousant Jean Comyn, William, le troisième comte de Ross et l'oncle de la mère de Rory, avait uni les deux familles. Les liens s'étaient encore renforcés lorsque Magnus, le frère de Rory, s'était uni à Jocelyn Comyn. John Comyn possédait de vastes domaines au nord et au sud de l'Écosse, notamment autour de Lochaber, là où Rory avait tué un MacDonnell. Connaissant l'étendue du pouvoir des Comyn, Rory aurait dû se douter que John lui demanderait des comptes pour son crime, involontaire ou non. Il y avait suffisamment de troubles pour y ajouter une vengeance de sang.

Ce fut exactement ce que déclara John Comyn. Rory se défendit en expliquant les circonstances de son geste, précisant qu'il avait agi comme l'aurait fait n'importe quel honnête homme.

Comyn l'écouta attentivement, et hocha la tête.

— Les acolytes de l'homme que tu as attaqué ont été punis, indiqua-t-il. Ni eux ni les membres de leurs familles ne se lanceront à ta poursuite, nous y avons veillé. Ne te méprends pas : je te félicite d'avoir sauvé cette jeune fille, et j'aurais agi de la même manière. Hélas, le mensonge concernant cette affaire s'est répandu en dehors du clan des MacDonnell et, avec lui, une rumeur prétendant qu'ils paieront une belle somme à celui qui leur apportera ta tête. En conséquence, tu es devenu une cible pour tous les vauriens du royaume. Le mieux que tu puisses faire en attendant que l'histoire se tasse, c'est disparaître.

Lui tendant un paquet enveloppé de soie écarlate et entouré d'un ruban brodé d'or, il enchaîna :

— De la part de dame MacDonnell, pour te remercier. Elle a dit que tu étais le sauveur de toutes les femmes, précisa-t-il en riant. Ce qui explique peut-être pourquoi les hommes de son clan te détestent. Mais ne t'inquiète pas, ça passera. Il faut juste un peu de temps. Je n'ai aucune envie qu'on te retrouve dans un fossé, assassiné.

— Je n'y tiens pas non plus.

Comyn acquiesça.

— Tu viendras à Londres avec nous. Après les funérailles, nous rentrerons, mais toi, tu passeras l'hiver là-bas à écouter ce qui se passe. Tu nous enverras de tes nouvelles régulièrement et avec un peu de chance, au printemps, cette histoire sera oubliée.

— N'avez-vous pas déjà des hommes à Londres ? s'étonna Rory.

— Si, bien sûr, mais ça ne fait jamais de mal d'avoir confirmation de ce qu'on me rapporte. Écoute, mon garçon, je connais bien tes parents. Je sais de quelle étoffe tu es fait. J'ai besoin de toi pour cette mission, et ce serait de la folie de me dire non. On s'est compris ?

Rory hocha la tête.

Si Londres était en deuil, personne n'aurait pu le deviner en observant ses habitants. Chaque jour ici ressemblait à une fête. Des colporteurs parcouraient les ruelles, proposant des marrons chauds et des boulettes qu'ils servaient dans des écuelles de bois. Les aubergistes, ravis de remplir leurs salles et leurs chambres, arboraient de larges sourires, et les bouchers travaillaient tard dans la nuit pour répondre aux demandes de ceux qui souhaitaient un festin funéraire.

À mesure que la date de l'enterrement approchait, la foule se densifia. Des nobles sur leurs fringants destriers bousculaient des paysans venus vendre le contenu de leurs greniers. Des éventaires regorgeant de fruits d'Espagne et d'Italie apparaissaient sur toutes les places. Et les églises ne désemplissaient pas de fidèles attirés par la chaleur des billes de charbon ou venus prier pour l'âme d'Éléonore.

Dans l'espace étroit qui séparait les maisons ventrues en bois ou à colombages, les passants devaient surveiller leurs pas pour ne pas marcher dans les détritus. Devant les maisons de tolérance, Rory et Kieran étaient abordés par des putains, avec lesquelles ils plaisantaient sans néanmoins les suivre.

Puis ce fut le 17 décembre. Invités à assister aux funérailles, ils pénétrèrent dans l'imposante abbaye de Westminster et s'installèrent aux places – à bonne distance de l'autel – attribuées aux Comyn.

— Les suivantes de la reine, murmura Rory en voyant entrer les femmes.

Elles passèrent devant eux, les nobles en premier, épouses et filles de ducs et comtes couvertes de soie et de joyaux, suivies d'un second groupe, plus modestement paré.

— Comment s'appelait-elle, déjà ? demanda-t-il. L'amie de Rachel, celle à qui elle voulait transmettre un message ?

— Isabel, répondit Kieran. Isabel de Burke. Ce doit être l'une d'entre elles, mais laquelle ? Elles sont toutes plus vieilles que je ne le pensais.

Rory acquiesça. Isabel de Burke. Que ce fût dans un groupe ou dans l'autre, il imaginait mal une de ces femmes amie de Rachel.

Puis il les vit : deux jeunes filles, une blonde et une brune. La première était jolie, avec un regard bleu anxieux et une bouche avide. La seconde, plus grande, élancée, avait un port de reine. Une guimpe blanche encadrait son délicat visage surmonté d'une coiffe assortie d'où s'échappaient quelques boucles châtaines. Elle avait un corps souple aux courbes harmonieuses que soulignait sa robe grise, de la même nuance que ses yeux. Ses manches jaunes formaient une tache d'or dans la masse sombre autour d'elle. Elle tourna la tête, lui montrant son profil, la ligne harmonieuse de sa mâchoire, puis, acquiesçant à l'injonction d'un garde derrière elle, pressa le pas.

Rory donna un coup de coude à Kieran.

— À mon avis, c'est la blonde, déclara celui-ci.

— Tu paries ? lança Rory, moins par conviction que pour le plaisir de contrer son cousin.

— Pari tenu.

On aurait cru que le monde entier s'était invité aux funérailles d'Éléonore. Des monarques venus de tous les pays étaient présents. Depuis l'un des carrosses du cortège royal, Isabel observait la cohue de curieux désireux de participer à ce moment historique.

Elle-même ne s'était pas attendue à se trouver là, certaine, après la mort de la reine, d'être remerciée dès leur retour à Londres. Or, non seulement elle avait été maintenue à son poste, mais en outre, sa mère avait reçu l'ordre d'aider à la confection des capitons funéraires du cercueil d'Éléonore. Elles avaient donc conservé leurs appartements à Westminster, ce dont Isabel se serait réjouie si elle n'avait songé au prix qu'exigerait Walter Langton en retour.

Elle avait été encore plus étonnée lorsqu'on lui avait demandé de se présenter à la cour chaque jour, sans que personne lui précisât d'ailleurs ce qu'elle était supposée y faire. Elle avait néanmoins obéi, se contentant de manger et de converser avec les autres membres de la cour tandis que jongleurs et ménestrels essayaient sans succès de divertir le roi. Tous les matins, elle se réveillait angoissée à l'idée d'être convoquée chez Langton, pour finalement se coucher soulagée. Mais cela ne durerait pas, elle le savait.

Le cœur d'Éléonore avait été ramené à Londres et enterré lors d'une cérémonie au prieuré dominicain de Blackfriars. Isabel y avait assisté en compagnie des autres suivantes, atrocement consciente de la présence de Langton dans l'assemblée. Puis, ce dernier n'ayant pas paru la remarquer, elle avait senti l'étau autour de sa poitrine se desserrer. Peut-être avait-il fini par l'oublier...

Henri de Boyer était également présent. En fait, elle le croisait de manière presque quotidienne, désormais. Cependant, s'il se montrait toujours amical, la complimentant sur sa beauté et prenant le temps d'échanger quelques mots avec elle, il ne semblait faire aucun effort pour se retrouver seul en sa compagnie. Mais après tout, cela s'expliquait. N'aurait-il pas été inconvenant de badiner quand toute la cour était en deuil ? Nul doute qu'une fois cette période passée, leur relation s'approfondirait. Car ses sentiments pour lui étaient partagés, elle en était certaine.

Jusqu'à un jour pluvieux de décembre.

Cet après-midi-là, elle se dirigeait d'un pas rapide vers le bateau pour regagner Westminster après une visite à sa grand-mère, lorsqu'elle les aperçut. Henri lui tournait le dos, mais elle l'aurait reconnu n'importe où, avec ses cheveux noirs bouclant au-dessus du col de son armure.

Les rênes de son cheval dans une main, il enlaçait Alis de son bras libre. Isabel se figea en voyant les cheveux blonds de la jeune femme au-dessus de l'épaule d'Henri qui penchait la tête sur elle. Elle n'eut pas besoin de s'approcher pour comprendre qu'ils s'embrassaient.

Quelle idiote elle faisait ! Elle avait informé Alis de ses projets pour la journée et de l'heure à laquelle elle rentrerait. Et sa soi-disant amie en avait profité pour voir Henri. Comme elle le faisait probablement à chaque fois qu'elle l'interrogeait d'un air innocent sur son emploi du temps.

Comment avait-elle pu se montrer aveugle à ce point ? Ne pas deviner qu'Alis chercherait à flirter avec un homme aussi séduisant qu'Henri, et que celui-ci répondrait à son invite ? Ne lui avait-il pas dit qu'il trouvait Alis jolie ? Sous prétexte qu'il avait ajouté qu'elle-même était belle, Isabel s'était imaginé que ses compliments envers Alis étaient juste un jeu, un amusement de courtisan. Une sorte d'amour courtois, sans réalité. Sans amour.

Mais il était temps de regarder la réalité en face. Elle n'avait pas le choix : soit elle passait devant eux, soit elle attendait qu'ils s'en aillent et ratait le bateau pour Westminster. Des éclairs luisaient dans le ciel. Elle rabattit son capuchon et baissa la tête, en espérant qu'ils seraient trop occupés pour la remarquer.

Ce fut Henri qui l'aperçut le premier. Elle vit le rouge lui monter aux joues et son expression enamourée se durcir. Alertée, Alis tourna la tête, et sourit en la découvrant, visiblement ravie de cette rencontre.

— Isabel, chère amie, comment vas-tu ?

Sans un mot, Isabel se dirigea vers le bateau, paya le passeur et monta à bord.

— Je dois partir, annonça alors Alis en donnant un dernier baiser à Henri. Mmm… vous êtes délicieux. Comme toujours, beau chevalier.

Sur quoi, elle gagna en hâte le bateau.

Isabel garda les yeux fixés sur le fleuve, refusant de croiser le regard triomphant d'Alis.

L'instant d'après, cette dernière s'installait à côté d'elle avec un soupir d'aise. Comme Isabel ne réagissait pas, elle poussa un nouveau soupir en affirmant :

— Un jour, tu comprendras.

Cette fois, Isabel se tourna vers elle et la dévisagea d'un air méprisant.

— Tu l'as fait exprès.

— Quoi ? De m'asseoir près de toi ? Le bateau n'est pas très grand, Isabel, et on se connaît.

— Tu sais de quoi je parle. Henri. Tu me l'as pris.

— Il n'a jamais été à toi. Tu en rêvais, mais tu n'as rien fait pour passer à l'acte. Contrairement à moi. Tu ne lui donnais que des sourires. Je lui ai offert beaucoup plus, et il l'a pris. Un jour, tu comprendras.

— Je comprends déjà, Alis. Tu ne l'avais même pas remarqué avant que je t'en parle. Or, comme par hasard, de tous les hommes présents à la cour, c'est lui que tu as choisi.

— C'est *lui* qui m'a choisie, Isabel.

— Je sais ce que tu es. Tout Londres le sait.

En entendant le passeur ricaner à cette remarque, Alis plissa les yeux.

— Tu ne devrais pas me parler ainsi. Tu sais à quoi tu me fais penser ? Une enfant gâtée à qui on aurait refusé un bonbon.

— Une enfant qui sait beaucoup de choses, rétorqua Isabel d'un ton rempli de sous-entendus. Tout le pays est réuni pour les funérailles d'Éléonore, j'y rencontrerai sûrement plein de gens qui seront ravis d'écouter ce que j'ai à dire à ton propos.

Alis la considéra longuement.

— Moi aussi, je connais des histoires intéressantes, Isabel. Il y est question de bâtardes.

— Je n'ai jamais cherché à cacher la vérité, rappela Isabel. En outre, il existe une grande différence entre nous : moi, je suis bâtarde de naissance ; toi, tu l'es de nature.

En entendant ces paroles, le passeur éclata de rire.

Après cette discussion, Isabel évita Alis au maximum, ce qui était d'autant plus malaisé qu'elles partageaient la même couche. Et aujourd'hui, elles se retrouvaient dans le même carrosse royal pour se rendre aux funérailles officielles.

Elles restèrent assises côte à côte dans la voiture, puis à l'intérieur de la cathédrale sans échanger un mot. Enfin, après une attente interminable, le chœur se mit à chanter et les trompettes annoncèrent l'arrivée du roi.

Édouard parcourut l'aile nord d'un pas lent, suivi de tous ses vassaux : son vieil ami sir Otes de Grandison, qui l'avait accompagné en Terre sainte ; Gloucester, Lancaster et Warwick ; de puissants seigneurs venus des quatre coins d'Angleterre et d'Écosse ; et enfin les barons, chevaliers et riches marchands faisant partie de ses favoris. Ses fils et filles étaient également présents : Édouard, encore un enfant, Joan, au bras de son jeune époux Gilbert de Clare, et l'aînée, Éléonore.

Isabel accorda peu d'attention à la cérémonie, trop préoccupée par sa propre douleur et ses inquiétudes concernant l'avenir. À la fin de la messe, le roi et son entourage sortirent en premier, suivis des nobles, puis des demoiselles d'honneur de la reine Éléonore. Mais Isabel dut encore patienter au bout de la nef en attendant que la foule au-dehors se dispersât. Elle jeta un coup d'œil à Alis, puis audelà, où elle croisa le regard d'un homme debout près de la porte. Il était blond, irlandais ou peutêtre même nordique, à en juger par sa haute taille.

Avec ses cheveux longs rejetés en arrière et ses traits acérés, il ressemblait à un guerrier. Mais son allure et son vêtement – une cape de laine fermée par une broche incrustée de joyaux – étaient ceux d'un noble. Ses yeux bleus plongés dans les siens, il lui sourit. Alors, brusquement, elle n'entendit plus la rumeur autour d'elle.

Quand elle lui rendit son sourire, il accentua le sien. Un homme splendide, dont le halo de cheveux blonds semblait éclairer les ténèbres autour de lui. Soudain, il disparut de sa vue lorsqu'un garde la poussa à travers la masse humaine en direction des voitures. Elle eut beau chercher son visage dans la foule, la portière se referma sans qu'elle eût pu l'apercevoir.

Le festin fut interminable. Tous ceux qui n'avaient pas eu la possibilité de s'adresser à Édouard jusqu'alors tentèrent de profiter de ce moment pour l'approcher. Il les ignora pour la plupart, restant assis sous le dais avec ses proches, parlant peu et mangeant encore moins. Néanmoins, personne n'étant autorisé à quitter les lieux avant lui, tout le monde attendit patiemment.

— Avez-vous tout ce qu'il vous faut, très chères dames ? Isabel ?

Bien qu'elle eût reconnu la voix de Langton, Isabel ne répondit pas.

— Isabel, insista-t-il. Avez-vous besoin de quelque chose ?

Elle eut un sourire forcé.

— Merci, monseigneur. Je n'ai besoin de rien.

— N'oubliez pas de me rendre visite bientôt. Je compte sur vous.

Sur ces mots, le prélat tapota la main de la femme à son bras, et s'éloigna.

Isabel réprima un frisson, tentant de dissimuler sa répulsion. Cet homme la terrifiait.

— Langton ? s'étonna lady Dickleburough. Ne vous a-t-on donc pas prévenue, Isabel ? C'est un serpent, et vous ne seriez pas la première qu'il dévorerait.

— Je reste sur mes gardes, assura Isabel.

— Je vous le conseille. J'ai une arme pour vous, enchaîna lady Dickleburough après avoir vidé sa coupe de vin. Une histoire intéressante à propos d'Alis. Je vous l'offre comme un cadeau, mais un cadeau à partager avec d'autres, bien sûr.

Elle prit un morceau de viande sur le plateau, le mâcha et se lécha les doigts avant de poursuivre :

— Saviez-vous qu'Alis avait une fille ?

Isabel secoua la tête.

— Elle pense que personne n'est au courant, mais les gens sont bavards. La petite doit avoir six ou sept ans à présent ; elle est née peu de temps avant notre prince Édouard. Ce qui explique pourquoi la reine Éléonore n'a pas remarqué l'absence d'Alis à l'époque.

— Alis ne m'en a jamais parlé.

— Et ne le fera jamais. L'enfant vit en Gascogne. Alis l'a laissée aux bons soins d'une nourrice il y a quatre ans.

— Et le père ?

— Mort sur un champ de bataille, à ce qu'il paraît. Mais, d'après certains, il pourrait s'agir de Walter Langton.

— Elle va la voir régulièrement ?

— Elle n'est pas retournée une seule fois là-bas depuis le jour de son départ.

Lady Dickleburough se pencha vers elle pour chuchoter :

— Ainsi, vous saurez quoi raconter à votre tour, la prochaine fois qu'elle répandra de fausses rumeurs sur votre compte. La fillette s'appelle Miriam. J'ai entendu dire qu'elle avait été envoyée dans un couvent récemment.

— Comment avez-vous appris cela ?

Lady Dickleburough sourit.

— Rien ne m'échappe, Isabel. Je suis au courant de tout.

Isabel se sentait démoralisée. Les jours s'étiraient lentement, rendus insupportables par la présence d'Alis, et plus encore par ses absences durant lesquelles elle l'imaginait en compagnie d'Henri. Pour couronner le tout, elle s'était disputée avec sa mère les deux fois où elle lui avait rendu visite. La première parce qu'elle avait eu le malheur de vouloir la réconforter quand celle-ci s'était plainte de manquer de travail.

— Au moins avez-vous toujours un toit sur la tête, avait-elle observé.

Ce qui lui avait valu une remarque cinglante sur le fait qu'elle-même n'avait jamais eu à travailler pour payer ce toit.

La seconde fois, sa mère lui était tombée dessus sans crier gare, lui reprochant de vivre dans le luxe tandis qu'elle devait se contenter d'un minuscule logis d'une seule pièce. Isabel avait alors pensé à Langton, à sa promiscuité avec Alis et les autres demoiselles d'honneur, mais elle n'avait rien répliqué.

Quelques jours après les funérailles, un garde frappa à la porte de la chambre pendant qu'elle brodait en compagnie d'Alis.

— Des hommes en bas demandent à vous voir, damoiselle de Burke.

Isabel leva la tête, surprise.

— Qui sont-ils ?

Le mépris du garde envers les visiteurs sautait aux yeux.

— Des étrangers. Je n'ai pas compris leurs noms.

Elle poussa un soupir de soulagement. Au moins, il ne s'agissait pas de Langton ou d'un de ses subordonnés. Elle lança un coup d'œil incertain à Alis.

— Ne les fais pas monter ici, déclara celle-ci. Descends plutôt voir ce qu'ils veulent.

Isabel acquiesça. Un instant, elle faillit demander à Alis de l'accompagner, puis y renonça : la paix qui s'était instaurée entre elles depuis la cérémonie était trop précaire pour prendre un tel risque.

— Ils connaissent mon nom ? s'enquit-elle.

— Sinon, je ne serai pas là, damoiselle.

Elle se leva en se demandant combien de temps il faudrait à lady Dickleburough pour être au courant de cette visite.

— Conduisez-moi à eux, ordonna-t-elle au garde.

Sans un mot, celui-ci l'entraîna à travers les couloirs jusqu'à l'une des salles où les suivantes accueillaient leurs fournisseurs.

Deux hommes l'y attendaient. Grands, ils portaient tous deux un étrange accoutrement, avec une cape s'ouvrant sur une longue tunique de laine à carreaux au-dessus d'une camisole couleur safran. Leurs bottes leur montaient jusqu'aux genoux. Des Gaéliques, estima-t-elle. L'un arborait de beaux cheveux bruns lui descendant au-dessous des épaules et un regard bleu empli de curiosité. C'était un bel homme. Il s'inclina pour la saluer.

L'autre était l'inconnu blond aperçu à l'abbaye de Westminster.

7

Le cœur d'Isabel bondit dans sa poitrine. Qui était cet homme ? Elle était certaine de ne jamais l'avoir rencontré avant les funérailles. Pensait-il la connaître parce qu'elle lui avait souri ce jour-là ? Mais comment aurait-elle pu faire autrement, face à un inconnu aussi séduisant ? Les deux visiteurs échangèrent un regard.

— Damoiselle, commença le blond.

À son accent, elle devina qu'il venait d'Écosse.

Il possédait une voix bien timbrée, chaleureuse, des manières polies et empreintes de dignité. De près, son visage était encore plus remarquable. Un cercle outremer bordait ses pupilles où semblaient se mêler toutes les nuances de bleu ; ses traits réguliers et sa mâchoire ferme irradiaient une beauté virile, et sa bouche... Seigneur, sa bouche ! Il portait la même cape qu'aux funérailles, fermée par la même broche. Elle laissa son regard descendre sur ses épaules carrées, sa taille resserrée, ses longues jambes musclées. Quelque chose frémit en elle, une sorte de désir vif et primitif. Elle sentit ses jambes devenir molles.

— Je vous prie d'excuser notre intrusion. Nous regrettons de vous déranger. Êtes-vous bien Isabel de Burke ?

— C'est moi, en effet.

Il fit une petite révérence.

— Je m'appelle Rory MacGannon. Et voici mon cousin, Kieran MacDonald. Nous vous apportons un message de la part de Rachel Angenhoff.

— Rachel ? Vous avez vu Rachel ?

— Oui. À Berwick-upon-Tweed, en Écosse.

— En Écosse ! Je n'aurais jamais imaginé qu'elle s'était réfugiée là-bas. Oh, mais êtes-vous certains qu'il s'agit bien de ma Rachel ? Son nom…

Elle s'arrêta. Sa question était stupide. Quelle autre Rachel aurait pu lui envoyer un message ? Si Rachel et sa famille avaient changé de nom, ils avaient sûrement une bonne raison de le faire ; elle devait protéger leur secret. L'essentiel, c'était que son amie soit vivante.

— Va-t-elle bien ? Et ses parents ? Sa sœur ? Comment m'avez-vous trouvée ?

— Ils vont tous bien. Ses parents possèdent une auberge à Berwick, répondit Rory.

— Une auberge ? répéta Isabel, incrédule.

Comment imaginer la mère de Rachel servant de la bière et nettoyant des chambres, ou son père sortant le nez de ses livres pour encaisser l'argent des clients ?

— Nous y avons séjourné une quinzaine de jours, expliqua Kieran. C'est là que nous avons appris la mort de la reine. Lorsque Rachel nous a priés de vous contacter si jamais nous passions à Londres, nous ne pensions pas encore venir, mais…

Il écarta les bras.

— Finalement, nous voilà.

La porte s'ouvrit à la volée. Henri apparut sur le seuil, escorté de trois soldats. Son regard se posa sur elle, puis sur les deux hommes, et se fixa sur Rory MacGannon.

— Tout va bien, Isabel ? On m'a prévenu que vous aviez des visiteurs.

— Comme vous pouvez le constater, répliqua-t-elle. Ils m'apportent un message de… de la part de mes cousins. Dans le Nord.

Il pénétra dans la pièce.

— Messieurs, je me présente : Henri de Boyer, chevalier du roi Édouard. En cette qualité, puis-je savoir ce que vous voulez à damoiselle de Burke ?

Rory se redressa.

— Comme elle vient de vous le déclarer, nous sommes ici pour lui transmettre un message.

— Et vous êtes… ?

— Rory MacGannon et Kieran MacDonald.

Rory se tourna vers elle pour ajouter :

— Merci de nous avoir reçus, damoiselle de Burke. Votre cousine sera ravie d'apprendre que nous avons pu vous contacter.

— Oui. Merci, dit-elle. Cela m'a fait tellement plaisir d'avoir de ses nouvelles !

— Tout le plaisir était pour nous, assura Rory avant de pivoter sur les talons.

— S'il vous plaît, attendez ! Retournerez-vous là-bas ? Puis-je vous confier à mon tour un message pour elle ?

Henri eut un geste d'impatience.

— Vous n'avez sûrement pas besoin…

— Une lettre ! s'écria-t-elle. Accepteriez-vous de porter une lettre dans le Nord de ma part ? Je vous donnerai de quoi payer un messager pour la lui délivrer.

— Vous pouvez faire ça à partir d'ici, Isabel, intervint Henri. Vous n'avez pas besoin d'eux comme intermédiaires. Les hommes du roi seront heureux de vous rendre ce service. Je m'en occuperai personnellement.

Elle l'ignora.

— Messire MacGannon, comment puis-je vous trouver ?

— Demandez les Comyn. Nous sommes avec eux.

Elle vit Henri tressaillir. Tout le monde connaissait les Comyn et leur influence en Écosse. Rory MacGannon lui adressa un petit sourire.

138

— Maintenant, vous savez où nous joindre si vous avez besoin de nous, damoiselle de Burke. Au revoir. Sir.

Sur un bref salut, il sortit, son cousin sur les talons.

— Qui sont-ils ? questionna Henri d'un air suspicieux.

Elle sourit.

— Des messagers. Ma cousine va bien, n'est-ce pas merveilleux ?

— Comment es-tu certaine qu'ils sont bien qui ils t'ont dit ? interrogea sa grand-mère le lendemain après-midi. Tu ne peux pas leur rendre visite, ma chérie, c'est impossible. N'essaie même pas de discuter.

Isabel arpentait la pièce, les bras croisés.

— Mais c'est le seul moyen d'envoyer ma lettre à Rachel.

— Pas du tout. Tu n'as qu'à la confier aux hommes du roi.

— Cela pourrait être dangereux pour elle.

— Allons ! Sa famille a été expulsée, pas mise aux arrêts. Ils n'ont rien fait de mal.

— N'empêche, il y a un risque, et je refuse de le lui faire courir. Les Écossais la connaissent. Je sais qu'ils feront tout pour lui remettre mon courrier. Dois-je aller les voir ?

— Bien sûr que non ! Pauvre sotte, tu ne peux pas te rendre dans leur logement comme une fille des rues.

Sa grand-mère secoua la tête, et poussa un soupir avant de reprendre :

— Fais-leur dire de venir ici. Et surtout, pas un mot à ta mère, ou nous nous en mordrons les doigts. Envoie le garçon du dessous là-bas, et demande-lui de rester avec nous pendant l'entrevue. Ô mon Dieu, je n'aime pas ça du tout...

Isabel se pencha pour l'embrasser sur la joue.

— Merci !

Sur quoi, elle se précipita à l'étage au-dessous, transmit son message, et attendit impatiemment le retour du garçon. Elle lui sauta dessus dès qu'il frappa à la porte de la salle.

— Alors ? Acceptent-ils de venir ?

— Ils sont là, avec moi, indiqua le garçon. Ils sont grands !

Rory et Kieran avaient pénétré dans le vestibule à l'instant où la cloche de l'église retentissait. Armés et sur leurs gardes, ils attendirent qu'on vînt les chercher, et se détendirent un peu en découvrant sa grand-mère.

— Merci d'être venus, déclara Isabel avant de faire les présentations.

Sa grand-mère hocha la tête.

— Écossais. Des Highlands, tous les deux. D'où exactement ?

— L'ouest de l'Écosse, répondit Rory. Je suis de Loch Gannon, et Kieran de l'île de Skye.

— Je vois. Et pour quelle raison êtes-vous à Londres ?

— Pour assister aux funérailles de la reine.

— Mais vous étiez porteurs d'un message de Rachel d'Anjou.

Au léger froncement de sourcils de Rory, Isabel comprit qu'il avait relevé l'ancien nom de famille de Rachel.

— En effet, dame de Burke. Elle nous a demandé de retrouver votre petite-fille et de lui assurer qu'elle et sa famille se portaient bien. Ce que nous avons été ravis de faire.

— Asseyez-vous, messires, proposa grand-mère, retrouvant ses bonnes manières. Isabel, apporte de la cervoise et mon hydromel. À moins que vous ne préfériez vous aussi de l'hydromel, messieurs ?

— Oh, non ! s'écria Rory.

Isabel retint un rire devant la spontanéité de ce refus.

— De la cervoise, donc.

— Ce sera parfait, acquiesça Kieran. Avez-vous assisté aux obsèques de la reine, dame de Burke ?

Celle-ci secoua la tête.

— Non. J'ai passé la journée bien tranquillement ici.

— La cérémonie était magnifique. Imposante.

— Aviez-vous rencontré la reine, messire ?

— Non, même si j'en ai presque l'impression tellement j'ai entendu parler d'elle. Pas seulement en bien, d'ailleurs.

Grand-mère sourit.

— Elle était aimée du roi, mais pas de son peuple. Malgré tout, elle a fait son devoir : nous avons un successeur pour le trône. Avez-vous des enfants, messires ?

Isabel retint son souffle face à ce changement de sujet inopiné.

Rory s'esclaffa.

— Non, madame, ni épouse, ni d'autres motifs inavoués. Nous sommes de simples messagers entre deux amies, rien de plus.

La grand-mère sourit, et Isabel se détendit. Ils discutèrent pendant près d'une heure, de l'Écosse, de l'Angleterre, et de la mer, dont la vieille dame parla avec une nostalgie qui surprit Isabel. La conversation coulait aisément, et les deux visiteurs firent même rire sa grand-mère plusieurs fois. Quand la cloche sonna de nouveau, ils se levèrent de concert. Grand-mère leur tendit la main, de laquelle ils approchèrent leurs lèvres en signe d'hommage.

— Je vous souhaite un bon séjour à Londres, messires. Et un voyage de retour sans encombre.

— Merci, dame de Burke, répondit Rory. Damoiselle Isabel, avez-vous une lettre pour nous ?

— Oui, acquiesça Isabel. Je vous raccompagne dehors.

Passant devant eux, elle les précéda jusqu'à la rue.

— Je vous remercie de votre patience. Ma grand-mère est très protectrice.

— Parce qu'elle vous aime beaucoup, assura Rory.

— Et c'est réciproque.

Isabel lui tendit l'enveloppe.

— Encore merci d'avoir accepté de la porter. Je suis tellement soulagée de savoir que Rachel et sa famille sont en sécurité. Car ils sont en sécurité, n'est-ce pas ?

— Sans aucun doute. Les gens de Berwick se moquent qu'ils aient été expulsés. D'autant que leur cas n'est pas isolé : beaucoup de familles juives sont arrivées en même temps qu'eux.

Elle le considéra, perplexe.

— Elles ont été bien accueillies ?

— « Accueillies » n'est pas le terme que j'emploierais. Mais personne ne s'est opposé à ce qu'elles trouvent une place dans la frénésie ambiante. Berwick est un port, vous savez, avec des gens venus des quatre coins du monde.

Il glissa la lettre dans sa tunique.

— Je ne peux malheureusement pas garantir que cela lui parviendra, mais nous ferons notre maximum.

— Tenez, fit-elle en lui tendant une poignée de pièces. Pour payer le messager qui la portera jusque là-bas.

Rory secoua la tête.

— Je ne veux pas de votre argent, Isabel de Burke. Si vous tenez vraiment à me remercier, j'ai une bien meilleure idée.

Elle retint son souffle en le voyant se pencher vers elle, le regard brillant et un sourire aux lèvres. Un baiser, peut-être ? Son cœur s'emballa.

— Messire ?

— Une promenade, damoiselle, rien de plus. Demain. Vous pouvez amener une armée de chaperons si vous le souhaitez. Une promenade sous le soleil.

Elle lâcha le soupir qu'elle retenait et sourit.

— D'accord.

La lueur au fond des yeux de Rory MacGannon s'intensifia. C'est cela, se dit-elle, il rayonne de lumière.

— Parfait. Sur le quai près de la Tour, alors ?

— À trois heures ?

— Trois heures. Je vous y attendrai, Isabel.

Elle les suivit du regard tandis qu'ils s'éloignaient.

Elle songea à Rachel. Ces deux hommes représentaient un lien de plus entre elles. Un lien qui accentuait encore la douleur de la séparation.

— De très beaux jeunes hommes, commenta sa grand-mère quand elle fut remontée. Ce MacGannon, surtout. Il a un physique inoubliable.

— N'est-ce pas ?

— Il n'est pas resté longtemps, mais beaucoup de choses peuvent se produire en peu de temps. J'ai remarqué comment tu le regardais. Méfie-toi, ma chérie. C'est le genre d'homme à faire tourner la tête des femmes sans même le chercher. S'il le cherche, il doit être redoutable.

— On croirait entendre ma mère.

— Ta mère est peut-être aigrie, Isabel, mais cela ne l'empêche pas d'avoir parfois raison. Rory MacGannon est dangereux.

— Je suis sûre qu'il ne me fera pas de mal.

— Tu vas le revoir, n'est-ce pas ?

Isabel leva les yeux, se rendant compte qu'elle s'était trahie.

— Profite de sa compagnie, Isabel, mais prends garde à ton cœur et à ton corps. Il pourrait te voler l'un et l'autre.

Isabel hocha la tête, troublée.

Trempé de pluie, Rory attendait sur le débarcadère devant la Tour. Deux bateaux arrivèrent en provenance de Westminster. Isabel n'était sur aucun. Au troisième, il recula sous l'auvent d'une boutique en se traitant d'idiot. Il se promit de partir si elle n'était pas à bord du suivant.

Finalement, il l'aperçut sur le pont du quatrième bateau. Henri de Boyer l'accompagnait.

Devançant le passeur, ce dernier aida Isabel à descendre sur le quai. Elle lui sourit et se laissa conduire jusqu'à la petite place près de la rue, où un rayon de soleil inattendu l'éclaira. Elle ôta sa capuche. Sa chevelure chatoya sous la lumière lorsqu'elle regarda à droite puis à gauche, cherchant visiblement quelqu'un. En la voyant rire à une remarque de Boyer, Rory se détacha du mur pour les rejoindre.

Il la salua d'une petite révérence.

— Damoiselle de Burke. J'ai cru que vous m'aviez oublié.

Elle pivota pour lui faire face ; son visage s'illumina en le découvrant.

— Oh ! Vous êtes là ! J'ai eu peur que vous ne soyez parti. Ou que vous ne soyez pas venu du tout.

— Je n'aurais manqué ce rendez-vous pour rien au monde, damoiselle.

— Je suis vraiment désolée d'arriver aussi tard, s'excusa-t-elle. On m'a demandé de m'occuper de plusieurs choses avant de partir, et cela a pris un temps fou. J'ai fait le plus rapidement possible.

— Je vous en remercie. Et ne vous inquiétez plus au sujet de votre lettre. Je l'ai confiée à John Comyn. Il doit rentrer dans le Nord et m'a promis de la faire porter à votre cousine de Berwick dès son arrivée.

— Vous avez une cousine à Berwick ? intervint de Boyer. Une parente de votre père ?

Elle lui jeta un regard anxieux.

— Oui, mentit-elle avant de se retourner vers Rory. Vous vous souvenez de sir Henri de Boyer, monsieur ?

— Non, mentit Rory. Ravi de vous rencontrer, de Boyer.

Henri le salua.

— Nous nous sommes croisés au palais, MacGannon. Je m'attendais à ce que vous soyez déjà reparti. La route est longue d'ici jusqu'en Écosse.

— Je passe l'hiver à Londres.

Isabel eut un sourire enchanté.

— Oh, quelle bonne nouvelle ! N'est-ce pas, Henri ?

— Oui, en effet, répondit celui-ci sans enthousiasme. D'où vient cette décision, MacGannon ? John Comyn laisse-t-il toujours ses laquais ici, à Londres ?

— Je ne sais pas, il faudra que je lui pose la question. Je reste pour visiter la ville. N'est-elle pas magnifique ?

Rory sourit à Isabel et enchaîna :

— Je croyais qu'après la mort de la reine, votre service au palais était terminé.

— Moi aussi.

— À propos de service… De Boyer, avez-vous l'intention de passer l'après-midi avec nous ? Vous m'en verriez ravi, bien sûr. Rien ne pourrait me faire plus plaisir que de profiter de votre compagnie, mais je suis surpris que vous recherchiez tant ma société.

De Boyer lâcha un rire sec.

— Soyez certain, MacGannon, que ce n'est pas votre société qui m'a conduit jusqu'ici. Non, j'ai rendez-vous ailleurs. Isabel, je vous retrouverai ici pour le trajet du retour, comme nous en sommes convenus. C'est l'avantage de vivre tous deux à la cour, ajouta-t-il en fixant Rory dans les yeux, nous pouvons nous voir tous les jours.

— Profitez bien de votre rendez-vous galant, sir de Boyer, lança Isabel d'un ton rempli de sous-entendus.

De Boyer eut l'air surpris, puis il retrouva le sourire.

— Et vous, de votre promenade, damoiselle de Burke.

— J'y compte bien.

Ils regardèrent de Boyer s'éloigner d'un pas vif. Isabel se servait-elle de lui pour attiser la jalousie de celui-ci ? s'interrogea Rory. Si c'était le cas, comment pouvait-il en tirer le meilleur parti ? Il se tourna vers elle, un grand sourire aux lèvres.

— Je suis heureux de vous voir, Isabel. J'ai craint qu'on ne vous ait mise en garde contre moi.

— Nous avions un accord, et je tiens toujours parole.

— Vraiment ? Voilà qui est bon à savoir. Vous êtes très en beauté. Cela vous va bien de garder les cheveux lâches.

— Merci. Maintenant, dites-moi : pour quelle raison restez-vous à Londres ?

— Par sécurité. Des hommes en veulent à ma vie en Écosse.

— Je ne comprends pas.

— Pour être franc, moi non plus. Mais parlons plutôt de vous. Comment se fait-il que je croise Henri de Boyer à chaque fois que je vous vois ? Vous semblez très proches.

— Henri est un des chevaliers du roi et j'étais l'une des suivantes de la reine. Il n'y a rien de plus entre nous.

— J'en suis fort aise. Néanmoins, il vous escortera jusqu'à Westminster.

— Cela s'est trouvé par hasard : nous étions sur le même bateau à l'aller et il m'a demandé à quelle heure je comptais rentrer.

— Il a réellement un rendez-vous galant ? Vous parlez de ce genre de choses entre vous ?

— Oh, non. Ce n'était qu'une piètre plaisanterie de ma part, répliqua-t-elle avec un rire qui sonna faux. Je n'ai aucune idée de ses projets, ni de qui il doit rencontrer.

Rory hocha la tête sans conviction. Il avait vu le regard qu'ils avaient échangé, perçu la note caustique dans la voix d'Isabel lorsqu'elle avait salué de Boyer. De toute évidence, il y avait quelque chose entre eux – quelque chose qui n'avait peut-être pas pris forme, mais qui n'en était pas moins présent.

— Au fait, quelles sortes de tâches vous confie-t-on, maintenant que la reine est morte ?

— De petites choses, comme rassembler ses affaires et les empaqueter. Mais cela ne durera pas. Un jour, on me fera savoir que mon service au palais est terminé.

— Et vous rentrerez dans votre famille.

— Ma famille vit ici. Ma mère et ma grand-mère.

— Et votre père ?

— Il est mort. Et vous ?

— J'ai un frère et de nombreux cousins, parmi lesquels Kieran. Mes deux parents, deux tantes et deux oncles. Et que comptez-vous faire, une fois congédiée ?

— Je n'en ai aucune idée. Où souhaitez-vous aller, messire ?

Il lui sourit.

— C'est vous qui vivez à Londres, je suis un étranger. Selon vous, que dois-je voir ?

— Qu'avez-vous déjà visité ?

— Juste l'abbaye de Westminster, lors des funérailles. Et la salle de banquet juste après.

— Vous étiez au repas ? Je ne vous ai pas vu.

— C'est normal. Nous étions à la table de la délégation écossaise.

— Cela signifie que vous êtes un… seigneur important, messire ?

— Moi ? Ici, à Londres, je suis insignifiant.

— Moi aussi.

Un courant d'air la fit frissonner.

— Alors, où désirez-vous aller ? reprit-elle.

— Quelque part à l'intérieur des fortifications ? Vous pourriez me montrer la Tour, au moins de l'extérieur. Ensuite, nous trouverons un endroit pour nous réchauffer.

— Entendu.

Elle l'entraîna au sommet de la petite butte dominant le fleuve, puis le long d'une ruelle étroite bordée de deux rangées de maisons pansues, où elle dut lever ses jupes pour enjamber des flaques d'eau sale. Elle avait la jambe fine au-dessus de ses bottes de cuir, remarqua-t-il en souriant. Soudain, une charrette chargée de poisson passa près d'eux dans un grondement de tonnerre. Il tira vivement Isabel à lui. C'était bon de la sentir si proche. Baissant les yeux sur elle, il admira les courbes de son corps souple et désirable. Pas étonnant que de Boyer fût si attentionné à son égard.

— Comment se fait-il que Rachel Angenhoff et vous soyez amies ? s'enquit-il.

— Ses parents habitaient près de chez ma grand-mère. Nous jouions ensemble enfants et sommes restées très proches. Que vous a-t-elle dit ?

— Rien de particulier. Juste qu'elle avait dû quitter Londres précipitamment. Ils ont été expulsés, c'est ça ?

— Oui.

Ses joues rosirent de colère quand elle ajouta :

— Sous le simple prétexte qu'ils étaient juifs ! Je comptais demander à la reine d'intervenir auprès du roi Édouard pour révoquer l'arrêt d'expulsion, mais, malheureusement, ce n'est plus possible.

— C'est sans doute mieux ainsi. À votre place, je ne prendrais pas le risque d'aborder ce sujet avec le roi.

— Vous avez probablement raison. De toute manière, j'ai peu de chances de le croiser.

— Je le verrai sûrement avant vous.

— Pourquoi ? Vous le connaissez ?

— Non. Mais je crains qu'il n'ait l'intention de s'installer dans mon pays.

— Uniquement pour vous aider à trouver un monarque. À ce propos, pourquoi votre peuple n'y arrive-t-il pas seul ?

— Parce que deux camps s'opposent et qu'aucun d'eux ne veut céder. Ce qui se comprend, d'ailleurs. Après tout, il y a une couronne et beaucoup d'argent à la clé. Voilà pourquoi votre roi nous « aide ». C'est lui qui a inscrit notre clan sur la liste des candidats. Cependant, je suis sûr qu'il se serait déjà installé lui-même sur le trône écossais s'il ne redoutait pas un soulèvement populaire.

— Cela vous apporterait peut-être la paix. N'y voyez aucune insulte, messire, mais ne serait-ce pas mieux si nos deux pays étaient réunis ?

— Je peux vous poser une question, damoiselle Isabel ? Qu'adviendra-t-il de votre amie si jamais l'Angleterre et l'Écosse sont unifiées ? Elle et sa famille devront-ils également quitter l'Écosse ?

— Je ne sais pas, répondit-elle, hésitante. Quoi qu'il en soit, j'ai peur que le roi Édouard n'ait l'habitude d'obtenir ce qu'il veut.

— En effet. Les Gallois sont bien placés pour le savoir.

Elle acquiesça d'un signe de tête. Ils discutèrent de leurs familles, des différences entre Londres et l'Écosse. Elle lui parla de la naissance illégitime de sa grand-mère, d'une demoiselle d'honneur nommée Alis qui avait trahi sa confiance, de sa crainte de l'avenir.

— Qui songerait à garder une suivante et une couturière de la reine, maintenant qu'il n'y a plus de reine ?

— Qu'en savez-vous ? répliqua Rory. Le roi Édouard a peut-être prévu de se remarier bientôt.

Elle écarquilla les yeux d'incrédulité.

— Oh, non ! Il ne se remariera sûrement pas. Il était bien trop dévoué à sa femme pour cela. Ce serait différent s'il n'avait pas d'héritier, évidemment, mais il a déjà un fils. Éléonore et lui étaient mariés depuis trente-six ans, vous savez. Il l'aimait. Et elle était prête à tout pour lui. On vous a raconté comment elle lui a sauvé la vie en Terre sainte ?

— Non.

Rory jeta un coup d'œil derrière Isabel. N'avait-il pas aperçu cet homme tout à l'heure sur le quai ? Un type d'une trentaine d'années, de taille et de poids moyens. Bref, le genre d'individu qu'on croise partout, songea-t-il en se moquant de lui-même. Pourtant, n'était-ce pas le personnage idéal pour se fondre dans une foule ? Tout en restant sur ses gardes, il reporta son attention sur la jeune femme. Les yeux brillants, elle poursuivait avec animation :

— C'est une histoire incroyable ! Le roi Édouard avait reçu une flèche empoisonnée. Il se mourait, et personne ne savait que faire, quand Éléonore a arraché la flèche de la plaie et sucé le poison. Elle l'a sauvé ! N'est-ce pas romantique ?

— Une femme qui suce le poison d'un homme, vous trouvez ça romantique ? Beaucoup d'hommes seront d'accord avec vous.

Isabel marqua un temps d'arrêt, puis le regarda, les joues en feu.

Il eut honte de sa grossièreté.

— Pardonnez-moi. Je n'aurais pas dû dire ça. Je ne voulais pas vous choquer.

— Je ne suis pas choquée. J'ai eu l'occasion d'entendre bien pire à la cour.

— Je n'en doute pas. Les hommes sont de viles créatures.

— Pas tous.

— La plupart. Mais sans doute pas votre sir Henri.

— Ce n'est pas *mon* sir Henri, se défendit-elle. S'il appartient à quiconque, ce serait plutôt à Alis de Braun.

— La suivante qui a trahi votre confiance ?

Elle opina du chef.

— Ah, c'était donc ça… Ainsi, j'ai pour rôle d'attiser la jalousie de sir Henri et de ramener son attention vers vous.

— Pas du tout ! D'ailleurs, je n'ai jamais été l'objet de son attention.

— Mais vous auriez aimé.

— Je… je reconnais que je l'ai trouvé charmant au début. Mais…

Elle baissa les yeux sur sa bouche, et il sentit son corps entier répondre à ce regard. Seigneur, cette fille était splendide ! Un frisson le parcourut lorsqu'elle lui sourit.

— ... j'ai découvert depuis qu'il y avait d'autres hommes aussi séduisants que lui. Voire plus. Je ne me servirais jamais de vous comme d'un instrument, messire MacGannon.

— Même si je vous en priais ?

Elle lâcha un rire flûté.

— Tout dépend de l'art avec lequel vous le feriez, j'imagine.

— Vous risqueriez d'être déçue. Dans les Highlands, nous avons un langage direct, nous ne sommes pas doués pour les énigmes ou les fioritures.

— Vous pourriez le dire sous forme de poème.

— Moi ? Écrire un poème ? Comme l'un des courtisans du roi ? Est-ce là leur occupation principale ? Écrire des poèmes ou chanter des chansons grivoises ?

Elle s'esclaffa de nouveau.

— Non, messire, leur tâche est beaucoup plus sérieuse. Vous oubliez les intrigues pour s'attirer les bonnes grâces du roi et éclipser leurs rivaux. Même si certains, effectivement, se contentent de composer des chansons ou d'élaborer des charades et des devinettes pour nous amuser.

— Pour vous amuser ? répéta-t-il, sceptique. Eh bien, manifestement, je n'ai rien compris à l'amour courtois. Je croyais que le but des poèmes et des chants était de déclarer sa flamme à une femme inaccessible, car déjà mariée à un autre.

— D'une certaine façon, c'est exact.

— En résumé, il s'agit de charmer une dame dans l'espoir qu'elle trahisse son mari et vous donne son corps, continua-t-il d'un ton léger. Ou son mouchoir, si vous êtes un piètre poète. Ou que, pour des raisons toutes féminines qui m'échappent, elle vous demande de porter ses couleurs lors d'un tournoi.

Finalement, la cour n'est qu'une société d'intrigants, hommes et femmes.

— Vous vous trompez, tout le monde n'est pas ainsi. D'ailleurs, que reprochez-vous aux poèmes d'amour ?

— Rien, s'ils sont sincères. Ils doivent être une ode à la femme aimée, pas un artifice.

À ces mots, elle le dévisagea. Puis, au bout d'un moment, elle demanda :

— Les vôtres le seraient-ils, messire MacGannon ?

— Rory, corrigea-t-il, désireux de l'entendre prononcer son prénom.

— Les vôtres le seraient-ils, Rory ?

— Je ne dirai jamais à personne que je l'aime si ce n'est pas vrai.

— Avez-vous déjà écrit un poème ?

— Non, et je ne pense pas en être capable. Mais si c'était le cas, je louerais la splendeur de ses yeux gris, la soie de ses cheveux châtains et la grâce de sa démarche légère dans les rues de Londres. Et je lui jurerais que jamais je n'oublierais notre rencontre.

Son regard verrouillé au sien, il sourit.

— Tombez-vous souvent amoureux ? interrogea-t-elle, les joues écarlates.

— Non, mais je commence à penser que ce doit être agréable.

Elle eut un sourire embarrassé, mais ravi. Ils firent quelques pas en silence puis, le regardant du coin de l'œil, elle déclara :

— Sinon un poème, vous pourriez peut-être inventer une devinette. Je les adore.

— Vraiment ? Dans ce cas, j'en ai une pour vous.

Il s'arrêta pour lui faire face avant de reprendre :

— Dans quel cas un voleur n'est-il pas un voleur ?

Tout en parlant, il avait posé sa main droite sur le mur derrière elle. Il y appuya la gauche.

— Seriez-vous en train de me retenir prisonnière ?

— Loin de moi cette idée, gente damoiselle, répondit-il en avançant d'un pas.

— Vous savez que je pourrais appeler à l'aide et vous accuser de m'avoir attaquée, le prévint-elle avec un sourire matois.

— Et me regarder mourir sous les lances des gardes royaux ?

— Et vous regarder mourir sous les lances des gardes royaux.

— Mais vous n'appellerez pas, n'est-ce pas ?

— Pourquoi donc, messire ?

— Parce que vous mourez d'envie de connaître la réponse à ma devinette.

Elle poussa un soupir faussement résigné.

— Très bien, je vous écoute.

Il se pencha vers elle, la sentit retenir son souffle.

— Un voleur n'est pas un voleur quand ce qu'il vole lui est librement donné, expliqua-t-il en décollant une main du mur pour lui caresser la joue.

— Et que désirez-vous qui vous soit librement donné, sir MacGannon ?

— Un baiser.

— Non.

Il soupira, baissa les yeux comme s'il réfléchissait, puis les replongea dans les siens.

— Vous avez raison : un seul est insuffisant. Il en faut au moins trois. Ou plus, si vous insistez. Mais trois me semble bien pour une première fois, non ?

Elle secoua la tête.

— Pas un seul, messire, même si j'admire votre persévérance.

— Ce n'est qu'un début. Et n'oubliez pas : nous sommes à la cour. Ce qui nous oblige à pratiquer l'amour courtois.

— Nous ne sommes pas à la cour, messire.

— Dieu en soit loué. Mais les coutumes françaises se sont implantées dans votre belle Angleterre. De plus, nous devons nous plier aux instructions divines.

— Dieu ne nous a pas ordonné de pratiquer l'amour courtois, rappela-t-elle.

— Au contraire. Par l'intermédiaire de Moïse, il nous a dit d'aimer notre prochain. L'Écosse et l'Angleterre étant voisines, je me contente de suivre la loi de Dieu.

Elle rit malgré elle.

— Votre argument est blasphématoire !

— Et amusant, apparemment. Mais ce qui m'importe, chuchota-t-il contre son cou, c'est de savoir si vous le trouvez convaincant.

Rory inspira profondément, s'enivrant du parfum d'Isabel. Son regard se posa sur sa poitrine, ses seins de nacre pressés contre le corset qui se soulevaient et s'abaissaient au rythme de son souffle. Incapable de détourner les yeux, il s'approcha encore, et l'embrassa.

Ses lèvres étaient douces et accueillantes. Il sentait ses jambes contre les siennes, son corps souple… Et soudain, elle tourna la tête. Les joues rosies, elle plaça la main devant sa bouche en un geste plein de grâce.

— Je ne suis pas une fille facile, messire, le prévint-elle.

Il fit un pas en arrière, laissant retomber ses bras.

— Non. Et je ne vous ai jamais considérée comme telle, Isabel. Ce n'était qu'un baiser. Le voleur que je suis n'a pu y résister. Vous êtes belle, Isabel, et je vous admire. Me donnerez-vous un autre baiser ?

Elle secoua la tête.

— Plus jamais.

— Pourquoi « jamais » ? Pourquoi ne pas simplement dire « Non, plus de baisers aujourd'hui, Rory » et laisser l'avenir décider de la suite ?

— Plus de baisers aujourd'hui, répéta-t-elle, incapable de réprimer un sourire.

— Me voilà donc à la fois désespéré et plein d'espoir, commenta-t-il en souriant à son tour.

Sur quoi, il se remit en route. Ils marchèrent sans un mot côte à côte un petit moment.

— Vous y croyez, à cette histoire de la reine Éléonore sauvant la vie du roi ? s'enquit-il.

— Pas vous ?

— Réfléchissons un peu. Quand le roi a-t-il été blessé ? Lors d'une bataille ?

— Je suppose.

— Éléonore se trouvait donc sur le champ de bataille avec lui ?

— C'est peu probable.

— Donc, le roi aurait été transporté jusqu'à sa tente, où elle l'aurait « soigné ».

— Sans doute.

— Cela représente un long trajet ; le poison aurait dû commencer à agir. Or, Édouard se porte comme un charme, et Éléonore est morte.

— Cela s'est produit il y a plusieurs années. Le roi a eu le temps de se rétablir. Quant à Éléonore, après avoir donné naissance à seize enfants, il n'est pas étonnant que sa santé se soit fragilisée.

— Mmm… fit-il sans conviction.

— À mon avis, l'histoire est vraie, affirma-t-elle. Je crois que leur amour était assez fort pour qu'elle risque sa vie pour lui, et votre air méprisant ne me fera pas changer d'avis.

Elle montra du doigt l'église devant eux.

— C'est All Hallows. On ignore la date de sa construction, mais une partie du carrelage remonte à l'époque romaine. C'est en haut de cette butte que sont exécutés certains prisonniers. Et là, au-dessous, se dresse la Tour.

Il contempla l'église, puis suivit son regard en direction des immenses remparts de la forteresse simplement dénommée « la Tour ». Des douves reliées à la Tamise l'encerclaient. De l'autre côté des fortifications, la tour Blanche dressait sa haute et massive silhouette vers le ciel. Une autre tour formée de gros blocs de pierre grise gardait l'entrée. Lorsque Isabel se dirigea vers elle, Rory la suivit, non sans lancer un dernier coup d'œil derrière lui. Aucun homme suspect à l'horizon.

— Guillaume le Conquérant a bâti la tour Blanche après avoir vaincu Harold le Saxon à Hastings en 1066, il y a plus de deux cents ans, expliqua-t-elle.

— Votre famille vivait-elle déjà en Angleterre à l'époque ?

— Les parents de ma mère accompagnaient Guillaume le Conquérant. Quand celui-ci s'est installé là, ils sont restés. Nous avons toujours vécu à Londres depuis. Henri III, le père du roi Édouard, a agrandi la Tour, et son fils a continué son œuvre, repoussant les remparts à l'intérieur de la cité, faisant construire de nouvelles tours et créant plusieurs accès.

Elle s'avança pour parler à la sentinelle du premier pont-levis, qui la salua par son nom.

— Mon compagnon se nomme Rory MacGannon, de Loch Gannon. Il est à Londres pour les funérailles de la reine. Nous avons à faire au palais.

— Bien, damoiselle de Burke. Méfiez-vous, certaines pierres de la cour sont encore verglacées de la nuit.

Isabel le remercia et traversa la passerelle de bois.

— Voilà la tour du Lion, annonça-t-elle tandis qu'ils pénétraient dans l'enceinte inférieure.

Rory sursauta et porta instinctivement la main à son épée en percevant un grondement démoniaque.

— Des lions, indiqua-t-elle en souriant. Vous n'en aviez jamais entendu ?

Il lâcha le pommeau de son arme, un peu gêné. De nouveaux rugissements résonnèrent.

— Non, mais je ne risque pas d'oublier ce cri. C'est vrai que le roi possède une ménagerie ?

— Pas aussi importante que par le passé. Il avait des éléphants autrefois, mais ils sont morts. Les lions, en revanche, se portent à merveille. Ils rappellent aux visiteurs qu'ils se trouvent ici dans la demeure du Lion d'Angleterre.

— À l'étranger, votre Édouard est souvent appelé « le Léopard ».

Elle haussa un sourcil.

— En Angleterre, on l'appelle « roi ».

Il lâcha un petit rire et lui emboîta le pas sur un deuxième pont-levis menant à la haute cour. Elle lui montra le château bâti par Édouard face à la Tamise.

Il l'écoutait d'une oreille distraite, prenant surtout plaisir à la contempler, admirant sa démarche gracieuse, son regard lumineux, son sourire doux et franc. Il n'était d'ailleurs pas le seul à apprécier sa beauté, constata-t-il en voyant avec quel empressement les chevaliers du roi, ou même les soldats, pourtant transis de froid, la saluaient.

— Et ce bâtiment ? s'enquit-il alors qu'ils s'apprêtaient à ressortir.

— La tour du Trésor, répondit-elle avec une drôle d'intonation dans la voix.

Elle fixa la tour en question, puis se détourna rapidement en ajoutant :

— Venez, il se fait tard.

— Isabel !

La voix résonna au-dessus d'eux. Isabel se figea sur place, l'air anxieux. Rory leva la tête vers l'homme penché à une fenêtre qui les observait. Ses atours somptueux et l'or à ses doigts scintillaient malgré la pâle lumière hivernale. Isabel le salua d'une révérence.

— Monseigneur, j'avais entendu dire que vous étiez à Greenwich.

— Vous avez mal entendu, répliqua l'homme. Montez me présenter votre ami.

— Je suis désolée, monseigneur, mais nous sommes pressés. Je dois le conduire à Westminster avant la nuit.

— Qui l'emmenez-vous voir à Westminster, Isabel ?

Rory plaça une main sur le bras de la jeune femme.

— Qui pose la question ?

— Votre ami est un écossais, Isabel. Chez qui le conduisez-vous à Westminster ?

— Monseigneur l'archevêque Bek, répondit-elle en saisissant le premier nom de personnage important qui lui vint à l'esprit.

— Les Écossais vénèrent-ils Bek désormais, ma chère ?

— Cet Écossais-là vénère surtout les femmes, monseigneur, intervint Rory.

Ce qui lui valut un sourire glacé.

— Amenez-le-moi, Isabel.

— Je vous remercie de l'invitation, déclara Rory, avant de demander à voix basse : Souhaitez-vous y aller, Isabel ? Si c'est le cas, je monte avec vous.

— Oh non, je vous en prie, partons.

— Très bien.

S'adressant de nouveau à l'homme, il lança :

— Mais nous sommes pressés, monseigneur. Au revoir.

Ils entendirent la fenêtre claquer derrière eux tandis qu'ils s'éloignaient.

— Dépêchez-vous ! l'enjoignit Isabel. Il faut sortir d'ici avant qu'il descende nous chercher.

Son beau visage était pâle et apeuré.

— Isabel, qui est cet homme ? Pourquoi vous effraie-t-il autant ?

— S'il vous plaît, sortons. Je vous expliquerai plus tard.

Rory la suivit de l'autre côté du grand portail, et jusqu'à la tour Byward. Cette fois, aucun rugissement ne se fit entendre sur leur passage, à son grand soulagement. Ils couraient presque en traversant le pont-levis. Ce ne fut qu'après avoir dépassé l'église qu'il la saisit par le bras pour la faire pivoter face à lui.

— Nous sommes assez loin. À présent, répondez : qui est cet homme et pourquoi vous fait-il peur ?

— C'est Walter Langton, l'archevêque de Lichfield et le trésorier de la Maison royale.

— Il vous terrifie. Pourquoi ?

Elle semblait au bord des larmes.

— Il… La manière dont il me regarde… ce qu'il me dit me donne l'impression d'être… souillée.

— Vous a-t-il touchée ?

— Non. Mais si je me retrouvais seule avec lui, j'ai peur que… Il me fait peur.

— En avez-vous parlé à quelqu'un ?

— À qui ? Il est l'un des plus proches conseillers du roi. Personne ne peut m'aider.

Sans réfléchir, il l'attira dans ses bras, ignorant les regards et les sourires des passants autour d'eux.

— Si, moi. Un seul mot de votre part et je jure de vous protéger.

Un bref instant, elle appuya le front contre son torse, puis elle se redressa, un sourire penaud aux lèvres.

— Je vais mieux. Merci.

Il soutint son regard.

— Vous en êtes sûre ? Jurez-moi que vous ne remettrez pas les pieds ici.

— Jamais, à moins d'y être obligée. J'ignorais qu'il était là, sinon je ne serais pas venue, précisa-t-elle.

Avec un frisson, elle se dégagea de son étreinte.

Il laissa ses bras retomber et prit une longue inspiration.

— Bon sang, le vent est glacé ici. Cherchons un coin où nous réchauffer.

— Je dois y aller, annonça-t-elle en jetant un coup d'œil au ciel lourd.

Il l'accompagna jusqu'à l'embarcadère, où Henri de Boyer attendait adossé à un mur. Dès qu'il la vit, celui-ci vint à sa rencontre et lui offrit son bras.

— Je prends le relais, MacGannon. Venez, Isabel, nous rentrons.

Elle hocha la tête.

— Encore merci de vous être chargé de ma lettre, Rory.

— Ce fut un plaisir, belle dame. Je réfléchirai à une nouvelle devinette.

Elle lui adressa un sourire pâle, puis laissa de Boyer l'aider à monter à bord du bateau. Avant de la suivre, le chevalier se retourna pour adresser à Rory un regard de triomphe. Le temps d'un dernier adieu de la main, et elle avait disparu.

Rory regagna ses quartiers, aussi maussade que le ciel au-dessus de sa tête. Ils n'étaient pas convenus de se revoir. De plus, un homme le suivait l'air de rien. Réprimant un juron, il garda la main sur le pommeau de son épée jusqu'à ce qu'il eût franchi les remparts de la ville.

8

Isabel passa une nuit agitée, le sommeil peuplé de cauchemars dans lesquels Walter Langton se penchait sur son lit avec un sourire vorace. Elle s'éveilla deux fois en sursaut dans le noir, trempée de sueur, et une troisième aux premières lueurs du jour, au moment où Alis se glissait entre les draps en même temps qu'un courant d'air glacé.

— Pousse-toi, grogna la jeune femme d'une voix pâteuse.

Isabel recula dans le coin opposé du lit. Elle savait d'où venait Alis et s'obligea à chasser les images d'Henri et elle enlacés qui s'imposèrent à son esprit. Enfin, elle se rendormit, pour recommencer à rêver, mais cette fois de Rory MacGannon, nu au-dessus d'elle, ses longues jambes musclées et son... Elle ouvrit les yeux, effarée de ses propres songes. Seigneur ! Elle irait sûrement en enfer.

La journée ne fut pas meilleure que la nuit. Elle assista à la messe avec les autres suivantes, frissonnant dans la chapelle humide, puis regagna sa chambre, également glaciale depuis que leur ration de bois avait été diminuée. Une des premières conséquences de la mort de la reine, estimait-elle. Bientôt, elle serait congédiée et perdrait le gîte et le couvert. En attendant, on la chargeait d'une multitude de petites courses à la blanchisserie ou aux cuisines, telle une servante de bas étage.

L'après-midi, la neige se mit à tomber. Isabel contempla les premiers flocons depuis le porche en compagnie de lady Dickleburough, puis rentra bientôt, transie par le vent hivernal. Là, on les informa que le roi passerait Noël à Norham-upon-Tweed au château d'Antony Bek, l'archevêque de Durham, parti de Londres trois jours plus tôt. Ce qui signifiait que Rory MacGannon ne pouvait avoir rendez-vous avec le prélat, songea-t-elle, anxieuse, en repensant au prétexte qu'elle avait invoqué pour fuir Langton. Il ne restait plus qu'à espérer que ce dernier, surchargé de travail, avait oublié la teneur de son excuse. Elle apprit également que toutes les suivantes accompagneraient le roi.

Le soir même, elle alla annoncer son prochain départ à sa mère. À peine avait-elle frappé que celle-ci ouvrit la porte et l'attira vivement à l'intérieur, le regard étincelant. Elle la gifla violemment.

— Pauvre idiote ! Je t'avais pourtant prévenue ! Et toi, qu'est-ce que tu fais ?

Isabel posa la main sur sa joue endolorie.

— De quoi parlez-vous, mère ?

— Tu le sais très bien ! Tout le palais est au courant ! Tout le monde sait ce que tu es !

— Et que suis-je censée être ? répliqua Isabel, bouillonnante de rage. Qu'avez-vous entendu à mon sujet ? Et comment pouvez-vous le croire ?

— Tu as passé l'après-midi d'hier avec un homme.

— En effet. Je me suis promenée avec Rory Mac-Gannon, l'un des Écossais qui m'a transmis le message de Rachel. Je vous ai parlé d'eux, mère. Il va porter ma lettre à Rachel.

— Tu m'as dit lui avoir remis ce courrier chez ta grand-mère. Pourquoi l'as-tu revu ?

— Parce qu'il n'a pas voulu de l'argent que je lui proposais pour sa peine. Il m'a juste demandé en échange de lui faire visiter la Tour. Ce que j'ai accepté. Nous n'avons jamais été seuls, et il ne s'est rien passé.

— On t'a vue dans ses bras !

Isabel blêmit, se rappelant le moment où Rory l'avait attirée contre lui pour la réconforter.

— C'était pour me réchauffer. Cela a duré peu de temps et ça ne signifie rien.

— Jure-moi que tu n'es pas sa putain.

— Qu'est-ce qui vous prend, mère ? Je ne suis la putain de personne !

— Tu as dit à qui voulait l'entendre que tu trouvais Henri de Boyer charmant.

— C'est vrai. Et il l'est.

— Il paraît qu'il a une maîtresse au château, qu'elle sort le retrouver la nuit en secret.

— Il s'agit d'Alis, mère !

Isabel se frotta la joue.

— Qui vous a raconté tout ça ?

La colère de sa mère se calma. Elle se laissa tomber sur le lit.

— Cela n'a pas d'importance.

— Au contraire ! Qui que ce soit, cette personne ment ! Je n'ai fait que me promener avec Rory, rien de plus. Comment avez-vous pu croire de tels mensonges à mon propos ?

— Je… Je m'inquiète pour toi, Isabel. Tu dois te montrer plus prudente que je ne l'ai été.

— Vous m'avez répété cela toute mon enfance. J'ai compris, mère, rétorqua Isabel, désabusée.

— Dans ce cas, pourquoi avoir laissé cet Écossais te toucher ?

— Il me réconfortait. J'étais effrayée.

Sur ces mots, elle raconta à sa mère sa première entrevue avec Walter Langton, et ce qui s'était passé la veille.

— Il me terrifie, mère. La manière dont il me regarde. Ça me donne l'impression de… À présent, je crois tout ce qu'on dit à son sujet.

— Tu as raison d'avoir peur, s'il t'a remarquée. C'est un homme puissant, Isabel. Tu n'es pas de taille face à lui.

— Je ne retournerai jamais à la Tour. Et je l'éviterai à la cour. Maintenant que je sais à qui j'ai affaire, je serai prudente.

— Ma pauvre enfant! s'exclama sa mère en la serrant brusquement contre elle.

Isabel resta raide dans ses bras, puis elle recula:

— Je n'ai rien fait de mal, mère. Vous devez me croire.

— Je te crois. Et je regrette de m'être emportée. Je dois apprendre à te faire confiance.

Isabel acquiesça d'un signe de tête, et changea de sujet pour annoncer son départ.

— Je serai absente pendant toute la période des fêtes. Je suis désolée de ne pas passer Noël avec grand-mère et vous.

— Certes. Ce sera triste sans toi. Mais surtout, rappelle-toi qu'il y a des hommes…

Isabel laissa les paroles glisser sur elle.

Les jours suivants furent occupés par les préparatifs. Isabel et Alis s'affairèrent le plus souvent en silence, tandis que lady Dickleburough parlait pour trois.

Un midi, alors que la cour, toujours en deuil de la reine, déjeunait sans bruit, la vieille suivante se montra particulièrement volubile. Au début, Isabel l'ignora, s'intéressant plutôt à Henri qui, ce jour-là, était assez près d'elles. Henri qui passait son temps à échanger des regards lourds avec Alis… Décidant qu'elle s'en moquait, Isabel but une coupe de vin. Néanmoins, elle ne parvenait pas à détourner les yeux de leurs visages. Elle vida une deuxième coupe. Puis une troisième, une quatrième… Elle se sentait de plus en plus détendue.

— Il paraît que le roi se rend vers le Nord au cas où on aurait besoin de lui en Écosse, pérora lady Dickleburough. Ces Écossais sont vraiment assommants! Ils ont toujours été incapables de se gouverner seuls. Si j'étais le roi, je m'emparerais de leur maudit pays et ferais régner la loi.

— Comme au pays de Galles ? demanda une dame.

— Exactement, approuva lady Dickleburough. Pensez à tous les maçons, les charpentiers et tailleurs de pierre qui ont prospéré grâce à cette invasion. Votre oncle vit là-bas depuis des années, n'est-ce pas, Alis ?

— Oui, répondit Alis.

— Il a sûrement gagné beaucoup plus d'argent qu'il n'en aurait eu partout ailleurs. Avec tous ces nouveaux châteaux, le travail n'a manqué pour personne. Si la même chose se produisait en Écosse, les Écossais en seraient les premiers bénéficiaires. D'ailleurs, je ne comprends pas pourquoi ils ont demandé l'assistance du roi Édouard s'ils ne veulent pas de lui.

— J'ai entendu dire que c'était l'archevêque Fraser qui, de sa propre initiative, avait écrit au roi pour requérir son aide, intervint Isabel. Mais il y a une chose qui m'échappe : si l'Écosse est aussi épouvantable qu'on le dit, pourquoi vouloir se battre pour l'obtenir ?

Lady Dickleburough lui lança un regard dédaigneux, la considérant manifestement comme une idiote.

— Il y a de grandes richesses là-bas. Ne serait-ce que le port de Berwick, le plus actif d'Écosse. Imaginez l'argent qu'il rapporte ! Une grande partie de notre noblesse possède des terres sur place. Une union des deux royaumes simplifierait les choses pour tout le monde.

— Il paraît que c'est très beau.

Lady Dickleburough haussa les épaules.

— La moitié orientale se compose de terres arables qui donnent bien. C'est absurde de ne pas l'annexer à l'Angleterre. Nous devrions régner sur toute l'île.

— Et pourquoi pas sur l'Irlande ? se moqua Isabel. Ainsi, tout serait sous l'autorité du roi d'Angleterre.

N'est-ce pas là l'intention d'Édouard ? De terminer ce qu'avait commencé Henri II ? Ainsi, il pourrait mener ses affaires à sa guise, chasser les Juifs de son nouveau royaume et soumettre ceux qui lui résistent. Que diriez-vous de le nommer potentat d'Écosse ? Ce terme me plaît assez.

Ses voisines s'esclaffèrent à cette boutade, mais Henri l'examina d'un regard grave qui la fit taire un instant. Puis, détournant les yeux vers le dais sous lequel étaient assis le roi et deux de ses favoris, John de Warenne et Robert Bruce, elle reprit :

— Je me demande si Robert Bruce serait d'accord avec vous, lady Dickleburough. Car bien que sa famille possède de nombreuses terres ici et en Écosse, son grand-père fait partie des candidats à la Couronne écossaise. Mais il est vrai qu'il est gagnant dans les deux cas, car si son aïeul monte sur le trône, il en sera le successeur, et s'il s'agit d'Édouard, il continuera à être l'un des favoris du roi.

— Il paraît que ce dernier a prêté une grosse somme d'argent au jeune Robert pour couvrir ses dettes. Dans ce cas, Robert aurait intérêt à se montrer loyal envers lui, n'est-ce pas ?

— Regardez, coupa Henri. Les baladins arrivent.

Le passage des bateleurs à travers la salle mit fin à la conversation. Habituellement, Isabel appréciait les jongleries, les danses, les acrobaties et les chants de ces saltimbanques joyeux et colorés. Mais aujourd'hui, le silence endeuillé qu'ils arboraient en hommage à la défunte reine l'empêcha de se laisser séduire par le spectacle – surtout avec le regard d'Henri fixé sur elle.

À la fin du repas, la cour se dispersa. Henri se leva en même temps que les suivantes, mais Isabel, qui avait envie de rester un peu seule, demeura assise quelques instants. Les servantes s'affairaient déjà pour débarrasser les tables, tandis que les ménestrels rangeaient leurs instruments avant de se restaurer à leur tour.

La voix d'Henri la fit sursauter.

— Prenez garde, Isabel. Des têtes sont tombées pour moins que ça.

Elle le regarda s'installer près d'elle, surprise de le trouver si grave. Il jeta un coup d'œil autour d'eux, et se pencha pour expliquer :

— Votre remarque concernant le roi et le titre qu'il faudrait lui donner, s'il régnait sur l'Écosse.

— Ce n'était qu'une plaisanterie, sir. Rien de plus.

— Seul le roi a le droit de plaisanter à la cour d'Édouard. Vous feriez bien de vous en souvenir. Et de boire moins. Faites attention la prochaine fois, Isabel.

— Entendu, mais...

Il lui mit un doigt sur les lèvres.

— Édouard est malheureux, aujourd'hui. Ne devenez pas l'objet de son courroux.

Lui caressant la joue, il ajouta :

— Prenez garde à vous, Isabel. S'ils étaient répétés, vos propos pourraient s'avérer dangereux.

— Je ferai attention, à l'avenir.

— Parfait.

Il laissa retomber son bras, se leva, et sortit sans se retourner.

Rory avait envoyé deux messages à Isabel sans obtenir de réponse. Il s'était rendu deux fois à Westminster dans l'espoir de lui parler, mais à chacune de ses visites, il avait été éconduit sous le même prétexte : Isabel de Burke n'était pas disponible. Il avait appris que le roi partirait bientôt pour Norham et passerait les fêtes de Noël dans la forteresse de l'archevêque de Durham, Antony Bek – le prélat auprès duquel Isabel avait prétendu le conduire devant Langton. La situation de Norham, à quelques lieues de la frontière écossaise, le laissait dubitatif quant au véritable mobile de ce voyage royal.

Quoi qu'il en soit, Kieran et lui n'auraient plus de raison de rester à Londres après le départ d'Édouard. Ils avaient donc le choix entre le suivre vers le Nord pour essayer d'obtenir plus d'informations, ou rentrer chez eux ou à Stirling. Finalement, ils optèrent pour la deuxième solution.

Rory profita du temps restant pour se renseigner sur Walter Langton. Ce qu'il découvrit lui déplut souverainement. Bien qu'archevêque, le prélat ne ressemblait en rien à un serviteur de Dieu. Riche et arrogant, il entretenait plusieurs maîtresses et avait la réputation d'aimer déflorer les jeunes filles, le plus souvent sans leur consentement. Un démon vil et dangereux, donc, que sa charge auprès du roi rendait pratiquement inattaquable. C'est lui qui gérait les dépenses de la Maison royale, parmi lesquelles les salaires et le logement des suivantes de la reine, et débloquait l'argent pour financer les guerres, les armes et les chevaliers du roi, dont Henri de Boyer. Un homme très puissant. Pas étonnant qu'Isabel eût peur de lui. Langton, qui manifestement avait des vues sur elle, lui ferait-il payer son mensonge à propos de Bek ? Et ce de Boyer, qui était-il vraiment ? Représentait-il un allié ou un danger pour Isabel ?

Si seulement il avait pu parler à la jeune fille. Mais plus le temps passait, plus il craignait qu'elle ne parte avec l'entourage du roi sans qu'il la revoie. Finalement, tandis que Kieran, sous prétexte de jouer aux dés et de boire en compagnie de jeunes nobles, s'informait des dernières nouvelles, Rory prit sa décision.

Il fut surpris d'être reçu aussi facilement par la grand-mère d'Isabel, et plus étonné encore par la chaleur de son accueil. Installés devant la cheminée, ils dégustaient, lui une cervoise, elle un hydromel, lorsqu'elle déclara à brûle-pourpoint :

— Je m'attendais à votre visite.

— Vraiment ? Pourtant, j'ignorais moi-même que je viendrais.

— Ah, mais je suis bien plus vieille que vous. Mon Isabel vous plaît.

— En effet, et je m'inquiète pour elle. Je lui ai envoyé deux messages et me suis rendu en personne à Westminster deux fois, mais on ne m'a pas autorisé à la voir. Avez-vous eu l'occasion de lui parler ?

— Elle était là hier.

— Oh.

Il avala sa bière.

— Quelqu'un a raconté à sa mère qu'il vous avait vu l'enlacer, l'informa la vieille femme.

— Nous ne faisions rien de mal. Isabel avait froid.

— Elle avait peur, surtout. Elle m'a parlé de votre rencontre avec Langton, et de l'après-midi que vous avez passé ensemble. Je vous l'accorde, vous n'avez rien fait de mal, conclut-elle après une nouvelle gorgée d'hydromel. Mais la mère d'Isabel est très méfiante envers les hommes. Si je n'avais pas été là pour tempérer les choses, elle aurait élevé sa fille dans le mépris de tout ce qui est masculin. Certes, certains hommes – et Langton en fait partie – sont méprisables, mais d'autres méritent qu'on leur fasse confiance. Je veux que mon Isabel trouve un mari qui prenne soin d'elle. Vous n'êtes pas là pour me demander sa main, je le sais, mais votre présence ici me prouve qu'elle compte pour vous.

— Même si elle a refusé de me recevoir.

— Cela m'étonnerait. Je pense plutôt qu'on a donné des ordres vous concernant. Vous connaissez sir Henri de Boyer ?

Comme il acquiesçait d'un signe de tête, elle enchaîna :

— Il s'est renseigné sur vous. D'après ce qu'il a dit à Isabel, vous auriez assassiné un homme en Écosse et vous vous seriez réfugié à Londres pour sauver votre peau.

— J'ai effectivement tué un homme, et certains me poursuivent pour se venger. Pourtant, je vous

jure que je ne regrette rien, assura-t-il avant d'expliquer les circonstances de son geste.

La vieille femme l'écouta jusqu'au bout, puis
hocha la tête.

— De toute manière, je ne pense pas qu'Isabel ait
cru à cette histoire, déclara-t-elle. Elle s'est même
plainte que vous n'ayez pas essayé de la revoir.

— Je l'ai fait! Par deux fois. Comment pourrais-je
la contacter?

La grand-mère d'Isabel but une autre gorgée
d'hydromel, et s'essuya délicatement la bouche
avec un mouchoir avant de répondre :

— Je m'en occupe. Contentez-vous d'être là
demain à la même heure, messire.

Il lui sourit.

— Comptez sur moi.

Le lendemain, il se présenta avec un bouquet de
fleurs d'Espagne pour Isabel, deux bouteilles du
meilleur hydromel pour sa grand-mère, et un sac
d'amandes et d'oranges d'Italie. Vêtu avec soin, il
avait peigné ses cheveux en arrière, frotté ses dents
au sel et s'était rasé.

Au moment où il tournait au coin de la rue, Rory
aperçut un équipage qui s'arrêtait devant le porche.
Henri de Boyer, sa cape de chevalier claquant dans
le vent, sauta souplement à bas de la voiture et tendit la main à Isabel. La jeune femme lui sourit,
avant de lâcher un rire quand la bise ramena une
mèche devant ses yeux. Se penchant vers elle, de
Boyer lui murmura quelque chose qui la fit de nouveau s'esclaffer. À l'instant où ils pénétrèrent dans
la maison, la cloche de l'église sonna l'heure pile.

Rory resta immobile un moment, incertain.
Finalement, il se redressa et traversa la chaussée
boueuse. Certes, il ne portait pas d'uniforme de
chevalier du roi, n'avait pas assez de fortune pour
s'offrir un équipage et n'était qu'un cadet de famille,

mais plutôt être damné que de se rendre sans combattre !

— Et des oranges et des amandes ! Vous nous
comblez !

Rayonnante, Isabel plaça les cadeaux de Rory sur
la table.

— Des fleurs en décembre. Vous êtes extravagant
et trop généreux.

Rory sourit, ravi de la voir si contente.

— Ces modestes présents ne sont rien comparés
à l'éclat de votre sourire, damoiselle Isabel.

Rory lâcha un rire en entendant de Boyer grom-
meler entre ses dents. Bien qu'il fût resté poli, le
chevalier n'avait pas cherché à cacher son mécontentement en le voyant apparaître dans l'escalier.
Quant à la grand-mère d'Isabel, elle avait paru sincèrement surprise de découvrir de Boyer sur le seuil.
Lorsqu'elle avait exprimé son étonnement, celui-ci
s'était incliné en déclarant :

— Comment aurais-je pu laisser une si jeune demoiselle prendre le bateau en plein mois de décembre ?

— Elle me rend souvent visite, avait rétorqué la
vieille dame. Vous risquez de vider votre bourse si
vous voulez la conduire à chaque fois.

— Quelle meilleure raison pourrais-je avoir de
dépenser mon argent ?

Cette fois, ce fut au tour de Rory de maugréer.

— Quand Isabel reviendra de voyage, poursuivit
de Boyer, le temps sera peut-être plus clément et le
trajet en bateau plus agréable. Qui sait combien de
temps le roi restera dans le Nord ?

Rory se tourna vers Isabel.

— Vous accompagnez le roi à Norham ?

— Oui. Toutes les suivantes y vont. Nous resterons
là-bas aussi longtemps qu'on nous l'ordonnera.

— Ne vous inquiétez pas pour sa sécurité, Mac-
Gannon, lança de Boyer. Je la suivrai à chaque pas.

— Ça ne changera pas beaucoup, commenta Rory, acerbe.

— Messires, s'interposa la grand-mère d'Isabel. Bien qu'ayant grandi à la cour, ma petite-fille n'en a pas intégré les mœurs. Elle gardera son corps intact.

À cette remarque, Isabel sentit ses joues s'empourprer. Elle piqua du nez, s'emparant d'un rameau fleuri sur la table.

— Fort bien dit, madame, approuva de Boyer. Et je serai ravi de protéger cette innocence.

— De Boyer, intervint Rory. Puisque vous paraissez savoir tant de choses à mon sujet, peut-être pouvez-vous me dire si j'accompagnerai le roi moi aussi, ou si je resterai à Londres.

— Vous resterez à Londres, rétorqua de Boyer.

— Vraiment ? s'étonna Rory. Vous me voyez désolé de vous contredire. J'ai en effet l'intention de chevaucher également vers le Nord. Norham ne se situe-t-il pas à la frontière de l'Écosse ? Ainsi, je pourrai vous assister dans votre mission envers Isabel de Burke.

— Toute aide est la bienvenue, déclara de Boyer. Votre destrier est-il harnaché pour la guerre, Gannon ?

— Non.

— Avez-vous un écuyer ?

— Juste un jeune cousin. Cela convient-il ?

— Cela dépend de sa façon de vous servir.

— Dans ce cas, je suis fichu.

— Une armure ?

— Pas dans mes bagages. Je pensais me rendre à des funérailles, pas au combat.

— Il est toujours prudent d'être bien équipé, fit remarquer de Boyer.

Rory acquiesça de la tête.

— Vous avez raison. Certains d'entre nous ont besoin de destriers, d'armures et d'écuyers pour cela, d'autres comptent sur leurs propres ressources.

— En effet. Puis-je vous suggérer un armurier pour vous pourvoir ?

Rory s'esclaffa et, de manière inattendue, de Boyer l'imita.

— Avec plaisir, répondit Rory. Vous connaissez Londres depuis beaucoup plus longtemps que moi ; j'aurais tort de ne pas profiter de votre expérience.

— Je n'y suis que depuis quatre ans. Mais vous avez raison : Londres est devenu ma ville, et celle où je m'installerai quand je prendrai femme.

— Quoi ? Toujours célibataire ? La plupart des hommes de votre âge ont déjà cinq enfants. Mais il est vrai qu'il n'est pas nécessaire de se marier pour avoir une progéniture, n'est-ce pas, sir ?

Ignorant l'insinuation, de Boyer affirma :

— Si j'avais une épouse, je ne serais pas ici en ce moment.

— En cherchez-vous une ?

— Je me contente de veiller sur les demoiselles d'honneur de la reine.

— Ce qui signifie que vous les protégez toutes, pas seulement Isabel de Burke ?

— En effet.

— Leur accordez-vous à toutes la même attention ?

— Pas à toutes. Il ne viendrait d'ailleurs à personne l'idée de comparer Isabel à lady Dickleburough.

— Je n'ai pas eu le plaisir de rencontrer cette dernière.

— Elle est… comment dirais-je ? inoubliable.

— Comme Isabel de Burke. Et, d'après ce que j'ai entendu dire, Alis de Braun. Peut-être est-ce là une qualité indispensable pour devenir suivante de la reine.

— Messires, assez !

La grand-mère d'Isabel leur désigna deux sièges.

— J'ai une assez grande cheminée, je n'ai pas besoin qu'on réchauffe l'ambiance de la pièce. Isabel, apporte les amandes et les oranges. Manger les distraira de leur joute verbale. À présent, messires, parlez-moi de vos mères.

Rory et de Boyer échangèrent un regard perplexe.

— Nos mères ? répéta Rory.

— C'est ça.

— Ma mère, commença de Boyer, est douce et souriante. Ce qui ne l'empêche pas de diriger la maison de mon père avec fermeté.

— Et vous, messire MacGannon ? interrogea la grand-mère d'Isabel.

— Ma mère est courageuse et aimante. Elle conduit la maison avec beaucoup de rires, et laisse également mon père y vivre.

La vieille dame regarda Rory, les yeux brillants de malice.

— Vous vous défendez bien à ce jeu, MacGannon. Maintenant, parlez-moi de vos pères.

— Mon père est intrépide et juste avec ses gens, affirma de Boyer.

— Mon père, énonça Rory en fixant Isabel, est entièrement dévoué à ma mère.

— Le mien également, lança de Boyer.

— Mon père est un guerrier, répliqua Rory.

— Et le mien…

— Arrêtez ! coupa la vieille dame en riant. Merci à tous les deux de vous être prêtés à mon petit jeu. Isabel, ma chérie, apporte-nous ce merveilleux hydromel que m'a offert messire MacGannon. Un homme sage, ce Rory MacGannon, qui pense à la grand-mère d'une jeune fille.

— Et une grand-mère intelligente, dame de Burke, qui se souvient d'un homme qui a pensé à la grand-mère de sa petite-fille.

Elle lâcha un nouveau rire.

— Vous pouvez en être certain, je n'oublierai pas.

— Que faites-vous, damoiselle ? s'enquit de Boyer en rejoignant Isabel.

Il lui sourit.

— Une guirlande ?

Rory fronça les sourcils, puis regarda Isabel. Elle tenait toujours le rameau qu'elle avait ramassé sur la table. Souriant à son tour à de Boyer, elle lui tendit le cercle qu'elle en avait formé.

— Je m'occupais juste les mains. C'est une couronne.

Elle la lui posa sur la tête.

— Voilà ! Vous ressemblez à un roi ! Très majestueux !

— Une chance que ce ne soit pas du houx, de Boyer, fit remarquer Rory.

De Boyer soutint son regard, un sourire narquois aux lèvres.

— Cela dépend. Au cœur de l'été, cela aurait pu me réjouir, ne croyez-vous pas ?

Isabel les contempla tour à tour.

— Que voulez-vous dire ?

— Ils sont tous deux celtes, Isabel, expliqua alors sa grand-mère. L'un de France, l'autre d'Écosse, mais unis par les mêmes traditions. Connais-tu l'histoire du roi Chêne et du roi Houx ?

— Cela me rappelle vaguement quelque chose.

— Jadis, avant la venue du Christ, ce peuple vénérait deux rois, le roi Chêne et le roi Houx. Le premier régnait pendant la période de croissance et de lumière, le second pendant celle de la moisson et de la mort. Leur combat incessant se terminait toujours de la même façon : au solstice d'été, le roi Houx triomphait, et avec lui le déclin et la mort, jusqu'au solstice d'hiver où le roi Chêne reprenait la couronne, annonçant le retour du printemps et de la vie.

Isabel se tourna vers Rory.

— Ainsi, vous seriez le roi Chêne ?

Celui-ci sourit.

— Regardez-nous, Isabel. Je suis la lumière ; il est les ténèbres.

De Boyer s'esclaffa et ôta la couronne de sa tête.

— Nous sommes presque au cœur de l'hiver, roi Chêne. Je vous cède donc la couronne plutôt que de me battre contre vous.

Rory se leva, mal à l'aise à l'idée de prendre la coiffe qui lui était tendue.

— Vous connaissez la suite, de Boyer ?

— Croyez-vous vraiment à toutes ces choses, Mac-Gannon ? Que je mourrai et que vous vivrez ?

Rory ne répondit pas, en proie à un mauvais pressentiment.

— Que voulez-vous dire ? s'enquit Isabel.

— Nous nous éliminons réciproquement, répliqua de Boyer d'un ton léger. En été, le roi Houx pourfend le roi Chêne. Avant d'être tué à son tour au solstice d'hiver.

— Cela correspond au rythme des saisons, précisa Rory. Aux temps jadis, le roi ne régnait qu'une moitié de l'année, paraît-il. Ensuite, il était sacrifié pour le bien de tous. Son sang fertilisait le sol et sa mort était le prix à payer pour que le peuple continue à vivre.

— Il s'agissait d'une mort symbolique, pas réelle, je suppose ?

— Certes, sinon pourquoi être roi ?

— Pour posséder le monde, ne serait-ce que le temps d'une saison, déclara de Boyer.

Il tendit la couronne à Rory.

— Tenez, MacGannon. Si je suis le roi Houx, mon règne touche à sa fin, et le vôtre est encore à venir. Prenez cette coiffe.

— Et tout ce qui va avec ?

De Boyer eut une expression amusée et confiante.

— Nous n'avons pas fini de nous combattre. Le trépas n'est pas forcément l'issue de la bataille. Après l'époque de la lumière vient celle de l'ombre, et même au printemps la nuit succède au jour.

— Et le jour à la nuit, rétorqua Rory, souriant à son tour. J'accepte la couronne, roi Houx. Je la conserverai jusqu'à l'issue du combat, quand la lumière aura remporté la récompense.

En prononçant ces mots, il fixa de Boyer dans les yeux, et fut surpris d'y lire du respect.

Sur quoi, la grand-mère d'Isabel se leva, indiquant que la visite était terminée.

— Je vous remercie tous deux de votre obligeance envers ma petite-fille. Elle est mon trésor, et j'espère qu'elle sera également celui de l'homme qui l'épousera. Que Dieu vous protège, messires. Isabel, j'aimerais te dire quelque chose avant ton départ.

Après un bref salut, Rory et de Boyer s'éclipsèrent pour attendre Isabel dehors.

— Vous pouvez partir, MacGannon, lança de Boyer. Je veillerai sur elle jusqu'au palais. Et à Norham.

— Alis de Braun sera-t-elle également du voyage ?

— Je suppose.

Rory afficha un air moqueur.

— Voilà qui promet d'être intéressant pour vous.

De Boyer hocha la tête.

— Sans doute, dit-il. Je vous aurais bien proposé de boire une bière, Gannon, mais je dois raccompagner Isabel. La prochaine fois que vous passerez à Londres, venez nous rendre visite.

Dès que la jeune femme apparut, il héla son cocher.

— Merci encore pour vos délicieux présents, Rory, déclara-t-elle. Ma grand-mère et moi étions ravies.

— Tout le plaisir était pour moi, répondit Rory en s'inclinant. J'espère avoir l'occasion de vous revoir avant votre départ.

— Je l'espère aussi. Sinon, nous nous retrouverons en chemin, rappela-t-elle avec un sourire.

Deux jours plus tard, Rory et Kieran quittaient Londres sous la neige en compagnie de centaines de pénitents, marchands, flagorneurs et voyageurs en tout genre cherchant à se joindre au cortège royal par souci de sécurité. Pendant plus d'une heure, ils avaient regardé les chevaliers se mettre en position : un premier contingent précédant le roi Édouard et l'élite de la cour, en litière, en carrosse ou à cheval ; un deuxième avant les autres courtisans ; et le troisième en queue de cortège, après les chariots de bagages. Ce n'est qu'une fois ce convoi sorti des murs de Londres qu'ils purent franchir les portes de la ville.

— Je ne l'ai pas vue passer, signala Kieran en se mettant en route. Et toi ?

Rory secoua la tête et rabattit son capuchon. S'il faisait déjà ce temps-là ici, que serait-ce dans le Nord ?

Après avoir parcouru plusieurs lieues sous une tempête de neige, ils profitèrent d'une accalmie pour remonter le cortège à la recherche d'Isabel.

Ils croisèrent Henri de Boyer qui, posté sur le bord du chemin, surveillait la lente progression des voyageurs. Rory arrêta son destrier près du sien.

— MacGannon, le salua de Boyer en jetant un coup d'œil en direction des nuages noirs. On dirait que le temps va encore empirer.

— De Boyer. Comment se passe le pouponnage ?

De Boyer sourit.

— Vous avez trouvé le mot juste. À ce rythme-là, nous aurons de la chance si nous atteignons Norham pour la Chandeleur.

— Cela vous laissera plus de temps auprès de ces demoiselles, rétorqua Rory en lâchant un rire. Où puis-je trouver Isabel ?

De Boyer lui jeta un regard acéré, puis désigna le défilé des courtisans.

— Ici, je suppose, mais je ne l'ai pas encore vue.

9

Isabel s'arrêta un instant sur le seuil de l'église et s'élança sous la neige qui tombait à gros flocons. À la demande de sa grand-mère, elle était venue allumer un cierge pour l'Avent, et en avait profité pour prier et implorer le secours de Dieu.

Dire que ce matin, elle s'était réveillée pleine d'espoir et d'enthousiasme ! À l'instar des autres suivantes, elle s'était levée à l'aube afin de terminer les derniers préparatifs du départ. Puis, une fois sa sacoche de cuir placée sur la carriole avec les autres, elle avait attendu qu'on lui annonce si elle monterait un palefroi ou voyagerait à l'intérieur de l'un des carrosses réservés aux demoiselles d'honneur. Elle plaisantait avec ses compagnes quand l'intendant de la reine en personne l'avait appelée à l'écart avec lady Dickleburough. Là, il leur avait annoncé avec une nervosité évidente qu'elles ne partaient plus. Sans autre explication.

La mort dans l'âme, Isabel avait répondu tant bien que mal aux questions de ses compagnes et supporté le regard apitoyé des domestiques pendant qu'on déchargeait son sac de la pile de bagages. Néanmoins, le sourire suffisant et l'expression jubilante d'Alis avaient eu raison de ses nerfs. Telle une enfant malheureuse, elle s'était alors enfuie en pleurant, loin du palais et de l'excitation du voyage. Finalement, après avoir erré un long moment à travers la ville, elle s'était rendue chez sa grand-mère.

Celle-ci l'avait écoutée, consolée, pour finir par la supplier de ne pas rentrer au palais.

— Ce pourrait être dangereux.

— Pas plus qu'avant, grand-mère, avait répliqué Isabel en secouant la tête. Je sais où réside le danger. Et qui je suis.

— Mais…

— Je n'ai pas le choix, avait-elle coupé. Je me suis engagée à servir la reine, en sa présence ou non. Si j'abandonne mon poste, on risque de me jeter en prison. Non, grand-mère, je dois me ressaisir et reprendre ma place. Même si elle est à l'écart.

La vieille dame avait acquiescé tristement.

— J'aurais tellement voulu que ce soit différent.

— Moi aussi, avait répondu Isabel avec un pauvre sourire.

Sur quoi, elle avait pris congé.

À présent qu'elle avait allumé le cierge réclamé par sa grand-mère, qu'allait-elle faire ? Si seulement Rachel était encore à Londres ! Elle serait allée chez elle, et elles auraient réussi à plaisanter de sa situation. Hélas, Rachel était loin et avait ses propres soucis à affronter.

À l'heure qu'il était, le cortège royal devait être à plusieurs dizaines de lieues. Alis avait sûrement parlé avec Henri. Et quelque part dans le long cortège royal, Rory MacGannon chevauchait en compagnie de son cousin.

Elle accéléra le pas, les pans de son manteau de laine bordé de parements de fourrure resserrés autour d'elle. Elle avait été mise de côté. Ce qui n'avait rien d'étonnant, tenta-t-elle de se raisonner. Après tout, elle était la dernière suivante entrée au service de la reine ; il était normal qu'on se débarrassât d'elle en premier, maintenant qu'il y avait moins à faire. Elle n'avait pas de famille riche, pas de mari puissant, aucun lien de parenté avec le roi.

À quoi s'était-elle attendue ? N'empêche... le rejet n'en restait pas moins douloureux.

L'espace de quelques mois, l'avenir avait brillé devant elle : elle faisait partie de la cour et évoluait dans un monde de luxe et de privilèges. Deux hommes, un chevalier et le fils d'un seigneur écossais, avaient recherché ses faveurs. Et maintenant... Elle se ressaisit. Se lamenter sur son sort ne servirait à rien. D'ailleurs, quel droit avait-elle de se plaindre quand tant d'autres dormaient en haillons sous les porches ou entassés dans des mansardes ?

Le garde à l'entrée du palais la laissa passer sans problème, et elle fut soulagée de trouver sa sacoche de cuir qui l'attendait toujours près de la porte. Celle-ci paraissait solitaire et minuscule au pied du grand mur de pierre, aussi insignifiante qu'elle avait dû l'être parmi ces nobles dames dont elle partageait le logement.

Elle saisit le sac et monta l'escalier jusqu'aux appartements des suivantes. Ils étaient déserts. Elle ôta son manteau avec un soupir las.

— Nous sommes autorisées à passer la nuit ici, annonça la voix de lady Dickleburough. Mais nous devrons quitter les lieux demain matin. Nous sommes congédiées.

— Congédiées ! Mais qu'allons-nous faire ?

— Nous ? Vous me demandez ce que *nous* ferons, Isabel ? Alors que vous m'évitez tout le temps, sauf lorsque vous avez besoin d'informations ? *Nous* ne ferons rien. J'imagine que vous allez vous réfugier dans les jupes de votre mère – qui, soit dit en passant, est passée vous voir. Je lui ai annoncé la bonne nouvelle, en précisant que vous vous étiez enfuie, sans doute pour rejoindre votre galant Écossais.

— Ce n'est pas « mon galant ».

— Dans ce cas, vous êtes encore plus stupide que je ne le pensais. Il est jeune, viril, bien fait de sa personne. Vous feriez mieux de le retrouver rapidement.

Lady Dickleburough ouvrit la porte pour sortir. Se ravisant au dernier moment, elle ajouta :

— Quant à ce chevalier qui vous plaît tant, Isabel, Henri de Boyer, il est le père de l'enfant de la jeune fille dont vous avez pris la place. Manifestement, vous n'étiez pas au courant. C'est un fait notoire à la cour, pourtant. Nous pensions d'ailleurs que vous seriez sa prochaine victime. Certains ont préféré miser sur Alis, mais je suis sûre qu'ils se trompent : Alis est beaucoup trop fine pour se laisser avoir. Si l'un des deux doit tomber dans un piège, je pencherais plutôt pour lui. Mais regardez-vous donc ! On croirait que je viens de vous souffleter. Pauvre Isabel ! Quelle ingénue vous faites !

Sur cette saillie, lady Dickleburough sortit dans un rire tonitruant.

Isabel délaça les manches de son corsage. Oui, la vieille sorcière avait raison : elle était naïve et stupide.

La tempête de neige redoubla durant la nuit. Au matin, de violentes bourrasques frappaient encore les murs du palais dont la cour avait disparu sous une épaisse couche immaculée. Isabel rassembla le reste de ses affaires et les rangea dans sa sacoche de cuir. Elle s'arrêtait régulièrement pour essuyer ses larmes, ou jeter un coup d'œil à la fenêtre en soupirant à l'idée de ne plus jamais revoir ce paysage. Malgré le regard perplexe des domestiques, elle ne leur donna aucune explication. D'ailleurs, qu'aurait-elle pu dire ? Qu'elle ignorait ce qu'elle avait fait pour mériter un tel déshonneur ?

En arrivant chez sa mère, elle apprit que celle-ci était partie à Windsor. Elle devait rentrer aujourd'hui, expliqua une voisine, mais avec ce temps… Isabel la remercia et reprit sa sacoche. Elle rejoindrait sa mère à Windsor, décida-t-elle ; ensemble, elles trouveraient un moyen d'affronter l'avenir. Hélas, à son arrivée, l'embarcadère était vide et le passeur absent. Un homme l'informa qu'aucun bateau ne circulerait avant le lendemain.

Résignée, Isabel regagna donc le palais – où, Dieu merci, personne ne la questionna – et passa la nuit seule chez sa mère à se morfondre sur ses espoirs perdus. Elle avait beau essayer de la chasser dans son esprit, Alis y revenait toujours ; elle l'imaginait riant et minaudant avec Henri qui, elle n'en doutait pas, ne mettrait pas longtemps à tomber pour de bon dans ses filets. Et peut-être Rory MacGannon avec lui...

À son réveil, la tempête avait cessé. Elle passa devant les sentinelles du château, la tête haute et le pas vif. Elle avait beau s'effondrer intérieurement, elle tenait à rester digne. Cette fois, les bateaux circulaient.

La traversée du fleuve fut une véritable épreuve. Elle arriva transie de froid à Windsor, pour apprendre que sa mère était repartie pour Westminster en calèche. Par chance, le garde, compatissant, lui proposa de boire un verre de vin chaud près de la cheminée en attendant le prochain bateau. Elle patienta donc en se répétant qu'ici au moins elle était au chaud.

— Damoiselle, l'appela soudain le garde en ouvrant la porte. Je vous ai réservé une place dans une voiture se rendant à Westminster. Si vous voulez bien me suivre...

Elle le remercia et monta dans le somptueux carrosse. Elle venait à peine de s'asseoir que la portière s'ouvrait de nouveau, laissant pénétrer une bourrasque glaciale à l'intérieur. Au début, elle n'aperçut qu'une silhouette masculine. Puis l'homme s'installa lourdement en face d'elle et rabattit son capuchon. Elle retint un cri d'effroi en le reconnaissant.

— Isabel ! s'écria Walter Langton avec un sourire carnassier. Quel plaisir de vous rencontrer ici ! Vous avez froid ? Venez, partageons ma couverture.

— Non, articula-t-elle. Merci, monseigneur. Je suis...

Sans lui laisser le temps d'achever, Langton se pencha comme s'il voulait ramasser quelque chose, puis se redressa vivement en glissant une main sous ses jupes. Effarée, elle poussa un hurlement et se rencogna, mais il l'accompagna dans son mouvement et lui caressa la cuisse. Puis, avec une vivacité étonnante pour un homme de son âge, il lui saisit les poignets et l'attira brutalement à lui.

Ses lèvres étaient mouillées, son haleine fétide. Dieu merci, l'atroce baiser ne dura qu'un instant, après lequel Langton s'adossa à sa banquette en ricanant. Isabel frémit en le voyant lécher ses lèvres luisantes de salive.

— Isabel, murmura-t-il, aimeriez-vous retrouver votre place parmi les suivantes de la reine ? Aimeriez-vous que vos gages soient augmentés ? Moi seul peux vous obtenir l'un et l'autre. Rien ne vous oblige à vivre dans la rue. Venez me voir à mon bureau demain avant midi.

— Non.

Quand il se pencha de nouveau, elle crut qu'il allait encore l'embrasser, mais cette fois il referma la main sur un de ses seins et le pressa. Ce fut plus fort qu'elle : dès qu'il approcha son visage du sien, elle le gifla. Une fois. Deux. Trois… Il saisit son bras au vol et l'abaissa de force. Puis, de sa main libre, il lui enserra le cou et serra de plus en plus fort, jusqu'à lui couper la respiration. Des points noirs dansèrent devant ses yeux. Essayant vainement de retrouver son souffle, elle se débattit, donna des coups de pied, griffa…

Soudain, Langton la lâcha. Puis, sans la quitter du regard, il frappa : joue droite, joue gauche, joue droite, joue gauche… lentement, méthodiquement, avec un sang-froid terrifiant. Isabel aurait voulu hurler, mais ses lèvres n'émirent qu'un râle à peine audible.

— Vous êtes fou, murmura-t-elle en retenant ses larmes.

— Demain, ordonna-t-il d'un ton sans appel. Venez seule. Et n'essayez pas de m'échapper. Je sais où vivent votre mère et votre grand-mère, je vous trouverai.

Les mains croisées sur sa robe de prélat, il la contempla avec un sourire répugnant.

— Que voulez-vous de moi ? demanda-t-elle.

— Oh, je vous en prie, ne jouez pas les saintes-nitouches. Nous savons tous deux que vous avez des relations très proches avec sir Henri de Boyer et cet Écossais, avec lequel vous êtes venue parader devant moi.

— Pas du tout ! Je vous croyais à Greenwich.

— Ah ! La vérité, enfin ! On m'a beaucoup parlé de vous ces derniers temps, ma chère. Il paraît que vous éprouvez de la sympathie pour nos Juifs expulsés, au point de prendre leur défense publiquement à la cour. Et que vous avez moqué les actions du roi en Irlande, au pays de Galles et en Écosse. Édouard serait fou de rage s'il apprenait votre déloyauté. Questionner ainsi ses motifs et ses agissements, cela relève presque de la trahison, n'est-ce pas ? Surtout de la part d'une des suivantes de la reine défunte ! À votre place, je me ferais du souci, Isabel. Après la mort de sa chère épouse, Édouard est moins que jamais disposé à se montrer clément envers les traîtres.

— Mais je n'ai jamais eu l'intention…

— Ce que vous vouliez n'a aucune importance. Ni ce que vous avez dit, d'ailleurs. Seul compte ce que les autres jureront avoir entendu. Et d'après Alis de Braun, vous auriez affirmé à de nombreuses reprises, y compris dans les appartements de la reine, que le roi était cruel, sans cœur et injuste. Quant à lady Dickleburough, elle prétend vous avoir vue caricaturer le roi devant les autres suivantes, qui vous suppliaient d'arrêter.

— C'est faux. Je…

— Isabel, coupa Langton, de nombreuses personnes vous ont entendue lors de ce déjeuner à la cour. Et plusieurs sont prêtes à témoigner.

Il lui caressa la joue.

— J'ai le pouvoir d'effacer tout ça. Venez me voir. Demain, avant midi.

Sur ces paroles, il renversa la tête contre le dossier de la banquette et ferma les paupières.

Isabel retint son souffle, prête à hurler et frapper s'il la touchait de nouveau, mais il ne bougea plus. Elle l'aurait presque cru endormi si elle n'avait perçu le mouvement de ses doigts qui battaient la mesure sous son habit. Quand il rouvrit les yeux pour la fixer, elle sentit son estomac se nouer ; elle se rencogna au maximum dans l'angle de son siège.

Le trajet lui parut interminable. Enfin, le carrosse s'arrêta, et un laquais ouvrit la portière. Isabel prit sur-le-champ la main qu'il lui tendait pour l'aider à descendre.

— Demain, rappela Langton d'un ton suave avant que la portière se referme.

Isabel regarda la voiture s'éloigner en tremblant.

— Vous vous sentez bien, damoiselle de Burke ? s'inquiéta le valet.

— Non.

Elle devait ressembler à une folle, elle s'en rendait compte, mais elle continua néanmoins à secouer la tête.

— Non, non, non ! Je ne vais pas bien. Plus jamais je n'irai bien !

— Tu n'iras pas ! s'écria sa mère d'une voix suraiguë. Tu n'iras pas !

Isabel essuya ses larmes. Elle était parvenue à les retenir en traversant les salles du palais, mais une fois chez sa mère, elles avaient jailli telle une fontaine intarissable.

— J'ai été si stupide, mère ! Une fois, juste une fois, j'ai eu le malheur de dire ce que je pensais. Et Alis et lady Dickleburough en ont profité pour tout transformer. Elles m'ont trahie !

— C'est toi-même qui t'es trahie, Isabel. Je t'avais dit de ne faire confiance à personne. Qu'allons-nous devenir ? On va me jeter dehors et nous mourrons de faim – et encore, si tu as la chance d'échapper au gibet. Je t'avais pourtant avertie de ne pas parler de ton amitié avec Rachel ! Mais tu n'en as fait qu'à ta tête. Et voilà le résultat ! Tu as détruit nos rêves. Tu nous as tout pris.

— C'est la mort de la reine qui nous a tout pris, mère. Et je ne serais jamais devenue une de ses demoiselles d'honneur sans l'intervention de Langton. Tout cela n'était qu'une illusion. Que souhaitez-vous que je fasse ? Que je me rende chez lui ? C'est là votre souhait ? Ainsi, rien ne changera pour vous.

— Je te l'interdis, hurla sa mère. Jamais !

Isabel eut un rire hystérique.

— Je ne vais pas vous contrarier, mère ! Cet homme me terrifie. Je préférerais me tuer plutôt que de me livrer à lui.

Sa mère arpenta la pièce en réfléchissant.

— Nous devons trouver une solution. Tout d'abord, tu vas partir d'ici. Rassemble tes affaires et file chez ta grand-mère. Dépêche-toi, Isabel. Dépêche-toi !

— Il a dit « demain », mère.

— Tu veux attendre qu'il change d'avis ?

La domestique de sa grand-mère ouvrit la porte et écarquilla les yeux en découvrant Isabel.

— Jésus, Marie, Joseph ! Damoiselle Isabel, qu'est-il arrivé ?

Isabel secoua la tête, incapable de s'expliquer.

— Isabel ? Ma chérie ? Que se passe-t-il ? s'écria sa grand-mère en surgissant dans le vestibule. Où est ta mère ?

— Elle m'a envoyée chez vous, répondit Isabel en recommençant à pleurer. Oh, grand-mère, c'est épouvantable !

Dans un discours entrecoupé de sanglots, elle raconta tout.

— Il y a quelque chose de si noir, si vicié chez cet homme ! Comme s'il…

— On dit qu'il a signé un pacte avec le diable, coupa sa grand-mère. Peut-être est-ce cela que tu sens. Je ne l'ai jamais rencontré, mais j'ai entendu beaucoup de choses sur son compte.

— Je n'irai pas à son rendez-vous ! Il est démoniaque.

La vieille dame hocha la tête.

— Tiens, prends ça, dit-elle en lui tendant une coupe de vin.

Isabel but à petites gorgées, se laissant réchauffer par l'alcool. Finalement, ses sanglots se calmèrent. Une seconde coupe eut raison de sa nervosité, et elle finit par s'assoupir sans s'en rendre compte, harassée de peur et de fatigue.

Lorsqu'elle s'éveilla, plusieurs heures plus tard, elle était allongée sur le lit de sa grand-mère, endormie dans le fauteuil à côté d'elle. Bien que le jour touchât à sa fin, sa mère n'était toujours pas arrivée.

Elle ne se montra que tard dans la nuit, les réveillant par de petits coups frappés à la porte.

— J'ai tout arrangé, annonça-t-elle en se laissant tomber sur un siège. Tu es sauvée, Isabel. Personne ne te cherchera plus, à présent.

— Langton me trouvera, affirma Isabel. Il connaît l'adresse de grand-mère, il me l'a dit. Mais je me tuerai plutôt que de le laisser m'approcher.

— Tu n'en auras pas besoin. Tu es déjà morte.

À ces mots, Isabel et sa grand-mère échangèrent un regard perplexe.

— J'ai raconté que tu t'étais suicidée après ton renvoi du service de la reine, poursuivit sa mère en prenant la coupe de vin que lui tendait la servante. Tout le monde y a cru. Tu avais l'air tellement bouleversée ! Maintenant, on peut compter sur lady

Dickleburough pour répandre la nouvelle. Et à part Langton, personne n'aura de raison de la mettre en doute.

— Mais comment… ? commença Isabel.

— Une vieille femme a été repêchée dans le fleuve ce matin. Personne ne la connaissait. J'ai payé l'homme qui l'a trouvée pour qu'il enveloppe son corps et le porte au palais, et j'ai pleuré dessus comme s'il s'agissait de toi. J'ai eu très peur lorsque lady Dickleburough a demandé à voir ton visage, mais face à mes sanglots, elle n'a pas insisté.

Elle but une nouvelle gorgée avant d'ajouter d'un ton sec :

— Maintenant, j'aimerais que tu m'expliques ce que tu as vraiment fait pour être congédiée ?

— Rien de plus que ce que je vous ai dit, mère ! J'ai juste été imprudente en parlant du roi et de sa politique au cours du déjeuner.

— Pauvre idiote !

— Mais lady Dickleburough n'a rien fait de tel. Or, on l'a quand même renvoyée, argua Isabel.

Sa mère secoua la tête.

— Non, c'est elle qui a demandé à rester, elle me l'a dit.

— Mais alors, elle m'a menti !

— Sans doute, mais là n'est pas le problème. Je veux savoir quel méfait tu as commis pour qu'on te chasse comme une malpropre.

— Aucun, intervint grand-mère. Sa faute a été de plaire à Walter Langton. Crois-tu qu'elle est la seule jeune fille à laquelle Langton ait fait des avances ? La différence, c'est qu'Isabel l'a repoussé. C'est lui qui a monté toute cette histoire, Isabel, pour te contraindre à accepter ses avances. Avec l'aide de lady Dickleburough, qui n'a jamais hésité à mentir, ou coucher, en échange de faveurs.

Isabel en demeura bouche bée. Seigneur ! Lady Dickleburough avait raison : elle était d'une naïveté effarante.

— Comment vais-je rattraper la situation ? demanda-t-elle à sa mère.

— J'ai dit à tout le monde que tu étais morte, Isabel. Ta vie à la cour est terminée. J'ai écrit à ton père. Je t'ai acheté un billet sur un navire rejoignant la côte. Tu partiras à la marée du matin pour Newcastle, où tu resteras jusqu'à l'arrivée de ton père. Il est temps qu'il s'occupe un peu de toi à son tour. Surtout, attends-le patiemment. Il vient presque de la frontière écossaise, et les routes sont peu praticables en décembre.

Elle sortit une bourse des replis de sa robe.

— Tiens, cela te permettra de tenir jusqu'à son arrivée. Il faudra te montrer frugale.

— C'est impossible ! s'écria grand-mère. Il y a sûrement quelqu'un à Londres qui peut l'héberger. J'ai de nombreux amis. Ils nous aideront.

Sa fille eut un sourire sans pitié.

— Ce sont toutes des vieilles femmes, mère, comme vous. Langton n'aura aucun mal à les faire avouer s'il le veut vraiment. Non, Isabel doit quitter Londres.

— Regarde-la ! cria grand-mère, outrée. Elle a peut-être manqué de jugeote, mais toi, tu as agi trop précipitamment. Et maintenant, tu l'envoies à un homme qui n'a jamais cherché à la voir depuis sa naissance. Où as-tu la tête ? Accompagne-la au moins, pour t'assurer qu'il ne lui arrive rien.

— Je ne peux pas quitter Londres, j'ai des engagements envers le roi. D'ailleurs, comment justifierais-je mon départ ? Non, il vaut mieux que je reste ici et répète mon histoire à qui veut l'entendre.

Elle considéra Isabel en fronçant les sourcils.

— Tu dois comprendre comment tu as causé ce désastre, Isabel. Ce qui, dans ton attitude, a laissé croire à Langton que tu répondrais à ses avances.

Isabel la contempla, les yeux écarquillés de stupeur.

— Quel temps pourri ! Pourquoi ne vivons-nous pas dans une contrée chaude ?

Kieran ramena une fois encore son capuchon sur sa tête. Malgré son visage rougi par le froid, il semblait de bonne humeur, ce qui soulagea Rory. Car, s'ils étaient là aujourd'hui, c'était entièrement de sa faute. En effet, dès qu'il s'était aperçu qu'Isabel n'était pas dans le cortège royal, il avait pris la décision de regagner Londres afin de s'enquérir de son sort. Ils s'étaient rendus directement au palais de Westminster, mais la jeune fille ne s'y trouvait pas et, apparemment, personne ne savait où elle était allée. Pourtant, en surprenant le regard échangé par les domestiques avant de lui répondre, Rory avait eu la certitude qu'on lui cachait quelque chose. Sur quoi, il s'était rendu chez la grand-mère d'Isabel, où la servante avait refusé de les laisser entrer.

Par chance, ils avaient pu passer la nuit dans leurs anciens logements et réserver leur passage à bord d'un navire pour rejoindre le cortège royal deux jours plus tard. En attendant, Rory comptait bien découvrir ce qui était arrivé à Isabel.

Elle devait être malade. Il ne trouvait aucune autre raison susceptible d'expliquer son absence. De Boyer avait été aussi surpris que lui en ne la découvrant pas parmi les suivantes durant la halte déjeuner. Alis de Braun les avait alors pris à part pour expliquer que tout le monde ignorait pourquoi Isabel avait refusé de les accompagner au dernier moment. Le roi, avait-elle ajouté, était d'ailleurs très contrarié de son attitude.

— Qu'est-ce qui a bien pu la convaincre de rester là ? répéta-t-il pour lui-même.

— Je n'en ai aucune idée, répondit Kieran en bondissant de côté pour éviter un tas de détritus sur la chaussée. En tout cas, je ne comprends pas pourquoi sa grand-mère, qui a refusé de nous recevoir hier, nous demande de venir aujourd'hui. Ça n'a aucun sens. La donzelle est jolie, j'en conviens, mais tu la connais à peine. Pourquoi te tracasser autant pour une quasi-inconnue ?

Rory haussa les épaules.

— Elle me plaît.

— Dis plutôt que c'est la seule fille qui t'a regardé pendant ton séjour à Londres, plaisanta Kieran.

— La seule ? Tu oublies…

Il chercha sans succès le prénom de la jeune femme qui leur avait servi leur repas chaque soir, et qui, de toute évidence, aurait aimé leur offrir beaucoup plus.

Kieran lâcha un rire.

— Tu es vraiment incroyable ! Te rends-tu compte que nous sommes dans l'une des plus grandes villes du monde et que tu n'as remarqué aucune femme à part ton Isabel ? Tu es sûr de ne pas posséder le don de ton père ? ajouta-t-il en plissant les yeux. As-tu des songes prémonitoires ?

— Non. Enfin, peut-être quelques-uns. Mais je ne m'en souviens jamais.

— Malgré tout, tu sens qu'ils te disent quelque chose ?

— Oui.

— Et Isabel y est présente.

Rory sourit.

— Je ne serais pas le premier homme à rêver d'une jolie femme.

— Ni le dernier. Ah, nous y voici.

Le garçon qui leur avait délivré le message de la grand-mère d'Isabel parut soulagé de les voir.

— Elles sont là-haut, indiqua-t-il en se précipitant dans l'escalier.

À son entrée, la vieille dame se leva de son siège. Son visage maussade s'éclaira en découvrant Rory et Kieran.

— Je vous remercie d'être venus, messires.

Une femme se tenait près de la fenêtre, bras croisés, une expression renfrognée sur les traits. Elle considéra Rory, puis Kieran, avant de se détourner avec un reniflement méprisant.

192

— Merci d'être là, dit Isabel.

Rory fit volte-face vers le renfoncement sombre où elle se trouvait. Quand elle s'avança dans la lumière, il tressaillit. Elle avait les joues couvertes d'ecchymoses. Sur sa gorge violacée apparaissaient nettement des traces de doigts, comme si quelqu'un avait voulu l'étrangler. Sans réfléchir, il se précipita vers elle et lui saisit le menton.

— Qui vous a fait ça ? Qui vous a fait ça, Isabel ?

Il vit ses lèvres trembler, et dut lutter pour garder son sang-froid, se répétant qu'elle était vivante. Il avait eu tellement peur d'apprendre qu'elle était morte ou à l'agonie !

— Qui ? répéta-t-il.

La femme près de la fenêtre se retourna.

— Quelle importance ? Sa grand-mère vous a demandé votre aide et vous avez accouru. Je n'en attendais pas moins de la part de débauchés en quête d'une bonne aubaine. Mais que ma propre mère joue les entremetteuses...

— Ça suffit ! cria la vieille dame. Ma fille, messires. La mère d'Isabel, même si son comportement actuel permet d'en douter.

— C'est moi qui ai trouvé une solution à la situation ! rappela la mère d'Isabel, sur la défensive.

— Pour en créer une pire, répliqua grand-mère. Tu ne l'as pas condamné, lui, une seule fois, il me semble. Non, tu as préféré reporter le blâme sur Isabel et raconter partout qu'elle était morte.

— Vous avez perdu l'esprit, mère, si vous croyez que quelqu'un à Westminster se dressera contre Walter Langton. Alis de Braun et lady Dickleburough jureront qu'Isabel a tenu des propos déloyaux – ce qui est peut-être le cas, d'ailleurs.

Les deux femmes s'affrontèrent du regard.

— Langton, releva Rory, les yeux toujours plongés dans ceux d'Isabel. C'est Langton qui vous a fait ça ?

Isabel hocha la tête.

— Je tuerai ce chien !

Elle posa la main sur son bras.

— Non. Je vous en prie, ne faites rien. Cela n'a plus d'importance. Ma mère a raison : quelle que soit la force avec laquelle nous protesterons, personne ne l'arrêtera. D'autant que je suis en partie responsable : j'ai trop parlé à la cour. Je n'aurais jamais dû accorder ma confiance à quiconque.

— Je t'avais pourtant prévenue, rappela sa mère. À présent, il est trop tard. Seul le roi a le pouvoir de réprimander Walter Langton, et il a d'autres soucis en ce moment. Pensez ce que vous voulez, mais j'ai protégé ma fille en la sortant définitivement des griffes de cet homme.

— On ne peut pas rester sans réagir, protesta Rory. Vous a-t-il… ?

Il s'interrompit, incapable de transformer en mots les images atroces qui s'imposaient à lui.

— Que vous a-t-il fait d'autre ?

— Qui êtes-vous, jeune homme, pour parler de manière aussi intime à ma fille ? lança la mère d'Isabel.

Se tournant vers cette dernière, elle enchaîna :

— C'est lui, l'homme qu'on t'a vue embrasser dans la rue ? Tu m'as affirmé qu'il n'y avait rien entre vous, mais il t'appelle par ton prénom et ose te demander si Langton t'a violée. De toute évidence, vous êtres très proches, ou alors il espère que ce sera pour bientôt. Aucun homme ne secourt une femme sans rien espérer en retour.

Rory s'avança vers elle, furieux. Mais son cousin le devança et déclara avec une révérence :

— Si, *nous*. Nous ne nous sommes pas présentés. Kieran MacDonald. Et voici mon cousin, Rory Mac-Gannon. Comme vous l'avez sans doute remarqué, nous sommes écossais. Et en tant que tels, nous volons toujours au secours de ceux qui ont besoin d'aide. J'ose espérer qu'un gentilhomme anglais agirait de même si l'une de nos jeunes femmes se trouvait en danger.

La mère d'Isabel dévisagea Kieran un moment. Puis elle hocha la tête, radoucie.

— Bien dit, messire. Je suis à bout de nerfs. Ma fille a été agressée par un être si répugnant que penser à lui me donne la chair de poule. Ma vie au cours de ces dernières heures a tourné au cauchemar. Et maintenant, mon gagne-pain est menacé. Que m'arrivera-t-il si Langton exige mon renvoi ?

Un silence suivit ces paroles. Isabel échangea un regard avec sa grand-mère, qui déclara finalement d'une voix glaciale :

— Je suis sûre que tu voulais également exprimer ton inquiétude pour ta fille, et combien tu souffres de devoir te séparer de ton unique enfant afin de la protéger. N'est-ce pas ?

La mère d'Isabel pinça les lèvres.

— Bien sûr.

— Bien sûr, répéta grand-mère, sarcastique. Et voilà, messires, la raison pour laquelle je vous ai priés de venir aujourd'hui. Si j'ai été ravie d'apprendre que vous étiez de retour à Londres, j'ai préféré éviter tout contact avec vous avant de décider ce que nous ferions. Mais à présent que ma fille a organisé le voyage d'Isabel jusqu'à Newcastle, je requiers votre aide. Pour laquelle je suis prête à payer une belle somme. Je vous en prie, acceptez d'escorter Isabel jusqu'à Newcastle. Elle embarquera demain matin sur le *Leslie B*.

Rory jeta un coup d'œil à son cousin, qui acquiesça aussitôt d'un signe de tête.

— Isabel, ce sera un honneur de vous accompagner si tel est votre souhait. Mais est-il vraiment nécessaire que vous quittiez Londres ?

— Je n'ai plus rien à attendre ici, répondit-elle. J'ai été renvoyée du service de la reine, et d'une certaine manière, je suis responsable du fait que Langton m'ait agressée.

— Isabel ! Je t'interdis de dire une chose pareille ! s'indigna sa grand-mère. Tout le monde ici sait que tu es une victime innocente.

À ces mots, la mère d'Isabel renifla dédaigneusement et se tourna vers la fenêtre.

Isabel ramena les yeux sur Rory.

— Je veux quitter Londres. Si c'était possible, je partirais cette nuit. Et je ne reviendrai jamais.

Sa grand-mère porta une main à sa gorge.

— Ma chérie, ne dis pas ça !

Les yeux d'Isabel s'embuèrent.

— Tu vas tellement me manquer, grand-mère ! Et je sais que je te manquerai. Mais à part toi, personne ne me regrettera.

Sa mère fit volte-face.

— Oh, ma pauvre Isabel… Tu dis que tu étais terrifiée par cet homme, pourtant tu es montée avec lui dans ce carrosse. Pourquoi ? Pourquoi as-tu accepté de rester seule avec lui ?

— Je te l'ai déjà expliqué ! hurla Isabel. Il est monté *après* moi !

— Tu n'as pas demandé à qui appartenait cette voiture ?

— Non. Ce qui était une erreur de ma part, je le reconnais. Mais je ne suis pour rien dans la suite, mère. Je n'ai rien fait pour provoquer ça.

— Je t'avais prévenue ! Je t'avais dit de te méfier des hommes, mais tu ne m'as pas écoutée. Et maintenant, tu m'en veux de ne pas partager ton sort ! Quelle ingratitude !

— Assez ! Assez ! ordonna la grand-mère en se plaçant entre elles. Je vous prie de nous pardonner pour cette scène déplorable, ajouta-t-elle à l'adresse de Rory et Kieran. Isabel sera à l'embarcadère demain matin. Je vous remercie de votre aide, messires.

Rory s'inclina. Kieran l'imita, et ils sortirent en fermant derrière eux. Une fois dans la rue, ils se regardèrent. Rory poussa un profond soupir.

— Bon, lança Kieran. Si nous allions voir ce que cette serveuse dont tu as oublié le prénom a prévu pour le souper ?

10

Un soleil pâle éclairait le quai. Les doigts glacés et le cœur lourd, Isabel attendait Rory et Kieran. La veille, après le départ des deux hommes, sa mère et elle s'étaient encore affrontées. Finalement, elles étaient parvenues à une sorte d'armistice, et sa mère était repartie pour Westminster, la laissant seule avec sa grand-mère. Les deux femmes avaient alors passé le reste de la nuit à discuter en buvant de l'hydromel. La désapprobation de sa grand-mère envers l'attitude de sa fille avait un peu réconforté Isabel. Néanmoins, la douleur demeurait vive ; elle savait que quelque chose s'était définitivement brisé entre sa mère et elle.

Mais après tout, quelle importance puisqu'elle ne reviendrait jamais à Londres, à moins que Walter Langton ne meure ou ne perde son influence à la cour ? Dans l'immédiat, elle devait surtout trouver une solution pour survivre.

Certes, elle savait lire et écrire le français, le latin, l'anglais, et connaissait de nombreux poèmes, y compris en grec. Mais en quoi cela pourrait-il lui servir dans sa nouvelle existence ? Quant à son habileté de couturière, si elle lui permettrait sans doute de manger à sa faim, elle ne suffirait pas à lui payer un toit. Pour cela, elle devrait puiser dans la bourse sous ses jupes, où elle tenait caché l'argent de la vente de son palefroi. Dieu merci, la jument lui avait rapporté une jolie somme ! Bien sûr, il y avait aussi son père, auquel sa mère, dans un plan désespéré, avait demandé de l'aide. Mais viendrait-il vraiment récupérer une fille dont il ne s'était jamais soucié ? De toute manière, elle n'avait pas l'intention de débarquer à Newcastle.

— Bonjour, mademoiselle.

Elle pivota vers Rory et Kieran. Leurs sacoches à la main, ils portaient ces étranges pantalons à carreaux typiques des Écossais, qui mettaient en valeur leurs cuisses musclées. Ses propres atours sembleraient-ils aussi étranges dans le Nord que les leurs ici ? s'interrogea-t-elle. À n'en pas douter, les robes et les coiffes de soie brodée qu'elle avait reçues à la cour, et même les vêtements de voyage qu'elle portait aujourd'hui, attireraient l'attention. Tant pis ! Elle n'avait pas le temps de remédier à ce problème.

— Bonjour. Je suis désolée pour hier soir, commença-t-elle, rouge d'embarras. Je ne voulais pas vous mettre dans une situation gênante.

Rory balaya l'épisode d'un geste de la main, puis leva les yeux vers le ciel avant de demander :

— Avez-vous déjà parlé au capitaine, ou souhaitez-vous que je m'en occupe ?

— C'est fait, merci. Mon passage est assuré. D'après lui, le voyage sera agité.

— Je le pense aussi. Il y a déjà beaucoup de vent, et regardez ces gros nuages. Ils annoncent de la neige. Et ça ne risque pas de s'améliorer. La traversée ne sera pas une partie de plaisir.

Elle lâcha un rire bref.

— Rien ne peut être pire que ce que j'ai vécu.

— Vos ecchymoses sont déjà moins visibles, ce matin. Comment vous sentez-vous ?

— Comme quelqu'un au bord d'une falaise qui se demande s'il va sauter.

— Ne dites pas une chose pareille, la réprimanda Rory, l'air grave.

Elle s'obligea à lui sourire.

— D'accord, je ne sauterai pas.

Le capitaine mit fin à leur échange en leur faisant signe de monter à bord. Six autres passagers les accompagnaient : une famille et deux hommes seuls. Le temps de hisser les voiles, le bateau s'éloigna du quai pour descendre la Tamise. Des marins proposèrent de les conduire jusqu'à la cabine commune réservée aux passagers, mais Isabel supplia le capitaine de l'autoriser à rester un peu sur le pont. Il céda à sa requête.

Rory et Kieran demeurèrent avec elle tandis que les autres s'éloignaient. Elle sentit la panique la gagner à mesure que le navire se rapprochait de la mer. Quelle folie l'avait poussée à accepter de partir vers l'inconnu, en compagnie de deux hommes dont elle ignorait tout ? Et quelle folie avait incité sa mère à arranger un tel voyage ?

— Pourquoi avez-vous changé d'avis et n'êtes-vous pas partie avec le cortège royal ? interrogea Rory.

Elle le dévisagea un instant.

— Je n'ai pas changé d'avis. On m'a ordonné de rester.

— Mais… Alis de Braun nous a dit que c'était vous qui aviez refusé de les accompagner. De Boyer était aussi surpris que nous. Finalement, nous avons décidé de regagner Londres afin d'en savoir plus.

— Vous êtes rentrés à Londres à cause de moi ? Vous avez parcouru tout ce chemin juste pour me retrouver ?

— Oui. J'étais inquiet. Je craignais que vous ne soyez malade.

— Rory, vous êtes rentré à Londres pour moi ?

— Je viens de vous le dire. Vous ne me croyez pas ?

Elle porta une main à ses lèvres, se demandant si elle devait rire ou pleurer. Elle prit une longue inspiration pour se calmer.

— Si. C'est aux événements de ces derniers jours que j'ai du mal à croire. J'ai été rejetée par le roi sans en connaître la cause, et ma mère m'accuse de m'être comportée comme une catin. Ma propre mère ! Alors apprendre que vous, que je connais à peine, vous êtes inquiété à mon sujet, me bouleverse.

Une larme roula sur sa joue. Elle l'essuya du revers de la main.

— Vous être très gentil. Je me sens tellement seule. Ce matin, j'ai assuré à ma grand-mère que tout irait bien. La pauvre était si désespérée de me voir partir ! J'ai dû me battre pour l'empêcher de m'accompagner, vous savez. Alors qu'elle n'arrive même plus à descendre l'escalier de chez elle. Mais en vérité, j'ignore tout de ce qui m'attend. Je me sens à la dérive sur un océan rempli de requins et ne sais même pas quelle faute j'ai commise pour en arriver là !

Soudain, n'y tenant plus, elle enfouit son visage dans ses mains et éclata en sanglots.

Rory l'attira contre lui.

— Chut, Isabel…

Finalement, ses larmes se tarirent, et elle se redressa. Autour d'eux, les marins les contemplaient d'un air perplexe.

— Voyez les choses autrement, déclara Rory en souriant. Un monde nouveau vous attend, où tout est à construire. Quand vous êtes-vous embarquée vers une destination inconnue pour la dernière fois ?

— Jamais. Je n'ai même jamais vu la mer.

— Vraiment ? s'étonna-t-il en souriant de plus belle. Dans ce cas, attendez-vous à une surprise magnifique. Vous adorerez ça, j'en suis certain. Vous aimerez le roulis des vagues, le vent dans vos cheveux. Mon frère Magnus, Kieran, ses cinq sœurs et moi avons passé notre enfance sur des vaisseaux. Première leçon : restez sur le pont au maximum.

Il observa le ciel au-dessus d'eux.

— Et ne voyagez pas en hiver, à l'époque des tempêtes. Au moins, vous vous arrêterez à Newcastle.

Elle repoussa une mèche sur son visage et plongea son regard dans celui de Rory.

— Je ne débarquerai pas à Newcastle. Je vais à Berwick.

Southen, Harwich, Jull, Yarmouth, Scarborough, Whitby... les noms des escales se mêlaient dans sa tête. Isabel ignorait même quelle était la dernière, après avoir passé des heures penchée au-dessus d'un seau de bois à vomir chaque repas qu'on l'avait obligée à ingurgiter. Elle n'était d'ailleurs pas seule dans ce cas. Les tempêtes s'étaient succédé et tous les passagers, à l'exception de Rory et Kieran, avaient été malades. La puanteur dans la cabine était insupportable. Elle n'aurait su dire si elle se trouvait à bord depuis des jours, des semaines ou des années. Prenant sur elle, elle attendait juste la fin de son supplice, certaine qu'il y en aurait une... et qu'elle ne remonterait plus jamais sur un bateau de sa vie.

— Je vous avais dit que vous aimeriez le roulis des vagues, plaisanta Rory alors qu'ils s'apprêtaient à quitter le dernier port où ils avaient mouillé.

— Oui, vous avez eu l'air de beaucoup vous amuser, renchérit Kieran.

Elle lui lança un regard torve, mais sourit néanmoins.

— Vous avez été très gentils. Je me demande comment vous pouvez rester aussi agréables, avec nous tous malades dans la cabine.

Rory plissa les yeux pour l'examiner.

— Je ne vous avais pas revue en pleine lumière depuis le départ. Vous n'avez quasiment plus de marques sur le visage et sur le cou.

— Je n'ai plus mal. Tout cela ressemble à un mauvais rêve, confia-t-elle doucement. Tout ce qui s'est passé à Londres... j'ai l'impression que c'est arrivé à quelqu'un d'autre.

— Parce que vous êtes loin de tout ça. Et que vous êtes un marin expérimenté, à présent, rétorqua Kieran.

Elle s'esclaffa.

— J'espère bien ne plus jamais remonter sur un bateau de ma vie. Et j'ai hâte de prendre un bon bain et d'enfiler des vêtements secs.

— Secs ? railla Rory. Vous oubliez que vous allez en Écosse. Vous serez trempée jusqu'en avril. Ensuite, ce sera les pluies estivales.

Elle lâcha un nouveau rire, admirant son profil, sa mâchoire carrée, ses yeux couleur d'azur et ses cheveux blonds. Et sa bouche…

— Vous avez le don, tous les deux, de me donner l'impression que tout va s'arranger, dit-elle. Je vous ai connus au pire moment de mon existence, mais grâce à vous, je finis par croire que je survivrai.

— Vous avez raison, Isabel, parce que c'est le cas, assura Rory, redevenant sérieux. Vous êtes certaine que Rachel vous accueillera ?

— Je ne suis sûre de rien. Mais je l'espère, au moins le temps que je trouve un gagne-pain. Ce sera bien mieux que d'attendre mon père dans une auberge de Newcastle. Imaginez qu'il ne vienne jamais.

— Votre père ? s'étonna Rory. Je croyais qu'il était mort.

— Je… Je vous ai raconté ça ? Je suis désolée de vous avoir menti. La vérité est beaucoup plus triviale : pendant des années, j'ai cru qu'il était effectivement mort, mais il y a peu de temps, j'ai découvert qu'il nous avait simplement abandonnées, ma mère et moi. Je ne l'ai jamais rencontré et ne veux pas le connaître.

Rory et Kieran échangèrent un regard.

— Il s'appelle lord Lonsby. Il avait déjà femme et enfant quand il a rencontré ma mère. Que cette histoire a rendue très amère, comme vous avez pu le constater.

— Mais que ferez-vous à Berwick ?

— Je sais coudre. Je pourrai m'installer comme couturière. Et si ça ne marche pas, je trouverai autre chose, même si je dois balayer les rues.

— Personne ne balaie les rues à Berwick, fit remarquer Rory. Mais si vous tenez vraiment à aller là-bas, qu'à cela ne tienne, nous irons également.

Il adressa un clin d'œil à Kieran. Celui-ci le gratifia d'un grand sourire.

— Oui. Il y a là-bas une jeune serveuse dont je n'ai pas oublié le nom…

Les deux hommes s'esclaffèrent. Isabel les imita, sans vraiment savoir pourquoi.

— Ne vous mettez pas en peine pour moi. Je me débrouillerai seule.

— Isabel, Kieran est presque aussi impatient que vous de revoir Rachel, expliqua Rory. Nous nous arrêterons à Berwick, et y resterons un moment.

— Merci.

Isabel balaya des yeux le quai débordant d'activité, avant de reprendre :

— Je me demande combien de gens autour de nous ont leur propre tragédie à raconter. Certaines bien pires que la mienne, je suppose.

Rory s'appuya au bastingage et suivit son regard.

— Je ne vous ai pas parlé de ma famille, n'est-ce pas ?

— Un peu.

— Je veux dire, de ce qui leur est arrivé. Tout a commencé l'été 1263.

Captivée, Isabel l'écouta lui détailler l'incroyable rencontre de ses parents, le massacre des innocents de Somerstrath, la lutte de son père contre les Vikings, et ce que Nell, sa tante et celle de Kieran, avait traversé.

Puis Kieran narra l'enlèvement de son père, la manière dont Gannon, le père de Rory, l'avait récupéré, puis, plus tard, comment son père avait libéré sa mère et l'avait ramenée à Skye où il était en train de lui bâtir un château fort.

Face à ces histoires merveilleuses, ses propres épreuves lui semblèrent insignifiantes. Peut-être les luttes et les difficultés donnaient-elles plus de sel à la vie, songea-t-elle. Ceux à qui il n'arrivait jamais rien étaient peut-être incapables d'apprécier la douceur de la paix et la sécurité.

— Vos parents sont heureux, maintenant ? demanda-t-elle. Toute votre famille ? Pensent-ils parfois au passé ?

— Sans aucun doute, répondit Rory. Mais, oui, ils sont heureux. Comme vous le serez de nouveau, Isabel, je vous le promets. La vie ne sera pas toujours comme aujourd'hui.

Une fois sur la Tweed, Isabel découvrit Berwick et ses maisons en pisé encerclées d'une haute lice de bois. Ma nouvelle ville, se dit-elle. En débarquant, elle fut assaillie par l'énormité du changement qui l'attendait. Son existence serait totalement différente dans cette cité sale et grouillante, remplie de prostituées qui n'hésitaient pas à haranguer Rory et Kieran depuis le pas de leur porte. Cependant, son anxiété s'atténua un peu à mesure qu'ils s'éloignaient du port. Bien que les ruelles fussent toujours aussi étroites, elles paraissaient plus propres, et les bâtisses qui les longeaient, plus respectables.

— Nous y voilà, annonça Rory en s'arrêtant devant une maison à deux étages.

Le Chêne et le Frêne, disait un panneau fraîchement repeint au-dessus de l'entrée. Un perron large et propre conduisait à la porte, et une fenêtre en saillie offrait une vue sur une salle bondée. Des volets de couleur vive égayaient la haute façade blanchie à la chaux. Soudain, la porte s'ouvrit sur deux hommes qui sortirent dans un délicieux fumet de volaille.

— Venez, Isabel, la pressa Rory en lui prenant son bagage.

Une douce tiédeur l'enveloppa quand elle pénétra dans le vestibule. Derrière une table haute se tenait Jacob d'Anjou, en grande discussion avec un client. Sur sa gauche, Isabel aperçut une vaste salle remplie d'hommes et de femmes attablés, qui devant une chope, qui devant une assiette fumante. Dans le fond, de hautes flammes dansaient dans la cheminée, faisant briller les plateaux surchargés des serveuses qui louvoyaient entre les tables. Une jeune fille blonde pivota en souriant pour servir une bière à un barbu. En découvrant Isabel, elle écarquilla les yeux.

— Isabel ! cria-t-elle, attirant l'attention de tout le monde. Père, regardez, Isabel de Burke est ici ! Rachel ! Il faut aller chercher Rachel ! Elle ne va pas le croire !

Jacob leva la tête. La chaleur succéda à la surprise sur ses traits.

— Isabel, vous ici ? Qu'est-ce que… ?

Il fut interrompu par les hurlements de joie de Rachel qui accourait bras ouverts, sa mère sur les talons.

— Isabel ! C'est bien toi !

Elle l'enlaça, riant et pleurant à la fois, puis se redressa pour demander :

— Que t'est-il arrivé ? Pourquoi es-tu ici ?

— Oh, Rachel… gémit Isabel. J'ai besoin de ton aide.

— Juste pour quelques jours, déclara-t-elle à la famille de Rachel. Le temps que je trouve un logement et un emploi comme couturière. Si vous pouviez m'aider à trouver un logis, je vous serais très reconnaissante.

— Isabel, vous pouvez rester avec nous, assura Jacob.

— Non. C'est très généreux de votre part, mais je préfère pas. Je me suis fait des ennemis très puissants. S'ils venaient me chercher à Berwick et me trouvaient chez vous… Je refuse de vous mettre en danger.

La mère de Rachel haussa les épaules.

— Nous ne sommes pas en Angleterre, mon enfant. Regardez autour de vous. Est-ce vraiment le genre d'endroit où descendent les rois et les archevêques ? Nous sommes invisibles à Berwick. Restez ici, avec nous. Deux bras de plus ne seront pas de trop.

— Mais…

— Il n'y a plus à discuter, Isabel, coupa Jacob. Si vous le souhaitez, vous pouvez nous aider à résoudre un gros problème. Nous avons besoin de quelqu'un pour épauler Gilbert dans son service pendant Shabbat. Évidemment, vous êtes toujours la bienvenue si la proposition ne vous intéresse pas, mais il me semble que vous seriez plus à l'aise en travaillant en échange du gîte et du couvert.

— Mais, le danger…

— S'il existe, nous l'affronterons le moment venu. Êtes-vous d'accord pour nous aider ?

— Plutôt deux fois qu'une. Dites-moi juste ce que je dois faire. Et combien de temps je peux rester.

— Si vous souriez, répondit Jacob, vous pouvez rester l'éternité.

Isabel sourit timidement, regardant tour à tour Jacob et la mère de Rachel, qui se pencha par-dessus la table pour lui prendre la main.

— Vous avez été une vraie amie pour Rachel, laissez-nous être de vrais amis pour vous.

— Merci, articula Isabel, au bord des larmes. Je suis si heureuse.

— Vous n'avez pas à nous remercier, Isabel. Mais venez, nous allons vous trouver des vêtements plus adaptés. Car, pour l'instant, vous ressemblez plus à une demoiselle d'honneur qu'à une serveuse.

— Je vous suis, déclara Isabel en se levant.

Rory et Kieran séjournèrent quatre jours à la taverne, passant leur temps à discuter ou à se rendre au château de Berwick, la forteresse de William Douglas. Ils retrouvaient là de nombreux nobles et chevaliers venus des quatre coins d'Écosse dans le même but qu'eux : obtenir des informations. C'est là qu'ils entendirent parler du mécontentement grandissant du peuple envers les régents et les barons, incapables de s'accorder sur l'avenir de l'Écosse. Ils apprirent également que les affrontements sporadiques entre les partisans des Balliol et ceux des Bruce se multipliaient à travers le pays.

Chaque soir, après le départ du dernier client, Rachel, Sarah et Isabel les rejoignaient dans la salle pour écouter les nouvelles de la journée et discuter de tout et de rien. Leur gaieté à tous aidait Isabel à vaincre sa tristesse et oublier ce qu'elle avait perdu.

Durant le jour, elle regardait Rachel, Sarah et leurs parents travailler ensemble et plaisanter. Elle rencontra également Gilbert, l'ancien propriétaire des lieux qui, loin de ressembler au vieux sénile qu'elle s'était imaginé en le voyant, se révéla gentil, sagace et amusant.

Le surlendemain de son arrivée, un grand type au visage émacié avait pénétré dans l'établissement dans une bourrasque de vent. Isabel qui, à ce moment, balayait la salle des yeux pour s'assurer que personne ne manquait de rien, s'était retournée en l'entendant saluer Gilbert. Il avait un accent des Highlands.

— C'est vous, l'aubergiste ? s'était-il enquis.

— Oui, avait acquiescé Gilbert. Que désirez-vous : manger, dormir, ou les deux ?

— Rien de tout ça.

L'homme avait posé une pièce sur la table en gardant la main dessus.

— Je recherche un homme. Un Highlander, grand avec des cheveux blonds. Il porte une broche d'or sertie d'un cercle de joyaux, et a la réputation d'être violent. Vous avez vu quelqu'un correspondant à cette description ?

— Plusieurs au cours du mois dernier, avait répondu Gilbert.

Feignant de prendre quelque chose derrière lui, il avait désigné l'homme à Isabel d'un mouvement d'yeux, avant de se retourner pour demander :

— Vous connaissez son nom ?

— Rory MacGannon.

Gilbert avait fait mine de réfléchir, puis avait secoué la tête.

— Jamais entendu ce nom-là. Vous avez cherché dans les tavernes le long du port ? À mon avis, vous auriez plus de chance par là-bas. Ici, nous n'aimons pas les ruffians.

L'homme avait opiné du chef.

— Si jamais je le vois, avait repris Gilbert, où puis-je vous trouver ?

L'inconnu l'avait gratifié d'un sourire édenté.

— Contentez-vous de descendre en bas du perron. L'un de nous l'y attend.

— Vraiment ? Et qu'a fait ce MacGannon pour que vous vous intéressiez autant à lui ?

— C'est un assassin, avait rétorqué son interlocuteur en s'avançant pour jeter un œil dans la salle. Vous avez un Highlander, là. Le grand gaillard brun qui joue aux dés. Qui est-ce ?

Gilbert avait haussé les épaules.

— Aucune idée. Nous ne demandons leurs noms qu'aux personnes qui dorment à l'auberge. Et encore, pas toujours.

Profitant du moment où les deux hommes discutaient, Isabel s'était éclipsée en direction de Kieran, en pleine partie de dés avec Edgar Keith.

— Kieran, avait-elle murmuré. Vous devez m'écouter.

Il avait levé la tête vers elle en souriant.

— J'espère que c'est important, ma chère Isabel. Ma fortune est en jeu.

— Plutôt votre ruine, avait ricané Edgar.

— Surtout, ne vous retournez pas. Il y a un Highlander dans l'entrée qui cherche Rory. Il est prêt à payer en échange de renseignements. Il dit que Rory est un assassin ! Non, ne regardez pas ! Où est Rory ?

— Il vient juste de descendre de la chambre. Il s'est arrêté dans l'ombre, en bas de l'escalier. Ne vous inquiétez pas, Isabel. Il a dû repérer le Highlander et s'est caché pour écouter.

— Le type ressort, avait indiqué Edgar. Il a jeté une pièce à Gilbert avant de partir.

En se retournant, Isabel avait croisé le regard de Rory. Il paraissait furieux.

— C'est vrai ? avait-elle alors demandé en pivotant vers Kieran. Rory a tué un homme ?

Plus tard cette nuit-là, quand ils s'étaient retrouvés avec Rachel et Kieran, Rory avait expliqué les raisons de son départ pour Londres. Il leur avait tout raconté d'un ton tranquille, comme s'il s'agissait d'un incident sans importance.

— Vous avez vu la broche sur la cape de Rory ? s'était enquis Kieran. C'est un cadeau de dame Mac-Donnell. Elle lui a dit qu'il était le sauveur de toutes les femmes, et à mon avis elle a raison.

Rory avait haussé les épaules.

— Pour ce que ça m'a réussi.

— Tu as au moins gagné une broche, avait ironisé Kieran.

— Comment pouvez-vous plaisanter avec ça ? s'était indignée Isabel. Vous avez dit que John Comyn vous avait promis de rétablir la vérité. Pourquoi ne l'a-t-il pas fait ?

Rory était redevenu grave.

— Je suis sûr qu'il a essayé. Hélas, le mensonge sert sans doute les intérêts de certaines personnes. Ma famille et les MacDonnell soutiennent les Balliol. En maintenant la fausse version, les partisans des Bruce espèrent peut-être nous diviser.

— Alors, à votre avis, c'est une tactique des Bruce ?

Rory avait haussé les épaules.

— Je peux me tromper, mais ça ne me surprendrait pas.

— Il reste une autre possibilité, avait rappelé Kieran. Comme tu le sais, l'Écosse est prête à exploser ; si ce ne sont pas les Bruce, tu sais de qui il s'agit.

Les deux cousins avaient échangé un regard.

— Qui ? avait questionné Isabel.

— Mon père a toujours des ennemis, avait répondu Rory. Vous vous souvenez de l'histoire de ma tante Nell ? La manière dont mon père a tué le cousin du roi ? Les Ross ne le lui ont jamais vraiment pardonné, et de temps à autre, un exalté de leur clan essaie d'assassiner l'un d'entre nous. Cependant, il y a des années que ce n'est pas arrivé.

— Quatre ans exactement depuis la dernière fois.

— Si je comprends bien, avait résumé Isabel, des hommes des MacDonnell, des Ross ou des chasseurs de primes vous recherchent dans toute l'Écosse afin de vous éliminer.

— Pas seulement en Écosse, avait rectifié Kieran. Ils étaient également à Londres. Et n'oubliez pas votre ami de Boyer qui, apparemment, emploie des informateurs.

— C'est différent. Il espère juste trouver de quoi me disqualifier auprès d'Isabel. Il n'a pas l'intention de s'attaquer à ma personne.

— Bon sang, mon gars, s'était écrié gaiement Kieran en tapant sur l'épaule de Rory, te voilà devenu sacrément populaire !

Sa remarque avait provoqué l'hilarité autour de la table. Isabel, elle, n'avait pas ri.

— Ne vous inquiétez pas pour moi, Isabel, l'avait alors rassurée Rory. Je suis prudent. Et Kieran assure mes arrières. De plus, nous partons bientôt. Une fois chez moi, j'aurai le clan entier pour me protéger.

Elle avait fait mine d'acquiescer, mais cette nuit-là, elle avait rêvé de Walter Langton. Il les poursuivait,

Rory et elle, à la tête d'une armée de cavaliers sans visage. À côté de lui, Henri chevauchait en brandissant une épée ensanglantée.

La veille de son départ, Rory vint reporter un plateau de gobelets vides dans la cuisine.

— Pardonnez-moi de vous déranger, s'excusa-t-il auprès d'Isabel, mais il y a tant de monde que j'ai pensé qu'un peu d'aide ne serait pas de trop.

— Merci, Rory. Voilà qui vous change de votre travail habituel, n'est-ce pas ?

— C'est certain. Mais promettez-moi de ne rien dire, cela risquerait de nuire à mon image, murmura-t-il en se penchant vers elle.

Elle le repoussa gentiment en riant, mais il se rapprocha et posa une main sur sa hanche.

— Vous n'aidez pas à servir, chez vous ? demanda-t-elle.

— Certes non, damoiselle. Chez moi, les hommes tapent sur la table avec leur dague en criant pour que les femmes leur apportent le souper.

— Je vous imagine très bien faisant cela.

— On voit que vous ne connaissez pas ma mère ! répliqua Rory en éclatant de rire. Personne à la maison n'oserait réclamer en frappant sur la table.

Isabel sourit.

— Elle doit être fière d'avoir un fils tel que vous, déclara-t-elle au bout d'un moment.

— J'espère bien, plaisanta-t-il.

Redevenant grave, il enchaîna :

— Vous savez que nous partons demain matin. Vous êtes sûre que tout ira bien, Isabel ? Sinon, vous pouvez venir avec nous. Nous vous conduirons à Stirling, où ma tante Nell prendra soin de vous, ou même chez moi, à Loch Gannon. Vous y serez la bienvenue.

À ces paroles, Isabel sentit sa gorge se nouer. Elle parvint cependant à sourire :

— Merci, Rory MacGannon, pour cette proposition et pour tout ce que vous avez fait. Mais c'est de votre sort que je m'inquiète, désormais. Vous devez traverser l'Écosse avec des ennemis à vos trousses. Savent-ils à quoi vous ressemblez ?

— À votre avis, combien y a-t-il de Highlanders grands avec des cheveux blonds ? Non, ils ne risquent pas de me reconnaître. Ce qui ne m'empêchera pas de rester sur mes gardes. Mais je rentre chez les miens, tandis que vous demeurez seule dans une ville dangereuse. Vous ne voulez vraiment pas nous accompagner ?

— Et affronter les périls de la route avec vous ?

Il haussa un sourcil.

— Et peut-être plus, railla-t-il. Mais sérieusement, Isabel…

— Je ne peux pas. Rachel et sa famille ont accepté de m'accueillir et, grâce à eux, je peux travailler pour gagner ma vie.

— C'est très différent de ce à quoi vous êtes habituée.

— Eh bien, je m'habituerai. Mon passé est derrière moi, Rory. Je ne retournerai jamais à Londres. N'oubliez pas que pour tout le monde, là-bas, je suis morte.

— Et vous êtes au paradis ? ironisa-t-il.

Ce qui lui valut un pauvre sourire.

— Vous avez été tellement gentil, Rory. Je ne sais comment vous remercier.

— Comme ça, dit-il en se penchant vers elle.

Son baiser fut doux et délicat. Isabel ferma les yeux, savourant la sensation de ses lèvres sur les siennes.

— Rory, souffla-t-elle en refermant une main sur sa nuque. Encore.

Cette fois, il l'embrassa avec ardeur, goûtant sa bouche, l'explorant de sa langue, et elle s'offrit passionnément. Juste un baiser, se promit-elle. Mais à mesure que ce baiser s'approfondissait, elle se pressait de plus en plus contre lui, sentant naître en elle des désirs insoupçonnés.

Rory redressa la tête.

— J'ai oublié quelque chose en haut, Isabel, chuchota-t-il, le regard lourd. Voulez-vous monter avec moi ?

Elle aurait dû refuser, elle en était consciente. Néanmoins, elle le laissa lui prendre la main et l'entraîner dans l'escalier de service, le long du couloir désert, puis à l'intérieur de la chambre qu'il partageait avec Kieran. Là, il referma la porte, l'enlaça sans un mot et lui caressa le cou, les épaules... Quand il glissa un doigt dans l'échancrure de sa tunique, elle sut qu'elle était perdue.

— Enlevez-la, Isabel, supplia-t-il d'une voix rauque. Laissez-moi sentir votre peau contre la mienne. Juste une fois, avant que je parte, laissez-moi vous toucher.

Elle n'hésita pas. L'instant d'après, son tablier et sa tunique gisaient à ses pieds. Quand elle releva la tête, Rory était torse nu.

Dans l'étreinte qui suivit, elle sentit sa chaleur l'envelopper, ses doigts courir sous la camisole, dessiner des volutes sur sa chair, la couvrant de délicieux frissons. À son tour, elle lui caressa le dos, s'émerveillant de la douceur de sa peau, de la fermeté de ses muscles et de sa force.

— Rory, murmura-t-elle en déposant de petits baisers le long de sa nuque.

En réponse, il lui souleva le menton et prit possession de ses lèvres pour un baiser ardent, tandis que de ses doigts agiles il achevait de la déshabiller. Sa bouche se détacha de la sienne pour se refermer sur la pointe d'un sein. Elle poussa un petit cri, qui se transforma bientôt en gémissement de plaisir.

— Rory, articula-t-elle dans un souffle. Ne me quittez pas.

Il lui releva la tête et plongea son regard dans le sien.

— Je reviendrai, Isabel. Je devrais attendre, dompter mon désir pour vous mais, par le Christ, j'en suis incapable. Je n'ai rien à vous offrir pour l'instant, mais je vous désire tellement...

Il l'étreignit, la joue posée sur le dessus de sa tête.

— Ce n'est pas seulement votre corps, même si je serais prêt à traverser la Terre entière juste pour le serrer dans mes bras, mais aussi votre courage, votre humour, votre envie de vous en sortir par vos propres moyens. Et votre loyauté. Sincèrement, Isabel, je n'ai jamais rien éprouvé de tel envers une femme. Je ne vous oublierai jamais, Isabel de Burke. Vous non plus, ne m'oubliez pas.

— Même si je le voulais, j'en serais incapable.

— Parfait. Cela vous permettra de m'attendre.

Il l'embrassa encore. Et encore. Et encore...

Le lendemain matin, il était parti.

Un mois s'écoula sans nouvelles de lui. Puis un autre. Un troisième. Au printemps, elle comprit qu'il ne reviendrait pas. Quand l'été arriva, elle décida de l'oublier. Elle essaya, essaya...

En vain.

Deuxième partie

Lion par l'orgueil et la férocité
Il a l'inconstance et la versatilité de la panthère
Trahissant sa parole et sa promesse,
Se dissimulant derrière des propos charmants…
La traîtrise et le mensonge par lesquels il s'avance
Il les nomme prudence…
Et tout ce qu'il dit est loi.

The Song of Lewes

11

2 juin 1291, Norham-on-Tweed

— Nous voilà en Angleterre, les garçons, annonça Gannon une fois sur la rive sud du Tweed. Gardez votre épée à portée de main et les yeux grands ouverts !

Rory hocha la tête, jeta un coup d'œil à Kieran chevauchant à son côté, et scruta les alentours. Derrière eux, ses oncles Liam et Davey faisaient de même, à l'instar de tous les Écossais qui avaient traversé le fleuve pour se rendre, méfiants et inquiets, au grand rassemblement organisé par le roi Édouard. Tous ceux qui avaient du sang écossais se retrouvaient là : des Highlanders en tartan et tunique safran, des notables parés de joyaux venus de la frontière ou des comtés du Lothian, mais aussi des hommes ressemblant à de riches propriétaires anglais, ce qu'ils étaient également. Au-dessus d'eux, au sommet d'un promontoire escarpé, se dressait la forteresse de Norham, dont la grande tour carrée élançait son imposante silhouette vers le ciel limpide. Derrière les remparts, Édouard d'Angleterre attendait.

— Cette assemblée en Angleterre ne me plaît pas, déclara Davey en contemplant les dizaines de clans réunis là.

— Moi non plus, reconnut Gannon, mais n'oublie pas que ce château a été pris à deux reprises par notre roi David. Si cela devenait nécessaire, nous pourrions nous en emparer une troisième fois.

Liam émit un grognement, mais ne fit aucun commentaire. Il n'avait pas besoin de formuler ce que tous pensaient : à l'époque, l'Écosse était dirigée par un souverain.

— Je me demande ce qu'Édouard a en tête, reprit Davey avec un regard en direction du campement des soldats royaux.

— Quel autre choix avions-nous ? grommela Gannon. Édouard a réclamé la présence de tous les Gardiens du royaume, tous les candidats au trône et tous les chefs de clan. Pas un seul baron d'Écosse ne manquera à l'appel.

— Justement, renchérit Davey.

Le cortège qui s'allongeait sur la route de la forteresse de Norham était étrangement silencieux. Pas de rire, presque aucun son de voix, juste le cliquetis monotone des gants en mailles d'acier contre les armures.

Même les oiseaux volaient au-dessus d'eux dans un silence menaçant. Soudain, le cri strident d'un corbeau déchira l'air, faisant se lever les regards vers les nuées. Rory sentit ses cheveux se hérisser sur sa nuque. Un corbeau en début de journée était un mauvais présage…

Ils franchirent le fossé. Les planches du pont-levis vibrèrent dans un bruit de tonnerre sous les sabots des chevaux. Puis ils furent de l'autre côté de l'enceinte, dans la basse cour où des centaines d'Écossais attendaient. Là, ils durent confier leur monture à de jeunes palefreniers à l'accent anglais et au regard fuyant.

Autour d'eux, des chevaliers montés sur de fringants destriers brandissaient leurs bannières éclatantes sous le soleil. Henri se trouvait-il parmi eux ? s'interrogea Rory. L'atmosphère évoquait plus un tournoi qu'une simple assemblée.

Gannon et Davey échangèrent un coup d'œil avec Liam. Rory et Kieran les imitèrent tandis qu'ils suivaient les autres en direction de la haute cour et pénétraient un par un dans le donjon puis la grande salle. Des soldats royaux étaient postés tout autour de la pièce, leur pique dressée à côté d'eux rappelant que la rencontre n'avait rien d'amical. Au fond s'élevait une estrade assez large pour accueillir une vingtaine d'hommes autour du trône à baldaquin. Depuis l'or du siège richement gravé jusqu'aux tentures pourpres, tout avait été choisi avec soin pour souligner le pouvoir et la magnificence du roi d'Angleterre.

De nouveaux arrivants continuaient à affluer dans la salle comble. Malgré tout, le silence régnait, à peine troublé par le frottement des souliers sur le sol et quelques chuchotements.

— MacGannon.

La voix n'était qu'un murmure dans le dos de Rory. Il pivota. Son père et Kieran firent de même, mais dans une autre direction, vers une seconde voix.

— MacGannon.

Rory tourna la tête vers Kieran, puis vers Liam, certain qu'ils pensaient eux aussi à son destrier égorgé dans l'écurie de la forteresse de Stirling. Son père lui mit une main sur l'épaule et dévisagea les hommes derrière eux d'un œil acéré. Liam et Kieran vinrent se placer dans leur dos. Bien qu'il demeurât immobile, Rory sentait le poids d'un regard fixé sur lui ; les cheveux sur sa nuque se hérissèrent à nouveau. Il posa la main sur le pommeau de son épée.

— Gredins, murmura Davey avec un rictus de mépris. Et ce n'est pas fini. Regardez qui arrive. Tous de sales gredins.

Rory contempla les hommes qui venaient de monter sur l'estrade face à l'assemblée : les Gardiens de l'Écosse, les six régents qui avaient juré de veiller sur le pays jusqu'à l'arrivée de la jeune reine. Sauf qu'ils n'avaient pas veillé sur grand-chose hormis leurs propres intérêts, songea Rory, amer. Si au moins Black Comyn n'avait pas été parmi eux !

Puis ce fut au tour de Robert Bruce d'apparaître à l'autre extrémité de l'estrade, les mains croisées sur la poitrine comme s'il priait, une expression hautaine sur les traits.

Ses concurrents le suivirent, tous riches, puissants, et désireux de le devenir plus encore en s'asseyant sur le trône.

— Ils vendraient leur âme pour obtenir la couronne, commenta Gannon.

Liam hocha la tête.

— Ou leur mère.

D'autres notables venaient de monter sur l'estrade.

— Roger Brabazon, indiqua Liam en désignant l'un d'eux. L'un des justiciers d'Édouard.

D'une main levée, Brabazon réclama le silence, puis annonça :

— Sa majesté Édouard, roi d'Angleterre, seigneur d'Irlande et duc d'Aquitaine.

Les murmures cessèrent. Une salve de cors retentit, et Édouard apparut.

Il portait bien son surnom de « Longues Jambes », songea Rory en le regardant s'avancer, imposant, le dos droit et la démarche assurée. Édouard se déplaçait comme un guerrier. Il balaya la salle du regard avec un sourire tranquille, l'air satisfait du spectacle qui s'offrait à lui. Ses atours étaient simples : une tunique et des chausses noires. Seule la couronne d'or sur sa tête attestait de son rang. Il attendit que les cors se taisent pour prendre place sur le trône, avec les mouvements sobres et précis d'un homme habitué à être obéi d'un froncement de sourcils.

Puis il regarda tour à tour les Gardiens d'Écosse sur sa gauche et les aspirants au trône sur sa droite. Un bref sourire glissa sur ses lèvres. Il adressa un signe de tête à Brabazon, qui déroula un parchemin et commença à lire d'une voix sonore :

— L'hiver dernier, le roi Édouard a fait rechercher dans les archives des monastères et des abbayes du royaume tous les documents traitant des liens unissant l'Angleterre à l'Écosse. Il vous a convoqués aujourd'hui pour vous faire part de ses découvertes et vous expliquer sa décision.

Rory haussa un sourcil, perplexe. Où voulait-il en venir ?

— Dans les temps anciens, l'épouse de Dioclétien, roi de Syrie, lui donna trente-trois filles. Il les maria toutes en même temps mais, la nuit qui suivit, les sœurs assassinèrent leurs maris et traversèrent l'océan pour se réfugier sur l'île d'Albion. Là, elles s'accouplèrent avec des démons et donnèrent naissance à des géants qui régnèrent sur l'île jusqu'à ce que Brutus, le descendant d'Énée de Troie, les anéantît et renommât l'île « Bretagne ». Après sa mort, ses trois fils divisèrent leur héritage en trois royaumes : celui d'Angleterre, celui d'Écosse et celui de Galles. Puis le roi de Hongrie, Humber, débarqua en Bretagne, où il tua le fils de Brutus régnant en Écosse. Le souverain d'Angleterre vengea son frère, pourfendit Humber, et se retrouva donc à la tête des deux royaumes. Par la suite, tous ses successeurs furent à la fois roi d'Écosse et d'Angleterre. Ce qui confère donc ce titre de droit à Édouard Plantagenêt. Édouard, entonna Brabazon, est de droit le chef suprême de l'Écosse.

Une vague de protestation explosa dans la salle.

— Foutaises ! hurla Gannon. Ce sont des foutaises !

Davey, qui s'était penché pour discuter avec son voisin, tourna vers eux un regard farouche.

— D'après lui, Édouard est sérieux. Il a envoyé le même argument au pape.

Rory le dévisagea, incrédule. Comment Édouard pouvait-il espérer faire gober ces balivernes à quiconque ?

Brabazon leva les mains pour réclamer le silence, mais les Écossais continuèrent à vitupérer. Édouard contemplait la salle sans un mot, le visage de marbre. Soudain, ses traits s'empourprèrent et il bondit sur ses pieds.

— On vous a expliqué l'origine de nos droits ! Depuis les temps les plus anciens, le roi d'Angleterre détient le pouvoir de régner sur l'Écosse, vociféra-t-il. Je ferai valoir mes justes prérogatives ou péri-rai au combat.

— Dans ce cas, péris, Édouard ! cria un Écossais.

Un déchaînement de huées transforma la salle en pandémonium. Les soldats levèrent leurs piques et des dizaines d'hommes d'armes firent irruption dans la pièce.

— Personne n'a jamais entendu cette histoire sau-grenue auparavant, lança un Écossais.

— Vous n'avez pas étudié les archives comme nous l'avons fait, répliqua Édouard.

Un mouvement sur le bord de l'estrade attira l'attention de Rory. Là, dissimulé dans l'ombre, se tenait John Balliol. Il ne pouvait y avoir qu'une seule raison à sa présence ici. Rory sentit son cœur se serrer.

— J'ai l'intention, déclara Édouard d'un ton ferme, de régner sur l'Écosse jusqu'à ce que celle-ci ait son propre roi.

Il attendit que la clameur des commentaires se calme pour poursuivre :

— Celui-ci sera désigné par nos soins, après avoir chargé une assemblée compétente de recueillir des informations sur les différents candidats et de peser leurs arguments. Quand l'heure sera venue, nous annoncerons le nom du successeur à la couronne d'Écosse. En attendant, je serai le souverain d'Écosse et, à ce titre, je réclame votre soumission. J'exige en outre le contrôle de toutes les forteresses royales du pays. Ces châteaux reviendront au nouveau roi deux mois après sa désignation.

Édouard fit une nouvelle pause, avant de reprendre en haussant la voix pour couvrir les murmures outrés de l'auditoire :

— À présent, hommes d'Écosse, regardez vos chefs faire allégeance à leur seigneur !

À ces mots, les Gardiens du royaume vinrent s'agenouiller devant lui, chacun remettant son pouvoir entre ses mains, certains avec une pointe d'hésitation, d'autres avec une fierté manifeste. Puis Édouard leur demanda de lui jurer fidélité, ce qu'ils firent tous sans exception. Rory sentit le mépris grandir en lui. Il se tourna vers son père ; Gannon avait les larmes aux yeux.

Puis ce fut le tour des candidats, parmi lesquels le jeune Robert Bruce. Un goût de bile monta dans la gorge de Rory en le voyant s'agenouiller.

Quand ce fut terminé, Édouard rejeta ses cheveux en arrière :

— Oyez, hommes d'Écosse ! Vous avez vu vos chefs me reconnaître comme leur suzerain, ainsi que le futur roi, qui sera choisi par notre assemblée. Comme eux, chaque Écossais devra me prêter serment de loyauté avant le 27 juillet. J'ai l'intention d'apporter la paix à votre pays, avec ou sans votre soutien. Si vous tenez à vos vies et vos foyers, vous vous soumettrez sans violence. Si vous vous opposez… vous serez soumis.

Un long silence suivit ces paroles.

— Jamais ! tonna Gannon.

Rory se joignit à lui.

— Jamais !

Le visage d'Édouard resta de marbre.

— Dans ce cas, vous devrez payer le prix de votre révolte, Highlanders. Un homme de plus ou de moins ne changera rien. Une vingtaine de plus ou de moins ne changera rien, rugit-il. Je régnerai sur l'Écosse. Tel est mon droit !

— Jamais ! tonna de nouveau Rory.

Suivant son père, il fendit la foule pour sortir, Kieran, Davey et Liam sur leurs talons.

Ils traversèrent le fleuve sans un mot, puis chevauchèrent à bride abattue sans se soucier de leurs compagnons restés au château.

Finalement, au bout de deux ou trois lieues, leur rage apaisée, ils ralentirent, et Davey déclara :

— Édouard est sérieux. Il veut vraiment s'emparer de l'Écosse.

— C'est déjà fait, fit remarquer Gannon. Nos propres chefs lui ont offert le pays. Nous en avons été témoins.

— Je n'aurais jamais cru ça d'eux, intervint Rory. Je continue à croire que l'un d'eux va se réveiller et se lever contre lui.

— En prenant le risque de perdre ses fiefs en Angleterre ? railla Liam. Et en Écosse ? Tu parles ! Ils ont toujours agi en fonction de leur intérêt ; il n'y a pas de raison que ça change.

Ils s'enfoncèrent dans une forêt au sommet d'une colline. Un silence profond les enveloppa. Le vent lui-même s'était tu et toutes les créatures de la forêt semblaient s'être volatilisées. On n'entendait aucun bruit, hormis le craquement des feuilles sous les sabots des chevaux. Rory rejeta ses cheveux en arrière en soupirant. Après la chaleur du soleil, l'ombre des arbres était la bienvenue. Et juste de l'autre côté du bois, se trouvait l'embranchement où il annoncerait à ses compagnons qu'il ne les accompagnerait pas à Stirling. Il s'assit au fond de sa selle pour s'étirer, imaginant l'expression d'Isabel quand elle le verrait.

La flèche se ficha dans un tronc juste à côté de lui. Une autre la suivit, passant encore plus près, mais le manquant néanmoins. S'il ne s'était pas reculé pour s'étirer… Il fit volte-face pour prévenir les autres, mais ceux-ci étaient déjà en pleine bataille. Leurs assaillants étaient une vingtaine : des Écossais.

— C'est lui ! cria l'un d'eux.

À ces mots, deux hommes s'élancèrent vers Rory. Il les repoussa, aussitôt aidé par Kieran.

— Tu vas payer pour tes péchés, MacGannon, menaça un gaillard au regard brûlant de haine. Tu vas mourir.

Mais ce fut lui qui tomba à terre, transpercé par l'épée de Kieran. Il y eut un moment de chaos, qui s'acheva rapidement avec l'arrivée du reste de leur clan. Ils ne firent qu'une bouchée de leurs agresseurs. Rory et son père regardèrent les survivants fuir en poussant de grands cris.

— Ils te connaissent, fit remarquer Gannon. C'est après toi qu'ils en avaient.

Rory hocha la tête, retenant son souffle.

— Oui, père. Je sais.

— Tu ne rentres pas à Stirling avec nous, mon garçon. C'est trop dangereux. Il te faut un endroit sûr. Rends-toi chez Magnus.

— Père, je vais à Berwick.

— Par le sang du Christ, ne discute pas avec moi ! Ne compte pas sur moi pour annoncer à ta mère que tu...

Gannon laissa sa phrase en suspens. Lorsqu'il ouvrit de nouveau la bouche, son ton s'était radouci.

— Tu veux rendre visite à Isabel, pas vrai ?

— Il y a longtemps que je ne l'ai pas vue.

— Oui. À tel point que j'avais fini par croire qu'elle ne comptait pas tant que cela.

— Au contraire.

Rory jeta un coup d'œil à la route désormais déserte devant eux, puis ramena les yeux sur son père.

— J'ai essayé de l'oublier. Qu'ai-je à offrir à une femme comme elle ? Elle est anglaise, je suis un Highlander. Nous serons bientôt occupés par les Anglais ou en guerre contre eux. Nous n'avons presque rien en commun, et nous nous connaissons à peine. En outre, je suis un cadet de famille.

— Un jour, le comté d'Ayrshire te reviendra.

— Un jour, oui, mais je ne suis pas pressé que ce jour arrive. Et puis, nous sommes trop différents, elle et moi, ça ne pourra pas marcher. Sans compter qu'elle est heureuse avec ses amis à Berwick, et qu'il est hors de question que je m'installe là-bas.

— Oui. Et c'était merveilleux de vivre là. La cour était pleine de rires et de musique, et le roi semblait aimer son peuple. Il était très jeune. À mes yeux, la cour d'Alexandre représentait le centre du monde. De temps à autre, Davey nous rendait visite, et Gannon et Margaret…

— … étaient les favoris du roi, termina Meg. Jusqu'à ce que Gannon…

— … soit banni. Pour m'avoir sauvé la vie. Mais ne parlons pas de ça.

Néanmoins, malgré les années écoulées, elle n'avait rien oublié de cette époque atroce, suivie par des années de solitude. Jusqu'à l'apparition de Liam.

— Que va-t-il se passer, maman ? Resterons-nous ici jusqu'à la désignation du nouveau souverain ?

— Cela dépendra de qui il s'agit, répondit Nell. J'imagine mal les Bruce nous proposer de rester. Ni les Balliol nous laisser partir. Nous n'avons plus qu'à attendre.

En bas de l'escalier, la grande porte de bois claqua contre le mur. Des pas précipités résonnèrent sur la pierre.

— Nell !

— Liam ! Nous sommes là !

Ses jupons rassemblés dans une main, Nell dévala les marches en hâte. Liam n'était pas seul. Ses hommes emplissaient tout l'espace derrière lui. Néanmoins, elle se précipita dans ses bras.

— Liam ! s'écria-t-elle en l'embrassant.

Son mari semblait fatigué, ses vêtements étaient couverts de la poussière de la route. Mais ce fut la lueur dans son regard qui dissipa d'un coup la joie qu'elle éprouvait à le revoir. Il était en colère. Fou de rage.

— Mon amour, dit-elle. Les nouvelles ne sont pas bonnes ?

— Ils lui ont fait allégeance, Nell. Tous, sans exception.

— Et vous ?

— Nous sommes partis. Beaucoup nous ont imités, mais à peu près autant sont restés. Et ce n'est pas tout. Édouard exige qu'on lui remette toutes les forteresses royales. Il compte y installer ses propres troupes. Stirling est la première sur la liste.

Il hocha la tête devant son air horrifié.

— Il a également ordonné la constitution d'une assemblée pour désigner – sous sa tutelle, bien sûr – le futur roi. Les auditions commenceront le mois prochain à Berwick. Maintenant, venez, votre frère et Gannon attendent.

Nell inspira une longue goulée d'air parfumé. Elle adorait l'été écossais, les landes couvertes de bruyère et les forêts verdoyantes. Difficile de se souvenir que l'hiver viendrait bientôt. Et avec lui, sans doute, Édouard d'Angleterre. Le roi avait annoncé qu'il s'arrêterait à Saint Andrews, Édimbourg et Perth. Puis Stirling. Grâce à Dieu, ils n'auraient pas à lui souhaiter la bienvenue, car ils seraient paisiblement installés en Ayrshire.

Encore une journée de voyage, et ils seraient chez eux. Le trajet avait été plutôt agréable. Bien que la simplicité de la demeure nécessitât peu de préparatifs, Liam avait envoyé des hommes en éclaireur pour prévenir les serviteurs. La maison dans laquelle il avait grandi était une simple bâtisse à deux étages blanchie à la chaux, entourée de hauts murs de pierre et d'une ceinture d'arbres centenaires. Au-delà s'étendaient les pâtures et les champs des métayers, qui payaient leur loyer en parts de récolte.

Les mauvaises années, Liam inscrivait sur un registre les dettes de ses paysans, qu'il ne réclamait quasiment jamais. Depuis que Nell le connaissait, il n'avait jamais chassé personne de ses terres. Peut-être parce que lui-même avait passé tant d'années sans maison. Ou simplement parce qu'il était bon.

Elle-même avait douze ans lorsque ses parents avaient été massacrés et leur château détruit. Elle avait ensuite habité chez sa sœur à Loch Gannon, avant de passer d'une forteresse royale à une autre, notamment celle de Stirling. Mais la maison de Liam était aussi la sienne. Ils resteraient ici durant les mois à venir, avaient-ils décidé.

Du moins, si on leur en laissait le choix.

Car les dernières nouvelles étaient plutôt inquiétantes. Édouard avait commencé son périple à travers l'Écosse, s'arrêtant avec toute sa cour dans chaque ville suffisamment importante pour le recevoir. Il terminerait par Berwick, où il dirigerait les auditions destinées à choisir le prochain roi d'Écosse.

— Ranald nous attend à Paisley, annonça Liam en levant les yeux de la missive qu'il venait de parcourir.

— Parfait, commenta Nell, ravie.

Elle appréciait Ranald Crawford, oncle de Liam et shérif d'Ayrshire. C'était un homme puissant mais mesuré, qui avait accueilli Liam chez lui après la mort de ses deux parents à quelques années d'intervalle. Bien qu'orphelin, Liam avait eu une enfance heureuse, entouré par Ranald et ses fils William et Ronald, quasiment du même âge que lui, et leurs cousins Malcolm, William et John Wallace.

— Ranald est avec mon cousin William, indiqua Liam. Profite du calme et du silence : ce sera très différent ce soir.

— Surtout si William est toujours le même. Je me souviens qu'il était constamment accompagné d'un groupe d'amis et regorgeait d'idées pour les distraire.

— Je crois qu'il n'a guère changé. La dernière fois que je l'ai vu, il était entouré d'une dizaine de compagnons.

Nell sourit. Parmi tous les cousins de Liam, elle avait toujours eu une préférence pour William.

Entre lui, Meg et Elissa, la soirée promettait d'être animée.

Comme prévu, Ranald les attendait à l'abbaye de Paisley, les bras grands ouverts et le sourire aux lèvres. Il les embrassa.

— Vous vous souvenez de celui-là ? plaisanta-t-il en désignant le jeune homme à son côté. Le fils de ma sœur, William Wallace.

— William ! s'exclama Nell en serrant le jeune homme contre elle. Tu as encore grandi depuis la dernière fois ! Comment est-ce possible ?

— Je n'en sais rien, s'amusa William. Je ne fais rien de spécial, à part manger.

Son oncle lâcha un rire.

— Ça, c'est sûr !

— Père dit que c'est pour ça qu'il me laisse voyager avec vous, mon oncle, rétorqua William, moqueur. Pendant ce temps, il n'a pas à me nourrir.

Nell s'esclaffa avec lui, attendrie par ce jeune géant au sourire radieux. Dire qu'il n'était qu'un enfant, la dernière fois qu'elle l'avait vu ! La transformation était impressionnante. Du moins physiquement, car pour le reste, il semblait toujours aussi adorable et enjoué.

— Savez-vous que tous les Écossais doivent prêter serment d'allégeance à Édouard avant le 27 juillet ? demanda Ranald.

Comme ils acquiesçaient, il reprit :

— Chacun doit se présenter à Ayr, Inverness, Perth ou Dumfries. On m'a chargé de faire appliquer l'ordonnance.

— Et ceux qui refusent ? s'enquit Liam.

— Je ne sais pas ce qui se passera pour eux. Ils seront nombreux dans ce cas, je pense.

— Gannon en premier lieu, déclara Nell. Ainsi que Davey, à mon avis.

— Sans doute, acquiesça Liam, pensif.

À l'adresse de Ranald, il ajouta :

— Crois-tu qu'Édouard contrôlera vraiment qui a prêté serment ou non ?

Ranald soupira.

— En tout cas, il a donné l'ordre à tous les shérifs d'Écosse de le vérifier, et il doit envoyer des soldats pour nous surveiller. Ce qui signifie que je suis censé m'assurer que mes compatriotes jurent loyauté et fidélité à un souverain anglais.

— Édouard se moque vraiment de nous ! s'indigna Nell. À quoi bon tenir ces audiences à Berwick si nous lui prêtons tous allégeance ? Ne sera-t-il pas déjà roi d'Écosse ?

— En effet, approuva Ranald.

— Les Crawford ont-ils l'intention de prêter serment ? interrogea Nell en jetant un coup d'œil à son mari.

Liam avait toujours été fidèle à sa famille.

— Pour la plupart, oui, acquiesça Ranald. Je l'ai déjà fait, si désagréable cela soit-il.

— Mon père ne signera pas, affirma William.

— Je l'ai déjà averti qu'un refus de sa part mettrait ma sœur et leurs fils en danger, rappela Ranald.

— N'empêche, je suis d'accord avec lui, mon oncle. Mon père doit suivre son cœur. Vous savez ce que dit votre frère prêtre ?

Ranald fit la grimace.

— Oui, je l'ai assez entendu.

Nell et Liam échangèrent un regard perplexe.

William sourit.

— Mon oncle, le prêtre, m'a dit : « Il n'y a pas de plus beau cadeau que la liberté. N'accepte jamais de vivre en esclavage. »

— Très belles paroles, commenta Ranald, de la part d'un homme n'ayant ni femme ni enfant.

Nell sourit devant la gravité de l'expression de William.

— La liberté, William, vaut toutes les richesses du monde, acquiesça-t-elle. Ne l'oublie jamais. La liberté n'est pas un simple mot, c'est une passion.

William s'éclaira.

— Voilà qui est bien dit !

Ranald secoua la tête.

— Assez parlé de politique ! s'exclama-t-il. Cela fait beaucoup trop longtemps que je ne vous ai pas vue, Nell. Et vos deux filles ! Regardez comme elles ont grandi. De vraies beautés. Tu es un homme chanceux, Liam Crawford.

Liam lâcha un rire.

— J'en suis conscient, mon oncle. Même si elles sont aussi dissipées que jolies.

Ce fut une soirée emplie de rires et de joie. La première de nombreuses autres à venir, espéra Nell, maintenant qu'ils étaient en Ayrshire.

Ils se mirent en route tôt le lendemain pour la dernière partie du voyage, et arrivèrent vers midi dans une maison fin prête pour les accueillir. Liam conduisit les chevaux à l'écurie tandis que Nell, Meg et Elissa déballaient les affaires. Si le monde et l'Écosse étaient en proie au chaos, ici, sur ce petit morceau de terre, régnaient le calme et la paix. Dieu fasse que cela continue ! pria Nell.

12

Ayrshire, Écosse

Rory essuya la lame sanglante de son épée sur une poignée de feuilles et contempla l'homme mort à ses pieds. Il avait la nausée, mais au moins il n'avait pas vomi. Contrairement à Kieran. En vérité, le spectacle qui les attendait durant leur tournée sur les terres de Magnus avait de quoi soulever le cœur. Deux cadavres et une femme agonisant sous leurs yeux. Le seul survivant avait les entrailles béantes. Il avait pleuré comme un enfant quand Rory s'était penché au-dessus de lui, le suppliant de mettre fin à ses souffrances.

Et Rory s'était exécuté. Ce qui lui vaudrait sûrement une place en enfer, si elle ne l'attendait déjà. Avec un soupir, il chercha des yeux un coin où enterrer les quatre victimes. Ce massacre était contre nature, et très inquiétant.

Il était difficile de savoir qui les avait assassinés, et pourquoi. Rien ne permettait de les identifier, hormis leurs habits usés typiquement écossais. La doublure de leurs houppelandes de laine indiquait qu'il ne s'agissait pas de vagabonds. Il leur coupa à tous une mèche de cheveux, un carré de vêtement, et emporta leurs ceintures et une broche ayant échappé à la rapacité des agresseurs. Même s'il y avait eu vol, ces derniers n'étaient pas de simples brigands, il en était certain. La violence dont ils avaient fait preuve attestait de leur intention de tuer. Restait à savoir si le lieu du crime, si proche de la maison de son frère, était un hasard.

— Venez, ordonna-t-il en faisant signe d'avancer aux hommes de son frère. Nous allons enterrer ces pauvres gens et nous rentrerons. Que deux d'entre vous surveillent le chemin, au cas où les meurtriers reviendraient.

Baissant les yeux sur les cadavres, il poussa un juron. C'était la deuxième attaque inexpliquée en deux semaines. Les routes étaient devenues dangereuses, comme ils avaient eu l'occasion de s'en rendre compte en rentrant de Norham. Si la rivalité entre les Balliol et les Bruce et l'invasion de soldats anglais avaient plongé l'Écosse dans le chaos, il ne s'était pas attendu à ce genre d'assaut.

Les tombes furent vite creusées. Ils dressèrent un cairn au-dessus, et Rory prononça quelques prières avant d'aller se laver avec les autres dans le ruisseau. Une fois remonté en selle, il sortit un morceau de tissu de son sac pour s'essuyer les mains. Un entre-lacs de brindilles en tomba.

La couronne tressée par Isabel. Sèche et roussie par le temps. Il aurait dû la jeter, songea-t-il, d'autant qu'il ne reverrait peut-être jamais la jeune fille. Au lieu de quoi, il descendit pour la ramasser et l'enveloppa avec soin dans le tissu, ignorant le sourire goguenard de Kieran.

Il était le roi Chêne, et cette couronne symbolisait son règne. Même si on était déjà au cœur de l'été, et donc à la saison du roi Houx… Saisissant les rênes de sa monture, il s'éloigna.

Comme son séjour à Londres lui semblait loin !

Au château, le garçon d'écurie leur apprit que Magnus se trouvait dans la grande salle en compagnie de Ranald Crawford. Ils furent d'autant moins surpris de la visite du shérif que ni Magnus ni eux n'avaient encore prêté serment à Édouard. En outre, Ranald était un peu de la famille puisqu'il était l'oncle de Liam. Quant à ses neveux, les fils Wallace, ils venaient souvent boire une coupe de vin ou jouer aux dés avec eux.

Rory traversa la cour sous une pluie battante. Un jour, Magnus retournerait à Loch Gannon et lui viendrait vivre ici, en Ayrshire. Le petit manoir qui surplombait la mer s'était transformé au fil des ans en un bastion cerné de fortifications où il faisait bon vivre. À la bâtisse d'origine, leur père avait fait ajouter une salle chauffée par une immense cheminée, que leur mère avait agrémentée de tapisseries, tentures et tapis. Lorsqu'elle était venue s'installer ici avec Magnus, Jocelyn avait apporté à son tour plusieurs modifications.

Très proches durant leur enfance, Rory et Magnus s'étaient un peu éloignés après le mariage de ce dernier. Ce séjour leur avait donné l'occasion de se rapprocher, même s'il soulignait les différences dans leurs styles de vie. Rory s'étonnait de voir son frère aîné, autrefois si impétueux, passer des heures à discuter avec sa femme pour savoir s'il fallait ou non repeindre les poutres du plafond, d'autant que, de toute façon, la décision finale reviendrait à Jocelyn.

Rory et Kieran se dévêtirent dans la cuisine, où ils attendirent près du feu qu'on leur descendît des vêtements secs.

C'est là que Magnus les trouva.

— Ranald est là avec William, annonça-t-il. Nous vous attendions plus tôt. Il y a eu un problème ?

— Oui, acquiesça Rory, avant de lui faire part de leur macabre découverte.

Lui tendant le paquet où il avait rassemblé les mèches de cheveux, les morceaux de tissus, les ceintures et la broche, il ajouta :

— J'ai pris ça, au cas où cela évoquerait quelque chose à quelqu'un.

Magnus l'ouvrit.

— Ça ne me dit rien, mais Ranald reconnaîtra peut-être quelque chose. Écoutez, ne parlez pas de cela à Jocelyn pour l'instant, d'accord ?

Glissant le paquet sous ses vêtements, il leur fit signe de le suivre.

Ranald et William les accueillirent avec effusion. Jocelyn se leva de son siège près de la cheminée. Elle ressemblait à un elfe avec ses cheveux de lin et son regard bleu pâle. Elle ne marchait pas, elle flottait ; sa silhouette gracile semblait toujours prête à se diluer dans l'air. Malheureusement, il n'y avait rien d'aérien dans sa voix plaintive et l'expression d'insatisfaction permanente sur ses traits. Jamais Rory ne l'avait entendue rire ou chanter. Ce que son frère trouvait à cette femme restait un mystère. Pourtant, Magnus avait toujours été fou d'elle.

— Ah, Rory, Kieran. Je vais prévenir la cuisinière que vous déjeunez ici, annonça-t-elle en soupirant, comme si leur retour représentait un poids inattendu.

Rory et Kieran la remercièrent, et échangèrent un regard. Ils avaient souvent parlé de Jocelyn ensemble ; ils partageaient le même avis à son sujet. Magnus, comme à son habitude, ne parut pas remarquer l'indélicatesse de son épouse. Il la regarda simplement sortir de la pièce avant de désigner la table :

— Prenez place. Racontez à Ranald ce que vous avez découvert.

Après avoir écouté leur récit, Ranald examina le contenu du petit paquet que lui tendit Magnus et hocha la tête.

— Je crois que tout cela appartient aux enfants Irvine. L'un des fils a eu un accrochage la semaine dernière avec deux soldats anglais à propos du serment d'allégeance.

Il grimaça.

236

— La situation empire chaque jour. C'est d'ailleurs la raison de ma visite : je suis venu pour vous exhorter tous les trois à prêter serment.

— William ? interrogea Rory en se tournant vers le cousin de son oncle. As-tu déjà juré fidélité à Édouard ?

William Wallace sourit.

— Je ne possède pas de terres, je ne suis obligé à rien. Mon père, lui, doit prêter serment. Le vôtre aussi. Mais puisqu'il vit ici, Magnus peut le faire à sa place.

— Liam aussi détient un fief, intervint Kieran.

— Justement, c'est l'autre sujet de ma visite, enchaîna Ranald. Il faut que Liam prête serment. Je ne peux pas laisser toute ma famille se mettre en danger. Déjà qu'il y a eu cette échauffourée avec les Bruce…

Rory hocha la tête. Certes, se bagarrer avec des hommes des Bruce n'était pas très malin de leur part, reconnut-il en son for intérieur. Cependant, ce n'était pas vraiment de leur faute. William, Kieran et lui buvaient tranquillement avec des amis dans une taverne à Ayr, quand cinq ou six gaillards les avaient pris à partie. Par chance, personne n'avait été blessé, mais l'incident avait attiré l'attention de soldats anglais cantonnés dans la ville.

— Et maintenant, Malcolm ! soupira Ranald. Je vous le répète : ça devient dangereux.

Rory se tourna vers William.

— Quel Malcolm ? Ton père ou ton frère ?

— Mon père, répondit le jeune homme. Il refuse de prêter serment. Il préfère encore quitter l'Ayrshire avec mon frère Malcolm.

Surprenant le regard qu'échangèrent Rory et Magnus, Ranald les prévint d'un ton grave :

— N'essayez pas de suivre son exemple. Oui, Malcolm est parti, il a abandonné sa famille.

William voulut intervenir, mais Ranald leva une main :

— Tu es jeune, William, c'est normal que tu défendes ton père, mais il a agi de manière inconsidérée. C'est une chose d'avoir des principes, et une autre de laisser son épouse, ma sœur, en affronter les conséquences.

— Elle était d'accord, protesta William.

— Et alors ? Elle n'en reste pas moins obligée de se débrouiller seule. Au moins avons-nous pris Margaret et John, le cadet, chez nous pour le moment. Mais je suis là pour vous convaincre de vous montrer plus prudents et d'enjoindre à votre oncle Liam de faire de même. William doit aller étudier à Dundee pour devenir prêtre, ce qui le met à l'abri, mais...

— Alors, ça y est, tu y vas ? coupa Rory à l'adresse de William.

Comment ce grand gaillard plein de force et d'énergie pouvait-il envisager de consacrer sa vie à Dieu ? Mais il est vrai que William n'avait pas vraiment le choix, se rappela-t-il. Son père était chevalier et Malcolm, l'aîné, hériterait seul de ses fiefs – à condition, bien sûr, qu'il ne les eût pas déjà perdus en refusant de prêter serment. En tant que deuxième fils, la coutume voulait que William s'orientât vers le service de Dieu, tandis que les plus jeunes seraient dirigés vers les armes. Une chance que ses propres parents fussent moins traditionnels, songea Rory.

William acquiesça et haussa les épaules.

— J'aime étudier. Pour ce qui est d'aimer Dieu, on verra comment cela évoluera. Mais ne vous inquiétez pas : je dirai une prière ou deux de plus pour vous car, à mon avis, vous allez en avoir besoin.

Rory sourit.

— Une seule ? Ça risque de ne pas suffire.

— Ne perds pas ton temps à prier pour lui. Ma mère le fait déjà, et regarde le résultat ! plaisanta Magnus.

Il avait le même rire que leur père, remarqua Rory, surpris. Comment ne l'avait-il pas noté plus tôt ?

Redevenant sérieux, il s'adressa à Ranald :

— Que risque-t-il d'arriver à Malcolm Wallace, maintenant ? La mort ? Une amende ? La flagellation ?

Le sourire de Ranald s'évanouit.

— Je l'ignore. Peut-être les trois. Peut-être se contenteront-ils de confisquer ses terres, ce qui veut dire que les Wallace n'auront plus rien. Cette situation devient de plus en plus inquiétante chaque jour. Prions pour avoir un roi rapidement.

— Comment avons-nous pu en arriver là ? s'exclama Kieran. Devoir jurer fidélité à un souverain qui n'est pas le nôtre ! En acceptant de le faire, nous nous reconnaissons comme ses vassaux, ce qui signifie qu'il règne déjà sur le pays. Cette histoire de nomination d'un roi écossais à Berwick n'est qu'une parodie !

— Nous avons été vendus à Édouard, renchérit Rory.

— « Offerts » serait plus juste, rectifia William avec colère. Tout cela ne me plaît pas du tout. Il y a des soldats anglais partout dans Ayr et Irvine. Ils s'installent dans chaque forteresse, chaque manoir, et nous n'aurions même pas le droit d'appeler ça une occupation ?

— C'en est bien une, approuva Rory. Et les Balliol et les Bruce se battent pour ramasser les miettes.

— Peut-être les choses s'arrangeront-elles une fois notre roi choisi, risqua Ranald. Espérons que les auditeurs de Berwick travailleront rapidement.

— J'ai très envie d'aller jeter un coup d'œil là-bas, murmura Kieran.

— J'ai peur qu'il ne te faille attendre un peu, dit Magnus en lui tendant une lettre. C'est de ton père. Il te demande de rentrer. Quant à toi, Rory, si tu veux bien, j'aimerais que tu restes ici le temps que les choses s'apaisent. Je me sentirai mieux si nous sommes deux pour protéger Jocelyn.

Depuis la rive, Rachel regarda le bateau transportant sa sœur et sa mère traverser l'estuaire de la Tweed. À côté d'elle, son père se frottait nerveusement le menton et soupirait de temps à autre, visiblement soucieux. Ce qui n'avait rien d'étonnant, songea-t-elle. Car si la taverne prospérait – à tel point qu'ils avaient acheté le bâtiment voisin pour agrandir la salle et embauché quatre nouvelles serveuses en plus d'Isabel –, l'arrivée d'Édouard à Berwick pesait sur eux comme une menace.

Le roi d'Angleterre viendrait à la tête d'une armée, avait-on annoncé. Et pourquoi un souverain avait-il besoin de soldats, sinon pour faire la guerre ? Après tout ce temps et tous leurs efforts, Rachel avait dû mal à s'imaginer chassée une fois encore de chez elle. Devraient-ils fuir sur le Continent ? Mais pour se réfugier où ? Édouard Plantagenêt n'avait-il pas également expulsé les Juifs d'Anjou et de Gascogne ? D'après Gilbert, ils ne risquaient rien, car aucun membre de la cour ne s'aventurerait dans une simple taverne. Et même si cela arrivait, avait ajouté l'ancien propriétaire des lieux, il y avait peu de chances qu'ils remarquent les Angenhoff, tant que les chambres étaient propres et les assiettes bien remplies. D'ailleurs, si par hasard cela se produisait, il détournerait leur attention en se présentant comme le patron.

Aussi avaient-ils décidé de rester. Néanmoins, ils demeuraient inquiets, et mère avait de nouveau caché de l'or dans la doublure de leurs vêtements.

Comme si cela ne suffisait pas, voilà que Sarah avait annoncé son intention d'épouser Edgar Keith. Au début, Rachel était persuadée qu'elle changerait d'avis, mais sa sœur s'était montrée intraitable. Elle rentrait aujourd'hui avec leur mère de sa première visite aux parents d'Edgar.

— Je suis contente qu'elles soient de nouveau là, confia Rachel à son père.

Celui-ci se contenta de hocher la tête, sans quitter le bateau des yeux.

— J'espère que tout s'est bien passé.

— C'est évident, répliqua Jacob. Quelle mère pourrait refuser que son fils épouse ta sœur ? Ce garçon est fou d'elle.

— En plus, il est très beau. Vos petits-enfants seront adorables.

Jacob eut un sourire sans joie.

— Nos petits-fils seront magnifiques, ma fille, pas adorables.

— Et si ce sont des petites-filles ?

— Dans ce cas, elles seront belles comme leur mère, leur tante et leur grand-mère.

— Oh, papa ! Maman et Sarah sont belles, mais pas moi.

— Mes deux filles sont belles, décréta Jacob d'un ton sans appel.

Rachel l'embrassa sur la joue.

— Merci. Je regrette juste qu'ils habitent si loin. Deux jours de voyage, c'est long.

— Elle sera en sécurité là-bas. Personne ne la remarquera.

— Elle nous manquera.

— C'est sûr, soupira Jacob en se frottant le menton. C'est sûr. Heureusement, nous avons Isabel. Ton amie est un cadeau de Dieu, Rachel. Prévenante et toujours de bonne humeur. Je ne m'attendais pas à ce qu'elle travaille aussi dur. Je ne sais pas comment nous nous serions débrouillés sans elle. Ni elle sans nous, d'ailleurs. Toujours aucune nouvelle de sa mère ?

— Non. Sa grand-mère lui écrit une fois par mois, mais rien de sa mère. Pas une seule missive.

— Quelle sorte de mère envoie sa fille innocente sur les mers à la rencontre d'un père qui ne viendra peut-être jamais ? Certainement pas la tienne, en tout cas. Regarde-la, souriante et le visage radieux. Ce mariage lui déplaît autant qu'à moi, mais elle n'en montrera rien. Sarah ne le saura jamais. Et tu ne le lui diras pas.

— Non, papa. Je tiens trop à son bonheur.

— Moi aussi. Même si je suis sûr qu'elle ne sera pas heureuse. Ça ne peut pas marcher.

Il se frotta de nouveau le menton.

Rachel le suivit en direction du bateau en soupirant. Il suffisait de voir l'expression de Sarah pour deviner que la visite avait été un succès. Se reprochant son égoïsme, Rachel s'obligea à se réjouir. À l'instar de ses parents, elle ne gâcherait pas le plaisir de sa sœur en laissant deviner ses propres sentiments.

À leur retour, la taverne était bondée. Isabel, qui assurait le service seule pendant leur absence, était totalement submergée. Chacun se plongea dans le travail sans attendre, et ce ne fut qu'au milieu de la nuit, après avoir nettoyé la salle et la cuisine et salué les derniers employés, que Rachel et Sarah se retrouvèrent dans le petit lit qu'elles partageaient au grenier.

— Alors ? demanda aussitôt Rachel. Comment ça s'est passé ? Raconte !

— Sa mère a été tellement gentille ! Tu aurais dû les voir, maman et elle : elles ressemblaient à deux chattes à l'affût. Mais les griffes rentrées. La rencontre a été très courtoise.

— Alors, c'est certain, tu vas l'épouser ?

— Oui. Pendant leur fête de Noël. Edgar viendra me chercher. Nous serons mariés une première fois par un rabbin, puis une seconde par un prêtre.

— Tu auras également un mariage chrétien ? Pour Edgar ?

— Et une fois sa femme, je me convertirai, confia Sarah à mi-voix.

242

— Tu te… Mais… comment peux-tu… ?

Le visage de Sarah se durcit.

— Ce n'est pas la peine de prendre cet air effaré. Qu'y a-t-il de si étonnant ? Notre Dieu n'a pas fait grand-chose pour nous, il me semble.

— Mais tu y crois ? Je veux dire, à ce qu'enseignent les Chrétiens ?

Sarah haussa les épaules.

— Peu importe.

— Et papa et maman ? Ils sont au courant ?

— L'idée est de maman. On n'en parlera à papa qu'après le mariage.

Rachel n'en croyait pas ses oreilles.

— Mais…

— Maman dit que l'essentiel est de survivre, et je suis d'accord avec elle. Edgar m'aime, Rachel. C'est un homme bon qui me rendra heureuse, et je compte bien en faire autant pour lui. J'aurai une maison à moi, qu'on ne me forcera pas à abandonner au beau milieu de la nuit.

— Et tes enfants ?

— Ils seront élevés comme des Chrétiens. Quand ils seront grands, je leur dirai la vérité et ils décideront eux-mêmes ce qu'ils veulent faire.

— Tu nous accueilleras chez toi ?

— Évidemment ! Je change juste de nom, Rachel.

— Et de religion. Et de maison. Et qui tu es, et as été.

Sarah eut un sourire guindé.

— Ne me juge pas, Rachel. Où vois-tu la trace de Dieu dans tout ce qui nous arrive ? Et le Dieu d'Isabel, a-t-il été là pour elle ? Non, je ne crois plus à l'existence de Dieu, Rachel, quel qu'il soit. Ni à aucune religion. C'est à nous de décider si nos actions sont bonnes ou mauvaises, et je ne vois pas en quoi épouser Edgar pourrait être mal. C'est la chance qui me l'a apporté ; je ne le laisserai pas partir. Souhaite-moi d'être heureuse, Rachel, s'il te plaît.

243

Sur ces mots, Sarah tira la couverture sur son épaule et se tourna vers le mur.

— C'est ton tour, maintenant, reprit-elle. Nous verrons qui tu choisiras, et ce qui s'ensuivra.

Ou qui me choisira, corrigea Rachel en son for intérieur, le regard perdu dans l'obscurité. Et ce qui s'ensuivra…

Isabel était incroyable, songea Rachel une semaine plus tard, en regardant son amie sinuer entre les tables avec un plateau couvert de gobelets. Quelle transformation en quelques mois ! Elle était arrivée pâle et amaigrie, le cœur brisé, et désormais elle rayonnait, plus belle encore qu'auparavant. Son séjour parmi eux à Berwick l'avait guérie, se dit-elle avec fierté.

Isabel regorgeait d'idées pour améliorer le confort de l'auberge. Ainsi, face à l'été caniculaire, avait-elle suggéré de servir les repas non plus dans la salle surchauffée, mais sur le petit terre-plein ombragé derrière l'établissement. L'innovation avait eu un tel succès qu'ils avaient déjà dû agrandir la terrasse par deux fois.

La cuisine de sa mère n'y était pas pour rien, bien sûr. Quant aux chambres, elles étaient quasiment toujours occupées. Plus encore à présent que la moitié de l'Écosse se retrouvait à Berwick pour assister aux auditions de l'assemblée réunie par le roi Édouard.

Malgré tout, Gilbert ne s'était pas trompé : aucun courtisan n'était encore entré dans l'auberge. Quant aux quelques Anglais à s'y être arrêtés, ils n'avaient pas plus prêté attention à Isabel qu'à la famille Angenhoff. Restait à espérer que la décision serait prise rapidement, qu'Édouard rentrerait en Angleterre et que la paix s'installerait enfin en Écosse.

— Il paraît qu'il y a cent quatre auditeurs, annonça Isabel en venant la rejoindre.

— Arrête de lire dans ma tête, rétorqua Rachel en riant. J'étais justement en train d'y penser.

— Tout le monde y pense. Pourquoi autant d'auditeurs ? Et pourquoi cent quatre exactement ?

— Quarante représentent les Balliol, quarante les Bruce, et les vingt-quatre autres sont des membres du conseil royal.

— Sans doute pour représenter le peuple, railla Isabel.

— De toute manière, conseil royal ou autre, le peuple n'est jamais représenté. Tout cela n'est qu'un simulacre. Mais ne nous plaignons pas. Pour une fois au moins, ils nous rapportent de l'argent.

— C'est amusant, non, de se dire...

Isabel s'interrompit brusquement. Elle se recroquevilla contre le mur en murmurant :

— Cache-moi, Rachel ! Ô mon Dieu, il est ici !

Rachel fit volte-face, s'attendant à voir Walter Langton, mais l'homme qui se tenait sur le seuil de la terrasse ne ressemblait en rien au monstre décrit par Isabel. Il était au contraire d'une beauté rare. Il portait l'insigne des chevaliers du roi.

— C'est Henri de Boyer ? demanda-t-elle en pivotant vers Isabel.

Celle-ci avait les yeux écarquillés.

— Oui. Que fait-il là ?

— Il est encore plus beau que je ne l'imaginais, murmura Rachel, éblouie par son visage régulier, ses cheveux bruns brillant dans le soleil. Pas étonnant qu'il t'ait charmée.

— Il ne faut pas qu'il me voie !

— Va. Je vais détourner son attention, déclara Rachel.

Elle s'avança vers le chevalier.

— Bonjour, sir. Désirez-vous déjeuner ? s'enquit-elle d'un ton naturel.

— Oui, si c'est possible, répondit-il.

— Bien sûr.

Elle l'entraîna vers une table à l'autre bout de la terrasse pendant qu'Isabel se précipitait à l'intérieur. Puis elle lui apporta une coupe de bière, prit sa commande et rentra rejoindre son amie.

Elle la trouva dans la cuisine avec sa mère, qui s'essuya les mains sur son tablier et se dirigea vers la porte en déclarant :

— Je veux voir ce jeune homme de mes propres yeux. Personne ne peut être beau à ce point. Personne.

— Maman ! Et Isabel ?

— Elle doit se cacher. Monte à l'étage, Isabel. Si l'un des chevaliers du roi est arrivé jusqu'à nous, d'autres suivront. Tu resteras là-haut jusqu'à ce qu'ils aient quitté la ville, quel que soit le temps que cela prendra. Rachel, retourne servir nos clients.

Isabel l'observa depuis la chambre située sous le grenier. Il s'agissait bien d'Henri. Une fois enfermée dans la pièce, elle avait douté un instant, se demandant si elle n'était pas le jouet de sa peur. Mais non, il était là, encore plus séduisant qu'à la cour de Londres. Quelle idiote elle faisait ! Elle aurait dû se douter que certains courtisans finiraient par venir à l'auberge. N'avait-elle pas la réputation de servir la meilleure cuisine de Berwick ?

Et si Henri décidait de s'installer ici ? songeat-elle avec angoisse. Combien de temps l'assemblée mettrait-elle à choisir un roi ? Des jours ? Des mois ? Agenouillée, le regard au ras de la croisée, elle le regarda manger son plat, rire avec Rachel et commander une autre bière et une coupe de vin. Sa gorge se serra. Il attendait quelqu'un.

Elle s'assit par terre, dos au mur, avant de se relever en reconnaissant la voix d'Alis. Alis de Braun, ici ! Son cœur se mit à cogner contre sa poitrine. Que faisaient Henri et Alis à Berwick ?

Alis portait une délicieuse robe de soie bleue sur un jupon et une guimpe crème. Sa coiffe était sobre et élégante, et ses souliers d'un goût exquis. Assise face à Henri, elle parlait en minaudant, sans un regard pour Rachel qui les servait. Soudain, elle poussa un cri perçant en bondissant de sa chaise.

La voix claire et calme de Rachel s'éleva :

— Je suis désolée. Attendez, je vais passer de l'eau pour nettoyer la tache.

— Ça ira, la rabroua Alis d'un ton sec.

— J'insiste. Venez à la cuisine, ma mère saura quoi faire.

— Ce n'est pas nécessaire.

— Si, si, j'y tiens, insista Rachel, souriant à la fois à Alis et à Henri.

— Très bien, finit par capituler celle-ci en se levant.

Isabel ne put réprimer un petit rire face au sourire satisfait de son amie.

Dès qu'il se retrouva seul, Henri examina la terrasse autour de lui. Et brusquement, comme s'il avait perçu sa présence, il leva les yeux vers elle.

13

L'espace d'un instant, Isabel demeura figée sur place, puis elle recula dans l'ombre, le cœur battant. Henri l'avait-il aperçue ? Elle aurait aimé se dire que c'était impossible, que la lumière aveuglante sur la terrasse l'en avait empêché. Pourtant, elle avait vu son expression changer, devenir stupéfaite et incrédule.

Elle arpenta la pièce en se tordant les doigts, et s'immobilisa soudain en se rendant compte qu'on pouvait l'entendre. Alors, elle s'assit par terre et attendit. Dehors, les ombres s'allongèrent ; le bruit dans la salle au-dessous s'amplifia au rythme des pichets de bière et des coupes de vin déposés sur les tables. Elle était toujours immobile dans les lueurs du crépuscule lorsque Rachel apparut.

— Quelle mouche t'a piquée de te mettre à la fenêtre ? s'enquit son amie en se laissant tomber sur le lit.

— Je voulais juste vérifier qu'il s'agissait bien de lui. Crois-tu qu'il m'a vue ?

Rachel poussa un soupir.

— Oui. Il avait encore les yeux fixés sur la croisée quand je suis revenue. Je lui ai demandé si tout allait bien et il m'a répondu qu'il venait d'apercevoir un fantôme. Ensuite, il a voulu savoir si une jeune femme dénommée Isabel louait une chambre à l'auberge. Comme je répondais par la négative, il m'a demandé si je connaissais quelqu'un s'appelant de Burke ou Lonsby. Il t'a reconnue, Isabel !

Celle-ci porta la main à sa bouche, effarée.

— A-t-il ajouté autre chose ?

— Non.

— Toute la cour est-elle à Berwick ?

— Non, juste une partie.

— Et Langton ?

— Je l'ignore, mais j'essaierai de me renseigner. Isabel, mes parents préféreraient que tu restes cachée tant que le roi sera en ville.

— Où en sont les auditions ?

— Pour l'instant, le roi écoute les requêtes, mais ne fait aucun commentaire. D'après certains, il ne devrait pas rester longtemps. D'autres pensent qu'il laissera ses soldats en garnison.

— Si Édouard s'empare de l'Écosse, que ferons-nous ?

Rachel secoua la tête, le regard vague.

— Je n'en ai aucune idée. Un nouvel exil tuerait mon père. Il est si fier de ce qu'il a bâti ici. Je ne crois pas qu'il aurait la force de recommencer ailleurs. Peut-être Sarah a-t-elle raison d'épouser un Chrétien ; elle n'aura plus à avoir peur d'être chassée de chez elle.

— Penses-tu que je devrais partir, Rachel ? Demande à tes parents. Je ne veux pas risquer d'attirer l'attention sur eux.

— Où irais-tu ?

— Je ne sais pas. Mais pose-leur la question. Peut-être devrais-je aller à Newcastle.

— Non, décréta Sarah. C'est hors de question. Nous te cacherons.

— Et s'ils me trouvent ?

— Tu n'as commis aucun crime, Isabel.

— Oh si, Rachel. J'ai osé critiquer un roi. Personne n'a le droit de faire une chose pareille.

Le lendemain, comme chaque vendredi, Gilbert et Isabel s'occupèrent de l'auberge à partir du crépuscule. Vers minuit – le début de l'obscurité durant les nuits d'été, jamais totalement noires à cette latitude – elle nettoyait les tables quand la porte d'entrée s'ouvrit derrière elle.

— Isabel.

Elle pivota. Et laissa tomber son chiffon en reconnaissant Henri. Incapable d'articuler un mot, elle se baissa pour le ramasser. Lorsqu'elle se redressa, Henri se tenait juste devant elle, une expression si sévère sur les traits qu'elle retint son souffle.

— Je savais que c'était vous, déclara-t-il, la voix emplie de colère contenue.

D'un geste vif, il lui saisit le poignet :

— Que s'est-il passé ? Et je vous préviens, vous avez intérêt à avoir une bonne excuse pour m'avoir laissé croire durant tout ce temps que vous étiez morte. J'ai porté votre deuil, Isabel ! J'ai allumé des cierges dans toutes les églises d'Angleterre pour la survie de votre âme. J'ai fait dire des prières pour votre salut. J'étais malade à l'idée que vous vous soyez jetée dans la Tamise au lieu d'être venue vers moi. Quel que soit le problème, je vous aurais aidée. Et dire que pendant tout ce temps, vous étiez ici ! Vivante. Le pire, c'est que même après m'avoir vu sur la terrasse, vous avez continué à vous cacher. De moi ! Vous ai-je jamais blessée ? Quelle faute ai-je commise pour mériter un tel traitement ?

— Aucune, Henri. Je vais vous expliquer, mais je vous en prie, lâchez-moi, supplia Isabel.

Des larmes roulaient sur ses joues. Elle frotta son poignet quand il la libéra.

— Je n'avais pas l'intention de vous faire de la peine. Je ne pouvais pas vous appeler à l'aide, vous étiez déjà en route vers le Nord avec le roi.

— Non. C'est vous qui avez refusé au dernier moment de vous joindre au cortège.

— C'est faux ! C'est Alis qui a inventé cette histoire !
En réalité, on m'a ordonné de rester, avant de m'annoncer que j'étais congédiée. Je voulais partir, Henri.
Vous devez me croire !

— Pourquoi ?

— Parce que je dis la vérité ! Pourquoi êtes-vous
aussi furieux contre moi ?

— Parce que je me soucie de vous, Isabel. J'étais
fou d'inquiétude.

— Isabel ? intervint Gilbert sur le seuil. Avez-vous
besoin d'aide ?

Elle prit une inspiration.

— Non, tout va bien, Gilbert. Merci.

Gilbert l'examina, puis considéra Henri.

— Vous en êtes certaine ? Sir, elle…

Henri s'écarta d'elle.

— Je ne lui ferai pas de mal, promit-il. Vous avez
ma parole.

— Ça va, Gilbert. Je vous appellerai si nécessaire.

— Je suis juste à côté, précisa Gilbert avant de
s'éclipser.

— Racontez-moi, la pria Henri d'un ton plus calme.
Tout.

Elle lui obéit.

Quand elle eut terminé, il hocha lentement la
tête.

— Je n'aurais jamais imaginé ça. Pourquoi n'avez-
vous pas essayé de me joindre plus tard ?

— Je n'avais plus confiance en personne, Henri.
Ma propre mère m'avait menti, et Alis, et lady Dickleburough.

— Vous avez fait confiance à MacGannon.

— Lui et son cousin partaient pour le Nord au
même moment.

— Sur le même navire, je sais. J'avais appris
qu'une jeune femme voyageait avec eux.

— Comment l'avez-vous su ?

— Par l'espion que j'avais engagé pour surveiller
MacGannon. Il était sur votre bateau.

Elle repensa au trajet, à l'homme silencieux et solitaire dans la cabine commune. Qu'avait-elle dit devant lui ? Elle avait passé toute la traversée penchée au-dessus d'un seau, cependant...

— Alors, vous saviez que j'étais ici.

— Non. Je vous croyais morte. Il ne m'est pas venu une seule fois à l'esprit que cela pouvait être vous. D'autant que MacGannon est le genre d'homme à avoir plus d'une femme.

— Comme vous. D'après lady Dickleburough, vous seriez le père de l'enfant de la jeune fille dont j'ai pris la place à la cour. Est-ce vrai ?

— Non.

— Avez-vous... ?

— Oui, j'ai couché avec elle. Mais je n'étais pas le seul, ni le dernier. L'enfant n'est pas de moi. Vous accorderiez plus de foi aux paroles de lady Dickleburough qu'aux miennes ?

Isabel baissa les yeux, essayant de rassembler ses esprits, puis le considéra de nouveau.

— Mais ça pourrait être le vôtre.

— Non, pas à ce moment-là. Et même si c'était le cas, qu'est-ce que cela changerait, Isabel ?

— Vous les auriez abandonnés, elle et l'enfant ?

— Non. Si l'enfant avait été le mien, je l'aurais épousée, et nous aurions été horriblement malheureux. C'était une gamine insupportable et pleurnicheuse.

— Ce qui ne vous a pas empêché de badiner avec elle.

— Badiner ? J'ai couché avec elle ! Comme la moitié des chevaliers et de la Maison royale. Nous avions fini par croire qu'elle voulait nous avoir tous. Je vous le répète, Isabel : cet enfant n'est pas de moi.

— Alis a une petite fille.

Il recula comme si elle l'avait frappé.

— Elle s'appelle Miriam, enchaîna-t-elle. Alis l'a laissée à une nourrice en Gascogne et ne l'a pas revue. Je crois qu'elle est dans un couvent, à présent.

Henri hocha lentement la tête, recoupant manifestement cette information avec d'autres.

— Et qui vous l'a dit ? Lady Dickleburough ?

Isabel acquiesça.

— Mais cette fois, je la crois.

— Parce qu'il s'agit d'Alis, que vous méprisez ?

— Et qui me le rend bien.

— Si c'est le cas, elle n'en a rien laissé paraître. Elle ne m'a dit que du bien à votre sujet.

— Demandez-lui pourquoi je n'ai pas suivi le cortège royal.

— Elle vous croit morte. Je n'ai pas l'intention d'attirer l'attention sur vous par des questions. D'autant que Langton est le seul à douter de votre mort. Il a longuement questionné votre mère et votre grand-mère.

Isabel porta une main à sa gorge, affolée.

— Elles vont bien, la rassura-t-il en hâte. Je n'ai pas parlé à votre mère, mais je suis passé chez votre grand-mère, et elle m'a paru en forme. Elle a joué son rôle de grand-mère endeuillée à la perfection.

— Que vous a-t-elle dit ?

— Juste que vous lui manquiez – ce qui, d'ailleurs, est sans doute vrai. Malgré tout, je suis sorti de chez elle avec l'impression que quelque chose sonnait faux. Je comprends mieux pourquoi, à présent.

— Langton...

— Croyiez-vous vraiment pouvoir échapper à ce serpent ? L'un des hommes les plus puissants du royaume ? Si vous m'aviez fait un tant soit peu confiance, j'aurais peut-être pu l'arrêter, mais maintenant il est trop tard. Le pire, c'est que vous continuez à vous méfier de moi. Pourquoi, Isabel ? Et pourquoi ne pas vous être montrée hier ?

— J'ai failli. Puis Alis vous a rejoint.

— Ah. Toujours jalouse ?

— Non.

— Ne mentez pas, Isabel, vous ne trompez personne. De toute manière, vous n'avez aucune raison d'être jalouse. Certes, Alis est jolie, peu farouche, et je suis actuellement son favori. Mais il n'y a rien de durable entre nous.

Le regard d'Henri s'assombrit quand il ajouta :

— Je n'ai jamais prétendu vivre comme un moine, Isabel. Je ne vous avais rien promis, et n'ai donc trahi aucun serment. Mais lorsque je repasserai à Berwick en juin, nous parlerons vous et moi.

— De quoi, Henri ? Qu'avons-nous à dire de plus ?

Il la considéra longuement.

— N'essayez pas de me faire croire qu'il n'y a rien entre nous depuis le début, Isabel. En juin, quand le roi sera de retour à Westminster, la situation en Écosse sera plus claire, et j'en saurai plus sur mon avenir.

— Pourquoi ?

— Si le roi décide de s'emparer de l'Écosse, son territoire s'agrandira. Cela signifierait pour moi de l'avancement, un titre peut-être et un fief où m'établir. Pour le moment, mon avenir est aussi indécis que celui de l'Écosse, mais une fois la décision prise, je saurai si je m'installe à Londres ou à Stirling. Je repasserai en juin, alors nous parlerons.

— Je serai peut-être mariée en juin.

Il se redressa de toute sa hauteur et la toisa.

— Ne commettez plus de bêtises, Isabel. J'aurais pu vous protéger de Langton. Un mot bien placé, et la vérité se serait propagée partout. Prenez soin de vous. Nous nous reverrons l'été prochain.

— Si j'ai bien compris, vous me demandez de vous attendre ici, seule, pendant que vous vous distrayez avec Alis ?

— MacGannon a fini par vous laisser, alors ? devina-t-il. J'en suis surpris. Il semblerait que le roi Chêne soit mort, finalement… En juin, Isabel.

Il posa une main sur son bras et, sans lui laisser le temps de réagir, l'attira à lui. Ce fut un baiser tendre et bref.

Il s'éloigna, l'air content de lui.

Isabel ferma la porte.

— Vous pouvez sortir, dit-elle.

Gilbert, Rachel et Jacob émergèrent timidement de la cuisine.

— Nous voulions être sûrs qu'il ne te ferait pas de mal, se justifia Rachel.

Isabel s'appuya au battant de bois et soupira.

— J'aimerais en être sûre moi-même.

Un peu moins d'un mois plus tard, elle reçut une lettre de sa grand-mère. Comme à son habitude, la vieille dame lui exprimait son affection, répétant combien elle lui manquait, et lui donnait des nouvelles du voisinage. Puis elle ajoutait :

Je dois aussi t'informer que ta mère a écrit à Lonsby pour lui demander de tes nouvelles. Il lui a répondu que tu n'étais pas avec lui. Elle est donc au courant, maintenant, et ne sera sans doute pas longue à deviner, comme je l'ai fait, chez qui tu t'es réfugiée. Continue à prendre soin de toi, ma chérie, et transmets mes meilleures pensées à ceux qui t'accueillent.

La vie se poursuivit à Berwick. L'auberge ne désemplissait pas, et les jours filaient à toute allure. Isabel et Gilbert fêtèrent Roch Hachana avec la famille de Rachel, puis participèrent à Yom Kippour, le jour du Grand Pardon. Ce qui ne les empêcha pas, fin septembre, de se rendre à la messe pour la Saint-Michel. Et les semaines s'écoulèrent…

14

Décembre 1291, Ayrshire, Écosse

— Il est mort ?

Nell posa la question à voix basse, tout en tendant son bougeoir pour examiner l'homme inconscient et couvert de sang allongé dans la grange. Sa respiration était rauque, hachée. Soudain, elle s'arrêta. Nell se tourna vers Liam, manifestement sous le choc.

— Oui, répondit celui-ci en fermant les yeux du défunt.

Il lui cacha la tête avec la couverture qui le recouvrait.

Nell regarda les jeunes hommes devant elle. L'un était le frère du mort, les trois autres ses cousins. Tous appartenaient au clan Crawford.

— C'était encore un enfant ! murmura-t-elle.

— Il avait dix-sept ans, précisa le frère du garçon, des sanglots dans la voix. Il en était si fier. On a fêté son anniversaire il y a moins de trois mois.

— Dieu du ciel, je n'arrive pas à y croire ! gémit Nell. Comment les soldats anglais ont-ils pu le tuer sans raison ?

— C'est que... nous étions en train d'incendier leur grange, dame Crawford. Ils nous ont surpris.

— Vous avez mis le feu à leur grange ! s'écria Nell. Vous êtes devenus fous ?

— Vous voudriez qu'on les laisse faire sans réagir ? Les soldats ont brûlé des maisons près de Kilmarnock et laissé quatre familles sans toit.

Nell interrogea son mari du regard.

— C'est vrai ?

Liam hocha la tête.

— Je n'ai pas voulu t'inquiéter en te racontant tout cela, mon amour, mais c'est exact. Quatre à Kilmarnock, une à Kilmaurs, et deux près d'Elderslie. Ils disent rechercher William.

— Et personne ne les arrête ! s'indigna le jeune homme. Ils tuent des gens tout autour de nous et nous ne faisons rien. Nous nous contentons d'attendre qu'ils viennent s'en prendre à nous.

— Ils recherchaient William, rappela Liam.

— Pourquoi ? s'étonna Nell. Je croyais qu'il était parti étudier pour devenir prêtre.

Liam plongea son regard dans le sien.

— En effet. Ce qui ne l'empêche pas de s'attaquer à des soldats anglais de temps en temps.

Il considéra les jeunes hommes.

— Je vous avais pourtant prévenus de laisser les Anglais tranquilles. Regardez où cela nous conduit ! Ton frère est mort ! Cela ne te suffit pas ?

— Je le vengerai ! Je tuerai toute l'armée anglaise.

Liam attrapa le garçon par le bras.

— Tu n'en feras rien. Tu garderas la tête basse et ne les attireras pas jusqu'ici. La vie de centaines de personnes est en jeu.

— Et s'ils viennent ici, seigneur Crawford, nous livrerez-vous à eux ?

Liam poussa un soupir.

— S'ils viennent ici, je vous aiderai à éliminer ces chiens jusqu'au dernier. Mais n'allez pas les chercher. Car s'ils touchent à un cheveu des miens par votre faute, c'est vous que je tuerai !

— Il paraît qu'ils ont assassiné plus de trente Écossais dans la région d'Irvine, répliqua le frère du défunt. Trente, seigneur Crawford ! Certains n'avaient rien fait. Ils s'en prennent à tout le monde. Les nôtres sont massacrés, et vous voulez qu'on reste les bras croisés à regarder ?

— Je vous demande juste d'attendre juin, que nous ayons enfin un nouveau roi.

— Et si cela prend plus longtemps que prévu ?

— Alors, le pays se soulèvera. Écoutez, les garçons, je comprends votre colère. Mais je vous le répète, soyez patients. Restez à l'écart des Anglais, et nous nous sortirons de cette épreuve.

Face à leurs visages fermés, Nell n'eut aucun mal à deviner la teneur de leurs pensées.

Liam se passa une main dans les cheveux ; ses mèches rousses chatoyèrent sous la lueur des torches. Nell sentit sa gorge se nouer. Elle savait ce qu'il en coûtait à son mari, si fougueux de nature, de prôner la passivité à ceux de son clan.

— Bon, reprit-il, il faut s'occuper de l'enterrement. Ensuite, nous laisserons passer Noël et l'Épiphanie. Trois semaines, c'est tout ce que j'exige de vous.

— Et après ?

— Après, nous parlerons aux autres. Je ne veux plus d'actions isolées suite à une soirée trop arrosée, vous m'entendez ? Quitte à agir, autant le faire efficacement. Si vous voulez vraiment vous venger, il y a des moyens.

Nell vit leurs regards s'allumer, lut le respect au fond de leurs prunelles. Une vague de peur la submergea. Elle tourna la tête vers Liam, espérant qu'il simulait pour les apaiser. Mais tout en lui exprimait son désir de vengeance. Alors, elle commença à prier.

La semaine qui suivit fut calme, égayée par le passage de Rory, venu donner de ses nouvelles. Puis, un soir de tempête, des coups résonnèrent à la porte d'entrée. Nell bondit sur ses pieds, laissant tomber au sol son ouvrage, tandis que Liam allait répondre.

— Qui est-ce ? s'inquiéta Meg. Des soldats ? Ils viennent nous chercher ?

— Meg, Elissa, allez dans la cuisine, murmura Nell, surprise par son propre sang-froid. Si vous m'entendez crier, sortez par la porte de derrière.

Comme elles demeuraient immobiles, elle haussa un peu la voix :

— Allez !

Elles lui obéirent sur-le-champ. Elle attendit qu'elles soient sorties pour rejoindre Liam, s'attendant à le trouver en compagnie de soldats anglais. Mais c'était Ranald Crawford qui se tenait sur le seuil, le visage livide. Lorsque Liam haussa la lanterne, Nell s'aperçut que Ranald n'était pas seul. Margaret Wallace, la sœur de Ranald et la tante de Liam, l'accompagnait ainsi que deux hommes encapuchonnés.

— Juste pour une nuit, Liam, précisait Ranald. Deux tout au plus. Je te jure de leur trouver une cachette rapidement.

— Oui, Ranald, répondit Liam. Entrez, entrez.

Margaret pénétra à l'intérieur, suivie par les hommes. L'un d'eux abaissa son capuchon devant Nell.

— Rory ? Que fais-tu ici ? Qu'est-ce...

Ranald lui coupa la parole.

— Vous connaissez Margaret ? Et mon neveu William, son fils ?

— Bien sûr. Mais je vous croyais à Kilspindle, près de Dundee, déclara Nell à l'adresse de Margaret.

— Nous y étions, acquiesça celle-ci. Nous avons dû partir.

William rabattit à son tour sa capuche. Si son visage semblait inquiet, sa voix était calme quand il déclara :

— J'ai tué le fils d'un bailli à Dundee. Depuis, on me recherche.

— Viens, raconte-nous ce qui s'est passé, dit Liam en le conduisant vers la grande salle.

William s'exécuta au cours du repas. Alors qu'il étudiait pour devenir prêtre à Dundee, il avait eu une altercation avec un certain Selby, le fils du bailli du baron anglais auquel avait été confiée la forteresse de la ville.

— Le fils de Selby et ses compères traînaient dans les rues depuis des mois, précisa Margaret Wallace, créant du désordre et des incidents de plus en plus sérieux.

— Un jour, ils s'en sont pris à moi, poursuivit William. Ils voulaient ma dague et m'ont menacé. Nous nous sommes battus, et j'ai tué le fils de Selby.

— Nous avons immédiatement quitté Dundee, expliqua Margaret. Ranald était prêt à nous accueillir, mais ils commenceront les recherches par chez lui.

— C'est juste le temps de trouver une solution, Liam, fit valoir Ranald.

— Bien sûr, il n'y a pas de problème, ils peuvent rester, assura Liam en interrogeant Nell du regard.

Elle hocha la tête, ignorant le nœud au creux de son estomac.

— Évidemment. Mais pourquoi Rory est-il avec vous ?

— J'étais à Ayr, déclara ce dernier, quand on a appris que William était recherché. La ville étant infestée d'hommes en armes, et Ranald étant trop connu pour se déplacer librement, c'est moi qui suis allé retrouver Margaret et William à sa place.

— À présent, je dois rentrer, annonça Ranald. Je serai le premier chez qui les Anglais se précipiteront, et je ne veux pas éveiller les soupçons en étant absent à leur arrivée. Merci, Liam.

— C'est normal. Ne sommes-nous pas de la même famille ?

— Oui, merci, renchérit William. Tout le monde ne prendrait pas le risque de m'accueillir.

— Attendez, vous ne connaissez pas toute l'histoire, intervint Rory, les yeux brillants. Après que William l'a tué, les acolytes du fils de Selby l'ont pourchassé à travers la ville. Il s'est rendu dans la maison de ville de son oncle, où la gouvernante lui a donné une de ses robes et une coiffe pour qu'il se déguise.

— Une robe marron, précisa William avec un sourire. Elle m'allait parfaitement.

— La gouvernante a juste eu le temps de l'installer devant le rouet avant que les soldats frappent à la porte.

— J'ai gardé la tête baissée et essayé d'avoir l'air petit, ajouta William.

— Pas un ne s'est rendu compte que la grande fille dans le coin était William, conclut Rory dans un éclat de rire.

Les autres s'esclaffèrent.

Nell se contenta de sourire, ravie que William se fût échappé, mais morte d'inquiétude. L'ombre de la violence qu'elle redoutait tant s'était rapprochée de chez eux. Comme s'il avait lu dans ses pensées, Liam lui prit la main et la serra dans la sienne.

Rien n'arriva pendant un mois.

Meg poussa un cri de triomphe.

— J'ai gagné ! J'ai gagné !

Rory secoua la tête en riant.

— Parce que je l'ai bien voulu, petite sotte.

— Ah oui ? Tu veux bien m'expliquer comment on peut laisser quelqu'un gagner aux dés ?

Nell lâcha un rire et échangea un regard avec Liam.

— Montre-lui, mon amour.

Liam se leva du fauteuil où il discutait avec William et les autres. Cette fois, Rory et William avaient amené huit de leurs compagnons, pour la plupart des cousins et des amis d'enfance de William. La soirée avait été très joyeuse.

Depuis leur arrivée fin décembre, Rory et William avaient passé beaucoup de temps ici à discuter avec Nell et Liam, jouer avec les filles ou simplement manger.

William aimait rire et plaisanter, bien que, depuis la mort de son père, son humeur fût souvent morose. Dans ses pires moments, il parlait de se venger de Fenwick, le chevalier anglais qui avait tué Malcolm Wallace à Loudon Hill.

— Regarde, Meg, expliqua Liam. Les dés sont plus lourds d'un côté, ainsi il est possible de les lancer de manière à faire sortir un nombre précis.

— Ooooh! s'exclama Meg, ce qui provoqua l'hilarité générale.

— Vous avez entendu? s'écria soudain Rory.

— Quoi? demanda Meg.

— Écoutez.

Ils se figèrent, aux aguets; la nuit était silencieuse. Liam marcha jusqu'à la porte et tendit l'oreille. Rory vint se placer juste derrière lui. Un hibou hulula. Un deuxième. Puis un troisième. Un frisson parcourut Rory. Il échangea un regard avec Liam.

— Nell, murmura celui-ci. Va me chercher mon épée.

Nell lui passa l'arme.

L'un des garçons d'écurie déboula brusquement, agitant les bras en tous sens.

— Seigneur Crawford! Il y a des soldats devant la porte! Ils ont des torches!

— Combien sont-ils? s'enquit Liam.

— Une vingtaine. Que faisons-nous?

— Dis aux hommes de s'armer avec tout ce qu'ils trouveront, piques et fourches comprises. Faites sortir les chevaux.

Derrière Rory, William demanda à voix basse:

— Croyez-vous qu'ils viennent pour moi?

— Je ne sais pas, répondit Liam. Nell, emmène les filles à l'arrière du manoir.

Rory se tourna vers ses compagnons.

— Liam, ils ne savent pas que nous sommes ici. Nous pouvons essayer de sortir par-derrière et les encercler.

— Pas encore. Attendons de voir ce qu'ils veulent. Peut-être n'est-ce qu'une simple visite ?

— Ou bien ils sont venus goûter la cuisine de Nell, plaisanta Rory.

— Rory, allons-y, le pressa William.

— Vas-y avec les autres, répliqua-t-il. Je reste avec Liam. En voyant que nous sommes deux, peut-être n'insisteront-ils pas.

— Vingt soldats ? Tu parles ! Ils sont venus tout brûler. Il faut sortir.

Rory acquiesça et regarda Nell et les filles courir vers la porte de derrière, William et les autres sur les talons. Un cliquetis se fit entendre.

Puis le silence.

Et soudain, ce fut l'explosion. Le portail de l'enceinte s'écrasa au sol, livrant passage à une vingtaine de cavaliers hurlant et brandissant des torches.

Rory et Liam se précipitèrent dans la cour, l'épée à la main. Les garçons d'écurie les rejoignirent, armés d'une fourche ou d'un couteau.

Les soldats tournaient en cercle. Puis l'un d'eux s'arrêta et leva sa torche, éclairant son visage. Rory retint son souffle. Fenwick ! L'assassin du père de William.

— Crawford ! Nous avons appris que vous avez donné refuge à William Wallace, hurla-t-il d'une voix épaissie par l'alcool. C'est un hors-la-loi.

Liam hocha la tête. Rory compta dix-huit hommes à cheval. Dix-huit contre lui, Liam, William, leurs huit compagnons et trois garçons d'écurie pétrifiés de peur. Le combat était inégal.

— Nous voulons Wallace, décréta Fenwick.

— Il n'est pas ici.

— Qui est avec vous ?

— Le neveu de ma femme.

— Un MacGannon, donc.

— En effet, approuva Rory.

Le destrier de Fenwick s'agita.

— Je n'ai rien contre vous, MacGannon, sauf si vous cachez Wallace. Votre frère est plutôt conciliant.

Ni Rory ni Liam ne répondirent.

— Fouillez la maison, ordonna Fenwick à ses hommes.

Six d'entre eux mirent pied à terre.

— Je vous ai dit qu'il n'était pas là, déclara Liam.

— Laissez-nous passer ! commanda Fenwick.

Comme ses hommes paraissaient hésiter, il hurla :

— Poussez-le de là !

Ils s'avancèrent, avant de s'immobiliser en voyant Rory lever le bras. L'espace d'un instant, rien ne se passa, puis l'un des cavaliers lança son cheval droit sur eux tout en jetant sa torche sur le toit. Celle-ci rebondit et atterrit sur les arbres à l'angle, dont les branches nues s'embrasèrent. Le cavalier continuait à foncer sur Rory et Liam, qui plongèrent sur le côté pour l'éviter. Ils se rétablirent juste à temps pour repousser les soldats qui fondaient sur eux.

Rory évita l'épée d'un barbu grisonnant et édenté, qu'il abattit en trois coups. Liam combattait juste à côté de lui, et des cris résonnaient tout autour. Un garçon d'écurie surgit entre deux chevaux, planta un couteau dans les côtes d'un soldat et s'enfuit en courant.

Dans un hurlement de guerre, William et les autres surgirent par l'ouverture béante du portail.

Fenwick volta en braillant des ordres. Puis, découvrant l'identité du nouveau venu, il beugla :

— Wallace ! C'est Wallace !

William voulut s'élancer vers lui, mais d'autres combattants s'interposèrent, qu'il dut éliminer auparavant. Venant à la rescousse, Rory bondit sur un cavalier qu'il attrapa par la taille pour le désarçonner.

Alentour, la bataille semblait se calmer. Plusieurs soldats, avec ou sans monture, se précipitèrent hors des remparts. Fenwick les suivit. Et William suivit Fenwick.

Liam tua son dernier adversaire et fila au secours d'un des garçons d'écurie. Les morts jonchaient le sol. Deux appartenaient à leur camp : l'un des cousins de William et l'un des palefreniers.

Rory n'eut pas le temps d'en voir plus. Un nouvel assaillant se jetait sur lui, plus jeune que Fenwick, mais habile et d'une rapidité surprenante. Impressionné par l'art de son adversaire, Rory le repoussa vers le centre du terre-plein où, nota-t-il, ils étaient les derniers à combattre.

Le fracas de leurs épées résonnait dans le silence. Un coup puissant fit trembler son arme, mais il tint bon et le dévia. Il entendait son souffle laborieux et celui, tout aussi lourd, de l'ennemi. L'un et l'autre commençaient à fatiguer.

Il attaqua, recula de quelques pas, et plongea en avant.

La lame s'enfonça dans la gorge de son adversaire. Les yeux de l'homme s'écarquillèrent. Il contempla Rory, leva un bras.

Et s'effondra dans la poussière.

Se détournant, Rory balaya la cour des yeux.

C'était fini. Les soldats avaient péri ou fui. Quatre morts chez l'ennemi, deux chez eux.

Rory lâcha son épée, qui tomba au sol dans un bruit de métal.

— Ils l'auraient vraiment fait, commenta Liam. Ils auraient tout brûlé, et nous avec.

— Oui, approuva Rory d'un ton impassible.

— Liam ! Liam !

Nell s'élança vers son mari dans un tourbillon de jupons. Se jetant dans ses bras, elle le serra de toutes ses forces en pleurant.

— Oh, mon amour ! Merci, mon Dieu, merci !

Elle recula en voyant Meg et Elissa accourir à leur tour.

Liam les enlaça, leur assurant qu'il n'était pas blessé.

— Remettez le portail en place, commanda-t-il aux palefreniers. Rory, tu n'as rien, mon garçon ?

Celui-ci secoua la tête.

William et les autres apparurent, de retour de leur poursuite.

— Ils ont réussi à s'échapper, annonça-t-il.

Liam, le souffle court, attira Nell contre lui.

— Les filles et toi devez partir pour Loch Gannon. Je refuse que vous restiez là plus longtemps.

Nell appuya la joue contre son épaule et acquiesça, le visage baigné de larmes.

Magnus leva les bras au ciel.

— Oui, je sais que ce sont eux qui sont venus à vous. Mais pourquoi Liam ne les a-t-il pas laissés fouiller sa demeure ?

— À sa place, tu l'aurais fait ? s'écria Rory, incrédule.

— Oui. Cette bataille est celle de William, pas la nôtre ! Du moins, ça ne l'était pas. Car maintenant que tu as tué un chevalier anglais, ta tête est mise à prix !

— Nous n'avons pas eu le choix, Magnus !

— Si vous les aviez laissés entrer, ils n'auraient trouvé personne et seraient repartis.

— Ça m'étonnerait.

— Écoute-moi ! gronda Magnus. Crois-tu que l'Ayrshire soit devenu une région plus paisible grâce à vous ? Ouvre les yeux, Rory, ton inconscience nous a tous mis en danger. Pas uniquement Jocelyn et moi, mais aussi Nell, Meg et Elissa.

— Je ne suis pas responsable.

— Si. Tu n'avais qu'à rester en dehors de tout ça. Cela ne nous concernait pas !

— Tu aurais voulu que je regarde les Anglais dévaster le manoir de Nell et Liam sans réagir ? s'indigna Rory.

— Tu aurais pu laisser la vie sauve à ce chevalier.

— Pourquoi ? Il ne l'aurait pas fait pour moi. Et comment oses-tu dire que cela n'est pas notre affaire,

Magnus ? Malcolm Wallace n'est pas un brigand. Sa seule faute est d'avoir refusé de s'inféoder à un roi étranger. Est-ce un crime de ne pas avoir envie de jurer fidélité à Édouard d'Angleterre ? Pourtant, lorsqu'il a refusé…

— Lorsqu'il a refusé, il a livré sa femme et ses fils à des hommes puissants et capables de tout. As-tu vu Margaret Wallace, dernièrement ? Elle est le fantôme d'elle-même. Grâce à son mari, et maintenant à son fils. William est devenu un ruffian dont la tête est mise à prix. Et toi aussi, à présent. Seigneur, qu'as-tu fait ?

— Toi, tu n'aurais pas levé le petit doigt pour aider Liam ? Tu les aurais laissés mettre le feu à sa maison ?

— Si c'était le prix à payer pour protéger Jocelyn, oui.

— C'est à cause de gens comme toi que les Anglais continuent à maltraiter notre peuple.

— Parce que tu nous crois de taille à nous opposer ? Ouvre les yeux, Rory. Imagines-tu vraiment que toi, Wallace et une poignée d'hommes parviendrez à repousser Édouard et son armée d'Écosse ? Ou même d'Ayrshire ? Si c'était le cas, s'il y avait une seule chance que vous réussissiez, je me joindrais à vous. Hélas, vous n'arriverez qu'à empirer les choses pour tout le monde et à vivre comme des fugitifs, le ventre creux et en haillons.

— Ah, c'est cela qui t'inquiète ? Ton confort ?

Magnus frappa du poing sur la table.

— Non ! J'essaie juste de te ramener à la raison.

— Eh bien sache, mon frère, que je préfère me battre le ventre vide et en guenilles, plutôt que me cacher au fond d'un lit douillet en étouffant les cris de mon propre peuple sous les couvertures.

— Me traiterais-tu de lâche ?

— Comment nomme-t-on un homme qui laisse massacrer les siens sans réagir ? Cela fait-il de toi un guerrier, Magnus ? Père agirait-il ainsi ?

— Père penserait avant tout à la sécurité de notre mère.

— Empêcher l'Anglais de tuer nos chevaliers est une manière de la protéger.

— C'est surtout une manière de courir vers ton trépas, Rory.

— Nous mourrons tous, Magnus. Mais, ne t'inquiète pas, je ne te demanderai pas de nous rejoindre. Tu peux rester au chaud dans ton château. Je vais partir.

— Ne reviens pas ici.

Rory s'arrêta sur le seuil pour regarder Magnus. Son frère était blême.

— Je suis sérieux, Rory. Ne reviens pas. Nous essayons de vivre en paix. Toi, tu veux embraser tout l'Ayrshire.

— La région est déjà en flammes, Magnus. Mais tu ne le vois pas, derrière ta muraille.

Rory se maudit intérieurement. Pourquoi avait-il laissé la discussion s'envenimer ainsi entre son frère et lui ? Durant toutes ces années, ils ne s'étaient jamais parlé aussi durement, et il regrettait ses accusations. D'autant que Magnus avait raison : en rejoignant la cause de William, il avait mis les siens en péril.

Il retourna chez Liam et Nell pour leur raconter ce qui s'était passé. Nell, qui se préparait à partir vers Loch Gannon, en fut attristée.

— J'ignore ce qui va arriver maintenant, avoua Rory, mais je ne peux pas m'installer chez Magnus. Ni rester ici, bien sûr. C'est pourquoi je suis venu vous dire au revoir. Et vous souhaiter bon voyage.

Il se tourna vers Meg et Elissa, ses cousines adorées, qui le contemplèrent avec de grands yeux. Puis il enchaîna :

— Je suis désolé. Je compte sur vous pour dire comment les choses se sont réellement déroulées à mes parents. Je ne voudrais pas qu'ils croient les mensonges qu'on ne manquera pas de leur raconter.

— Nous le ferons, assura Liam.

Nell secoua la tête.

— Oh, Rory ! Merci de t'être battu pour nous.

— Je suis content d'avoir été là au bon moment. Maintenant, Liam, que comptez-vous faire ? Allez-vous rester assis pendant qu'on tue les nôtres ?

— Non.

Le calme et la détermination dans la voix de Liam intriguèrent Rory. Il vit le regard que son oncle échangea avec Nell.

— Il existe d'autres moyens, mon garçon.

— Lesquels, Liam ? Je suis prêt.

— C'est encore trop tôt. Auparavant, je dois mettre mon épouse et mes filles à l'abri.

Rory opina du chef.

— Je pars. Il ne faut pas qu'on me voie ici.

Ses cousines et Nell le serrèrent contre leur cœur en pleurant. Puis Liam l'accompagna dehors, où ils restèrent encore un moment à discuter. Finalement, son oncle lui tendit une poignée de pièces.

— Cela te permettra de tenir quelque temps. Donne-moi rapidement de tes nouvelles. Je n'ai pas voulu en parler devant Nell, mais d'autres sont prêts à se joindre à la lutte. Une jeune fille a été violée à Dunlop, et plusieurs d'entre nous ont l'intention de retrouver l'auteur du crime. Cependant, nous n'agirons pas avant juin.

— Pensez-vous que les choses changeront quand nous aurons un roi ? interrogea Rory, sceptique.

— Tout dépend de qui ce sera. Les trois Robert Bruce couchent déjà avec les Anglais. À mon avis, ils ont même oublié qu'ils étaient écossais. Quant à Balliol, je ne suis pas certain qu'il vaudra mieux. Tout ce que je sais, c'est que le peuple souffre et que cette situation ne pourra pas durer éternellement. En attendant, je compte sur William et toi pour prendre soin de vous, d'accord ?

— Dites à Kieran…

Liam leva une main pour l'interrompre.

— Non. N'envoie pas de message à Skye, ou Kieran courra te rejoindre, et je refuse d'imposer cela à ses parents. Les choses sont déjà assez difficiles ainsi. Tu ignores ce qu'éprouve un père ou une mère quand il sait son enfant en danger, Rory. Que Dieu te protège, mon garçon. Fais-moi signe si tu as besoin d'aide.

Il le prit dans ses bras et lui donna une tape sur l'épaule.

— Dépêche-toi.

Rory bondit sur son destrier.

— Dites à Magnus que je suis désolé.

— Promis, mon garçon.

Rory le remercia et se mit en route. Pour où ? Il n'en avait aucune idée.

Margaret MacMagnus s'éveilla en sursaut, pour découvrir qu'elle était seule dans son lit. Gannon se tenait sur le seuil de leur chambre, le regard perdu vers le levant.

— Que se passe-t-il ? interrogea-t-elle en se redressant.

Gannon pivota vers elle, une expression soucieuse sur les traits.

— J'ai rêvé de Rory.

— Ô mon Dieu ! Gannon, ne me dis pas qu'il est blessé. Ou mort !

Elle sauta du lit pour le rejoindre, nouant sa camisole de nuit à la va-vite.

— Ce n'est pas ça, dis ?

— Non. Je ne crois pas qu'il soit mort. Mais quelque chose a basculé. D'une manière ou d'une autre, sa vie a changé de façon irréversible.

— Et Magnus ?

— C'est comme si une tornade tourbillonnait autour de nos fils, Margaret. Mais c'est Rory qui est au centre, pas Magnus.

— Tu en es certain, mon amour ? Tu es sûr que Rory est en danger ?

Gannon l'attira contre lui.

— Non. Les rêves manquent de clarté ; je ne peux jamais déchiffrer totalement leurs signes. Mais il s'agit de Rory, je n'ai pas de doute là-dessus.

— Tu dois le rejoindre ?

— Oui.

— Je t'accompagne.

Il réfléchit un instant, avant de secouer négativement la tête.

— Non, ce serait mieux que tu restes, au cas où il rentrerait. Que fera-t-il si nous sommes partis tous les deux ?

— Tu as raison. Quand embarqueras-tu ?

— Avec la prochaine marée.

Ce qu'il fit.

Margaret attendit impatiemment son retour, s'agaçant de ne pouvoir monter sur son promontoire habituel à cause des tempêtes incessantes qui fouettaient la côte. Elle écrivit à Nell, consciente néanmoins que les messagers n'étaient plus dignes de confiance comme avant, et que Gannon serait probablement rentré avant que son courrier n'arrive à destination.

Tant de deuils dans sa vie. Et à présent… Non, elle refusait de penser à l'été de sa rencontre avec Gannon, lorsque tout ce qu'elle aimait lui avait été ôté. Ni aux enfants qu'ils avaient perdus, et à sa peur de ne plus jamais enfanter. Dieu merci, elle se trompait. Et malgré le chagrin, elle avait continué à vivre, soutenue par la force de Gannon et le sentiment d'être sur le chemin où le destin l'avait placée. La route sur laquelle elle devait cheminer et apprendre.

Aujourd'hui pourtant, comme tant d'autres fois par le passé, elle avait peur d'avancer. Peur de la prochaine épreuve à affronter. Elle pria, répétant les mots si souvent qu'ils ressemblaient à une litanie.

Mon Dieu, je vous en supplie, pas mes fils. Pas Gannon. Ni Nell ou Liam, ou leurs filles. Ou Davey et sa famille. Ou Jocelyn, l'amour de mon fils…

Il y en avait tellement qu'elle refusait de perdre.

Le dixième jour, un messager arriva avec des nouvelles : Rory était recherché pour meurtre. Margaret interrogea l'homme mais il ne savait rien de plus, sinon que Rory avait tué un chevalier anglais en Ayrshire.

Le onzième jour, Gannon revint sur le *Lady Gannon* ; les voiles claquaient dans la bise hivernale. Dès qu'il aperçut Margaret qui, prévenue par ses gens, l'attendait au bout du ponton, il se précipita vers elle et la serra contre lui.

— Rory est recherché par les Anglais, annonça-t-il.

— Je sais. Il paraît qu'il a tué un chevalier anglais.

— Non. Il a tué un chevalier anglais venu brûler le manoir de Nell et Liam avec sa troupe.

Elle poussa un cri.

— Ils vont bien, la rassura-t-il aussitôt. Rory et les autres les ont repoussés ; aucun d'eux n'a été blessé. Mais le chevalier est mort. Depuis, Rory et William Wallace sont en fuite. Personne ne sait où ils sont. Rory était vivant il y a quinze jours, c'est tout ce qu'on m'a affirmé.

— Il n'est pas chez Magnus ?

— Non. Magnus ignore où il se trouve. Apparemment, les Anglais aussi, qui sont déjà passés trois fois fouiller sa demeure.

— Comment va Magnus ?

— Mal. Lui et Rory se sont disputés, et il lui a interdit de revenir pour protéger Jocelyn. Magnus fait de son mieux, mais il est inquiet. Et il a de bonnes raisons, Margaret. La situation empire de jour en jour là-bas.

— Oh, Gannon… Et Nell et Liam ?

— Ils vont bien. John Comyn a prévenu qu'il ne fallait pas toucher à un cheveu des Crawford. Et apparemment, les soldats l'ont entendu. Nell dit que, désormais, elle a une dette envers eux.

— Gannon! Ils devraient venir ici. Tous! Tu le leur as dit?

— Je n'ai pas cessé. Ils en avaient l'intention, mais ils ont changé d'avis.

— Je vais leur écrire tout de suite de venir. Gannon, où peut être Rory? ajouta-t-elle en soupirant.

— Avec William Wallace, je n'en sais pas plus.

— Était-ce ce que racontait ton rêve?

— En partie.

— Et le reste, Gannon? Qu'as-tu rêvé d'autre? Dis-moi ce qui va se passer.

— Je ne suis sûr de rien, Margaret. Sinon que j'ai vu nos fils en armes. Et moi avec eux. Et Liam. Mais où et quand? je n'en ai aucune idée.

Elle prit une profonde inspiration.

— D'accord. Donc, Rory est toujours vivant. Si tu l'as vu se battre à tes côtés, il est en vie en ce moment. Et Magnus et lui se réconcilieront.

— Sauf si mon songe n'est rien d'autre qu'un songe.

Elle sourit.

— Tu n'y crois pas plus que moi.

Le lendemain, un contingent de soldats anglais se présenta à Loch Gannon. Ils étaient chargés par le roi Édouard de retrouver Rory et William. Gannon les laissa fouiller la forteresse et le village à l'extérieur des remparts. Les hommes se montrèrent polis, presque amicaux même. Trois jours plus tard, Gannon leur demanda de partir. Ils s'exécutèrent, non sans l'avertir que d'autres visites suivraient. Finalement, l'hiver s'écoula, puis une partie du printemps. Toujours aucune nouvelle de Rory.

Ce fut une lettre de Nell qui leur apprit que Rory et William se cachaient à Riccarton, en Ayrshire, chez sir Richard Wallace, l'oncle de William. Gannon s'embarqua sur-le-champ. Il trouva sir Richard aveugle et estropié, suite à une échauffourée avec des Anglais.

Quant à Rory et William, ils étaient partis la nuit précédente après avoir eu vent de l'approche d'un contingent venu les arrêter. Ils devaient se réfugier dans les forêts du nord de la région.

Mais là encore, Gannon arriva trop tard : Rory, William et une vingtaine d'autres, l'informa-t-on, se dirigeaient vers les Highlands. Découragé, Gannon rentra rejoindre Margaret.

Ils attendirent.

15

Sarah Angenhoff épousa Edgar Keith à l'auberge du Chêne et du Frêne par un après-midi pluvieux de mai 1292. La cérémonie fut très simple en présence des deux familles, d'Isabel, de Gilbert et des autres employés de l'établissement.

Il suffisait de voir l'expression anxieuse de la mère d'Edgar pour comprendre que cette union ne correspondait pas aux rêves échafaudés pour son fils. Malgré tout, elle se montra charmante et, à l'instar de son époux, porta un toast en l'honneur des mariés.

Touchée par leur bonheur, Rachel parvint elle aussi à garder le sourire toute la journée, y compris quand Moshé, le fils du boucher, lui demanda sa main. Stupéfaite, elle le considéra, les yeux écarquillés. Il était sérieux, cela ne faisait aucun doute. Comme elle demeurait muette, il hocha la tête et s'éloigna en déclarant qu'ils en reparleraient plus tard. Il passa la soirée à essayer d'attraper son regard. Et elle, à l'éviter.

Non qu'elle eût quelque chose contre Moshé. C'était un jeune homme gentil, au physique agréable, et certainement très attentionné. Mais elle n'avait pas échangé plus d'une centaine de mots avec lui depuis qu'ils étaient installés à Berwick. Comment pouvait-il envisager de passer son existence avec elle ? Ils se connaissaient à peine.

Surtout, dut-elle s'avouer, Moshé n'était pas Kieran MacDonald. Or, elle refusait de s'engager envers un autre, tant qu'elle ne saurait pas si Kieran s'intéressait sérieusement à elle. Le jeune homme lui avait écrit deux fois l'année passée. Depuis, pas de nouvelles. Ni de réponse aux deux lettres qu'elle lui avait adressées – et qui ne lui étaient peut-être jamais parvenues…

Cette attente était d'autant plus ridicule que rien de constructif ne sortirait de leur histoire, elle en était consciente. Car jamais elle n'aurait le courage d'infliger une seconde déception à son père en se mariant en dehors de sa foi. Comme la mère d'Edgar, Jacob avait fait de son mieux pour dissimuler sa contrariété, néanmoins elle se rendait parfaitement compte de sa douleur.

Pourtant, quel mal y avait-il à épouser un homme d'une religion différente ? Aucun, à en juger par l'expression rayonnante de Sarah.

Isabel, qui avait pleuré durant la cérémonie et ri pendant la fête, s'affairait à présent à débarrasser les tables. Rachel se leva pour l'aider et découper les restes, afin de les distribuer aux pauvres rassemblés devant la porte. Lorsque tout fut rangé et nettoyé, les deux amies s'installèrent avec une coupe de vin dans la salle silencieuse pour commenter la journée. Dehors, une pluie torrentielle avait vidé les rues.

— Heureusement que ton père a fermé l'auberge pour l'occasion, déclara Isabel. Après une telle fête, j'aurais été incapable de servir un seul client.

— C'était une belle journée. Je n'avais jamais vu Sarah aussi heureuse. Elle resplendissait.

— Comme toi, le jour où tu épouseras Moshé, plaisanta Isabel.

Ce qui lui valut un rire mitigé.

— C'est incroyable, non ? s'exclama Rachel. Si on m'avait posé la question, j'aurais juré qu'il ne connaissait même pas mon nom.

— Visiblement, tu te trompais.

— En effet.

Il y eut un silence, puis Isabel reprit d'un ton grave :

— Je me demande ce que nous réserve l'avenir. Crois-tu que nous nous marierons un jour, Rachel ?

— Mais oui ! Un noble te remarquera et t'emmènera vivre dans son château. Quant à moi, j'épouserai Moshé, le fils du boucher.

— Au moins, tu seras sûre de ne jamais avoir faim, ironisa Isabel.

— Sauf si on nous expulse.

Cette remarque ôta à Isabel toute envie de plaisanter. Le menton posé dans sa paume, elle soupira.

— Si cela arrive, Henri pourra peut-être nous aider.

— Avec de vagues promesses ?

— Tu ne l'apprécies guère, pas vrai ?

— J'ai du mal à accorder ma confiance aux hommes trop arrogants, répondit Rachel. Il avait l'air tellement certain que tu l'attendras. Et puis, il est trop beau.

— Dommage que l'intérieur ne ressemble pas à l'extérieur.

— Pourquoi dis-tu ça ? Que lui reproches-tu ?

— Oh, pas grand-chose. Il m'a juste courtisée en me faisant croire que je comptais pour lui, puis il a couché avec Alis. J'avais raison de me méfier de lui depuis le début. On m'a appris à ne jamais croire aux belles paroles d'un homme.

— Et Rory ? Il ne t'a pas menti, lui. Et il n'est pas mal non plus.

— Mais où a-t-il disparu ? Cela fait un an que j'attends sans la moindre nouvelle de lui. Rien ! Kieran au moins t'a écrit.

— Il y a plusieurs mois de cela. Peut-être m'a-t-il également oubliée. Peut-être sont-ils tous deux dans l'incapacité d'envoyer du courrier.

— C'est ce que je me répète depuis des mois, mais il est temps de regarder la vérité en face : Rory m'a oubliée, et je devrais faire de même. Pourtant, dès que je pense à lui… Parfois j'ai l'impression de le sentir là, juste à côté de moi. Je rêve de lui et je m'éveille avec la sensation de sa peau contre la mienne, de sa bouche… Il me coupe le souffle, Rachel. Quand il me touche, mon corps entier frissonne.

— Il est très beau.

— Beau ? Non, Henri est beau, mais Rory… Rory rayonne, comme si un feu intérieur l'habitait. Lorsque je suis à son côté, le monde n'existe plus…

Isabel se tut brusquement, puis secoua la tête et décréta d'un ton ferme :

— Ça suffit ! Allez, au séduisant Rory Mac-Gannon, qui m'a abandonnée ! enchaîna-t-elle en levant sa coupe pour porter un toast. Bon débarras !

Rachel eut un sourire amusé.

— Tu ne penses pas un mot de ce que tu dis.

— Il le faut, pourtant. J'ai cru qu'il reviendrait, Rachel. Mais, manifestement, je me suis trompée.

— Kieran aussi est parti. Peut-être devrais-je épouser Moshé, après tout.

— Un homme pour lequel tu n'éprouves rien ? Non, Rachel, tu en trouveras un autre qui te plaira. En attendant, c'est sans doute aussi bien que les Highlanders nous aient oubliées. Tu sais ce que ton père en pense.

— Oui, acquiesça Rachel avec un soupir. Quand Henri reviendra, demande-lui s'il connaît un chevalier juif. Ça me simplifierait les choses.

Elles éclatèrent de rire.

Toujours plus d'Écossais affluaient à Berwick pour assister aux auditions qui se poursuivaient inlassablement. À l'annonce de l'installation d'un camp militaire à la sortie de la ville et du prochain retour du roi, Jacob proposa d'aménager une chambre secrète pour Isabel dans le bâtiment mitoyen. Ainsi, elle pourrait s'y cacher si par malheur un membre de la cour la reconnaissait.

Moshé passait chaque jour à l'auberge. Jacob accueillait avec chaleur ce garçon doux et sérieux, qui avait promis à Rachel de l'épouser dès qu'il aurait gagné de quoi acheter sa propre maison. Rachel, quant à elle, se montrait aimable avec lui et riait de ses rares plaisanteries, tout en disant à Isabel qu'elle allait déconseiller la viande à leurs clients afin de repousser le mariage le plus long-temps possible. Néanmoins, son espoir de revoir un jour Kieran s'amenuisait de semaine en semaine. Elle se surprit finalement à attendre la visite quoti-dienne de Moshé.

Jusqu'au soir où un homme pénétra dans l'au-berge après le départ de tous les clients. Il s'arrêta sur le seuil, ruisselant de pluie, et regarda Isabel qui nettoyait l'entrée.

— Kieran ! s'écria-t-elle.

Rachel fit volte-face, son chiffon à la main. Kieran repoussa son capuchon. Ses longs cheveux bruns étaient trempés, son visage rosi par le froid. Il était magnifique. Rachel serra ses mains devant sa poi-trine en le voyant s'avancer vers elle.

— Je suis désolé d'arriver si tard, s'excusa-t-il. Les portes de la cité étaient closes. J'ai dû soudoyer la sentinelle pour qu'elle me laisse entrer. Cela a pris un peu de temps.

— Kieran ! s'exclama Rachel. Comment allez-vous ?

— Mieux, maintenant que je vous vois, Rachel. Il y a si longtemps !

— Désirez-vous souper ?

— Avec grand plaisir. Je meurs de faim, répondit-il avec un large sourire. Comment allez-vous, Rachel ? Vous êtes… ravissante.

Malgré le plaisir que lui procura le compliment, Rachel s'obligea à rester de marbre.

— Vous aussi, Isabel, reprit-il. Et les autres, comment se portent-ils ? Vos parents ? Sarah ? Gilbert ?

— Sarah s'est mariée il y a une quinzaine de jours.

— Alors, ça y est ! Edgar doit être heureux, et Sarah aussi bien sûr.

Kieran balaya des yeux la salle déserte.

— Rory n'est pas ici ?

— Rory ? s'étonna Rachel. Non, pourquoi ?

— Je le cherche.

— Je croyais que vous étiez ensemble.

Il secoua la tête.

— Non. J'étais sur l'île de Skye avec ma famille. Nous avons construit des fortifications, au cas où. Cela nous a pris beaucoup de temps. Rory est allé en Ayrshire, chez son frère tout d'abord, et puis... il a eu des problèmes, et nous avons perdu sa trace.

— Que s'est-il passé ? interrogea Isabel en lui saisissant le bras. Il ne lui est rien arrivé ?

— Nous ne le pensons pas, mais nous n'en sommes pas sûrs.

Il leur narra comment Rory avait tué un chevalier anglais.

— À présent, il est en fuite, recherché dans toute l'Écosse par les soldats du roi et les Ross, qui veulent toujours sa peau. J'ai pensé qu'il s'était peut-être réfugié ici.

— Non, déclara Isabel. Nous n'avons eu aucune nouvelle de lui depuis votre dernière visite.

— Rien ? Durant tout ce temps ?

— Rien.

Kieran poussa un long soupir.

— Écoutez, si jamais il passe ici, pouvez-vous lui dire de rentrer à Loch Gannon ?

Rachel et Isabel acquiescèrent.

— S'il n'est pas venu jusqu'alors, il y a peu de chances qu'il le fasse maintenant, souligna néanmoins Isabel.

— Vous vous trompez, Isabel. Savez-vous qu'il garde toujours sur lui la couronne que vous lui avez donnée à Londres ? À mon avis, s'il n'est pas venu, c'est par peur de vous mettre en péril. Il sait qu'on le recherche et craint de vous exposer.

Isabel hocha la tête sans répondre, mais Rachel vit la lueur d'espoir qui s'était allumée au fond de ses prunelles. Ils furent interrompus par l'arrivée de Jacob. Il s'assit avec eux pour demander des nouvelles. Entre deux bouchées de ragoût, Kieran lui raconta les derniers événements.

Jacob grimaça.

— Le meurtre d'un chevalier ! Il risque la pendaison.

— Oui, admit Kieran. C'est pourquoi nous tenons à le retrouver avant les Anglais. Son père est dans le Nord, notre oncle Liam à l'Est, et mon père dans le Sud. Nous avons tous envoyé des hommes à sa recherche.

— Très dangereux, commenta Jacob.

Rachel lança un regard aigu à son père, consciente que la remarque s'adressait aussi à elle.

Kieran but une autre gorgée de bière.

— Et ici, quoi de neuf ?

— Le roi Édouard a demandé aux auditeurs de vérifier si les règles de succession qu'il a instaurées en Angleterre l'année dernière sont applicables ici. À ce qu'on raconte, les auditeurs ne parviennent pas à se mettre d'accord.

— Voilà qui ne m'étonne guère, railla Kieran.

— Dieu seul sait ce que nous réserve la suite, conclut Jacob en haussant les épaules. Passerez-vous la nuit ici ?

— Si vous avez une chambre.

Jacob se leva.

— Je vais vous en préparer une.

— Je vais vous aider, Jacob, proposa Isabel en bondissant sur ses pieds. C'est un plaisir de vous revoir, Kieran.

— Merci à tous les deux.

Kieran les suivit des yeux jusqu'à ce qu'ils disparaissent, puis se tourna vers Rachel :

— J'ai quelque chose à me reprocher ?

S'il a quelque chose à se reprocher ? s'interrogeat-elle, hypnotisée par son regard azur ombré de cils noirs. La manière dont il la fixait, sa voix enjouée et profonde, ses longs doigts qui caressaient la coupe entre ses mains, ses épaules carrées si viriles… tout en lui l'affolait. Et la terrifiait. Oui, il avait quelque chose à se reprocher. Il était trop fort et trop séduisant. Il était une erreur monumentale dans sa vie, un danger pour son avenir. Or, elle ne pouvait s'empêcher de le désirer. Elle mourait d'envie de lui prendre la main par-dessus la table, de le supplier de lui faire l'amour, là, maintenant, et lui faire oublier ses devoirs envers les siens. Mais elle ne dit rien de tout cela.

Au lieu de quoi, elle détourna les yeux.

— De quoi parlez-vous ?

— Votre père. Je le trouve différent. Avant, il m'accueillait avec chaleur. Aujourd'hui, j'ai l'impression d'être juste toléré. Et Isabel ? Elle est en colère contre moi ?

— Isabel ? Non, bien sûr que non ! Elle est juste blessée que Rory ne lui ait pas rendu visite ni écrit. Vous, vous l'avez fait. J'étais tellement contente de recevoir de vos nouvelles.

— J'aurais aimé vous en envoyer plus souvent. Hélas, les messagers sont rares et il y a des choses qu'il est imprudent de coucher par écrit. Mais votre père, Rachel ? Il est en colère contre moi ?

— Oh, ça…

Rachel eut un sourire contrit.

— Il veut que j'épouse le fils du boucher, Moshé, qui a demandé ma main.

— Le fils du boucher ?

Kieran but une gorgée.

— À quoi ressemble-t-il ?

— C'est un homme bien. Fiable. Il a l'air de tenir à moi, même si nous nous connaissons à peine.

— Il vous trouve jolie, Rachel. Ce dont je ne le blâmerai pas.

— Il est juif, il vit à Berwick, et il vient d'une famille respectable. Mon père dit que c'est un bon parti.

— Je vois. Et vous, qu'en pensez-vous ? Avez-vous envie de l'épouser ?

— Pas pour l'instant.

— Pas pour l'instant, répéta-t-il. Cela pourrait venir ?

— Peut-être.

Kieran se pencha vers elle.

— Comment vous débrouillez-vous avec un couteau ? murmura-t-il.

Elle fronça les sourcils sans comprendre.

— Parce que si vous aimez couper la viande, sachez que nous avons des moutons dans le Nord. Je pourrai vous offrir un coutelas bien aiguisé et vous laisser œuvrer dans la cuisine à votre guise.

Elle lâcha un rire.

Il sourit et termina son assiette.

— Vous m'avez manqué. C'est pour cela que je vous ai écrit, vous savez. Je suis heureux de vous retrouver enfin.

— Moi aussi, Kieran.

— Tant mieux. Et je regrette de devoir partir demain matin. J'aurais tellement aimé rester plus longtemps ! Mais je reviendrai le plus rapidement possible, je vous le promets.

— Vraiment ?

— Vraiment. Vous ai-je déjà parlé de mon père ?

— Un peu. Il a été enlevé…

— Je ne pensais pas à ça, coupa-t-il en souriant. Plutôt à sa relation avec ma mère. Ils ont été tous deux capturés et vendus comme esclaves. Ils sont restés au même endroit pendant un moment, puis mon père a été cédé à un meunier au Danemark, et ils ne se sont pas revus pendant des années. Mais il ne l'a jamais oubliée. Elle est toujours restée dans son cœur. Et quand mon oncle Gannon, le père de Rory, est venu le délivrer, mon père a refusé de rentrer en Écosse sans elle. Alors, il est retourné la chercher. Ils se sont mariés et ont eu un enfant, moi. Ils avaient tous les deux dix-sept ans.

Kieran l'enveloppa d'un regard tendre pour ajouter :

— Je suis comme mon père. Je ne vous oublierai jamais. Je suis obligé de partir cette fois, mais je reviendrai. J'espère que vous m'attendrez.

Elle sourit à son tour.

— J'attendrai.

— Ne laissez pas les couteaux du boucher entailler votre détermination, plaisanta-t-il, déclenchant un rire.

Ils bavardèrent jusqu'à une heure avancée de la nuit.

Lorsqu'elle se retrouva seule dans sa chambre, Rachel tenta de se raisonner. À quoi bon avoir promis à Kieran de l'attendre, puisqu'elle ne se résoudrait jamais à briser le cœur de son père ? Demain matin, elle devrait se montrer ferme et lui demander de ne pas revenir. Lui expliquer que, quels que fussent ses sentiments pour lui, il ne naîtrait jamais rien de bon de leur relation, et qu'il valait mieux pour tous les deux y mettre un terme sur-le-champ.

Mais le matin survint, et elle ne dit rien. Au moment de partir, Kieran semblait si abattu qu'elle n'en trouva pas le courage. Et quand il l'attira à lui, elle ne résista pas. Leur baiser fut tendre et passionné, empli de désir contenu. Puis il se redressa, pivota et sortit sans se retourner.

Rachel le regarda s'éloigner, le visage mouillé de larmes, consciente qu'elle ne pourrait jamais aimer un autre que lui.

Lorsqu'elle se retourna pour rentrer, elle avisa son père à quelques pas. Il ne fit aucun commentaire, mais son regard était plus éloquent que des paroles.

Le roi Édouard arriva en juin, comme il l'avait annoncé. Mais pas Henri de Boyer. Quand Rachel interrogea des chevaliers venus déjeuner à l'auberge à son sujet, ils lui répondirent qu'il était resté à Londres. Avec sa femme, Alis. À cette nouvelle, Isabel se contenta de pincer les lèvres, avant de se retirer dans sa chambre secrète. Pendant toute la durée de la visite royale, elle passa ses journées à contempler le plafond et les ombres sur les murs. Et à ruminer.

Par chance, Édouard ne s'attarda pas à Berwick. Les auditeurs écossais étant incapables de déterminer eux-mêmes les règles de procédure, ils firent appel à des confrères anglais, ce qui entraîna un nouveau report des audiences finales au 14 octobre. Ce délai déclencha une vague de mécontentement dans toute l'Écosse. La tension entre les partisans des Balliol et ceux des Bruce s'était intensifiée ; les heurts entre chaque camp devenaient presque aussi fréquents que ceux opposant les Écossais aux soldats anglais. Les crimes de ces derniers perduraient, sauf qu'à présent les Écossais se vengeaient.

En Angleterre, la mère d'Édouard, la reine Éléonore d'Aquitaine, décéda. Le peuple commença à murmurer, se demandant si le trépas successif de trois souveraines – la pucelle de Norvège, l'épouse puis la mère d'Édouard – n'était pas un signe de Dieu.

À Berwick, Rachel et Isabel servaient de la bière en pensant aux Highlanders.

En Ayrshire, Liam Crawford et ses compagnons attaquaient les convois à destination des garnisons anglaises. Et Nell se faisait du souci.

Rory s'agita sur son destrier. Les hommes de Magnus avaient refusé de le laisser pénétrer dans la cour, et il comprit à leurs regards qu'il n'était pas le bienvenu.

— Je vais prévenir Magnus de votre arrivée, déclara l'un d'eux comme s'il parlait à un étranger. Ne bougez pas d'ici.

Rory acquiesça, de plus en plus inquiet. Il aurait dû se rendre chez Nell et Liam en premier, se dit-il. Son frère ne l'avait-il pas prévenu de ne plus se présenter ici ? Pourtant, il avait veillé à ne pas le mettre en danger, n'avait parlé à personne de cette visite et avait évité tous les endroits où il risquait d'être reconnu. D'ailleurs, il ne s'inquiétait guère à ce sujet : le nombre d'individus déclarés hors-la-loi grossissait si rapidement que plus personne ne savait qui l'était ou non.

Rory était venu parce que son frère lui manquait, et qu'il voulait se réconcilier avec lui.

Il vit Magnus se hâter dans sa direction. Celui-ci paraissait heureux de le revoir mais, quand il se rapprocha, une expression soucieuse apparut sur ses traits. Tournant le dos à ses hommes, il s'arrêta face à lui en lui faisant signe de se taire.

— Chez Liam, chuchota-t-il.

Rory fronça les sourcils.

— Magnus…

— Merci, coupa Magnus en haussant la voix. Nous nous verrons à Ayr, donc. Je suis content que vous vous soyez décidé à vendre ce terrain. Va-t'en, ajouta-t-il un ton plus bas.

— Merci, messire, répondit Rory. À bientôt.

Il lut le soulagement dans le regard de son frère, qui tourna les talons pour rentrer.

Rory s'éloigna sans un mot.

À son arrivée, tout semblait silencieux chez son oncle et sa tante. Mais, en se rapprochant des remparts, il perçut la voix profonde de Liam et celle, flûtée, de Nell qui lui répondait. Puis il y eut des rires, ceux de Meg et Elissa. Il demeura un moment immobile à les écouter, se rendant compte pour la première fois combien tout cela lui manquait : un foyer, une épouse aimante, des enfants, une maison pleine de rires.

Isabel… Comme à chaque fois que le souvenir de la jeune fille s'imposait à lui, il le chassa de son esprit. Ce n'était pas le moment. Pas tant qu'il serait hors-la-loi et sans ressources. Lorsqu'il se serait construit un avenir, il irait la retrouver. En attendant, c'était encore la saison du roi Houx.

Il frappa à la porte. Une sentinelle ouvrit le guichet et lui demanda son nom.

— Rory MacGannon, annonça-t-il en espérant ne pas commettre d'imprudence.

— Oh, fit l'homme en ouvrant sur-le-champ. Entrez vite. Ils vont être tellement heureux de vous voir.

Ils le furent. Nell éclata en sanglots, ses cousines rirent et pleurèrent à la fois, et Liam le serra dans ses bras.

— Où étais-tu pendant tout ce temps ? s'enquit-il.

— Avec William.

— Oui, ça je m'en doutais. Mais…

Il s'interrompit brusquement et secoua la tête.

— Non, ne dis rien. Je ne veux rien savoir. Comme ça, je ne pourrai pas parler sous la torture.

— La torture ! s'écria Rory en jetant un coup d'œil en direction de Nell. La situation s'est dégradée à ce point ?

Celle-ci leva les yeux au ciel.

— Ne l'écoute pas. Tu connais son sens de l'humour… Mais il est vrai que l'atmosphère est un peu tendue.

— Je suis passé chez Magnus.

Ils le contemplèrent tous deux d'un air effaré.

— Je ne me suis pas présenté, les rassura-t-il avant de leur narrer sa visite. Que se passe-t-il là-bas ? Magnus va bien ?

— Oui, répondit Nell. Enfin, à peu près.

Avec un soupir, elle lui proposa d'entrer se restaurer afin que Liam lui relate les derniers événements.

— Des soldats anglais sont cantonnés chez Magnus, l'informa ce dernier. Ils attendent ta venue. Il leur a dit que ça ne servait à rien, que vous vous étiez disputés et qu'il t'avait interdit de revenir chez lui.

— Des hommes d'armes dans son manoir ?

— Oui, qui mangent ses victuailles, boivent son vin et reluquent sa femme. Il voulait envoyer Jocelyn dans sa famille, mais elle a préféré rester. Elle refuse de le laisser seul.

Rory s'adossa à sa chaise, essayant d'assimiler ces nouvelles.

— C'est à cause de moi, affirma-t-il. C'est moi qui les ai mis en danger. Je suis désolé.

— Tu n'es pas responsable de l'occupation de notre sol par les Anglais, mon garçon.

— Magnus est là ! s'exclama soudain Meg en montrant la porte ouverte.

À ces mots, Rory fit volte-face. Son frère n'était pas seul. Il attendit sur le seuil tandis que Magnus tendait les rênes au palefrenier et traversait la cour avec Jocelyn.

— Je suis navré, Magnus, commença-t-il dès que celui-ci l'eut rejoint. J'étais venu m'excuser. Je n'aurais pas dû te juger la dernière fois, je n'en avais pas le droit. C'est tout à fait normal que tu veuilles protéger ton foyer et Jocelyn. Pardonne-moi, Jocelyn. Ce doit être très dur d'avoir ces soldats chez vous.

La jeune femme hocha la tête en guise de réponse.

— Tu avais raison, Magnus, reprit Rory.

— Toi aussi, répliqua son frère. Tout change trop vite autour de nous. Ce n'est plus possible de continuer à vivre comme avant sans prendre parti.

Il lui tendit la main. Rory la saisit et le tira vers lui pour le serrer dans ses bras. Le visage de marbre, Jocelyn les observait.

288

— Ne restez pas dehors comme ça ! s'écria Nell derrière eux. N'importe qui pourrait vous voir. Rentrez, vite !

Elle leur servit une bière avant de s'asseoir à côté de Liam et des filles.

— Magnus, n'est-ce pas dangereux de venir ici alors que votre maison grouille de soldats ?

— Nous leur avons dit que nous étions invités à un mariage à Ayr et ne rentrerions que demain matin, expliqua Magnus.

— Merci d'avoir pris ce risque pour moi, intervint Rory. J'ai eu tellement peur que tu ne veuilles plus jamais me parler.

— Impossible. Je tiens beaucoup trop à toi. Même si ça ne m'empêche pas de penser que tu es complètement fou, que tu l'as toujours été, et le resteras probablement jusqu'à la fin de tes jours, ajouta-t-il en riant. En tout cas, je ne laisserai personne dire du mal de toi devant moi. En voyant les hommes d'armes arriver au manoir et s'y installer comme s'ils étaient chez eux, j'ai tout de suite compris que c'était toi qu'ils voulaient. Fenwick est prêt à tout pour avoir ta peau et celle de William. Heureusement, les Comyn te soutiennent, et John Comyn a toujours de l'influence sur les Anglais. C'est lui qui a réussi à mettre Nell et Liam à l'abri de Fenwick.

Ils parlèrent toute la nuit autour de la grande table. Seule Jocelyn dormit, roulée en boule sur un fauteuil devant la cheminée. Au petit matin, Magnus, Jocelyn et Rory reprirent la route, sur la promesse de ce dernier de donner des nouvelles plus souvent.

Les deux frères chevauchèrent quelques lieues de concert avant de se séparer.

— Merci, Magnus. Tu m'as manqué.

— Toi aussi, Rory.

Magnus lui serra la main.

— Prends soin de toi, mon frère, enchaîna-t-il. Si jamais tu as besoin de moi, préviens Liam et Nell ou Ranald. J'accourrai sur-le-champ.

Rory sourit.

— Non. Si tu veux m'aider, promets-moi de veiller sur toi et Jocelyn.

— Promis. Sais-tu quand tu reviendras ?

— Je n'en ai aucune idée. Nous verrons bien ce qu'il sortira de ces audiences.

À Berwick, ajouta Rory pour lui-même. Là où vit Isabel.

16

Le roi se trouvait à Berwick depuis quatre jours. Les soldats, qui avaient entendu parler de la cuisine de l'auberge du Chêne et du Frêne, affluaient dans la grande salle, où il n'était pas rare de croiser également quelques courtisans. Rachel et ses parents les accueillaient en souriant, dissimulant la peur qui les tenaillait.

Les audiences avaient recommencé, mais on ignorait presque tout de leur déroulement, sinon que chacun des cent quatre auditeurs prendrait tour à tour la parole. Ce qui annonçait un processus extrêmement lent.

Puis, un soir de pluie, Henri de Boyer se présenta. Seul. Il s'installa à une table dans un coin. Rachel, qui l'avait vu entrer, envoya une serveuse prendre sa commande et s'éloigna. Il ne chercha pas à lui parler, mais revint dîner le lendemain. Et ne la lâcha pas du regard. Le même scénario se répéta le soir suivant, sauf que cette fois, au lieu de partir sans un mot, il la rejoignit dans le couloir et lui bloqua le passage.

— Est-elle encore ici ? demanda-t-il.

— De qui parlez-vous, sir ?

— Ne jouez pas les innocentes avec moi, Rachel d'Anjou. Isabel.

Rachel tressaillit en l'entendant l'appeler par son véritable nom. Elle le fixa, essayant de lire dans ses pensées. Sans succès.

— Je ne connais pas d'Isabel, affirma-t-elle.

Il poussa un soupir.

— Écoutez, dites-lui ceci de ma part : elle avait raison à propos d'Alis. Je me suis laissé piéger comme un idiot. Elle m'a raconté qu'elle était enceinte et je l'ai crue, avant de m'apercevoir que ce soi-disant enfant n'était qu'un fantôme. Malheureusement, entre-temps, je l'avais épousée. C'est pour cette raison que je ne suis pas venu chercher Isabel comme promis. Mais tout cela n'a plus d'importance. Si je suis là aujourd'hui, c'est pour la prévenir qu'elle est en danger. Si elle se trouve encore ici, dites-lui de quitter Berwick sur-le-champ. Si elle est déjà partie, veillez à ce qu'elle ne revienne pas. Je repasserai dès que j'en saurai plus.

Rachel ouvrait la bouche pour répondre, mais Henri l'arrêta d'un geste agacé.

— Dites-lui que Langton est en ville. Il est arrivé à Berwick avec Édouard d'Angleterre. Il a découvert qu'Isabel avait débarqué ici en compagnie des Highlanders et prétend la rechercher pour complot contre le roi. Ce qui est un crime de haute trahison, Rachel, dont sont complices tous ceux qui l'ont accueillie... Dites à votre père de garder profil bas, au moins jusqu'à la fin des audiences.

— Comment cela avance-t-il, sir ?

— Très lentement. C'est d'un ennui mortel. Rares sont ceux qui parviennent à garder les yeux ouverts toute la journée.

— Quand cela se terminera-t-il ?

— Par le Christ, je n'en ai aucune idée. Je repasserai vous voir dès que j'en saurai davantage...

Deux jours plus tard, il l'arrêta au moment où elle passait devant sa table.

— L'homme en vert, murmura-t-il. Près de la fenêtre. C'est un espion de Langton. Dites à Isabel que je fais de mon mieux pour occuper Langton.

Il lâcha un rire sec avant de préciser :

— J'ai convaincu mon épouse dévouée que Langton avait notre avenir entre ses mains et que je n'obtiendrais pas d'avancement sans son assistance. Elle s'est aussitôt empressée de m'aider, ce qui, je dois l'avouer, m'a doublement soulagé : d'abord, en l'écartant de moi, ensuite, en détournant l'attention de Langton d'Isabel – et de vous. Restez sur vos gardes, Rachel. Et rappelez à Isabel que je fais de mon mieux pour la protéger.

Rachel se contenta de le fixer sans répondre.

— Je sais que vous n'avez pas confiance en moi, reprit Henri. Peu importe. Contentez-vous de lui rapporter mes paroles.

Il quitta l'auberge peu après.

Rachel attendit d'être certaine que personne ne remarquerait son absence, puis elle fila rejoindre Isabel dans sa cachette. En apprenant que Langton avait envoyé un de ses sbires à l'auberge, Isabel voulut partir aussitôt. Mais Rachel l'exhorta à rester, précisant que c'était également le souhait de ses parents.

Le lendemain, des soldats se déployèrent sur la route devant l'auberge. D'autres se postèrent dans le jardin et sur la terrasse, interdisant à quiconque d'entrer ou de sortir de l'établissement. Puis un homme d'armes vint chercher Jacob, tandis que Rachel, sa mère, Gilbert et les employés attendaient alignés contre un mur de la salle.

Langton. Il ne pouvait s'agir que de Walter Langton, comprit Rachel en voyant un homme entrer et s'asseoir à la table préparée au centre de la salle par les soldats. Bien qu'il fût vêtu sans ostentation, il émanait de sa personne une puissance et une arrogance qui donnaient froid dans le dos.

— Faites-le approcher, ordonna-t-il.

Deux gardes poussèrent Jacob devant lui.

Langton parla si doucement que Rachel n'entendit pas ses paroles, mais elle vit son père se raidir en l'écoutant.

Isabel avait raison. Langton n'avait pas de cou. Rachel réprima un rire nerveux à cette constatation – le rire d'une proie sans défense face à un monstre terrifiant et grotesque à la fois.

D'un mouvement du menton, il renvoya Jacob près de sa femme. Rachel frémit en découvrant l'expression angoissée de son père.

— Maintenant, la fille, décréta Langton.

Poussée sans ménagement, elle avança vers lui, s'efforçant de ne pas trembler sous l'éclat glacé de son regard. Il la détailla de bas en haut. Isabel avait dit vrai, songea-t-elle. Il y avait quelque chose de démoniaque chez cet homme, une noirceur inhumaine que l'étoffe soyeuse de ses vêtements ne suffisait pas à masquer.

— Isabel de Burke.

— Non.

Il fronça les sourcils.

— Quoi, non ?

— Je ne suis pas Isabel de Burke, monseigneur. Mon nom est Rachel Angenhoff.

— Faux. Vous vous appelez Rachel d'Anjou et vous venez de Londres. Je me trompe ?

— Non.

— Aujourd'hui, vous vivez à Berwick.

— Oui.

— Et vous avez une amie, dénommée Isabel de Burke.

— Isabel et moi étions amies à l'époque où j'habitais Londres.

— Des amies si proches que lorsque votre famille a décidé de partir…

Décidé ? nota Rachel malgré elle. Sans, bien sûr, oser rectifier.

— … Isabel a couru jusqu'à Aldgate pour vous dire au revoir.

294

— En effet, monseigneur.

— Puis elle vous a rejointe ici.

Rachel secoua la tête.

— Je ne l'ai pas revue depuis notre départ de Londres, monseigneur.

Langton se pencha vers elle.

— Elle a débarqué au port de Berwick en décembre dernier en compagnie de deux Écossais. L'un d'eux s'appelait Rory MacGannon ; il est aujourd'hui recherché pour meurtre. L'autre, Kieran MacDonald. Où est-elle ?

— Je l'ignore, monsieur.

— Je répète : où se trouve Isabel de Burke ?

Comme elle ne répondait pas, Langton l'examina lentement de bas en haut, s'attardant sur son corps avec un sourire cruel. Elle frissonna.

— Fouillez l'auberge, ordonna-t-il. De la cave au grenier. Faites sortir tout le monde, hormis les Angenhoff. Enfermez les employés dans la cuisine.

Les soldats s'exécutèrent avec diligence, poussant les clients dans la rue, et les serveuses et Gilbert vers l'office. Le vieil homme tenta de protester, ce qui lui valut d'être projeté au sol où il resta à demi assommé, le visage en sang. Effarée, la mère de Rachel voulut le relever, mais un homme d'armes la repoussa violemment contre le mur.

Rachel se mit à prier. Quand il ne resta plus que ses parents et elle, Langton se leva et s'approcha d'eux.

— Tenez-la ! lança-t-il.

Aussitôt, les deux hommes derrière elle lui saisirent les bras. Langton tourna lentement autour d'elle, puis pivota vers Jacob.

— Où est Isabel de Burke ?

Celui-ci secoua la tête.

— Je l'ignore.

— Frappez-le !

Le soldat obéit, abattant le manche de sa dague sur la tête de Jacob. Un filet de sang coula sur son front.

— Où est Isabel de Burke ? répéta Langton.

Personne ne répondit. Langton posa une main sur la poitrine de Rachel. De l'autre, il lui déchira son corsage, dénudant ses seins. Puis il fit de même dans le dos, et se tourna vers sa mère.

— Voulez-vous que je la prenne maintenant ? Sous vos yeux ?

— Non, je vous en supplie ! s'écria-t-elle.

Rachel ferma les paupières.

— Où est Isabel de Burke ?

— Partie ! gémit sa mère. Elle nous a quittés dès qu'elle a appris l'arrivée du roi ! Vous devez nous croire !

Langton la considéra un moment, et se frotta le menton.

— C'est étrange, voyez-vous, mais je n'y parviens pas. Frappez-le !

Les soldats fondirent sur Jacob, le faisant chanceler sous les coups. Il n'émit pas une plainte, mais mère hurla, les yeux écarquillés d'épouvante. Elle s'élança sur les hommes, qui la repoussèrent contre le mur et la giflèrent.

— Ça suffit ! beugla Langton. Gardez-le vivant !

S'adressant à Rachel, il déclara d'un ton doucereux :

— Vous frissonnez ? Avez-vous froid ?

Puis, sans attendre de réponse, il se pencha sur son sein et la mordit violemment, lui arrachant un hurlement de douleur.

— Ce n'est qu'un début, menaça-t-il en se redressant.

Il essuya le sang sur ses lèvres du revers de la main.

— Je reviendrai. Et cette fois, vous aurez intérêt à parler, car je ne m'arrêterai pas.

Isabel ferma les yeux et pria. Depuis qu'elle avait entendu une voix apeurée crier « Les soldats ! », elle tremblait de frayeur. Elle se mit à arpenter la pièce, avant de s'arrêter brusquement de crainte d'être repérée.

La pièce était exiguë – le coin d'un grenier, avec pour seule aération une minuscule ouverture sous la poutre faîtière. Il y avait là en tout et pour tout un matelas étroit, un pot d'aisances et une chaise.

Elle se raidit en percevant un martèlement de bottes dans l'escalier. Puis des voix masculines, dures, déterminées. Ils étaient dans le jardin, sur la terrasse de l'auberge à côté. Et là, sous le plancher. Elle s'assit au pied du lit, s'exhortant à garder son sang-froid.

Qui les envoyait ? Et qui les avait renseignés ? Henri ? Elle avait du mal à y croire, mais… Soudain, une idée effroyable lui traversa l'esprit. Et s'ils n'étaient pas là pour elle, mais pour la famille de Rachel ? S'il y avait eu un nouvel ordre d'expulsion ?

Les bottes se rapprochaient. Deux hommes. Non, trois, qui inspectaient les murs. En les entendant ouvrir la porte du placard qui la dissimulait, elle retint son souffle. S'ils cognaient contre la cloison qui fermait la chambre, ils découvriraient sa cachette.

Le bruit de bottes cessa ; ils devaient être en train d'examiner quelque chose. Il y eut des murmures, puis un rire, gras et guttural. Suivi d'un autre, obscène, comme une réponse à une blague grivoise.

Et ils s'éloignèrent.

Les larmes coulèrent malgré elle, roulant silencieusement sur ses joues tandis qu'elle s'étendait sur le lit, s'efforçant de rester calme. Elle regarda les ombres s'allonger sur le mur, indiquant la fin de la journée, et se souvint que c'était aujourd'hui Samain, le jour où, selon la tradition celte, les esprits maléfiques descendaient sur terre.

Les heures s'étirèrent, interminables.

Enfin, des pas résonnèrent dans l'escalier. Quelqu'un ouvrit la porte du placard et poussa la cloison. Elle se leva pour accueillir Gilbert, qui déposa son bougeoir sur le sol et fit glisser vers elle un plateau avec un morceau de pain et du fromage.

— Les soldats sont toujours là, murmura-t-il sans entrer. Langton est parti.

— Langton était là !

— Il est retourné au château, mais il a promis de revenir. Il a demandé aux gardes de ne laisser entrer ni sortir personne.

— Qu'a-t-il fait, Gilbert ? A-t-il menacé Rachel et sa famille ?

Il y eut un silence, puis Gilbert fit un pas en avant et son visage tuméfié apparut dans la lumière. Isabel porta la main à sa bouche.

— Ils ont frappé Jacob, indiqua-t-il. Il a des marques sur tout le corps.

— Ô mon Dieu ! Et Rachel ? Et sa mère ?

— La femme de Jacob a juste reçu une gifle, mais Rachel…

Il lui raconta ce que Langton avait fait à la jeune fille.

— Surtout, ne sortez pas d'ici, conclut-il. Rachel montera vous voir dès que possible, mais ils la surveillent de près.

Soudain, Isabel sentit une rage comme elle n'en avait jamais éprouvé l'envahir.

— Cet homme est un monstre ! s'indigna-t-elle. Leur seul crime est de m'avoir accueillie !

— Il veut savoir où vous êtes, Isabel. Il leur a laissé quelques heures pour réfléchir, et a prévenu qu'à son retour, il ne ferait pas de quartier.

Les yeux clos, Isabel inspira profondément.

— Dites-leur que je suis désolée de les avoir mis dans cette situation, après toute la gentillesse dont ils ont fait preuve à mon égard. Ils doivent s'échapper. Vite.

— C'est déjà prévu. Nous avons un plan. Ils viendront vous chercher juste avant de fuir.

— Non. Je ne veux pas les mettre de nouveau en danger. Qu'ils partent sans moi.

— Mais qu'allez-vous faire ?

— Mon devoir. Ne fermez pas à clé. Et, Gilbert, laissez-moi votre couteau.

Le regard perdu dans le vague, elle attendit que le bruit des pas de Gilbert s'évanouisse, puis sortit.

L'arme glissée dans sa jarretière, elle descendit silencieusement au rez-de-chaussée. Personne. Elle entrebâilla la porte d'entrée, s'attendant à voir une armée de soldats lui sauter dessus. Mais rien ne se passa : la rue était déserte. À pas de loup, elle s'approcha de la fenêtre de l'auberge. La vitre opaque l'empêchait de voir clairement ce qui se passait dans la salle, mais elle reconnut la silhouette de Rachel assise par terre au centre de la pièce. Autour d'elle, des soldats installés sur des bancs riaient en buvant de la bière.

Aucun signe de Langton.

Saisissant ses jupons d'une main, elle s'élança dans la rue.

Elle continua à courir jusqu'en haut de la cité, et s'arrêta devant les remparts de la forteresse, s'efforçant de trouver suffisamment de courage pour poursuivre. Son plan était une folie, mais elle n'avait pas le choix.

Deux sentinelles surveillaient les portes du château. Les torches projetaient des ombres mouvantes sur les murs de pierre et dans la cour. Elle pria en silence, redressa les épaules et avança. Les deux hommes la considérèrent d'un air perplexe.

— Je suis Isabel de Burke, annonça-t-elle. Dites à l'archevêque Langton que je suis là.

Quelques instants plus tard, elle franchissait la herse et pénétrait dans la forteresse, escortée par un garde. Les hommes qu'elle croisa lui jetèrent des coups d'œil intrigués. Deux prostituées éclatèrent d'un rire aviné sur son passage.

Arrivée au pied du donjon, elle prit une profonde inspiration.

— Je veux voir ça de mes propres yeux ! cria une femme au-dessus d'elle.

C'était la voix d'Alis. Avec le sentiment d'être la proie d'un destin inéluctable, Isabel leva la tête.

Alis la contemplait depuis un balcon, les cheveux défaits comme au sortir du lit. Le décolleté de son corsage était aussi profond que celui des putains. Elle leva le verre de cristal qu'elle tenait à la main, but une gorgée et lui sourit.

— C'est bien toi. Je savais que tu n'étais pas morte.

Isabel lui rendit son sourire.

— J'aurais dû me douter que je te retrouverais ici.

Langton apparut à son tour sur le balcon, à demi débraillé. Regardant Isabel par-dessus l'épaule d'Alis, il grogna :

— Faites-la monter.

Les appartements de l'archevêque donnaient sur le fleuve. Isabel suivit le garde dans l'étroit escalier en colimaçon. À en juger par la musique et les rires qui s'élevaient de la grande salle, le roi divertissait ses courtisans. Ils passèrent devant l'encorbellement où s'étaient tenus Langton et Alis, puis longèrent un couloir éclairé par des torches. Sans doute la plupart des occupants du château se trouvaient-ils en bas, car ici, tout était silencieux et désert. Finalement, le garde frappa à une porte.

— Entrez ! cria Langton.

Le garde ouvrit la porte. Isabel s'avança, le menton levé.

C'était une vaste pièce, confortablement meublée. Dans la grande cheminée de pierre brûlait un feu ardent. La brise pénétrant par une fenêtre entrebâillée faisait danser les flammes des chandelles sur la table devant l'âtre, non loin du lit à baldaquin.

Langton attendait près d'une autre fenêtre, le visage dans l'ombre. Sa silhouette vêtue de noir se confondait avec les lourdes tentures derrière lui.

— Laissez-nous.

Le garde s'inclina et sortit. La porte se referma dans un claquement sinistre, puis ce fut le silence. Isabel fixa Langton, sans parvenir à discerner ses traits.

— Voilà un geste courageux, Isabel, commenta-t-il d'une voix posée.

Elle ne répondit pas.

— Vous ici, quel cadeau inattendu ! poursuivit-il. Je suis content que les Angenhoff vous aient envoyée jusqu'à moi.

— Ce ne sont pas eux qui m'ont envoyée.

— Allons, Isabel. Je sais être très persuasif. Après ma visite, je suis sûr qu'ils étaient impatients de m'aider.

Elle s'apprêtait à le contredire, puis se ravisa, estimant que Rachel et ses parents seraient plus en sécurité si Langton croyait à leur coopération.

— Que me voulez-vous ? demanda-t-elle.

Il eut un rire méprisant.

— N'est-ce pas évident ? J'ai été fort contrarié par votre brusque départ de Londres. Ce n'était pas très malin de faire croire que vous étiez morte. Votre mère m'a dit que c'était votre idée et qu'elle vous avait suppliée en vain de revenir à la raison. Votre grand-mère, en revanche, ne s'est pas montrée loquace. J'ai trouvé ça terrible de devoir ordonner à mes hommes de fouiller sa maison. J'espère qu'elle ne m'en veut pas trop pour les dégâts. Mais je vous rassure, nous ne lui avons pas fait de mal. Contrairement à ce que vous pensez, je ne suis pas un monstre. J'ai retrouvé votre trace grâce au capitaine du bateau qui vous a conduite à Berwick. Il se souvenait très bien de vous et de vos deux compagnons écossais.

Il avança dans la lumière. Une touffe de poils dépassait de l'échancrure de sa robe de chambre, manifestement enfilée à la hâte. Il traversa la pièce pour aller verrouiller la porte et glissa la clé dans sa poche.

— Pourquoi êtes-vous là, Isabel ?

— J'ai appris que vous me cherchiez.

— Par votre amie Rachel, je suppose.

— Non. Par mon bienfaiteur.

Il haussa les sourcils.

— Votre bienfaiteur ? Jacob ?

— Pas Jacob.

— Qui, alors ? interrogea-t-il en marchant vers un cabinet à liqueurs.

Il versa du vin dans deux verres de cristal.

— Parlez-moi de ce mystérieux bienfaiteur.

— Il n'a rien de mystérieux. Il était à l'auberge. Il m'a rendu visite et m'a offert… sa protection.

— Sa protection ? Peut-on savoir comment s'appelle cet homme ? Et n'essayez pas de me faire croire qu'il s'agit de de Boyer. Avec ce que lui coûte sa femme, le pauvre n'a pas les moyens d'avoir une maîtresse.

— Non, ce n'est pas de Boyer.

— L'Écossais, alors. Ce MacGannon.

— Non. Il est français. À Berwick pour ses affaires. Il est marchand de vin.

— Vous l'avez rencontré à l'auberge ?

— Oui.

— Son nom ?

Elle cita le premier nom qui lui vint à l'esprit.

— Gaston de Vézelay.

Langton se rapprocha et lui tendit un verre.

— Et moi qui vous croyais encore vierge… Je suis ravi que vous ne le soyez pas. C'est tellement fastidieux de déflorer une femme.

Elle lui sourit et prit le verre, qu'elle vida d'un trait dans l'espoir d'y puiser assez de force pour affronter la suite.

Langton s'esclaffa.

— Encore du vin, douce Isabel ? Se laissera-t-on devenir des débauchés ?

— Je crois que vous l'êtes déjà.

Il rit de plus belle et la resservit.

302

— Quel plaisir de constater que nous sommes au moins d'accord sur un point ! À présent, soyez franche. Pourquoi êtes-vous ici ?

— Pourquoi me cherchiez-vous ?

— Nous avions une affaire en cours. Je vous ai offert mes services et vous vous êtes enfuie. Je peux vous rendre tout ce que vous avez perdu d'un simple claquement de doigts, Isabel, assura-t-il. Il me suffit de dire au roi que vous avez été victime d'une terrible erreur. Vous n'aurez plus à vous cacher dans un cloaque comme Berwick. Vous pourrez rentrer à Londres sans crainte.

— En échange de… ?

— Vous. Votre corps. Quand je le souhaite. Et comme je le souhaite.

— Et si je refuse ?

— J'ouvre la porte et j'appelle le garde. Savez-vous quel châtiment on réserve aux traîtres ?

Elle hocha la tête.

— Je détesterais vous voir souffrir, déclara-t-il avec une moue dégoûtée.

Puis, écartant un peu plus les pans de sa robe de chambre, il se caressa le ventre, et plus bas. Lâchant un rire, il questionna :

— Quel genre de choses de Vézelay aime-t-il que vous lui fassiez ?

— Rien de particulier.

— Vous demande-t-il de le caresser ?

Sa main monta et redescendit.

— Vous demande-t-il de prendre son sexe entre vos lèvres ?

Elle se sentait sur le point de défaillir.

— Oui, marmonna-t-elle.

— Vous le faites ?

— Oui.

— Approchez, Isabel.

Il posa son verre sur la table.

Elle s'exécuta, guindée. Il lui prit son verre qu'il plaça à côté du sien, puis, sans cesser de se caresser de sa main gauche, il lui saisit la nuque de l'autre.

— Embrassez-moi, Isabel. Prouvez-moi que vous êtes sincère.

Elle posa ses lèvres sur les siennes. Il sentait l'ail et le vin. Quand il enfonça sa langue dans sa bouche, elle réprima un haut-le-cœur.

— Vous ne semblez pas vraiment consentante, fit-il remarquer en se redressant. Vous tremblez, Isabel. Est-ce que je vous fais peur ?

— Oui, reconnut-elle dans un souffle.

Une étincelle de plaisir s'alluma dans le regard de Langton. Seigneur ! Il fallait qu'elle y arrive. Elle n'avait pas le choix !

— Je sais me montrer très généreux lorsqu'on est gentille avec moi.

— Que voulez-vous que je fasse ?

En guise de réponse, il lui prit la main et la referma autour de son pénis. Son érection était dure, moite et chaude entre ses doigts. D'un mouvement d'épaules, il fit tomber sa robe de chambre et se retrouva entièrement nu devant elle. Il était bâti comme un tonneau ; une toison noire et épaisse lui couvrait le torse et le sexe. Il sourit.

— Oui. Tu m'excites. Tu m'as excité dès la première fois que je t'ai vue. J'ai tout de suite voulu te posséder. Te montreras-tu maligne, Isabel ? Ou ce joli cou finira-t-il tranché sur un billot ?

Elle garda le silence.

— Regarde ta main autour de ma queue. Regarde !

Elle obéit.

— Maintenant, bouge-la. Lentement. En haut. En bas. Ton Français ne t'a pas enseigné grand-chose, dirait-on. Ça lui plaît quand tu le fais ?

— Oui.

— Qu'aime-t-il d'autre ? Quand tu vas plus vite, comme ça ? interrogea-t-il en guidant sa main. Oui. Serre plus fort. Encore. Encore. Je ne crois pas que tu l'aies déjà fait, commenta-t-il avec un sourire narquois. Mais tu apprendras. À présent, lâche-moi. Ce serait dommage que notre rendez-vous s'interrompe trop rapidement. Déshabille-toi.

— Je...

— Dois-je appeler le garde ?

— Non.

— Alors ?

Elle fit passer sa robe sur sa tête, et se détourna pour desserrer sa jarretière. Puis elle ôta ses chaussures et enroula ses bas. Profitant de ce qu'elle fût penchée en avant, Langton se plaça contre son dos et lui caressa les seins à travers le tissu de sa camisole.

Elle se mordit les lèvres. C'était impossible, elle n'y arriverait pas, se rendit-elle compte en sentant l'érection de l'archevêque contre ses fesses.

— Ça aussi, nous le ferons, susurra-t-il à son oreille. Mais pas tout de suite. Laisse-moi t'aider.

D'un geste habile, elle glissa la jarretière – et le couteau que lui avait donné Gilbert – jusqu'à sa cheville, ramenant rapidement les vêtements au-dessus de l'arme.

Langton lui enleva sa camisole et la fit pivoter face à la cheminée pour mieux la détailler.

— Oui. Oui. Tu es parfaite, commenta-t-il avec un sourire avide. Nous avons bien un accord, Isabel ? Ton corps contre ta vie ?

Elle hocha la tête, tremblante. *Mon Dieu !*

Il fit glisser sa paume sur son épaule, ses seins, le long de sa taille, et s'immobilisa entre ses jambes.

— Pas trop vite, murmura-t-il comme s'il se parlait à lui-même. Caresse-moi encore.

Elle s'exécuta.

— Voulez-vous que je la prenne dans ma bouche ?

À ces mots, elle sentit son sexe palpiter entre ses doigts, et prit brusquement conscience du pouvoir qu'il lui donnait. C'était donc là le secret d'Alis, qui lui permettait d'obtenir des hommes ce qu'elle voulait. Un instant, elle imagina la jeune fille avec Langton. Avec Henri. Et rejeta cette vision de son esprit.

Elle caressa lentement le membre du prélat. Il fallait qu'il la croie sincère.

— Assieds-toi.

Il la poussa contre les coussins du banc et se plaça devant elle, son sexe dressé devant son visage.

— Prends-le.

Elle referma le poing autour et serra.

— Dans ta bouche.

Elle se mouilla les lèvres et les ouvrit. Aussitôt, Langton s'introduisit en elle. Elle eut un mouvement de recul et réprima un haut-le-cœur. Il lui frappa le côté du crâne.

— Prends-le !

Elle le fit, le laissant s'enfoncer dans sa bouche avec un soupir de plaisir. Il sortit, puis entra de nouveau, répétant encore et encore ce va-et-vient.

— Bouge ta langue !

Malgré son envie de vomir, elle se pencha en avant et obéit tandis que ses doigts cherchaient le couteau à tâtons. Lorsqu'elle le tint fermement dans la main, elle resserra les lèvres. Langton renversa la tête en arrière en gémissant.

Elle lui planta l'arme entre les jambes.

Il hurla. Elle retira le couteau et frappa encore. Cette fois, Langton chancela en arrière. Le sang jaillissait de son scrotum. Il cria de plus belle et voulut se jeter sur elle. Mais elle l'évita d'un bond, son arme toujours brandie devant elle. Il était plus fort et plus rapide. S'il parvenait à la saisir, elle mourrait. Le sang ruisselait le long de ses cuisses. Il porta la main sur la blessure en grimaçant, et tomba à genoux.

Sans perdre une seconde, Isabel ramassa ses vêtements et se rua vers la porte.

Elle était verrouillée. Langton essayait de se relever. Elle fit volte-face, saisit un vase en terre et le lui abattit sur le crâne. Encore et encore. Il s'écroula dans un soupir et s'immobilisa enfin.

Le souffle rauque, le cœur battant, elle se pencha pour prendre les clés dans la poche de la robe de

chambre, sur laquelle elle essuya son couteau. Langton ne bougeait plus ; le sang continuait à s'écouler
autour de lui, effroyablement rouge. Elle se rinça les
mains dans la cuvette posée dans un coin, le cœur
au bord des lèvres tandis qu'elle regardait l'eau se
teinter d'écarlate. Puis elle enfila sa camisole en
tremblant et sortit dans le couloir en prenant soin
de fermer derrière elle. Le reste de ses habits enrou-
lés autour du couteau, elle s'élança vers l'escalier,
tourna sur le palier…

Et se retrouva face à Henri, qui montait dans la
direction opposée.

Il était seul. Il s'arrêta net en la reconnaissant.

— Isabel ? Que se passe-t-il ?

Elle serra sa robe contre elle.

— Je l'ai tué. Ô mon Dieu, Henri, je l'ai tué. Ou
peut-être pas. Je ne suis pas sûre… Ô mon Dieu,
mon Dieu !

Henri lui saisit les bras.

— Qui ? Langton ?

Elle acquiesça.

— Que vous a-t-il fait ?

Elle secoua la tête.

— Il s'en est pris à Rachel et sa famille.

— C'est Alis qui m'a dit que vous étiez là…
Attendez, je vais voir s'il est mort.

— Non ! Je dois sortir d'ici. Je vous en prie, Henri,
aidez-moi à sortir !

— Pas dans cet état. Tenez, habillez-vous.

Il lui prit sa robe des mains. Le couteau tomba au
sol. Il tressaillit.

— Vous l'avez poignardé ?

La gorge nouée, elle hocha la tête. Sans commentaire, il l'aida à enfiler sa robe, obligé de s'y reprendre
à plusieurs fois tant elle tremblait.

— Pas le temps, dit-il en avisant ses bas.

Il ramassa le couteau et le glissa dans sa ceinture.

— Venez.

La prenant par la main, il l'entraîna le long d'un couloir qu'elle n'avait pas remarqué auparavant, puis dans un escalier sombre qui les conduisit à l'arrière du château.

— Ne bougez pas ! ordonna-t-il avant de disparaître par une porte.

Elle attendit, frissonnante.

Il revint avec un manteau qu'il lui jeta sur les épaules. Main dans la main, ils s'élancèrent, montant et dévalant des volées de marches, traversant des couloirs, croisant des valets et des hommes d'armes qui leur lançaient des regards surpris, mais ne cherchèrent pas à les arrêter.

À un moment, Henri l'attira contre lui en riant et lança à deux gardes :

— Elle ne supporte pas l'alcool ! Une aubaine pour moi !

Leurs rires résonnèrent entre les pierres.

Soudain, elle reconnut l'endroit où ils se trouvaient : au pied de l'escalier vertigineux qui reliait la forteresse au fleuve.

Deux tours le flanquaient. Henri la poussa à l'intérieur de l'une d'elles.

— Ne dites rien, souffla-t-il en lui rabattant le capuchon du manteau sur la tête.

Il s'approcha d'une sentinelle avec laquelle il échangea quelques mots. Puis il y eut un cliquetis de pièces, et Henri l'entraîna hors de la tour. Ils coururent jusqu'à l'une des petites embarcations qui traversaient la Tweed.

— Emmenez-la, tout de suite !

— Où ça, monsieur ?

— N'importe où ! De l'autre côté du fleuve. Dans un endroit sûr. Et n'en parlez à personne !

Il lança une bourse au passeur.

Celui-ci l'attrapa, la soupesa et sourit.

— Pour ce prix-là, je serai aussi muet qu'une tombe.

Isabel se retourna vers Henri tandis que le bateau s'éloignait. Les bras ballants, il la regardait. Puis il prit le couteau dans sa ceinture et le jeta à l'eau.

Bientôt, l'obscurité l'engloutit, et elle ne vit plus que la masse imposante de la forteresse éclairée par les torches, et le drapeau flottant sur la plus haute tour. La bannière d'Édouard, roi d'Angleterre.

L'esprit agité, Rory faisait les cent pas dans la petite clairière où il se cachait en compagnie de Kieran, William et une douzaine d'autres fugitifs.

— Assieds-toi, Rory, l'interpella William. Ça n'ira pas plus vite.

Rory hocha la tête, comme s'il acquiesçait, sans pour autant cesser d'aller et venir. Isabel se trouvait tout près de là, dans la cité de Berwick. Tout comme le roi Édouard. Et surtout, avait-il appris avec effroi, comme Walter Langton. Depuis qu'on lui avait annoncé la nouvelle, il ne cessait de s'abreuver de reproches. Comment avait-il pu la laisser seule, livrée à elle-même, aussi longtemps ?

Il avait cru agir noblement en restant à l'écart afin qu'elle l'oubliât. Et peut-être que lui-même l'oubliât. Ce qui s'était révélé totalement inefficace. Son souvenir le hantait. Il la retrouvait presque chaque nuit dans des rêves doux, tendres, ou si érotiques qu'il se réveillait en sueur.

Et maintenant, voilà qu'il était à moins de quinze lieues de Berwick, à attendre que des notables cupides feignent de songer au bien de l'Écosse en entérinant les désirs d'un souverain étranger. C'était une torture.

William se moqua de lui.

— Assieds-toi, Rory. Tu nous rends nerveux.

— Un jour, toi aussi tu aimeras une femme, répondit-il.

Ce qui lui valut un éclat de rire. En voyant Kieran le dévisager d'un air amusé, Rory se rendit compte de ce qu'il venait de dire. Il était amoureux d'Isabel !

Or les nouvelles que Kieran avait rapportées le matin même de Berwick à son sujet étaient effrayantes.

Il devait absolument la voir, lui parler et s'assurer que ce débauché de Walter Langton ne l'avait pas touchée. Se rendre sur place était une folie, il en était conscient.

Néanmoins, n'y tenant plus, il le fit.

Il n'eut pas trop de mal à traverser les campements anglais, ni à convaincre la sentinelle à l'entrée de la cité de le laisser passer. En joyeuse conversation avec des prostituées venues vendre leurs charmes, le garde le regarda à peine, se contentant d'empocher distraitement les quelques sous qu'il lui tendait. Après tout, pourquoi se serait-il inquiété ? Comment imaginer qu'un hors-la-loi recherché par tous viendrait se jeter dans la gueule du loup ?

D'un pas rapide, Rory gravit la colline jusqu'à l'auberge du Chêne et du Frêne. Là, il s'arrêta, surpris. La porte d'entrée était fermée et la grande fenêtre donnant sur la rue totalement noire. Il s'approcha. Aucun bruit ne provenait de l'intérieur.

Il poussa le vantail. Celui-ci s'ouvrit sans résistance. Le cœur battant, il entra dans la salle sombre et déserte, puis inspecta les autres pièces une à une. Ses bottes résonnaient lugubrement sur le sol. Dans les chambres, les lits étaient faits, les pots d'aisances vidés. À la cuisine, les plats attendaient sur les fourneaux froids. Tout semblait indiquer que les propriétaires allaient revenir d'un moment à l'autre. Sauf qu'il n'y avait plus aucun vêtement et que les livres et la Bible de Jacob avaient disparu.

Et, dans la salle principale, il découvrit des taches de sang sur le sol.

Il interrogea plusieurs aubergistes aux alentours, mais aucun ne fut en mesure de lui indiquer ce qui s'était passé.

— Ils sont partis.

Il pivota vers le vieil homme qui venait de s'adresser à lui.

— Jacob, sa famille et tous les autres. Ils sont partis après la visite de Langton.

— Savez-vous où ils sont allés ?

Le vieillard haussa les épaules en signe d'ignorance.

— Y avait-il une jeune fille anglaise avec eux ? Isabel de Burke. Était-elle avec eux ?

— Ah. Celle qui a poignardé Langton, c'est ça ?

— Quoi ? Elle a poignardé Langton !

— Elle s'est échappée, à ce qu'on raconte.

— Et Langton ? Il est mort ? L'a-t-elle tué ?

— Personne n'en a rien dit.

— Où est-elle allée ?

Nouveau haussement d'épaules.

— L'auberge est fermée et ils sont tous partis.

Troisième partie

Dico tibi verum, libertas optima rerum ;
Nuquam servili sub nexu vivito, fili.

« Mon fils, je te le dis en vérité,
Aucun présent ne vaut la liberté ;
Alors, ne vis jamais en servitude. »

Précepte latin de l'oncle de William Wallace,
prêtre de Dunipace

17

Deux ans plus tard
Septembre 1294, forteresse de Stirling, Écosse

Nell Crawford fit signe à son neveu de se taire et l'attira en hâte à l'intérieur de la pièce.

— Kieran! Que fais-tu ici, et à une heure pareille? Quelque chose est arrivé?

Kieran l'embrassa sur la joue et sourit.

— Calmez-vous, ma tante. J'avais juste envie de prendre des nouvelles.

Nell ferma la porte.

— Et tu crois que le milieu de la nuit est le meilleur moment pour cela?

— J'ai pensé que les espions du roi seraient peut-être couchés, plaisanta Kieran. Vous venez juste de quitter votre service auprès de la reine, Nell. J'ai demandé à ses laquais de vous prévenir de ma visite. Ils ne l'ont pas fait?

— Non, mais ce n'est pas surprenant. J'ai beau être sa suivante sur ordre de John Comyn et John Balliol, la reine Isabella de Warenne et moi ne sommes pas très proches.

— Parce qu'elle est anglaise?

— Cela n'aide pas, c'est certain. Mais aussi parce qu'elle est la fille du comte de Surrey, l'un des plus proches conseillers du roi Édouard et un ennemi juré des Écossais. Rory est-il avec toi, mon garçon?

— Non. Je suis venu seul. Rory est resté avec William.

— Au moins n'est-il pas en train de chercher Isabel sous le nez des Anglais. A-t-il fini par renoncer à elle ?

— Non. Vous connaissez Rory.

Elle soupira, fataliste.

— Que puis-je t'offrir ? De la bière ? Du vin ? De quoi souper ?

— Merci, j'ai déjà dîné avec les autres après l'assemblée avec Balliol. Une de plus. Pour ce que ça sert.

Les auditions à Berwick avaient finalement abouti à la nomination de John Balliol. Or, le nouveau souverain d'Écosse se comportait en vassal d'Édouard d'Angleterre, n'émettant qu'une protestation symbolique quand celui-ci s'attribuait les pouvoirs qui lui étaient normalement dévolus. Mais si les nobles écossais demeuraient muets face à ces abus, le peuple, lui, exprimait ouvertement sa désapprobation.

— Pendant que j'attendais de vous voir, j'ai écouté ce qui se disait, déclara Kieran. Est-il vrai que le roi John se serait enfin décidé à défier Édouard en refusant d'envoyer des troupes envahir la France à ses côtés ?

— Il ne s'agit pas d'un refus officiel mais, en effet, il n'a pas bougé. À la place, il a convoqué les barons en assemblée à Stirling.

— Édouard n'a pas réagi ?

— Pas pour l'instant. Il a déjà fort à faire avec la rébellion des Gallois. On verra ce qui se passera ensuite.

Kieran hocha la tête, avant d'enchaîner :

— Et vous, ma tante ? Comment vous sentez-vous ici ?

— Seule.

Liam était parti depuis si longtemps ! Le roi l'avait dépêché en France en compagnie de plusieurs évêques et représentants de la noblesse, avec mission d'arranger une rencontre entre son fils aîné et la nièce du roi Philippe de France. Pendant ce temps, Nell se languissait auprès d'une reine dont elle n'avait que faire.

— Liam et les filles me manquent terriblement.

— Vous les avez envoyées au loin?

— Chez Margaret, à Loch Gannon. Là-bas, au moins, elles sont en sécurité.

Kieran acquiesça.

— Je suis content que ma mère et mes sœurs soient à Skye et non à Stirling. Pour être franc, j'aimerais bien pouvoir y rentrer moi aussi. Je commence à en avoir assez d'être toujours sur les routes. Peut-être suis-je prêt à fonder une famille. Croyez-vous que Liam pourrait également arranger mon mariage?

— À condition que ton père devienne roi, plaisanta Nell.

— S'il se prend pour un roi, cela suffit-il?

— Arrête de dire des bêtises, menaça-t-elle en riant, ou je répéterai à mon frère ce que son fils raconte sur lui. Bon, je te sers du vin ou je dois me résoudre à boire seule?

— Avec plaisir, ma tante.

Elle remplit deux verres en cristal.

— Amusant, non, de penser que nous avons du vin français, et pas les Anglais? observa-t-elle. Cette dispute entre Philippe de France et le roi Édouard est une bénédiction pour le commerce écossais. J'ai entendu dire que les marchands de laine de Newcastle avaient même conclu des contrats avec leurs confrères écossais pour acheminer leurs marchandises vers le Continent. Ils doivent payer un bon prix pour ce privilège, j'imagine.

— Sans doute, approuva Kieran. Edgar Keith dit que les Anglais lui ont rapporté plus d'argent en un mois que les Écossais en un an.

— Le beau-frère de Rachel ? Conseille-lui d'en profiter, alors. Car cela ne durera pas s'il y a la guerre. Rory a-t-il reçu des nouvelles de son père ?

Gannon était parti lui aussi, en compagnie de Magnus et d'autres représentants de la noblesse, pour discuter avec le roi Erik de Norvège.

— Rien depuis son départ. À propos, que pensez-vous de ce voyage, ma tante ? Ne craignez-vous pas que ce soit une perte de temps, que le roi Erik ne se battra jamais à nos côtés ?

— Erik est déjà en pourparlers avec Philippe de France. On parle même d'un traité secret entre la France et la Norvège. Or, comme Philippe est l'ennemi d'Édouard, si Philippe devient l'ami d'Erik…

— L'ennemi de mon ennemi devient mon ami, conclut Kieran.

— Ce ne serait pas la première fois que cela arriverait. Et Rachel, comment va-t-elle ?

Kieran eut un sourire las. Quand, un an plus tôt, il avait retrouvé Rachel chez sa sœur Sarah, il avait été fou de joie. Hélas, la jeune fille s'était montrée polie et distante, comme s'ils ne s'étaient jamais embrassés. Et lorsqu'il avait insisté, elle lui avait offert son amitié, assurant qu'elle n'éprouvait rien de plus à son égard. Un mensonge, il en était certain. Mais toutes ses tentatives pour se rapprocher d'elle s'étant soldées par un échec, il avait fini par accepter ce qu'elle lui proposait. Cela n'avait rien de satisfaisant, mais au moins pouvait-il continuer à la voir aussi souvent que possible. C'est-à-dire trop peu.

— Elle va bien, répondit-il. Ils sont rentrés à Berwick. Son père a rouvert l'auberge, et ça marche bien.

— Et Isabel ? Ils ont des nouvelles ?

— Non. Rien depuis deux ans. Même sa grand-mère ignore où elle se trouve, selon Rory. La seule certitude, c'est qu'elle a quitté Berwick.

— Rassure-moi, Rory n'est pas allé la chercher à Londres ?

— Disons qu'il ne s'est pas rendu là-bas uniquement pour elle.

— Il est fou ! Sa tête est mise à prix !

— Il le sait, ne vous inquiétez pas. D'ailleurs, il est en Écosse la plupart du temps, où il discute avec les chefs de clans et les notables. Pendant son séjour à Londres, il a dîné chez Robert Bruce, le fils.

— J'ai croisé le jeune Bruce ici l'été dernier. Il m'a plutôt fait bonne impression. Je me souviens qu'il avait également plu à Gannon lorsqu'ils s'étaient rencontrés. Mais ce n'est peut-être qu'une façade pour s'attirer la sympathie des vassaux de John Comyn.

— Je ne le pense pas. Même si, effectivement, les Bruce vont tenter de vous rallier à leur camp. Comme l'a fait Comyn en Ayrshire, en convainquant les soldats d'épargner votre manoir quand tant d'autres étaient brûlés.

— Pour l'instant, les Bruce n'ont pas essayé. Mais si c'était le cas, je les écouterais peut-être. J'estime avoir payé ma dette aux Comyn en acceptant de servir la reine Balliol.

Nell ne précisa pas combien elle détestait cette femme dure et hautaine, qui traitait ses suivantes comme des moins que rien, s'entourait d'aristocrates anglaises et échangeait de nombreux courriers avec l'Angleterre. Chaque lettre en provenance de là-bas rappelait douloureusement à Nell que son pays était sous la surveillance constante du roi Édouard.

— Moi qui croyais en avoir terminé avec la vie de cour ! soupira-t-elle. Enfin, mieux vaut encore Balliol que la guerre. Même si, en tant que roi, il ne cesse de nous décevoir. Il détourne les yeux des abus des Anglais, laissant à d'autres tels que toi la charge de protéger le peuple. À ce propos, Kieran, est-ce vrai ce qu'on raconte ? Que vous avez chassé les Anglais de l'ouest et du nord de l'Ayrshire ?

— En effet.

— Donc, Rory et toi ne faites pas que discuter ?

— Peut-être pas.

— Tu ne veux rien me dire de plus ?

— Je ne peux pas, ma tante.

Nell hocha la tête.

— Après tout, c'est peut-être aussi bien. Sinon, je serais encore plus inquiète. Promets-moi juste que Rory et toi ne vous exposerez pas inutilement, que vous n'oublierez pas que nous vous aimons et nous faisons du souci pour vous.

— Promis, ma tante.

Kieran se leva :

— Il faut que je rejoigne les autres, à présent.

— Déjà ?

— Ne vous tourmentez pas, ma tante. Nous sommes raisonnables.

— Raisonnables ? S'il y a une chose que vous n'êtes ni l'un ni l'autre, c'est bien ça ! s'exclama-t-elle en lui posant une main sur l'épaule. Tu comptes beaucoup pour moi, mon garçon. Fais attention à toi. Et dis à cette tête folle de Rory qu'il y a d'autres filles à travers le monde.

Il déposa un baiser sur sa joue.

— J'essaie de m'en souvenir moi-même.

Nell le regarda s'éloigner. Avant de disparaître, il se retourna pour lui adresser un dernier au revoir. Adossée à la porte, elle pria pour lui, pour Rory, et tous ceux qu'elle aimait.

Liam, reviens-moi vite. J'ai besoin de toi, mon amour. J'ai peur...

— Rachel.

Sa mère l'avait appelée à voix basse. Elle la prit par le bras pour l'entraîner vers la salle.

— Regarde dehors.

Dissimulée dans l'ombre, Rachel jeta un coup d'œil par la fenêtre. Son cœur fit un bond dans sa poitrine.

Henri de Boyer !

Immobile au milieu de la rue, il contemplait l'auberge d'un air impassible, comme s'il hésitait à entrer. Vêtu de l'uniforme des chevaliers royaux, il lui parut encore plus élégant que dans son souvenir. Ses cheveux bruns brillaient sous les derniers rayons du couchant.

— Prions pour que sa présence n'indique pas le retour des Anglais, commenta Jacob en venant se poster près d'elle.

— Je l'espère. Même si nous n'avons rien entendu en ce sens. Peut-être apporte-t-il des nouvelles d'Isabel ?

— Si Isabel avait voulu nous donner de ses nouvelles, elle aurait écrit, répliqua Jacob.

— Comment l'aurait-elle pu, alors qu'elle ignorait où nous étions ?

— Ce n'était pas difficile de deviner que nous nous étions réfugiés chez Sarah. Non, Rachel, répéta-t-il pour la énième fois depuis deux ans, Isabel ne courra pas le risque de nous mettre de nouveau en péril en nous contactant. Et je l'en remercie.

— Je voudrais juste être sûre qu'elle est vivante, papa, dit Rachel en baissant les yeux. Qu'elle n'a pas eu à payer pour ce qu'elle a fait.

— Bien sûr qu'elle a payé. Comme nous tous. Tiens, il monte.

Ils attendirent sans bouger qu'Henri gravisse les marches. En les découvrant, il parut un instant décontenancé, puis il sourit.

— Je suis heureux de constater que vous vous portez bien, Jacob. Rachel, je vous souhaite le bonjour.

— À vous aussi, sir, répondit Jacob. Il y avait longtemps.

— Deux ans, précisa Henri.

Il regarda derrière Rachel.

— Est-elle ici ?

— Isabel ? s'écria Rachel, surprise. Non. Vous ne savez pas où elle se trouve ?

— Je ne l'ai pas revue depuis la nuit où je l'ai aidée à s'enfuir du château. Vraiment, elle ne se cache pas ici ? Je vous en prie, dites-le-moi si c'est le cas.

— Vous l'avez aidée à sortir de la forteresse ?

— Chut ! ordonna Jacob. Pas ici. Rachel, emmène sir de Boyer dans une autre pièce. Je vous rejoins.

Le temps que son père demande à un serveur de le remplacer, Rachel conduisit Henri dans le logement qu'elle partageait avec ses parents.

— Alors, vous n'avez reçu aucune nouvelle d'elle depuis ? interrogea-t-il dès qu'ils furent à l'abri des oreilles indiscrètes.

— Non. En fait, j'espérais que vous en apportiez.

— Elle n'est pas retournée à Londres, c'est tout ce que je sais. Ni sa mère ni sa grand-mère ne sont au courant de quoi que ce soit. Comment a-t-elle survécu pendant ces deux années ? Elle n'avait rien hormis ses vêtements.

— Elle avait cousu des pièces d'or dans l'ourlet de sa robe. Pas une fortune, mais assez pour survivre un certain temps.

Jacob entra et referma la porte derrière lui.

— Où a-t-elle pu aller ? insista Henri. Avez-vous revu MacGannon ? Elle est peut-être avec lui.

Ignorant le regard acéré que lui lança son père, Rachel répondit :

— Non. Son cousin est passé nous voir, mais pas Rory. Et il n'était au courant de rien.

— Pourquoi êtes-vous ici ? s'enquit Jacob. Le roi Édouard compte-t-il revenir ?

— Pas pour l'instant, mais la situation est tendue. Mes compagnons et moi avons pour mission… de vérifier où va la loyauté de chacun. Je suis content de constater que vous êtes sains et saufs. J'ai eu peur que Langton ne vous ait pourchassés.

Comme il se levait pour prendre congé, Jacob intervint :

— S'il vous plaît, sir, racontez-nous ce qui s'est passé cette nuit-là.

Henri se rassit et leur narra comment Isabel avait poignardé Langton et de quelle façon il l'avait aidée à fuir.

— C'est la dernière fois que je l'ai vue, conclut-il avec un haussement d'épaules. Je n'arrive toujours pas à croire qu'elle ait commis un acte pareil. Le pire, c'est que Langton a survécu. À ce propos, Isabel m'a dit qu'il s'en était pris à vous ?

Ce fut au tour de Jacob de raconter.

— Finalement, nous sommes revenus l'année dernière, après le départ des soldats anglais, expliqua-t-il. Depuis, tout est calme.

— Langton la cherche toujours, le prévint Henri. S'ils ne la trouvent pas ailleurs, ses hommes finiront forcément par revenir ici. Restez sur vos gardes. Et surtout, si vous voyez Isabel, dites-lui de rester cachée.

Il serra la main à Jacob.

— Merci de votre accueil et d'avoir pris soin d'Isabel. J'espère que vous n'aurez plus à payer le prix de votre hospitalité.

Sur le seuil, il se retourna pour ajouter :

— Si les événements continuent à évoluer dans ce sens, il y aura probablement une guerre. Vous et moi nous retrouverons dans deux camps ennemis. Les Écossais n'ont aucune chance de gagner, vous savez. L'armée anglaise les écrasera. Alors, si d'une manière ou d'une autre, vous avez l'occasion de transmettre un message aux seigneurs écossais, conseillez-leur de reconsidérer leur attitude vis-à-vis d'Édouard.

Jacob hocha la tête.

— Je le dirai à ceux qui voudront bien m'écouter.

— Répétez-le à Kieran MacDonald. Précisez-lui que son cousin et moi serons ennemis en plus d'être rivaux. Qu'il avertisse MacGannon que je le chercherai sur le champ de bataille. Et que Dieu nous vienne en aide, car l'un de nous deux mourra. Et si

Isabel passe par ici... dites-lui que je suis venu, et que je lui souhaite le meilleur.

Rachel écoutait son père réciter les prières de Shabbat et lire le message d'espoir du Livre de Michée promettant l'arrivée d'un nouveau roi qui sauverait le peuple. Une lecture appropriée à la situation de l'Écosse, songea-t-elle, où John Balliol et Robert Bruce s'étaient tous deux présentés comme le sauveur. Hélas, le souverain choisi, loin de protéger le pays, l'avait assujetti à un monarque étranger, pour la plus grande déception de la population.

Rachel contempla l'ecchymose bleutée sur son poignet. La veille, un client surexcité l'avait saisi pour l'obliger à déclarer qu'il fallait tuer John Balliol. Elle avait réussi à s'en libérer, mais l'expérience l'avait d'autant plus ébranlée que les échauffourées se multipliaient à l'auberge, attestant d'une situation générale de plus en plus explosive.

Seule l'idée du retour de Kieran lui permettait de supporter son existence actuelle. Pourtant, elle n'avait laissé guère d'espoir au jeune homme, lui expliquant qu'elle ne se résoudrait jamais à faire subir à son père ce qu'il avait déjà vécu avec sa sœur en se mariant hors de sa religion. Malgré tout, Kieran avait promis de revenir et, résolue à l'attendre, elle avait une fois de plus repoussé les avances de Moshé.

Une merveilleuse nouvelle avait éclairé ses journées maussades : Sarah attendait un enfant. Or, bien qu'elle se demandât comment ils se débrouilleraient à l'auberge une fois mère partie aider sa sœur, Rachel se réjouissait de l'arrivée de ce petit être au sein de la famille.

Sa mère prendrait la route dimanche matin et ne rentrerait que deux semaines plus tard, le 30 novembre.

La ramenant au présent, Jacob les invita à prier. Elle baissa la tête, demandant à Dieu de protéger l'Écosse et de mettre fin à l'incertitude qui avait plongé son pays d'adoption dans la violence. Et de lui laisser Kieran.

Ce dernier lui avait écrit plusieurs fois. Mais chaque missive mettait des mois à lui parvenir, et un jour elles cesseraient d'arriver, elle en était certaine.

De fait, il n'y en eut bientôt plus. Pendant ce temps, l'atmosphère à l'auberge était devenue de plus en plus tendue. Une nuit, une rixe éclata après le départ des clients habituels. Moshé vint à la rescousse de Jacob pour séparer les protagonistes, qu'il jeta dehors sans ménagement. En le voyant plaisanter ensuite avec son père et se tourner vers elle avec un regard de triomphe, Rachel comprit que le jeune homme n'avait pas renoncé à l'épouser.

Hanoukka arriva, puis Noël et l'an 1295, accompagné d'une tempête de neige. Quand Jacob entreprit de déblayer la neige devant l'auberge, Moshé, comme sorti de nulle part, lui prit la pelle des mains pour terminer le travail. Elle les regarda discuter et rire ensemble. Le soir même, elle laissa Moshé l'embrasser.

Malgré tout, elle continuait à attendre Kieran.

Un message de sa mère les informa de la naissance d'un adorable garçon dénommé James Jacob Edgar Keith. Fou de joie, Jacob parlait sans cesse de son petit-fils. Puis mère revint et la vie reprit son cours habituel.

Il y eut la Chandeleur, le début du Carême, la Pâque juive et la Pâque chrétienne. Toujours aucune nouvelle de Kieran. Le premier jour de mai, alors que Berwick célébrait le retour du printemps, Moshé lui demanda de nouveau sa main. Elle réfléchit deux jours. Et accepta.

La cérémonie eut lieu à la fin du mois. Sarah et Edgar vinrent pour l'occasion avec le petit Jacob, qui dormit tout du long. Mère et père rayonnaient de bonheur.

Quant à Rachel, elle pleura en cachette en songeant à Kieran. Puis encore durant sa nuit de noces tandis que Moshé, son devoir accompli, ronflait à côté d'elle.

Elle continua à travailler à l'auberge, où elle passait souvent plus de temps que nécessaire, oubliant même parfois qu'un mari l'attendait. Ce qui lui valait les critiques de ses beaux-parents – avec qui elle partageait désormais l'arrière-boutique de la boucherie – qui comprenaient mal cette bru si peu intéressée par son foyer. Rachel ne répliquait pas, pas plus qu'elle ne se disputait avec Moshé, se contentant de subir les jours, les semaines et les mois.

Un soir d'août, alors qu'elle récitait les dernières prières de Shabbat, des bruits résonnèrent en provenance de la salle de la taverne. Ses parents et elle échangèrent un regard inquiet. Encore une bagarre à propos du roi, sans doute.

— Nous ferions mieux d'aller voir ce qui se passe, déclara sa mère.

— Trois étoiles, rappela Jacob. Le Shabbat n'est pas terminé tant qu'il n'y a pas trois étoiles dans le ciel.

— Sortons les compter, proposa mère en se dirigeant vers la cour.

Elle tendit l'index vers le ciel.

— Une, deux et trois.

— Ce n'est pas une étoile, c'est la lune, protesta Jacob.

Rachel rentra en riant. Elle en avait compté au moins dix. Il était temps de se remettre au travail. Elle noua un tablier autour de sa taille et alla s'enquérir de la source du raffut.

C'était un Highlander. Il dansait sur une table, les bras levés, au rythme des applaudissements des spectateurs. Rachel secoua la tête. Cela se terminerait en bagarre, comme d'habitude.

— Va chercher Gilbert et les garçons, conseilla Jacob à sa femme. Vu la carrure de celui-là, on va avoir besoin d'aide.

Puis les claquements de mains s'arrêtèrent ; le Highlander s'inclina en riant.

— Vous me devez un verre, messires, lança-t-il. J'ai dansé comme un enragé, maintenant je meurs de soif.

Elle entendit à peine les éclats de rire qui suivirent ces paroles. Comme hypnotisée, elle regarda le jeune homme sauter au sol et se passer la main dans les cheveux : de longs cheveux bruns attachés en catogan à l'arrière de son crâne. Puis il se retourna, et elle sentit son cœur se figer. Kieran !

— Rachel ! s'exclama-t-il en s'élançant vers elle. Je vous avais dit que je reviendrais.

Il s'approcha, souriant, encore plus grand et plus beau que dans son souvenir.

— Je vous avais dit que je reviendrais, répéta-t-il en se penchant vers elle. Et me voilà !

Sans lui laisser le temps de réagir, il l'enlaça par la taille et l'embrassa.

— Eh bien ? Vous n'êtes pas contente de me revoir ?

— Si ! Non ! Oh, Kieran !

Elle éclata en pleurs.

Au début, elle fut incapable de prononcer un mot. Trois mois. Pourquoi n'avait-elle pas attendu trois mois de plus ? Puis elle lui avoua tout, expliquant entre deux sanglots comment, désespérée de ne plus avoir de ses nouvelles, elle avait accepté d'épouser Moshé. Il l'écouta, tête baissée. Quand il les posa de nouveau sur elle, ses yeux étincelaient de fureur. Il tourna les talons et sortit de l'auberge.

Elle pleura toute la nuit. Allongé près d'elle, Moshé ne posa aucune question.

Kieran revint le lendemain, le visage défait. Il s'assit avec elle sur la terrasse et lui raconta ce qui lui était arrivé durant tout ce temps. Elle fit de même, lui parlant de la visite d'Henri.

— Je suis toujours avec les hommes de William Wallace, indiqua-t-il. De Boyer a raison : à moins d'un miracle, il y aura la guerre. En revanche, il se trompe sur un point : ce ne sera pas Édouard le vainqueur, mais nous. Rory a réalisé de grandes choses, il a réussi à réconcilier les clans et leur faire oublier leurs différends.

Il sortit un paquet de lettres de sa chemise.

— C'est lui qui les a écrites, pour Isabel. Il n'a jamais eu l'occasion de les lui envoyer. Si vous la voyez…

— Il n'est jamais revenu, Kieran. Isabel a cru qu'il l'avait oubliée. Elle était désespérée à cette idée. Comme je l'étais en ne recevant plus de nouvelles de vous.

— Il n'a jamais cessé de penser à elle. Il a toujours cette couronne qu'elle lui a donnée. Dès qu'il a su qu'Édouard était ici et que Langton l'accompagnait, il a foncé à Berwick sans se soucier d'être arrêté par les Anglais. Mais elle était partie, vous aussi, et l'auberge était fermée. Non, il ne l'a pas oubliée, Rachel. Pas plus que je ne vous ai oubliée. Durant tout ce temps, vous étiez dans mon cœur, dans mon esprit.

— Pourquoi avez-vous cessé d'écrire ?

— J'ai rejoint les troupes de William. De chez moi, je pouvais confier mes lettres à des messagers ou des navires de passage. Mais en pleine forêt, il n'y avait personne.

— J'ai cru que vous m'aviez abandonnée.

— Jamais. Ne vous avais-je pas promis de revenir ?

— Il y a plus d'un an, Kieran.

— Je pensais que vous m'attendriez.

— Et moi, que je ne vous intéressais plus.

— C'est impossible. Même maintenant. Si vous avez besoin de quoi que ce soit, je serai là.

Elle lui adressa un pauvre sourire.

— Comment le sauriez-vous ? Comment pourrais-je vous prévenir ?

— C'est le problème, reconnut-il avec une moue désolée. C'est lui ?

Elle pivota, l'estomac noué. Jacob et Moshé se tenaient près de la porte, les yeux fixés sur eux.

— Oui.

— Il approche.

Kieran se leva, et Rachel l'imita. Moshé avançait lentement entre les tables, le visage impassible, les poings serrés. Kieran lui tendit la main.

— Kieran MacDonald, se présenta-t-il. Mes félicitations pour avoir épousé la plus jolie fille de la ville. Tous mes vœux de bonheur.

— Et moi, je veux que vous partiez, rétorqua Moshé en refusant la main tendue. Ou que vous mourriez.

— Moshé ! s'écria Rachel.

Le regard de Kieran étincela.

— Je ne mérite pas d'être traité ainsi. J'essaie d'être courtois avec vous et j'attends la même chose de votre part. Elle est votre femme désormais, pas la mienne. Vous devriez vous montrer magnanime dans votre victoire. Je pars, mais deux mots encore : si jamais elle a besoin de mon aide, je serai là. Pour elle, pas pour vous.

Se tournant vers Rachel, il ajouta :

— Je vous souhaite… d'être heureuse.

Elle pleura la plus grande partie de la nuit et les jours qui suivirent.

18

29 septembre 1295, Newcastle-upon-Tyne, Angleterre

— Miriam !

Isabel venait juste de sortir de la maison où elle louait une chambre, quand elle entendit répéter :

— Miriam !

Elle s'arrêta. Même après trois ans, elle oubliait encore de réagir à l'appel de son nom.

Isabel de Burke n'existait plus. Elle était remplacée par Miriam, un prénom particulièrement adapté puisque la Miriam de la Bible, punie par Dieu pour s'être opposée à son frère Moïse, avait été frappée par la lèpre. Isabel se sentait comme elle, obligée de se tenir à l'écart de ses congénères. Mais si la Miriam biblique avait été guérie sept jours plus tard, Isabel, elle, attendait toujours le pardon divin.

Pourtant, si nombreux que fussent ses péchés, elle n'en regrettait quasiment aucun. Elle s'était montrée trop timide, trop craintive dans sa vie d'avant, et l'avait payé cher. À présent, elle ne voulait plus avoir peur. De rien ni de personne.

Elle pivota vers Florine, sa vieille fouineuse de voisine.

— C'est la Saint-Michel, déclara celle-ci. Vous n'allez pas à la messe ?

Isabel se maudit intérieurement. Elle aurait attendu quelques instants de plus avant de sortir, personne ne l'aurait remarquée.

— Si, bien sûr, répondit-elle avec un sourire forcé. Je m'y rendais justement.

— Dans ce cas, faisons route ensemble.

Isabel hocha la tête, résignée. À la place de la matinée tranquille qu'elle avait prévue, elle se rendrait à la messe, prétendant prier un dieu auquel elle ne croyait plus. Et éludant les questions incessantes de Florine.

— Où fêterez-vous la Saint-Michel, ma chère ?

— Chez le négociant qui m'emploie.

— Vraiment ? Cet homme veut faire apprendre le latin et le français à ses filles entre la messe et la fête ? Il vous exploite, Miriam. Vous devriez lui demander plus de temps pour vous.

— Cela m'est égal de travailler. Au moins, j'ai un toit sur la tête.

— Ah oui, bien sûr. Les loyers et les comptes se soldent à la Saint-Michel. J'espère que vous avez soldé tous vos comptes, Miriam, dégoisa la vieille femme avec un petit ricanement.

— Bien sûr, affirma Isabel.

Ce qui était loin d'être la réalité. Elle en avait toujours un avec Langton, qu'elle avait poignardé et qui, en vrai démon qu'il était, avait survécu.

Toutes sortes de rumeurs avaient circulé à propos de l'incident. On avait évoqué l'acte d'une démente, d'une maîtresse éconduite, d'un homme de main payé par un ennemi politique, ou encore d'un mari jaloux. Mais la vérité avait fini par prendre forme, et tout le monde savait à présent que l'agresseur se nommait Isabel de Burke, une ancienne suivante de la reine en fuite pour trahison.

Isabel avait l'impression d'avoir tout raté. Elle avait été incapable de tenir Langton à distance, de percer à jour la vraie personnalité d'Alis et de lady Dickleburough, et surtout de protéger Rachel et sa famille de la colère de Langton. Oui, ses comptes étaient loin d'être soldés.

— Je n'arrive pas à imaginer ce qui peut vous tracasser, déclara Florine.

Isabel la considéra, surprise. Sa diable de voisine avait un don pour percevoir le trouble dans ses pensées.

— Votre marchand semble content de vos services, reprit celle-ci. Je l'ai croisé hier, justement, et lui ai demandé comment ça se passait.

— Vraiment ? proféra Isabel d'un ton glacial.

Le sans-gêne de cette femme !

— Et que vous a-t-il répondu ?

— Que vous vous acquittiez parfaitement de votre tâche. Vous avez eu de la chance de trouver cette place.

— Oui, acquiesça Isabel.

Sur ce point au moins, elle était sincère.

La nuit du drame, elle avait débarqué sur l'autre rive de la Tweed sans le moindre dessein pour l'avenir, se contentant de s'éloigner le plus rapidement possible de Berwick et de son crime. Le lendemain, il s'était mis à neiger. Elle s'était alors réfugiée dans une église où un prêtre l'avait trouvée transie de froid et affamée. Après lui avoir offert une soupe et un morceau de pain, il l'avait conduite jusqu'à un couvent, où elle était restée deux mois en attendant le retour du printemps – et de sa raison.

Elle avait dit à l'abbesse qu'elle était camériste à Londres, sans préciser évidemment au service de qui. Cependant, l'agression de Langton étant dans toutes les bouches, elle soupçonnait la perspicace nonne d'avoir deviné la vérité. Pendant cette période, elle s'était rendue utile en raccommodant les nappes d'autel et en reprisant les robes des sœurs. Puis la mère supérieure lui avait demandé si elle souhaitait rester et se sentait appelée par Dieu, ce à quoi elle avait répondu par un non sans équivoque.

Elles avaient alors discuté de ses talents. En découvrant qu'elle savait parler et écrire le latin, le français et l'anglais, l'abbesse avait proposé de la recommander à un marchand de Newcastle à la recherche d'une préceptrice pour ses filles.

Isabel avait hésité. Aller à Newcastle ne reviendrait-il pas à se jeter dans la gueule du loup ? Ou se fondrait-elle au contraire plus facilement dans la foule de ce grand port anglais que partout ailleurs, et notamment en Écosse où son accent risquait de la trahir ? D'autre part, Rory était en Écosse ; jamais il ne viendrait la chercher à Newcastle. Mais, après tout, il n'était pas venu non plus à Berwick…

Finalement, elle avait accepté.

Passer inaperçue dans la maison du marchand s'était révélé d'autant plus facile qu'il avait trois filles, sept fils et de nombreux domestiques. Il lui avait offert de s'installer chez lui, mais elle avait refusé, préférant garder sa liberté. Alors que les garçons étudiaient chez les clercs, les filles, elles, recevaient une instruction choisie en vue de leur mariage. Elles n'en étaient pas moins des élèves curieuses et attachantes.

Florine la tira brusquement de ses pensées en râlant contre un contingent de soldats royaux attendu à Newcastle dans la soirée.

— Que viennent-ils faire ici ? s'enquit Isabel, resserrant machinalement les pans de son manteau sur elle.

— Nous protéger des Écossais, bien sûr. Ces fous continuent à défier le roi Édouard. Il paraît que les chevaliers du roi vont venir également. Vous trouverez peut-être un mari parmi eux.

Isabel la dévisagea. Afin de brouiller les pistes, elle avait raconté partout qu'elle était veuve.

— Ce serait bien pour vous d'avoir de nouveau un homme dans votre lit, continua l'autre.

Rory…

L'image du Highlander s'imposa à son esprit. Ses cheveux couleur d'or, l'azur de son regard, son sourire, ses épaules larges, ses jambes longues et musclées… Trois ans, et elle ne parvenait toujours pas à l'oublier ! *Il n'est jamais venu te chercher*. Comme elle souffrait à chaque fois que Rachel ouvrait une lettre de Kieran, se souvint-elle, à la fois ravie pour son amie et effondrée d'avoir été si vite oubliée par Rory MacGannon.

Le passé est le passé, se rappela-t-elle. C'est très bien ainsi.

Florine lui donna un petit coup de coude complice.

— Ça vous rappelle des souvenirs, à ce que je vois. Allez, chassez ça de votre mémoire, ma belle. On n'entre pas dans une église en pensant à un homme entre ses cuisses.

Lorsqu'elles sortirent de l'église, les rayons du soleil perçaient les nuages. Des centaines de chevaliers royaux, tout juste arrivés à Newcastle, paradaient dans les rues, saluant gaiement les habitants avant de disparaître derrière la porte Noire, l'entrée de la forteresse de Newcastle.

Malgré elle, Isabel chercha parmi eux le beau visage d'Henri. Elle aurait tellement voulu le remercier et lui demander ce qui s'était passé après son départ. S'assurer qu'il n'avait pas été puni de l'avoir aidée.

— Je me demande si celui qui m'a rendu visite hier est là, lança soudain Florine. Comme ça, je pourrais vous le montrer. Au cas où il reviendrait pour vous parler, cette fois. Il cherchait une jeune citoyenne de Londres.

Isabel s'efforça de garder une expression neutre.

— Ah bon ?

— Oui. Une certaine Isabel de Burke. Une ancienne demoiselle d'honneur de la reine Éléonore.

— Que lui voulait-il ?

Florine émit un petit rire.

— Vous ne vous rappelez pas, cette femme qui a poignardé le trésorier du roi ? À Berwick ? C'était juste avant votre arrivée ici, deux ou trois mois peut-être.

— Ce soldat, que vous a-t-il dit ?

— Que la femme mesurait à peu près votre taille, qu'elle avait les cheveux châtains – un peu plus clairs que les vôtres, comme vos racines sur les tempes. Il a précisé que Walter Langton faisait rechercher cette Isabel de Burke dans toutes les villes d'Angleterre.

— Que lui avez-vous répondu ?

— Que je ne connaissais pas d'Isabel de Burke. Il m'a offert de l'argent pour toute information à son sujet. J'imagine qu'Isabel de Burke, ou quel que soit son nouveau nom, n'hésiterait pas à m'en donner plus en échange de mon silence…

Florine adressa un petit salut aux soldats, puis tourna la tête vers elle.

— Vous êtes bien pâle, tout à coup. Vous vous sentez bien ?

La gorge nouée, Isabel opina du chef.

— Souhaitez-vous que je vous prévienne si ce soldat revient me voir ?

— Oui, merci.

— Comptez sur moi. Devez-vous partir travailler maintenant ?

— Oui.

— Demain, j'aimerais que vous m'accompagniez encore à la messe. Vous êtes d'accord, n'est-ce pas ? Avant d'aller au travail. Et également dimanche. C'est tellement plus agréable de s'y rendre à deux ! Comme ça, nous pouvons discuter. Vous n'êtes pas d'accord ?

— Si, acquiesça Isabel d'une voix blanche. Tout à fait.

Elle salua Florine et se dirigea vers la maison du négociant. Dès que celle-ci fut hors de vue, elle s'arrêta un instant pour se calmer. En son for intérieur, elle avait toujours su que cela se terminerait ainsi, que Walter Langton ne la lâcherait jamais. Il avait bien trop peur qu'elle ne raconte la vérité.

Une chance que Florine l'eût prévenue, même si la vieille fouine lui avait fait clairement comprendre qu'elle la dénoncerait si elle refusait de l'accompagner à la messe. Et de la payer. Isabel prit une longue inspiration. Elle pouvait le faire. Pour l'instant. Jusqu'à ce que Florine devienne trop gourmande…

En attendant, elle ne changerait rien à ses habitudes.

Normalement, les jours de fête, elle restait seule, mais aujourd'hui le marchand, qui recevait notamment un lainier français, lui avait demandé d'assurer la traduction durant le dîner.

Pressée de quitter Florine, elle était arrivée en avance. Tandis que les filles se préparaient, elle repensa aux propos de sa voisine et aux souvenirs qu'ils avaient rappelés à sa mémoire: Langton, mais aussi Rory. Deux hommes qui l'obsédaient malgré elle, l'un parce qu'il la pourchassait sans relâche, l'autre parce qu'il l'avait abandonnée. Elle s'efforça de les chasser de son esprit. Ressasser le passé ne servait à rien. Avec de la chance, elle resterait au service du marchand jusqu'au mariage de ses filles et économiserait un peu d'argent pour le jour où elle se retrouverait sans emploi. Ou devrait de nouveau fuir.

Un petit frisson la parcourut à cette éventualité. Maintenant que les troupes d'Édouard étaient partout, où pourrait-elle se réfugier ?

L'arrivée de ses élèves la tira de ses pensées maussades. Plus tard, elle descendit avec elles jusqu'à la vaste pièce du rez-de-chaussée, où le marchand était déjà installé en compagnie de deux de ses hôtes. Dès qu'elle aperçut Isabel, l'épouse du négociant l'entraîna à l'écart.

— Notre dernier invité ne va plus tarder, annonça-t-elle. Durant le repas, vous et moi parlerons le moins possible, bien sûr. Néanmoins, j'aimerais que vous assistiez discrètement mon époux. Son français est parfois un peu confus. Si vous pouviez vous assurer qu'il ne se trompe pas dans les montants…

Isabel hocha la tête. Bien qu'elle détestât ce rôle de servante docile, elle le jouerait sans fausse note, car elle n'avait pas le choix. Comment aurait-elle pu se douter, enfant, que ses leçons de français lui permettraient un jour de gagner son pain ? Elle s'assit sur le banc sous l'une des fenêtres tandis que ses élèves s'installaient en gloussant devant une autre. Elle contempla le ciel gris au-dehors, songeant tristement à l'époque où elle aussi riait de tout et de rien avec Rachel. Dans une autre vie…

La porte s'ouvrit. Un homme entra, de taille moyenne, les cheveux lisses et châtains.

— Désolé de vous avoir fait attendre, s'excusa-t-il.

Il salua les autres, s'inclinant devant le Français et serrant la main de son hôte, puis baisa la main des jeunes filles et de leur mère, manifestement ravies.

— Miriam, qui est ici, nous servira d'interprète, expliqua alors le propriétaire des lieux.

Isabel se leva, les jambes en coton.

Le nouveau venu se tourna vers elle, et écarquilla les yeux.

Isabel plongea le regard dans celui d'Edgar Keith, le beau-frère de Rachel.

— James Jacob Edgar Keith, déclara Edgar avec fierté. Ma femme Sarah en est folle, et il a la chance d'avoir deux grands-mères qui l'adorent et une tante, Rachel, qui vient très souvent le voir depuis son retour à Berwick. Elle et son mari, le fils du boucher, nous rendent visite dès qu'ils le peuvent, même si cela n'est pas toujours facile avec l'auberge qui ne désemplit pas. Ses parents ont besoin d'elle là-bas.

Il but une gorgée et regarda Isabel par-dessus son verre de cristal. Jusque-là, il ne l'avait pas trahie.

— C'est vraiment dommage que vous ne puissiez pas traiter directement avec la France, reprit-il à l'intention du marchand. Même si je me réjouis d'être votre intermédiaire.

En français, il enchaîna :

— La récolte a-t-elle été bonne ? Il paraît que l'été a été sec et très chaud en France. Un temps idéal pour vos vignes, je suppose ?

La conversation roula alors sur le vin, la laine et les affaires. Isabel traduisit un long moment, avant que le Français parle en anglais de son jeune fils, signifiant que la partie commerciale était terminée. Elle put alors réfléchir aux informations qu'Edgar lui avait transmises. Rachel était rentrée à Berwick et avait fini par épouser Moshé. Cela signifiait-il que Kieran n'était pas revenu ? Ou Rachel n'avait-elle pas osé s'opposer à son père ?

Enfin, les invités se levèrent pour partir. Edgar prit congé et rejoignit l'attelage qui l'attendait dans la rue. Isabel craignait que ses employeurs ne lui demandent de rester pour vérifier que rien ne leur avait échappé dans la conversation, mais, à son grand soulagement, ils la congédièrent.

— Je n'aurai pas besoin de vous avant demain soir, précisa l'épouse du négociant. Nous sommes invités au château et j'aimerais que vous nous accompagniez pour m'aider à surveiller mes filles.

Isabel voulut protester mais, lui posant une main sur le bras, son interlocutrice insista en souriant :

— S'il vous plaît, je compte sur vous. Je saurai me montrer reconnaissante.

Isabel accepta en serrant les dents, pressée de sortir. Dehors, elle chercha des yeux la voiture d'Edgar. Comme elle l'avait prévu, il l'attendait au coin de la rue. Rabattant son capuchon sur son visage, elle se hâta vers lui. Edgar ouvrit la portière et l'aida à monter à l'intérieur.

— Grâce à Dieu, Isabel ! C'est merveilleux de vous retrouver ! s'exclama-t-il en la serrant contre lui.

Elle répondit à son étreinte, sentant remonter à la surface toutes les émotions qu'elle refoulait depuis des années. Comment avait-elle pu s'imaginer qu'elle parviendrait à effacer Isabel de Burke ?

Ils parlèrent jusqu'à une heure avancée de la nuit, dissimulés dans un coin sombre de l'auberge où résidait Edgar. Elle lui raconta tout ce qui lui était arrivé depuis sa fuite, omettant néanmoins les détails les plus intimes de son entrevue avec Langton, se contenant d'expliquer qu'il avait tenté d'abuser d'elle.

— Ce fut une nuit horrible pour tout le monde, commenta Edgar. Heureusement, Rachel, ses parents et Gilbert vont bien maintenant, mais ils ont tous gardé des stigmates de cet épisode épouvantable. Vous nous manquez à tous, Isabel, et encore plus à Rachel, bien sûr. Cependant, vous ne devez pas retourner là-bas. Tout Berwick parle encore de vous, et même avec vos cheveux teints, on finirait par vous reconnaître.

— Je n'en ai pas l'intention, Edgar. Les Angenhoff ont déjà trop souffert par ma faute, je ne prendrai pas le risque de les mettre de nouveau en danger. C'est pour cette raison que je n'ai jamais écrit.

— Vous avez bien fait. Des hommes de Langton viennent régulièrement séjourner à l'auberge. Ils arrivent incognito, mais il n'est pas difficile de les identifier aux questions qu'ils posent sur vous. Jacob répond toujours qu'il ignore où vous êtes et n'a aucune envie de le savoir.

À cette remarque, elle sentit ses lèvres trembler et se contrôla pour ne pas pleurer.

— Je ne l'en blâme pas, dit-elle.

— Je ne crois pas qu'il le pense, mais il protège les siens.

— Oui, bien sûr. C'est pourquoi je vous demande de ne pas lui dire que vous m'avez vue. Ni à Rachel.

Il secoua la tête en riant.

— Vous voulez qu'elle me tue, le jour où elle l'apprendra ? Non, c'est impossible. En revanche, elle décidera toute seule si elle veut ou non en parler à son père.

— Merci de ne pas m'avoir trahie ce soir, Edgar. Et d'avoir attendu que je sorte pour me donner des nouvelles de tout le monde. Je suis tellement soulagée d'apprendre que vous allez tous bien !

— Oui, Rachel va bien. Mais d'après Sarah, elle n'est pas heureuse. Trois mois après son mariage avec Moshé, Kieran est revenu.

Elle poussa une exclamation de surprise.

— Pauvre Rachel ! Si seulement j'avais été là !

— Qu'auriez-vous pu faire ? Elle était certaine que Kieran l'avait oubliée. Maintenant, elle regrette sa décision, c'est évident. Et Kieran au moins autant qu'elle. À présent, il vient me voir, moi. Ainsi que Rory.

— Rory ?

Isabel perçut l'exaltation dans sa propre voix. Soudain, elle avait du mal à respirer.

— Comment va-t-il ?

— C'est l'un des capitaines de Wallace, désormais. Il s'efforce de rapprocher les différents clans des Highlands. Il vous a cherchée partout depuis votre départ, Isabel. Dans chaque ville d'Écosse, y compris Berwick. Il est même passé voir votre père, au cas où vous vous seriez réfugiée auprès de lui.

Elle porta une main à sa bouche.

— Votre père a répondu qu'il ignorait tout de vous. Je suis désolé.

— Il n'y a pas de quoi. Je n'ai jamais existé pour lui.

— Rory s'est même rendu à Londres.

— Ô mon Dieu ! C'est de la folie ! Il aurait pu être arrêté ! À quoi pensait-il ?

— À vous, Isabel. Il a changé, vous savez. Il s'est endurci, aguerri. Je soutiens leur cause à ma manière en leur servant de messager avec le Continent. C'est un secret, évidemment, mais je ne doute pas que vous le garderez aussi précieusement que je protégerai le vôtre. Je peux délivrer un message à Rachel de votre part, si vous le souhaitez. Elle serait extrêmement soulagée d'apprendre que vous êtes saine et sauve.

Cette fois, Isabel fut incapable de contenir ses larmes.

— Oui, Edgar. Si vous pouviez… lui répéter tout ce que je viens de vous raconter. Et lui dire que je l'aime, qu'elle me manque horriblement. Je ne peux pas aller là-bas et elle ne peut pas venir, poursuivit-elle en essuyant ses joues, mais dites-lui que je pense à elle.

Il acquiesça.

— Je le ferai. Et Rory ? Un message pour lui ?

Elle le dévisagea, hésitante.

— Dites-lui de prendre soin de lui.

— C'est tout ?

Elle hocha la tête, ignorant les larmes qui ruisselaient sur son visage.

— Oui. Il n'y a rien à ajouter.

Edgar la fit raccompagner par un laquais. Elle monta l'escalier à pas de loup et s'arrêta le temps de chercher sa clé. Un léger claquement au-dessus de sa tête lui indiqua que Florine venait de refermer sa porte. Qu'elle pense ce qu'elle veut, songea-t-elle en pénétrant dans son logis et en fermant le verrou.

Rory. Rachel. Le passé la tint éveillée le restant de la nuit.

— La forteresse de Newcastle s'élève sur le site d'une ancienne citadelle en bois, expliqua le garde. Il y a environ un siècle, Henri II a ordonné qu'on la rebâtisse en pierre et qu'on l'entoure de fortifications. Puis Henri III a fait ajouter la porte Noire que nous venons de franchir.

Relevant ses jupons, Isabel emboîta le pas au négociant et à sa famille. Bien qu'imposante, l'entrée du château demeurait beaucoup moins impressionnante que celle de la Tour de Londres ou des places fortes dans lesquelles elle avait séjourné avec la reine Éléonore.

— Nous gravissons maintenant l'escalier menant à la grande salle. Si l'envie soudaine vous prend de rendre hommage à notre Créateur, vous trouverez une chapelle juste au-dessous. Mais vous préférerez sans doute assister au bal, n'est-ce pas ?

— Parce qu'il y aura un bal ? demanda l'une des trois sœurs, manifestement ravie à cette idée.

— Je l'espère. Sinon, pourquoi tous ces musiciens seraient-ils ici ? Il faut bien donner la cadence à tous ces chevaliers et ces soldats, pas vrai ? lança-t-il en s'esclaffant. Nous y voici, gentes damoiselles. Amusez-vous bien.

Isabel pénétra dans la haute salle éclairée par de grands candélabres. Passant devant l'immense cheminée où crépitait un feu, elle se dirigea vers l'une des petites alcôves surélevées près des fenêtres, où elle s'installa en compagnie des filles du marchand. De petits groupes de chevaliers discutaient en riant près des longues tables couvertes de victuailles. Dieu merci, Henri ne se trouvait pas parmi eux, constata-t-elle.

À mesure que les heures s'écoulaient, Isabel se détendit, prenant même plaisir à écouter la musique et regarder évoluer les danseurs. Si ses protégées étaient trop jeunes pour participer activement à la fête, leurs parents, eux, s'en donnaient à cœur joie.

Bercée par le babillage des trois sœurs, elle repensa à sa rencontre avec Edgar. Et à Rory… qui l'avait cherchée à travers tout le pays. Elle aurait tellement voulu lui envoyer un message plus chaleureux ! Mais comment lui confier qu'elle pensait toujours à lui, en sachant qu'il serait capturé s'il tentait d'entrer dans Newcastle ? Mon Dieu, pourquoi n'avait-elle pas demandé à Edgar de lui dire de rester à l'écart ? Que se passerait-il si, malgré la froideur de son message, il décidait de la rejoindre ?

À côté d'elle, les filles du marchand s'étaient mises à comparer les qualités physiques des jeunes hommes présents. L'une avait une préférence pour un chevalier blond, l'autre pour un brun un peu plus jeune. Isabel tressaillit en avisant le second, qui dansait avec la fille du bailli. Ces cheveux bruns, ce large sourire… il ressemblait à s'y méprendre à l'écuyer d'Henri de Boyer. Le cœur battant, elle se rencogna contre le mur.

— Demandez à votre mère lequel elle préfère, conseilla-t-elle à ses protégées. Et essayez de savoir qui ils sont.

Il y avait si longtemps, tenta-t-elle de se rassurer, sa mémoire lui jouait sans doute des tours. Hélas, quand les trois sœurs revinrent, le pire lui fut confirmé. Il s'agissait bien du même nom.

— C'est un chevalier, indiqua l'une d'elles. Il vient d'être adoubé, juste à temps pour partir combattre en Écosse. Attention, il nous regarde !

La jeune fille lui adressa un signe enjoué de la main, auquel il répondit en souriant. Puis il considéra les deux autres sœurs, Isabel… et se figea sur place. Durant un moment qui sembla durer une éternité, il la fixa dans les yeux, avant de se détourner.

19

Décembre 1295, Écosse

Rory jeta une poignée de feuilles mortes dans le feu agonisant. Une grande flamme jaune s'éleva, illuminant la grotte autour de lui, puis s'éteignit en un clin d'œil. Cette fois, c'était terminé. Leur réserve de bois était épuisée, et ce n'était pas quelques feuilles qui permettraient de ranimer les braises. Resserrant sa cape autour de lui, il regarda la dernière bûche achever de se consumer.

Ses pensées étaient encore plus sombres que la pénombre autour de lui. Il ne savait même plus combien d'hommes il avait supprimés. Assez, en tout cas, pour passer l'éternité en enfer. Or, Dieu savait à quel point il détestait tuer – même si, manifestement, il excellait dans ce domaine. Il y avait les enragés qui se jetaient à corps perdu dans la bataille en hurlant, les terrifiés qui, les yeux hagards, le suppliaient presque d'en finir, et les braves qui, pas plus que lui, ne voulaient de cette guerre, et se battaient avec honneur et courage. C'étaient surtout les visages de ces derniers qui hantaient ses nuits.

Transpercer l'ennemi d'une flèche, dissimulé derrière une épaisse muraille, était chose facile. On ne voyait pas la surprise dans ses yeux quand le projectile atteignait son but, on ne sentait pas la lame s'enfoncer dans la chair tendre. Mais occire un homme face à face…

Il n'avait pas le choix. Il devait continuer à combattre s'il voulait chasser les Anglais et mettre un terme aux exactions qu'ils perpétraient sur leurs terres, simplement parce qu'elles avaient le malheur de se situer à proximité du royaume d'Angleterre. Oui, il était un meurtrier, mais derrière chacun de ses crimes, il visait toujours la même personne, le responsable de ce bain de sang : Édouard Plantagenêt.

Édouard dont la fortune dépassait tout ce qu'on pouvait imaginer, qui possédait des fiefs en Angleterre, au pays de Galles, en Irlande et en France, et continuait néanmoins à convoiter l'Écosse. Édouard qui envoyait des hommes massacrer, piller et violer en son nom. Qui, avec son épouse, était parti au loin alors que son fils se mourait, qui humiliait John Balliol pour le plaisir, et laissait un homme aussi méprisable que Walter Langton agir à sa guise.

Rory se souvint du jour où Isabel avait défendu son souverain, lui racontant cette fable ridicule selon laquelle Éléonore aurait aspiré le poison de sa blessure en Terre sainte. Elle s'était émerveillée de la force des sentiments unissant Édouard à son épouse, certaine qu'un homme capable d'un tel amour ne pouvait être mauvais. Or, c'était bien Édouard qui condamnait les femmes d'Écosse à la mort ou au veuvage, et privait chaque jour des centaines de familles de la chaleur de leur foyer. Comment osait-il pendant ce temps allumer des cierges en hommage à sa défunte épouse ? Cela restait un mystère.

— Tu crois que c'est ainsi depuis que les hommes existent ? interrogea Kieran. Qu'ils s'entretuent depuis la nuit des temps ?

Rory haussa les épaules en signe d'ignorance et se baissa pour ramasser une poignée de feuilles à ses pieds. Des feuilles de chêne, se rendit-il compte en les jetant sur les cendres incandescentes. En plein cœur de l'hiver. Alentour, les hommes dormaient ou discutaient à voix basse. Dehors, quelque part dans la nuit, s'éleva une complainte monotone.

— On vit dans une grotte, maugréa-t-il. On se gèle le cul dans une maudite grotte.

— Tu viens juste de t'en apercevoir ? railla Kieran. Bravo, tu es très perspicace !

— Ce n'est pas ainsi que j'imaginais l'avenir, expliqua Rory en jouant avec une feuille.

Kieran remua les braises avec un bâton.

— Au moins, tu as un endroit où rentrer quand tout cela sera terminé. Pense à ceux dont les soldats ont brûlé la demeure.

— Oui, tu as raison. Même si je ne serais pas surpris que les Anglais reviennent achever le travail. Ils sont partis trop facilement.

— Facilement ? Je n'ai pas le souvenir que ça a été si facile.

— En tout cas, ils ne sont plus là. Édouard les a rappelés.

— Sans doute en préparation d'une invasion.

— Oui. Cette fois, ce sera vraiment la guerre. Remarque, je préfère encore cela à cette attente interminable. À propos, tu as vu Edgar cet après-midi ? Il t'a donné d'autres informations ?

À cette question, le regard de Kieran se perdit dans le vague. Rachel, songea Rory. Encore des mauvaises nouvelles de ce côté-là. Kieran avait été dévasté en apprenant le mariage de la jeune femme avec le fils du boucher durant son absence. Et bien qu'il fût loin d'être seul dans ce cas – beaucoup de leurs compagnons avaient perdu leur épouse ou leur promise au profit d'un autre au fil des années – il ne s'en était pas moins senti trahi.

— Je comptais t'en parler demain matin, déclara Kieran.

Rory haussa un sourcil, surpris.

— Pourquoi pas maintenant ? C'est si grave ?

— Non. Je pensais juste que ça pouvait attendre jusqu'au lever du jour.

— Kieran…

— Elle est à Newcastle, Rory. Edgar l'a croisée là-bas par hasard. Elle a changé de nom, s'est teint les cheveux, et enseigne le français aux filles d'un bourgeois de la ville.

Rory se figea.

— Isabel ?

— Oui. Il lui a raconté ce qui s'était passé à Berwick et lui a dit où tu étais. Et que tu l'avais cherchée partout. Elle lui a confié un message pour toi.

Isabel.

— Que dit-il ?

— De prendre soin de toi.

— Et ?

— C'est tout.

— C'est tout ?!

Kieran acquiesça d'un signe de tête.

— Et Edgar ? Que t'a-t-il raconté d'autre ?

Kieran lui résuma sa conversation avec l'époux de Sarah. Rory l'écouta sans un mot, puis saisit son baluchon.

— Qu'est-ce que tu fais ? l'interpella Kieran.

— Je vais voir Edgar.

— Maintenant ?

Rory se redressa.

— Oui.

— Attends qu'il fasse jour.

— Il fait bien assez clair. La lune est presque pleine.

Kieran se leva en soupirant.

— Je t'accompagne.

Rory écouta Edgar Keith jusqu'au bout sans l'interrompre. Ils s'étaient retrouvés à l'auberge du Chêne et du Frêne, et Rachel s'était jointe à eux, sous le regard désapprobateur de son père qui ne les avait pas quittés un instant des yeux.

— Si vous allez à Newcastle, dites à Isabel que je prie chaque jour pour elle, déclara Rachel quand elle fut seule avec lui. Et prévenez-la de rester sur ses gardes. Quelle que soit mon envie de la revoir, elle ne doit revenir ici sous aucun prétexte.

— Ni vous, vous rendre en Angleterre, rappela Rory.

— Non, reconnut-elle, les yeux brillants de larmes. Dites-lui que je l'aime.

— Je n'y manquerai pas.

— Rory, elle pensait que vous l'aviez oubliée. Si c'est faux, débrouillez-vous pour qu'elle le sache, je vous en prie !

— C'est bien mon intention, Rachel. J'ai été navré d'apprendre que vous étiez revenue vous installer chez vos parents.

Rachel poussa un soupir et tourna la tête vers Kieran et Gilbert, attablés un peu plus loin. Kieran soutint son regard. Détournant les yeux, elle répondit :

— Je n'ai pas réussi à oublier Kieran. Nous étions trois dans mon mariage, et Moshé est trop fier pour l'accepter. Ce dont je ne le blâme pas. La seule fautive dans cette histoire, c'est moi. Je n'aurais jamais dû l'épouser.

— Nous commettons tous des erreurs, Rachel. La mienne est de ne pas avoir été là le jour où Langton est venu. Il faut bien continuer à vivre malgré tout. Essayer de rattraper les choses au mieux.

Elle acquiesça, sans conviction.

Changeant de sujet, Rory reprit :

— Vous et votre famille devez rester prudents, Rachel. Il faut vous préparer à la guerre.

— Nous sommes prêts. Même si nous ne risquons pas grand-chose ici : Berwick est une ville puissante.

— Dans une guerre, rien ni personne n'est invulnérable. Promettez-moi de faire attention.

— Vous aussi, dit-elle en jetant un autre coup d'œil en direction de Kieran.

Rory et Kieran quittèrent l'auberge à l'aube. Ils se séparèrent à la sortie de la ville, Rory se dirigeant vers Newcastle, Kieran rejoignant William plus au nord.

— Dis à William que je serai de retour dès que possible, lança Rory.

— Je n'y manquerai pas. J'enverrai également un message à tes parents.

— Non. Je préfère ne pas les inquiéter. Si je ne suis pas rentré à Noël, retourne au château comme prévu.

— Tu plaisantes ? Si je n'ai pas de nouvelles de toi à cette date, j'irai te chercher à Newcastle.

— Non, Kieran, ne fais surtout pas ça. Promets-moi de ne pas aller en Angleterre.

— Certainement pas ! Nell a raison de te traiter de tête folle, Rory. Il faut être totalement inconscient pour se rendre à Newcastle dans ta situation. Tu es sûr de ne pas vouloir que je t'accompagne ?

Rory sourit.

— Je pars à la conquête d'une femme, Kieran. Je n'ai pas besoin d'aide pour ça. Bonne route, cousin. On se reverra sous peu.

Rory passa la nuit dans une auberge à l'écart de la route et attendit le soir suivant pour se présenter aux portes de Newcastle. Là, à la lumière des torches, il déclara aux sentinelles qu'il se rendait chez des cousins. Les soldats échangèrent un coup d'œil dubitatif, mais le laissèrent passer. Il aurait dû changer de tenue, se rendit-il compte un peu tard. Il suffisait de le voir pour comprendre qu'il venait des Highlands.

Tout d'abord, il devait trouver un endroit où loger. Il prit une chambre à l'auberge dont lui avait parlé Edgar Keith, et soupa seul à une table, dos au mur, la main sur sa dague. Si son statut de hors-la-loi ne signifiait plus rien en Écosse depuis la rébellion de

Balliol et le départ des Anglais, à Newcastle, il pouvait lui coûter la vie.

Il eut l'impression de reconnaître un ou deux des chevaliers présents dans la salle. Ceux-ci dînaient tranquillement sans le regarder, ce qui signifiait deux choses : soit ils ne l'avaient pas reconnu, soit ils attendaient le moment propice pour se jeter sur lui. Finalement, son repas achevé, il décida de s'éclipser et trouva une hostellerie moins fréquentée, et beaucoup moins propre.

Lorsqu'il descendit déjeuner le lendemain, bien avant l'aube, trois hommes se trouvaient déjà dans la salle. Ils se levèrent de table en même temps que lui, et quittèrent les lieux juste après. Parvint-il à les semer, ou prirent-ils finalement une autre direction que la sienne ? Il n'aurait su le dire, mais toujours est-il qu'il ne les vit plus derrière lui. Il se dirigea alors vers la ruelle où le valet d'Edgar avait déposé Isabel.

Rencogné sous un porche, il patienta tandis que les premiers rayons du soleil éclairaient les façades de bois des maisons. Les cloches de l'église sonnèrent huit heures. Il attendit encore un bon moment, et enfin, la porte qu'il surveillait s'ouvrit. Il se raidit, puis se détendit en voyant sortir deux hommes qui se saluèrent sur le seuil avant de partir chacun de leur côté. Puis une femme apparut, suivie d'une autre, plus grande et plus jeune.

Il l'aurait reconnue n'importe où. Sa démarche, son port de tête, ses gestes gracieux. *Isabel*. Le désir le submergea. Il eut envie de se précipiter vers elle et de l'étreindre de toutes ses forces. Pourtant, la prudence l'obligeait à attendre un moment où elle serait seule.

Les deux femmes marchèrent jusqu'à une petite église où pénétraient déjà de nombreux fidèles. Emmitouflé dans son épaisse cape de laine, Rory se posta dans un coin de manière à ne pas perdre le portail de vue. Il s'apprêtait à prendre de nouveau son mal en patience, quand il avisa deux hommes à quelques pas de là. Ils étaient arrivés sur les talons d'Isabel et de sa compagne, mais au lieu de pénétrer à leur suite dans l'église, ils s'étaient adossés au mur d'en face et ne quittaient pas l'édifice des yeux. De toute évidence, Rory n'était pas seul à épier Isabel de Burke.

À la fin de la messe, Isabel et la vieille femme réapparurent. Elles échangèrent quelques mots en bas des marches puis, avec un petit signe de la main, Isabel prit congé et se hâta vers une autre destination.

L'un des hommes lui emboîta le pas. Rory s'apprêtait à l'imiter lorsqu'il vit la vieille hocher la tête en direction de l'autre bougre. Celui-ci la rejoignit et ils discutèrent un moment. Puis la vieille femme tendit sa paume en disant quelque chose qui, manifestement, contraria son interlocuteur. Elle reprit la parole et, cette fois, il acquiesça et sortit une bourse de sa ceinture.

Rory trépignait tandis que la femme comptait une à une les pièces dans sa main. Néanmoins, il attendit qu'elle et son compère se soient séparés pour sortir de l'ombre. Hélas, Isabel avait disparu.

Elle était suivie. Isabel ne tourna pas la tête pour voir qui marchait derrière elle, mais elle entendait les pas ralentir et accélérer au rythme des siens. Elle s'engagea dans une venelle commerçante, espérant semer son poursuivant avant d'arriver à destination. À l'entrée de la rue du négociant, elle s'arrêta et feignit de rajuster son capuchon pour jeter un coup d'œil dans son dos. Les gens passaient sans la remarquer. Personne ne se dissimulait dans l'ombre en attendant qu'elle se remette en route. Néanmoins, elle se sentait épiée.

Tout à l'heure, avant de partir pour la messe, Florine lui avait réclamé de l'argent. Isabel lui avait donné une petite somme, mais cela n'avait pas eu l'air de satisfaire la vieille qui, à n'en pas douter, la dénoncerait si elle refusait de payer plus.

De toute façon, avait-elle décrété sur le trajet, ce serait une folie de rester à Newcastle, maintenant que sa voisine l'avait identifiée. Elle quitterait la cité demain matin dès l'ouverture des portes. En attendant, elle ne changerait rien à ses habitudes.

Elle passa donc la journée à enseigner le français et le latin à ses protégées, puis alla saluer l'épouse du négociant, à laquelle elle demanda un congé exceptionnel le lendemain afin de rendre visite à un cousin fraîchement arrivé en ville avec l'armée royale. La bourgeoise, qui avait elle-même un frère soldat, le lui accorda en précisant qu'elle pourrait rattraper ses heures la semaine suivante en les accompagnant à une autre soirée au château. Isabel la remercia.

Elle avait le cœur lourd en sortant. Une fois de plus, sa vie s'écroulait et tout était à reconstruire. Elle qui avait le mensonge en horreur, allait de nouveau devoir s'inventer une identité, un nom, un passé… Or, elle ne pourrait même plus compter sur ses connaissances en latin et en français pour survivre, sous peine de se faire repérer dans un pays où peu de gens – et encore moins de femmes – savaient lire et écrire.

Dehors, la nuit était tombée. Les torches du porche projetaient des ombres menaçantes sur les façades alentour.

Isabel s'ébranla, soulagée de ne percevoir aucun bruit dans son dos. Finalement, après un trajet qui lui parut durer une éternité, elle arriva devant chez elle. Tout semblait calme. Mais, au moment où elle tournait sa clé dans la serrure, le plancher craqua derrière elle.

Elle fit volte-face et scruta l'obscurité. Rien.

Soudain, une silhouette surgit de l'ombre. Sans lui laisser le temps de réagir, l'homme lui mit une main sur la bouche, l'entraîna à l'intérieur et ferma le battant d'un coup de pied. Elle eut beau se débattre comme un diable, donner des coups de pied, griffer, il ne la lâchait pas. Ce n'est qu'en entendant sa voix tout près de son oreille qu'elle leva la tête.

— Doucement, Isabel. C'est moi, Rory. Je suis venu vous chercher.

Interdite, elle le contempla.

— Rory? Oh, Rory! s'écria-t-elle en approchant la main de son visage. C'est vraiment vous?

Des larmes roulèrent sur ses joues, lui brouillant la vue. Elle jeta les bras autour de son cou et l'attira à elle.

— J'ai cru que je ne vous reverrais jamais…

En guise de réponse, Rory s'empara de sa bouche. Elle s'abandonna à son baiser, goûtant ses lèvres tièdes et salées, se pressant contre son torse ferme. Leurs souffles, leurs langues se mêlèrent dans une danse envoûtante qui fit exploser en elle le désir qu'elle étouffait depuis si longtemps. Mais bientôt, trop tôt, il se redressa et plongea son regard dans le sien:

— Isabel, vous êtes en danger. Nous devons partir au plus vite.

— Rory, que faites-vous ici?

— Je suis venu vous chercher. C'est Edgar qui m'a dit où vous étiez. Oh, Isabel, j'ai eu tellement peur de ne jamais vous retrouver!

Elle voulut l'embrasser de nouveau, mais il secoua la tête.

— Pas maintenant. Nous rattraperons le temps perdu plus tard, Isabel, mais pour l'instant il faut partir d'ici.

Reprenant ses esprits, elle balaya la pièce obscure des yeux et tendit le bras vers le bougeoir et la pierre à briquet qu'elle gardait près de l'entrée. D'une main tremblante, elle alluma la chandelle, puis examina Rory. Il paraissait immense dans la pièce minuscule. Sa tête touchait presque le plafond et ses épaules étaient encore plus larges que dans son souvenir. Edgar avait raison: il avait changé. Des lignes dures s'étaient dessinées autour de ses yeux et de sa bouche, et son corps musclé semblait plus solide que de l'acier. La barbe naissante sur ses joues et la crinière blonde qui lui descendait aux épaules le faisaient ressembler à un lion. Féroce et dangereux.

— Rory, êtes-vous toujours recherché ?

— Oui.

— Vous n'auriez pas dû venir. C'est trop risqué.

— Oui.

— On m'a suivie aujourd'hui.

— Je sais. Votre voisine, celle avec qui vous êtes allée à la messe, vous a trahie. J'ai vu l'un des deux hommes qui vous surveillaient lui donner de l'argent.

Isabel porta une main à sa bouche.

— Je n'aurais pas cru qu'elle agirait aussi vite…

— Aussi vite ?

Isabel lui relata ses conversations avec Florine.

— Je comptais partir au lever du soleil.

— Ce serait trop tard. D'ailleurs, moi aussi j'ai été suivi. Rassemblez vos affaires. Vite.

— C'est déjà fait, répondit Isabel en se dirigeant vers la sacoche qu'elle avait préparée en découvrant que Florine l'avait reconnue.

Il y avait là tout ce qu'elle possédait : quelques robes, plusieurs peignes, une brosse à cheveux en poils de sanglier offerte par sa grand-mère, plus quelques menus trésors.

Elle enveloppa dans un linge les morceaux de pain et de fromage posés sur la table, prit un flacon de vin en pierre et les fourra à leur tour dans la sacoche de cuir.

— Je suis prête, annonça-t-elle.

Rory lui prit le sac des mains et se pencha pour l'embrasser.

— Je vous aime, Isabel de Burke. Filons d'ici et trouvons un endroit tranquille où nous pourrons enfin mieux nous connaître.

Elle sourit, le cœur battant.

— Moi aussi je vous aime, Rory.

Elle lui caressa la joue.

— Je n'arrive pas à croire que vous êtes là...

— Moi non plus. Maintenant, soufflez la chandelle. Je sors le premier.

Il la conduisit à travers la ville comme s'il avait toujours habité là, pressant le pas sans néanmoins courir de peur d'attirer l'attention. En cette période d'Avent, les églises étaient pleines à craquer et les rues animées. Au pied du château, Rory la conduisit jusqu'à une auberge sordide au fond d'une ruelle.

— Attendez-moi là, dit-il en désignant un renfoncement sombre de l'autre côté. Je vais chercher mon destrier et mes affaires.

— Mais il fait noir. Les portes de la ville sont déjà fermées.

— Avec une bourse bien remplie, les gardes les ouvriront, assura-t-il. Ne vous inquiétez pas.

Sur ce, il pénétra dans le bouge. Isabel frissonna. Elle avait l'impression que la nuit se refermait sur elle. Deux ivrognes sortirent de l'établissement d'un pas trébuchant. L'un d'eux marcha jusqu'à l'angle, et Isabel l'entendit uriner contre le mur. Enfin, après un échange de propos salaces, ils s'éloignèrent chacun de leur côté. Rory ne revenait toujours pas.

Trois soldats apparurent à l'extrémité de la rue. Ils s'arrêtèrent à proximité de l'endroit où elle se dissimulait, se disputant pour savoir s'ils entraient ou non dans la taverne. Le ton monta peu à peu et, finalement, l'un des hommes s'en alla en insultant ses compagnons. Ceux-ci pénétrèrent en riant dans la gargote. Un rat traversa la chaussée et fila dans un trou tout près d'elle.

Enfin, Rory émergea de l'obscurité, juché sur un destrier. Il tenait par la bride une petite jument noire. Sans un mot, il mit pied à terre pour l'aider à s'installer, puis fixa la sacoche sur sa propre monture avant de remonter en selle.

— Je vais soudoyer les gardes pour qu'ils nous laissent passer, expliqua-t-il en lui caressant la joue. Ne parlez que si vous y êtes obligée, et cachez votre visage. Je ne veux pas qu'ils se souviennent d'une fille exceptionnellement jolie.

Elle acquiesça, et ils se mirent en route.

Comme prévu, les portes de la cité étaient closes. Dissimulée sous sa capuche, elle vit Rory discuter à voix basse avec la sentinelle, à laquelle il tendit une poignée de pièces. L'instant d'après, l'homme leur ouvrait le passage.

Dès qu'ils furent hors de l'enceinte, Rory lui adressa un sourire rayonnant et fit effectuer une volte joyeuse à sa monture. Isabel s'esclaffa, à la fois soulagée et incrédule. Ils avaient réussi ! À présent, ils pouvaient affronter l'avenir. Ensemble. Elle lâcha un nouveau rire, s'enivrant du vent frais de la nuit.

Ils chevauchèrent au petit galop pendant une dizaine de lieues. Quand ils ralentirent l'allure, la lune avait traversé le ciel.

— Nous sommes presque arrivés, indiqua Rory. Je ne suis pas venu ici depuis longtemps, mais je pense qu'on devrait pouvoir y passer le reste de la nuit en sécurité. Êtes-vous prête à prendre le risque ?

Trop épuisée pour s'inquiéter, Isabel hocha la tête.

L'hostellerie se composait de cinq huttes au sommet d'un talus. Rory réveilla le tenancier, qui ronchonna en enfilant son manteau, mais les accompagna néanmoins jusqu'à l'une des baraques. Sans un mot, il ouvrit la porte, entra allumer une chandelle, puis tendit la clé à Rory et disparut.

Rory jeta un coup d'œil à l'intérieur et annonça :

— Je conduis les chevaux à l'écurie. Je reviens tout de suite.

La cabane était propre et douillette, avec un lit coffre dans un coin, une cheminée, une table et deux sièges. À côté de la chandelle sur la table se trouvaient une pierre à briquet, un broc d'eau dans une bassine, et un vase contenant une branche de houx. *Du houx...* Isabel chassa Henri de son esprit. Ce n'était pas le moment de penser à lui.

Au fond, une petite porte ouvrait sur un appentis rempli de bois. Isabel prit une bûche et quelques brindilles pour allumer l'âtre, puis mit de l'eau à chauffer dans la bouilloire suspendue au manteau. Ensuite elle fit les cent pas, tentant de se calmer tandis que la même idée tournait et retournait dans son esprit. Un lit, deux personnes...

— Cela me semble si évident de vous voir m'attendre ici, Isabel, fit remarquer Rory en la rejoignant. J'en ai tellement rêvé !

— Moi aussi, avoua-t-elle avec un sourire. Maintenant, racontez-moi tout.

Il secoua la tête.

— Plus tard. Pour l'instant, venez plutôt ici, ajouta-t-il en lui ouvrant les bras.

Elle s'y jeta sans hésiter, se serrant contre lui de toutes ses forces. Aussitôt il s'empara de sa bouche pour un baiser fougueux, auquel elle s'abandonna sans retenue. Leurs souffles et leurs langues se mêlèrent en une danse enivrante qui décupla le désir en elle, lui donnant envie de se fondre en lui, de ne plus faire avec lui qu'un seul corps.

— J'avais si peur que vous ne refusiez de me suivre, avoua-t-il.

— C'est impossible, murmura-t-elle, le regard verrouillé au sien. Je vous veux, Rory. Maintenant. Pour toujours.

Elle glissa la main sous son plaid.

— Enlevez-le, dit-elle. Je veux vous voir.

Sans la quitter des yeux, il ouvrit la broche et déboucla la ceinture retenant le vêtement. Celui-ci tomba au sol.

— Il ne reste que ma chemise, déclara-t-il en souriant.

— Ôtez-la aussi, ordonna-t-elle en effleurant le triangle de peau à la base de son cou.

Il la laissa dénouer les lacets de cuir de son col, immobile tandis qu'elle caressait chaque nouveau petit carré de peau révélé. Elle ferma les paupières pour mieux s'enivrer de son parfum viril. Le souffle de Rory devint plus rauque ; elle sentit son pouls s'accélérer sous ses doigts. Encouragée, elle rouvrit les yeux et repoussa les pans de la chemise, lui dénudant les épaules et le torse.

Campé sur ses deux jambes, il s'offrit sans honte à son regard. Il était magnifique. Les épaules larges, la taille et les hanches étroites, les muscles saillants et dessinés. Ses jambes étaient longues et fermes, son corps prêt pour elle. Elle lui frôla la hanche, laissa ses doigts descendre sur son ventre, puis plus bas. Il lui prit la main avant qu'elle ne referme les doigts sur sa verge.

— Pas encore, Isabel. Si vous me touchez, ce sera fini.

— Dans ce cas, je veux juste vous contempler, Rory. Je pourrais passer l'éternité à vous admirer. Vous êtes splendide, messire.

Il lâcha un rire grave.

— Non. Mais je suis très passionné. Comme vous pouvez vous en rendre compte…

De l'index, elle suivit la ligne de sa mâchoire, glissa le long de son épaule, de son bras, puis retour.

— J'ai si souvent rêvé de faire ça, confia-t-elle. Juste ça. Je m'éveillais la nuit avec l'impression de vous avoir touché. Vous êtes exactement comme dans mes songes : doux et tiède. Et puissant.

— Isabel, est-ce vraiment ce que vous désirez ? Vous devez me le dire maintenant, car bientôt je ne serai plus capable de m'arrêter.

— Je t'attends, Rory, susurra-t-elle en dessinant des arabesques sur son torse. Je veux te sentir tout contre moi. En moi.

— Seigneur, murmura-t-il, avant de l'embrasser de nouveau.

D'une main, il fit glisser la bretelle de son surcot. Un frisson délicieux la parcourut quand il posa les lèvres dans le creux de son cou et déposa un collier de baisers jusqu'à son épaule. Puis il fit passer le vêtement par-dessus sa tête, aussitôt rejoint par sa camisole. Enfin, il ôta les épingles qui retenaient ses cheveux et recula pour la contempler.

— Tu es sublime, Isabel. Jamais, dans toute l'histoire de l'humanité, il n'y a eu de femme plus belle.

Il referma une main sur sa poitrine, la caressant doucement tandis que sa bouche cherchait ses lèvres, sa gorge, son sein. La tête renversée, elle ferma les paupières, s'abandonnant aux grisantes sensations qu'il éveillait en elle.

— Je te désire, Isabel, comme je n'ai jamais désiré aucune femme, chuchota-t-il contre sa chair.

— Oui, parvint-elle à articuler en le pressant un peu plus contre elle.

De la paume, il épousa le contour de sa hanche, le délicat renflement de ses reins, le creux de son aine, puis inséra les doigts entre ses cuisses jusqu'à l'ouverture tiède et humide de son sexe. Elle tressaillit.

— Je peux m'arrêter, murmura-t-il aussitôt.

— Non.

Il commença alors à la caresser. Lentement, délicatement. Elle frémit de nouveau, mais cette fois de délice. Son corps se cambra pour mieux s'offrir à lui.

Ôtant sa main, il plongea les yeux dans les siens.

— Isabel ?

— Oui, répondit-elle simplement.

Elle se laissa conduire jusqu'au lit.

Rory rabattit la courtepointe et jeta les oreillers par terre, avant de la déposer sur les draps frais et d'étendre son grand corps svelte près du sien.

Ils s'explorèrent, se découvrirent sans hâte. Leur besoin de profiter totalement de ce moment, d'en graver chaque sensation dans leur esprit, les aidait à dompter leur impatience. Les mains enfouies dans la crinière de Rory, Isabel le pressa un peu plus contre elle tandis qu'il la dévorait de baisers, goûtant ses seins, son ventre, ses cuisses.

Puis elle effleura son membre du bout des doigts, s'émerveillant de tant de douceur et de dureté à la fois.

— On dirait de la soie, soupira-t-elle en y traçant des volutes.

Il rit et lui embrassa la hanche. Puis, lui écartant délicatement les jambes, il enfouit son visage entre ses cuisses et lui arracha un petit cri de surprise en effleurant de la langue sa vulve.

Un long frémissement de plaisir la parcourut.

— Maintenant, Rory, supplia-t-elle.

— Tu es sûre d'être prête ?

— Oui... oui !

Il roula au-dessus d'elle, légèrement hissé sur les coudes de manière que son érection la touche à peine. Doucement, il entra en elle, ressortit puis, avec un gémissement rauque, donna un coup de reins pour la pénétrer plus profondément.

— Isabel ? s'écria-t-il, surpris en découvrant qu'elle était vierge. Je croyais que Langton...

— Non, dit-elle. Ne parlons pas de lui.

— Non, tu as raison. Ne parlons plus.

Ils oublièrent Langton, oublièrent la mort qui planait au-dessus d'eux pour ne plus penser qu'au plaisir partagé. À l'étonnement de la première étreinte succédèrent la douceur de la seconde, puis la volupté de la troisième. Quand enfin, épuisée et heureuse, Isabel ferma les yeux, lovée contre le corps brûlant de son amant, elle se rendit compte que pour la première fois depuis très longtemps, elle se sentait en sécurité.

Voilà. Je suis une femme, pensa-t-elle avant de s'endormir en souriant.

20

Ils firent l'amour toute la nuit. Parfois ils s'assoupissaient, comblés et épuisés, dans les bras l'un de l'autre, puis s'éveillaient à nouveau, se racontaient ce qui s'était passé durant leur séparation, et reprenaient leurs baisers et leurs caresses. Rory était surpris et enthousiasmé de la fougue d'Isabel. Lorsqu'il lui en fit part, elle s'esclaffa en répondant que la jeune femme timide et timorée d'autrefois n'existait plus.

— La vie m'effrayait, Rory. Aujourd'hui, j'ai surtout peur de ne pas avoir suffisamment de temps pour tout faire.

Il lui parla des exactions commises par les troupes d'Édouard en Écosse, de ses activités auprès de William Wallace et de ses négociations avec les clans pour créer des alliances.

— Ces accords tiendront-ils face à une guerre ? interrogea-t-elle.

Il poussa un soupir.

— Je l'ignore. Les Écossais ont la rancune tenace. Certains trouveront des moyens de se haïr malgré leurs promesses. D'autres, en revanche, oublieront enfin leurs vieilles querelles face à la menace anglaise.

— Alors, cela valait la peine d'être séparés.

— Non, Isabel. Rien n'en vaut la peine.

Il lui transmit le message de Rachel – qu'elle écouta les larmes aux yeux – puis lui exprima combien il se reprochait son absence, le jour où Langton avait fait irruption à l'auberge.

— J'aurais dû te protéger, insista-t-il comme elle tentait de le réconforter, lui rappelant qu'il n'avait aucun moyen de savoir que Langton viendrait.

Lui caressant le bras, il ajouta :

— Tu ne m'as pas raconté ce qui s'est passé cette nuit-là. Tu veux bien me le dire maintenant ?

Elle lui narra sa visite à Langton et la manière dont Henri l'avait aidée à s'enfuir du château. Rory l'écouta sans l'interrompre.

— Il aurait pu te tuer, Isabel. T'imaginer seule face à un démon pareil me rend fou.

Elle lui posa un doigt sur les lèvres.

— Chut. C'est moi qui ai choisi de me rendre là-bas, Rory. Et crois-moi, si difficile qu'ait été cette épreuve, ce n'était pas pire que de rester enfermée dans ma cachette sans rien savoir du sort de Rachel et sa famille. Jamais je ne me pardonnerai de les avoir ainsi mis en danger.

Il la serra un peu plus fort pour la consoler, et ils refirent l'amour, découvrant encore de nouvelles caresses et de nouveaux plaisirs. Ils rentreraient en Écosse, décidèrent-ils. Pas à Berwick où les hommes de Langton la cherchaient toujours, mais à Stirling où elle resterait avec Nell tandis qu'il partirait rejoindre les troupes de William.

Soudain, devenant grave, il déclara :

— Isabel, nous devons parler de ce qui vient de se passer.

Elle sourit.

— C'était merveilleux, Rory. Mais il n'y a rien à en dire. Je me suis donnée à toi librement ; je n'attends rien en retour.

— Tu devrais. Moi, j'attends beaucoup plus.

Il prit une grande inspiration avant d'enchaîner :

— Épouse-moi, Isabel. Aujourd'hui. Nous trouverons un prêtre et le paierons pour qu'il nous marie sur-le-champ. Certes, je n'ai droit à aucun héritage en tant que benjamin, mais nous ne mourrons jamais de faim, je te le promets. Je travaillerai aussi dur qu'il le faut, mais tu auras toujours de quoi manger et un toit au-dessus de la tête. Et un mari qui t'adore de tout son cœur et toute son âme.

— Je t'aime, Rory, articula-t-elle, les yeux brillants de larmes.

— Alors, tu veux bien devenir ma femme ?

— Oui, mille fois oui ! Embrasse-moi.

Refermant une main autour de sa nuque, il posa ses lèvres sur les siennes pour un nouveau baiser. Elle s'abandonna à lui, affolant ses sens de sa ferveur et de ses caresses audacieuses.

Lorsqu'ils se retrouvèrent allongés l'un près de l'autre, écoutant le vent souffler dans les arbres au-dehors, il demanda :

— Nous mettons-nous en quête d'un prêtre ici ou en Écosse ?

— Il serait plus prudent de quitter rapidement l'Angleterre, non ?

— Tu as raison.

Soudain, il bondit hors du lit et fouilla dans ses vêtements sur le sol. Surprise, elle le regarda s'affairer, tout en se délectant de la vue de son grand corps souple et musclé.

— Rory, que fais-tu ? Reviens près de moi.

Il se rassit sur le lit en souriant et lui montra l'objet qu'il tenait à la main.

— Dame MacDonnell m'a offert cette broche, expliqua-t-il en lui tendant le bijou.

Elle examina le grand anneau d'or incrusté de joyaux, traversé de part en part par une longue épingle gravée d'une inscription dans une langue inconnue.

— Elle est magnifique. Je me souviens que tu la portais à Londres. Qu'as-tu fait pour mériter une telle récompense ?

— Rien d'exceptionnel. Mais je te la donne comme preuve de notre lien. Elle porte mon nom en gaélique, la date, et la marque de dame MacDonnell. L'histoire de cette broche est connue en Écosse. Montre-la à n'importe quel Highlander et il t'aidera à contacter mes parents, qui t'accueilleront chez eux.

— Mais nous serons ensemble, n'est-ce pas ?

— C'est juste au cas où, Isabel. En outre, je vais devoir rejoindre William et ses troupes…

Il se figea brusquement en entendant un martèlement de sabots à l'extérieur. Une voix lança un ordre. Ils échangèrent un regard.

— Habille-toi vite, dit-il en lui mettant la broche dans la main.

Il sauta hors du lit.

— Tu crois que ce sont des soldats ? murmurat-elle en enfilant sa camisole.

L'oreille contre la porte, Rory marmonna un juron. Oui, il s'agissait d'hommes d'armes. Anglais. Nombreux et bien connus de l'aubergiste, à en juger par la manière dont celui-ci leur proposa de quoi manger. Se maudissant intérieurement de sa bêtise, il entrebâilla le battant : ils étaient au moins une vingtaine, avec à leur tête un chevalier. Ils suivirent l'hôtelier à l'intérieur du bâtiment principal.

Rory referma. Adossé au vantail, il lui rapporta ce qui se passait à voix basse. Isabel l'écouta calmement, malgré son air inquiet. Puis, sans un mot, elle lui montra l'appentis et la petite porte basse sur le côté. Il acquiesça d'un signe de tête.

Le temps d'enfiler ses habits, d'attacher dague et épée à sa ceinture et de saisir leurs affaires, il se précipitait avec elle vers la petite issue. Apparemment, le chemin était dégagé.

— Je ne crois pas qu'on ait le temps de récupérer les chevaux, chuchota-t-il. Cours, Isabel. Je te suis.

À l'instant où il se retournait pour fermer le battant derrière lui, la porte de la cabane s'ouvrit à la volée devant trois hommes armés. Dès qu'ils l'aperçurent, ils appelèrent leurs compagnons à la rescousse.

Rory brandit son épée, déviant le coup du premier et le blessant à la cuisse. Le soldat tomba au sol dans un cri de douleur. Le deuxième prit aussitôt sa place. Il se battait bien, avec des coups rapides et variés. Rory le toucha au bras. L'homme ralentit mais ne faiblit pas.

Puis le troisième arriva par-derrière, lui bloquant toute retraite, bientôt suivi d'un quatrième, puis d'un cinquième. Ils fondirent tous sur lui en même temps.

Rory se battit comme un lion, les forçant à reculer, et parvint d'un bond de côté à leur échapper pour foncer à toutes jambes vers la forêt. Le chevalier l'attendait, son épée dressée devant lui. Rory évita le coup, puis fit volte-face et chargea. Déséquilibré, son adversaire s'effondra au sol. Rory éloigna son arme d'un coup de pied et se retourna face aux autres.

Les soldats l'encerclaient, prêts à en découdre, les yeux injectés de sang. Un mot du chevalier, et ils le mettraient en pièces. Il n'avait aucun moyen de les repousser, mais peut-être qu'en les ralentissant un peu plus, Isabel aurait le temps de s'échapper. Le chevalier se remit difficilement debout et prit l'épée que lui tendait un de ses hommes.

— Sir, l'interpella Rory. De quel droit vos hommes ont-ils fait irruption dans ma chambre et m'ont-ils attaqué ?

— Vous êtes un hors-la-loi, MacGannon.

— Je ne vous ai jamais vu, sir. Comment se fait-il que vous connaissiez mon nom ?

— Je vous ai croisé à Londres et me suis renseigné sur vous. Il n'y a pas beaucoup de blonds vêtus comme des étrangers et courtisant l'une des demoiselles d'honneur de la reine, vous savez. Quand l'aubergiste nous a dit qu'il y avait ici un Highlander accompagné d'une jeune femme, j'ai tout de suite deviné qu'il s'agissait de vous. Dites-moi, sir, où se trouve Isabel de Burke ?

Rory vit les soldats resserrer le cercle autour de lui.

— Vous m'avez agressé sur le seul fait que j'étais un Highlander et en compagnie d'une femme ? feignit-il de s'indigner. Est-ce un crime à présent d'être un Highlander ? Et Isabel de Burke est-elle la seule femme à voyager ?

— Vous n'ignorez pas, j'imagine, qu'il y a une prime pour son arrestation ? D'un joli montant. Cherchez-vous à tout garder pour vous ? Ou avez-vous prévu de profiter à la fois des faveurs de la dame et du pactole ? Mais ses faveurs aussi peuvent être partagées.

— Chien ! s'exclama Rory. Laisse-moi le plaisir de t'embrocher.

Le chevalier se jeta en avant, le bras levé, révélant malgré lui le coup qu'il s'apprêtait à porter.

Rory le para et, d'une agile manœuvre, le renvoya au sol tandis que son arme tourbillonnait dans les airs.

Le chevalier, renversé sur le dos comme une tortue, devint écarlate.

— Saisissez-le ! ordonna-t-il. Vivant.

Ils fermèrent le cercle. Rory lutta, mais ils étaient trop nombreux. La dernière chose qu'il vit fut le sol qui se précipitait vers lui. Et son ultime pensée fut pour Isabel.

Isabel demeura dans l'ombre des arbres, bouleversée. Si elle s'était écoutée, elle se serait élancée vers le chevalier pour réclamer sa clémence. Mais elle devinait que l'homme, loin d'accéder à sa requête, l'aurait aussitôt arrêtée et conduite à Newcastle avec Rory.

Après avoir ligoté Rory, les soldats le jetèrent inconscient sur la croupe de son destrier. Comme ils s'éloignaient avec leur prisonnier, le chevalier ramassa l'épée de Rory et, après un bref examen, la planta dans le sol d'un geste rageur. L'arme vibra, puis s'immobilisa, semblable à une croix sur une tombe.

Puis l'homme grimpa en selle et fit volter sa monture en scrutant la forêt. Isabel retint son souffle. Un seul mouvement, et elle était perdue. Enfin, après ce qui sembla une éternité, il s'élança à la suite de ses compagnons.

Isabel patienta un long moment avant d'oser sortir de l'ombre. À chaque instant, elle s'attendait à sentir une poigne de fer se refermer sur son épaule. Mais, Dieu merci, personne ne l'arrêta, ni quand, au prix d'un énorme effort, elle tira de terre l'épée de Rory. Le temps de retourner à la cabane récupérer leurs affaires, elle se hâta vers l'écurie.

Elle galopa à bride abattue jusqu'au village le plus proche, où quelqu'un fut en mesure de lui indiquer la direction du prieuré. Elle tentait le sort, elle s'en rendait compte. Les femmes voyageant seules étaient trop rares pour qu'on ne la remarquât pas, et n'importe quel brigand risquait de l'attaquer pour lui voler son cheval ou la violer. Tant pis ! Si elle attendait d'être en Écosse pour agir, il serait trop tard.

Les moines lui fournirent du vélin et de l'encre, et lui indiquèrent un messager de confiance capable de porter le message. Elle n'écrivit que quelques mots à Rachel, au cas où la lettre serait interceptée : *Anglais retiennent RM à Newcastle. Signé : Moi.* L'autre missive s'adressait à Nell Crawford, forteresse de Stirling : *Rory arrêté. Newcastle. Isabel.* Malgré sa crainte que le messager s'en emparât, elle joignit la broche que lui avait donnée Rory. En la reconnaissant, Nell ne mettrait pas en doute ses mots. Puis elle se dirigea vers le sud en priant Dieu de lui venir en aide.

À Newcastle, elle loua une chambre près de la porte Noire, ne se rendant compte qu'une fois installée que la maison grouillait de soldats. La logeuse était veuve ; elle lui raconta qu'elle était venue rendre visite à son frère, soldat dans l'armée royale.

Cette nuit-là, elle ne dormit pas, écoutant les soldats parler, rire et parfois chanter au-dessous. La sacoche de Rory était ouverte devant elle, et elle tenait dans ses mains la couronne de brindilles qu'elle lui avait offerte des années auparavant chez sa grand-mère. Il l'avait conservée tout ce temps, comme l'avait assuré Kieran. Portant les branchages desséchés à ses lèvres, elle laissa les larmes couler silencieusement sur ses joues.

Le lendemain, elle se fondit dans la foule assemblée près de la porte Noire pour regarder les prisonniers défiler devant les citoyens de Newcastle à l'occasion de Noël. Quatre hommes accusés de vol, viol et meurtre, passèrent à pied. Puis on annonça le Highlander.

Rory apparut à l'avant d'un chariot, les bras écartés, des chaînes aux pieds. Il était nu, les cheveux lâches, le corps couvert de blessures et d'ecchymoses. Derrière lui, un soldat lut la liste de ses crimes puis la sentence de mort, s'attirant les acclamations de la populace.

Les gens lui jetèrent des pierres et des ordures en crachant des insultes, jurant de se venger de tous les Écossais et lui rappelant que le roi Édouard se préparait à punir ses semblables. Il ne broncha pas, mais on pouvait voir sa mâchoire serrée et l'éclat glacial de ses prunelles. La masse humaine suivit le chariot dans un brouhaha grandissant. Isabel demeura sur place, une main devant la bouche pour s'empêcher de hurler, attendant qu'il revienne.

Au bout de ce qui parut une éternité, les prisonniers furent reconduits au château. Les quatre brigands à pied étaient couverts de détritus, mais au moins portaient-ils des vêtements. Rory, lui, était bleu de froid. Ses paupières étaient closes et il ne réagit pas quand une pierre lui heurta le front. Néanmoins, elle vit ses côtes se soulever : Dieu merci, il était encore vivant. Elle suivit le chariot des yeux jusqu'à ce qu'il eût franchi le pont-levis. Puis, la foule s'éclaircissant, elle regarda de l'autre côté de la rue.

Et croisa le regard d'Henri de Boyer.

Il lui adressa un signe de tête, mais ne bougea pas. Ce ne fut qu'une fois le dernier badaud parti qu'il la rejoignit. Une expression impassible sur les traits, il lui saisit le bras.

— Nous devons parler, dit-il.

Il commanda de quoi déjeuner et du vin chaud aux épices.

— Un plein pichet, précisa-t-il à la servante. Ma compagne est gelée.

Il mangea en silence tandis qu'elle sirotait son vin en évitant son regard. L'alcool la réchauffait peu à peu. Henri vida son gobelet d'un coup et se resservit.

— J'étais là quand on l'a amené au château, expliqua-t-il enfin. Plus d'un aurait voulu le tuer sur-le-champ. Beaucoup ont perdu des camarades au combat, et Rory a la réputation d'être un tueur d'Anglais.

Rory, remarqua-t-elle. Il l'appelle Rory, comme s'ils se connaissaient, comme s'ils étaient amis…

— Lorsque j'ai appris les circonstances de son arrestation, j'ai deviné que vous étiez avec lui dans la cabane. Je suis heureux que vous ayez eu l'intelligence de rester cachée. Mais ça, Isabel, revenir à Newcastle dans ces conditions, est une véritable folie. Pire encore que toutes celles que vous avez pu commettre jusqu'à ce jour.

Se penchant par-dessus la table, il lui saisit le poignet et plongea son regard dans le sien.

— Pourquoi êtes-vous ici ?

— Pour lui.

— Diable d'idiote ! Je vous ai cherchée partout.

— Pourquoi ?

Il la lâcha et se redressa.

— Par le Christ, c'est une bonne question ! Je suis incapable d'y répondre.

— Pourquoi ? Il ne peut plus rien y avoir entre nous, désormais. Il n'y a jamais rien eu.

— Mais vous l'auriez souhaité. À une époque, je vous plaisais.

— Je vous trouvais beau, Henri. Rien de plus.

— Non, j'ai senti quelque chose dès le début.

— C'est faux. Et même si cela était, vous m'avez oubliée aisément.

— Pas aisément. Vous êtes toujours dans mon cœur.

— Vous avez choisi Alis, Henri. Vous l'avez épousée.

— Non, c'est Alis qui m'a choisi. J'ai été trop stupide pour me rendre compte de ce qu'elle faisait. C'est vrai que je l'ai épousée, mais uniquement parce qu'elle a prétendu qu'elle attendait un enfant de moi. Cela n'a plus d'importance, à présent. Alis est morte.

— Morte ? !

— En couches. Et si cette fois, l'enfant existait réellement, il n'était pas de moi. Il aurait pu s'agir de celui de Langton, si vous n'aviez pas rendu cette éventualité impossible.

— La regrettez-vous ?

— Au mieux, je regretterais l'Alis que je m'étais imaginée…

— Je suis désolée.

Il hocha la tête.

— Moi aussi.

— Je me souviens du jour où vous l'avez rencontrée.

— Je sais. J'aurais dû rester près de vous. Et ne pas laisser à Rory l'occasion de se glisser dans votre cœur.

— Il ne s'y est pas glissé. Il s'y est engouffré. Comme un lion.

— Eh bien, c'est un lion en cage, maintenant.

— Et c'est ainsi qu'on le traite, Henri. On l'exhibe à travers la ville comme un animal de foire.

— C'est le châtiment réservé aux traîtres. Et même si je conçois que cela puisse être désagréable…

— Désagréable ? Il était nu en plein mois de décembre ! On l'a brutalisé, lapidé, couvert d'ordures !

— Il est vivant ! N'est-ce pas ce que vous vouliez ? Il serait déjà pendu ou écartelé, si je n'avais pas insisté en disant que ce serait un trépas trop rapide et qu'il fallait le conduire à Londres pour le juger. Ne me regardez pas comme ça, Isabel. Réfléchissez ! C'était ça ou une mort immédiate. Que préférez-vous ?

Il déchira un bout de pain, le mangea et avala une gorgée de vin.

— J'ai envoyé un message à John Comyn pour l'avertir de l'arrestation de Rory, reprit-il en reposant son gobelet avec fracas. Et un autre à Berwick. Je ne pouvais pas faire plus.

Elle était au bord des larmes.

— Pourquoi ?

— Pour vous. Pour l'homme qu'il est. Si nous n'étions pas ennemis… Mais nous le sommes, ainsi que rivaux. Je ne l'oublie pas.

— Pourquoi êtes-vous aussi furieux, alors ?

— Parce qu'il vous a.

— Vous n'avez jamais essayé de m'avoir.

— J'en avais l'intention.

— Mais Alis…

— Oui, Alis.

Il vida son gobelet et se resservit une fois de plus.

— S'il meurt, ce qui arrivera sûrement, pourrait-il y avoir quelque chose entre nous, Isabel ? Je possède un fief en Essex. Vous pourriez y vivre, loin de l'influence de Langton.

— Comme votre maîtresse ?

— Ou ma femme. Quelle différence, d'ailleurs ? Vous seriez en sécurité, c'est ce qui compte.

— Je ne vous comprends pas, Henri.

— Je ne me comprends pas moi-même.

Il termina son assiette et son vin.

— Si vous vous étiez montrée, ils vous auraient arrêtée. Ou pire… Vous êtes recherchée pour tentative de meurtre sur un membre du gouvernement royal. Un archevêque, par le Christ ! Avez-vous la moindre idée de ce qu'ils vous feraient, à vous, une femme, qui avez essayé de trancher les testicules d'un homme ? Vous rendez-vous compte que plus d'un rêverait de vous dominer pour votre insolence ? Comment pouvez-vous être inconsciente au point de venir vous jeter entre leurs griffes ?

— Rory est ici.

Il secoua la tête, à bout d'arguments.

— Quand sera-t-il conduit à Londres ? demanda-t-elle.

— Je l'ignore. Pas avant Noël, peut-être seulement pour l'Épiphanie, je n'en sais rien. Ne pleurez pas, Isabel. J'ai fait tout ce que je pouvais en envoyant ces messages ; je pourrais le payer cher si on s'en apercevait. En temps de paix, une telle chose aurait été impossible, on m'aurait immédiatement repéré. Mais la guerre est une période merveilleuse pour les chevaliers.

— Quelle chance vous avez ! railla-t-elle.

— Je savais que vous ne me seriez pas reconnaissante.

— Je le suis, Henri. Je vous remercie d'avoir envoyé ces messages. Mais vous devez comprendre que Rory et moi sommes engagés l'un envers l'autre.

— C'est ce que je craignais. Combien de temps avez-vous passé ensemble ?

— Seulement une journée.

Il eut un rire amer.

— Si je vous avais retrouvée une semaine plus tôt…

— Cela n'aurait rien changé. Il détient mon cœur, Henri.

— Et moi votre vie entre mes mains. Souvenez-vous-en, Isabel.

— J'en suis parfaitement consciente. Mais j'ai votre carrière entre les miennes. Et peut-être même votre vie. Que fera Langton, à votre avis, s'il apprend que vous m'avez aidée à fuir ?

Il cilla, puis renversa la tête en lâchant un rire sec.

— Ainsi, la douce Isabel a disparu, laissant place à une guerrière qui semble oublier que j'ai déjà tout risqué pour elle et m'apprête à recommencer.

— Non, Henri, je ne l'oublie pas. Je ne l'oublierai jamais. Vous méritez toute ma gratitude pour cette nuit-là à Berwick.

Il finit le pichet de vin, jeta une poignée de pièces sur la table et se leva.

— Voulez-vous le voir ?

— C'est possible ?

Il eut un sourire sardonique.

— Je suis l'un des chevaliers du roi Édouard. Bien sûr que ça l'est.

Isabel s'obligea à garder son sang-froid quand ils franchirent la porte Noire. Un soldat les accompagna dans la cour jusqu'à la volée de marches qui menait à la grande salle, où un de ses compagnons prit le relais, les entraînant jusqu'à l'escalier en colimaçon descendant aux caves. La lumière tremblotante des torches laissait de grandes flaques d'ombre entre les fûts et les barriques entreposés dans le vaste espace de pierre.

— Il est dans la cellule du fond, indiqua l'homme.

Isabel et Henri le suivirent. L'air froid et immobile créait une atmosphère étrange, comme s'ils étaient dans un autre monde. Dans la première cellule, Isabel reconnut les quatre brigands qui marchaient le matin même devant le chariot où était enchaîné Rory. Ils les regardèrent passer d'un air mauvais. Le soldat s'arrêta devant la cellule suivante, montrant les barreaux en bois brisés, craquelés ou manquants.

— C'est lui qui a fait ça cette nuit, expliqua-t-il. On a dû l'enchaîner.

Henri s'avança pour jeter un coup d'œil dans le cachot, une expression indéchiffrable sur les traits. Isabel le rejoignit, la gorge nouée. Attaché contre le mur du fond par les bras et les jambes, Rory avait la tête légèrement renversée en arrière et les yeux clos. Ses cheveux formaient une tache pâle sur la pierre noire. Malgré la pénombre, Isabel distingua sur son visage et ses cuisses, dépassant d'une chemise en mauvais coton, les restes des détritus jetés par la foule.

— Rory, appela-t-elle.

Aucune réaction.

— Rory.

Cette voix, *sa* voix… Une hallucination, évidemment. Isabel ne pouvait être ici. Elle chevauchait vers l'Écosse, loin de lui et des soldats d'Édouard.

— Rory.

Il ouvrit les yeux. Isabel se tenait devant le cachot, au côté d'Henri de Boyer. Il referma les paupières, le cœur au bord des lèvres. Impossible ! Isabel ne pouvait être là. Pas après tous les risques qu'il avait pris pour la faire sortir de la ville. Il s'agissait d'un cauchemar. Obligatoirement.

— Rory, mon amour, réponds-moi.

— Isabel, articula-t-il d'une voix rauque. Que fais-tu là ?

— Je voulais te voir.

Il était trop faible pour parler. Tous ces efforts, et elle était revenue !

— Henri, déclara-t-elle. Je dois m'approcher de lui. S'il vous plaît, faites ouvrir la porte.

— Vous plaisantez ? se récria de Boyer.

— Non. Vous devez ordonner qu'on le détache. Il ne peut pas rester ainsi.

— Ce n'est pas de mon ressort.

— Je ne vous demande pas de lui ôter toutes ses chaînes, juste de lui permettre de s'allonger ou de s'asseoir. Regardez, il est à bout de forces.

— Isabel, il est en prison pour crime contre la Couronne. Nous ne pouvons pas...

Lui coupant la parole, elle insista d'un ton calme mais déterminé :

— On doit me laisser le laver. On l'a déjà exhibé comme une bête de foire, ne l'obligez pas en plus à vivre comme un chien. Je vous en supplie.

Il y eut un long silence. Puis une clé cliqueta dans la serrure ; la porte grinça. Rory rouvrit les yeux au moment où de Boyer pénétrait à l'intérieur, suivi d'Isabel. Elle se précipita vers lui et lui caressa la joue.

— Rory, mon amour...

— Isabel, que fais-tu à Newcastle ? T'a-t-on arrêtée, toi aussi ?

— Non. Je suis revenue pour toi.

Il voulut répliquer, mais elle lui posa un doigt sur les lèvres. À ce contact, il sentit sa gorge se nouer. Il aurait dû prendre soin d'elle, la protéger. Au lieu de quoi, il était enchaîné comme un chien enragé. Le poids de son impuissance lui coupait le peu de souffle qui lui restait.

— Je refuse d'être où tu n'es pas, dit-elle. Je refuse de vivre si tu ne vis pas.

Le gardien revint, chargé d'une bassine d'eau et d'un linge. Il posa le tout près d'Isabel, puis s'éloigna à reculons. Henri et lui la regardèrent plonger le linge dans l'eau et l'essorer.

— Ne me touche pas, Isabel. Je suis répugnant.

— Chut. C'est froid, mon amour, mais au moins tu seras propre.

Avec une extrême douceur, elle entreprit de le nettoyer. Il ferma les paupières, trop bouleversé pour la contempler. Elle ôta d'abord la saleté de son visage, repoussant délicatement ses cheveux en arrière, puis délaça le col de sa chemise pour lui laver le cou, les épaules et le torse. Il sentit la caresse de ses doigts dans son dos, son parfum l'envelopper, la chaleur de son souffle sur sa peau quand elle se rapprocha.

374

Malgré l'épuisement, son corps réagit. Des images de leur nuit d'amour s'imposèrent à son esprit. Il ouvrit rapidement les yeux pour les chasser. Henri s'était détourné, droit et guindé, mais le gardien continuait à les fixer, manifestement captivé par le spectacle. Rory se concentra sur lui, sur sa haine contre cet être méprisable qui suivait avec fascination chaque geste d'Isabel.

Elle rinça le linge puis, relevant le bas de la chemise, le passa sur ses hanches, son ventre… Lorsqu'elle descendit plus bas, il sentit tout son corps se tendre.

— J'espère que tu n'as pas de couteau dans la main, plaisanta-t-il.

Elle leva les yeux vers lui, déconcertée, puis lâcha un rire.

— Non. Mais prends garde à ne pas trop me contrarier, à l'avenir.

— Je m'en souviendrai.

Elle lui sourit et, laissant tomber le linge dans la bassine, recula.

— Merci, Isabel.

— Je t'aime, Rory.

— Je t'aime, Isabel.

— Bon, intervint brusquement Henri en la prenant par le coude. Allons-y.

— Prenez soin d'elle, Henri, souffla Rory.

— J'en ai bien l'intention.

Isabel emboîta le pas à Henri. À travers les barreaux, Rory la vit se retourner pour lui jeter un dernier regard tandis que le gardien verrouillait la porte. Elle lui adressa un petit signe de la main, puis disparut. Il entendit ses pas résonner sur la pierre, derrière ceux d'Henri de Boyer.

21

Rachel tendit les deux lettres à Kieran. Debout à côté d'elle, les bras croisés, son père le regarda lire celle d'Henri de Boyer, puis celle d'Isabel. Kieran les parcourut une seconde fois, puis leva vers elle son magnifique regard d'azur.

— Je vous remercie de m'avoir prévenu. Je savais que j'aurais dû l'accompagner.

Il se tourna vers Jacob.

— Jacob, je suis conscient de ne pas être le bienvenu, mais Rory vient d'être arrêté par les Anglais.

— Je suis au courant, répondit Jacob. Et Isabel, insensée comme elle est, est sans doute retournée à Newcastle dans l'espoir de faire quelque chose pour le sortir de là.

Kieran et Jacob se mesurèrent du regard. La mère de Rachel les observa un moment, puis elle s'avança :

— Vous devriez déjeuner avant de partir, Kieran.

— Je n'ai pas le temps. Je dois avertir les autres.

— Mangez quelque chose avant. On réfléchit mieux l'estomac plein.

Kieran esquissa un sourire.

— D'accord. Merci beaucoup.

— Comptez-vous vous rendre à Newcastle ? interrogea Jacob.

Kieran acquiesça.

— J'y songeais déjà auparavant, alors maintenant, ça ne fait plus de doute.

— Si vous la trouvez, ramenez-la ici.

Rachel dévisagea son père, stupéfaite. Celui-ci haussa les épaules :

— Elle a besoin d'un toit. Nous en avons de nouveau un. Elle n'aurait jamais dû se rendre chez Langton.

— Vous savez pour quelle raison elle a agi ainsi, père, rappela Rachel.

Jacob secoua la tête.

— Je n'ai pas besoin qu'une donzelle protège ma famille. C'est elle qui a besoin de notre protection.

Croisant le regard de Kieran, il enchaîna :

— Voulez-vous que je vous accompagne ?

Kieran le considéra, incrédule.

— Je suis très touché par votre proposition, Jacob, mais je ne peux l'accepter. C'est trop dangereux : vous risquez votre vie en retournant en Angleterre. Il vaut mieux que vous restiez ici pour veiller sur Rachel. Et le reste de votre famille, évidemment.

— Évidemment.

— Si le roi Édouard entre à Berwick, vous serez forcés de fuir. Je sais que ma famille serait ravie de vous accueillir. En outre, Skye est loin de l'Angleterre, vous y seriez en sécurité.

Jacob pinça les lèvres, comme à chaque fois qu'il voulait dissimuler son émotion.

— Merci, Kieran. Nous nous en souviendrons.

Il tendit la main. Kieran la serra.

— À présent, il est temps de passer à table, intervint la mère de Rachel. Vous et vos amis.

Assise un peu à l'écart, Rachel observa Kieran et ses compagnons pendant qu'ils déjeunaient. Celui qui dépassait tous les autres d'une bonne tête était William Wallace, lui avait dit Kieran. L'homme qui s'était rendu célèbre en unifiant le sud de l'Écosse contre le roi Édouard. Celui qui avait été ignoré par les nobles mais suivi par le peuple, et auprès duquel Rory et Kieran combattaient depuis des années.

Aujourd'hui, Kieran s'était montré courtois envers elle, sans plus. Il n'y avait pas de chaleur particulière dans sa voix quand il s'adressait à elle, aucun mot qui ne pût être entendu par d'autres. Et bien qu'il la regardât constamment, il ne lui avait pas souri une seule fois.

Assis en silence près du mur, Moshé observait tout. Son mari – car il l'était toujours malgré leur séparation – avait accouru à l'auberge dès qu'il avait eu vent de l'arrivée de Kieran. Mère l'avait accueilli tranquillement, mais Rachel s'était contentée de le saluer de la tête, sur la défensive. Qu'imaginait-il ? Qu'elle allait rompre son serment ? Ici, dans la maison de ses parents ? Il la connaissait assez pour savoir qu'elle en était incapable. Ou peut-être la connaissait-il trop bien et devinait-il combien elle regrettait de l'avoir épousé. S'il y avait quelqu'un à blâmer dans cette histoire, ce n'était pas lui, se rappela-t-elle dans une bouffée de culpabilité, mais elle, qui n'aurait jamais dû accepter cette union.

La porte de l'auberge s'ouvrit à la volée devant un grand gaillard emmitouflé dans un manteau de fourrure.

— Quel temps ! s'exclama-t-il en claquant le battant derrière lui. La cuisine de votre femme est-elle toujours aussi bonne, l'aubergiste ?

— Bien sûr, répondit père. Du nouveau ?

— Rien de spécial. Cela fait maintenant deux mois que le roi Édouard a ordonné à Balliol de se retirer des villes et des châteaux de Berwick, Jedburgh et Roxburgh, et deux mois que celui-ci refuse de s'exécuter. En outre, Balliol a donné la forteresse de Carlisle à Robert Bruce l'aîné.

— Oui, acquiesça Jacob. Il y a déjà un moment. Le jeune Robert est également là-bas, d'après ce que j'ai entendu dire.

L'homme opina du chef.

— Mais où avais-je la tête ? Bien sûr qu'il y a du nouveau : Édouard a donné ordre à deux cents de ses vassaux de former une milice à Newcastle. Des chevaliers et des soldats de son armée sont déjà sur place.

En entendant cette information, Kieran et William Wallace échangèrent un regard.

— Il semblerait qu'il se prépare à monter vers ici, poursuivit l'homme. Ils ont arrêté un Highlander et l'ont exhibé dans les rues de Newcastle.

Avisant Kieran et ses compagnons attablés dans la salle, il ajouta :

— Dites donc, les affaires marchent bien. Beaucoup de nos compatriotes voyagent en ce moment, semble-t-il.

Jacob hocha la tête et lui tourna le dos, faisant signe à son épouse de se taire. Rachel examina plus attentivement leur visiteur. Bien qu'il fût habillé comme un Écossais, il n'était sûrement pas un Highlander.

— Notre hôte désire déjeuner, dit Jacob à sa femme.

Pivotant de nouveau vers l'homme, il ajouta :

— Que désirez-vous ? Nous avons du poisson pêché de ce matin, du poulet et du ragoût.

L'homme l'écouta mais ne bougea pas. Kieran lui lança un coup d'œil, puis il sortit quelques pièces de sa poche et les jeta sur la table en se levant. William et les autres l'imitèrent aussitôt.

— Bon voyage, messires, leur lança Jacob comme ils passaient devant lui.

— Vous allez vers le nord ou vers le sud ? interrogea l'homme.

— Vers le nord. Et vous ? demanda William Wallace en s'arrêtant face à lui.

La différence de taille entre les deux sautait aux yeux.

L'homme recula d'un pas.

— Vers l'ouest.

— Dommage. Nous aurions pu nous retrouver sur la route.

William sortit, suivi de ses compagnons.

Kieran fut le dernier à franchir la porte. Au passage, il salua Rachel et ses parents de la main, et gratifia Moshé d'un bref hochement de tête. Ignorant ces derniers, Rachel s'élança derrière lui. Elle le rattrapa en bas des marches.

— Bon voyage, Kieran, dit-elle. Je prierai pour la réussite de votre expédition. Et pour vous.

Kieran acquiesça et regarda derrière elle. Elle tourna la tête au moment où Moshé la rejoignait, Jacob sur ses talons. Celui-ci s'arrêta en haut du perron.

— Prenez bien soin d'elle, déclara Kieran. Si Édouard arrive, vous l'emmènerez loin d'ici, n'est-ce pas ?

Moshé plaça une main sur l'épaule de Rachel.

— Je déciderai moi-même de ce qui est le mieux pour ma famille, MacDonald.

— Je sais que vous êtes son mari, Moshé. Tout ce que je vous demande, c'est de veiller sur elle. Si les Anglais prennent Berwick, vos vies seront en danger.

— Je déciderai le moment voulu, répéta Moshé, buté.

Une lueur de colère étincela dans le regard de Kieran.

— Si vous ne vous occupez pas de la mettre en sécurité, je le ferai à votre place.

Rachel sentit les doigts de Moshé se resserrer sur son épaule.

— Ne revenez jamais ici, MacDonald, prévint-il d'un ton menaçant.

— Moshé ! protesta Rachel.

— C'est toujours la guerre, à ce que je vois, commenta Kieran avec flegme. Comme vous voudrez, Moshé. Rachel, prenez soin de vous. Merci pour le repas, Jacob.

— Apportez-nous des nouvelles dès que possible.

— Je n'y manquerai pas.

Le temps de gratifier Rachel d'un demi-sourire, Kieran rattrapait ses compagnons.

Rachel et Moshé les regardèrent tourner à l'angle de la rue.

— Rachel, dit alors le jeune homme. Tu dois revenir chez toi.

Elle désigna l'auberge derrière eux.

— C'est ici chez moi, Moshé.

— Non. Ta vie est avec moi.

— Je suis désolée, Moshé. Plus que je ne pourrai jamais te l'exprimer.

— Nous sommes mari et femme, Rachel. Nous surmonterons cette épreuve.

Elle contempla le bout de la rue, là où Kieran avait disparu, puis tapota le bras de Moshé en répétant :

— Je suis désolée.

— Tu l'oublieras, Rachel. Un jour, tu n'éprouveras plus rien pour lui. Alors, je serai là.

Elle sentit les larmes lui monter aux yeux.

— Je ne sais pas, Moshé…

— Le souhaites-tu, Rachel ? As-tu envie que nous puissions enfin vivre comme tous les couples, sans personne entre nous ?

Au début, elle ne répondit rien. Puis elle hocha la tête.

— Oui, répliqua-t-elle.

Mais elle mentait.

Isabel arpentait nerveusement sa chambre. La nuit était presque tombée et elle n'avait toujours pas décidé quoi faire. Henri lui avait rapporté la nouvelle le matin même : Walter Langton se dirigeait vers Newcastle. Pour la voir.

On ne parlait que de cela à la cour et dans l'armée, avait-il ajouté : les hommes de Langton avaient retrouvé la trace de celle qui l'avait mutilé à Newcastle, et le prélat profitait du rassemblement des troupes d'Édouard dans la ville pour se rendre sur place.

Elle était terrifiée à l'idée de se retrouver en son pouvoir. Ici plus encore qu'à Berwick, ce démon pourrait faire d'elle ce qu'il voulait. Or, sa vengeance serait terrible, elle n'en doutait pas.

C'était de la folie de rester dans cette auberge remplie d'hommes d'armes. Elle aurait dû quitter Newcastle sur-le-champ. Mais comment se résoudre à abandonner Rory ? D'autre part, comment lui viendrait-elle en aide si elle tombait entre les griffes de Langton ? Elle ruminait ces questions depuis des heures sans parvenir à trouver une solution.

— Dame Agnès ?

La voix de sa logeuse l'arracha à ses pensées.

— Oui ? répondit-elle, réagissant à sa nouvelle identité.

— Un homme vous attend en bas.

Isabel s'efforça de garder son calme.

— Merci, répondit-elle à travers la porte.

Mon Dieu, faites qu'il ne s'agisse pas de Langton ! pria-t-elle en son for intérieur.

Elle appuya le front contre le battant de bois, s'efforçant de recouvrer son sang-froid. Elle n'avait pas le choix ; elle ne pouvait pas continuer à se terrer ainsi. Prenant une longue inspiration, elle vérifia que sa dague était bien calée dans sa jarretière et les pièces d'argent toujours cousues dans l'ourlet de sa robe. Puis elle enfila son manteau sur le plaid de Rory, prête à fuir si nécessaire. Elle jeta un coup d'œil à sa sacoche. S'il le fallait, elle la laisserait ici.

En descendant, elle fut soulagée d'entendre le brouhaha habituel de la taverne. Si des soldats étaient venus l'arrêter, les clients se seraient tus, dans l'attente de l'apparition de l'infâme Isabel de Burke. Leurs conversations enjouées signifiaient que son visiteur était resté discret.

En bas des marches, elle s'arrêta pour examiner les lieux. La porte d'entrée était ouverte. Avait-elle une chance de l'atteindre sans qu'on l'aperçoive ? Le cœur battant, elle fit un pas en avant.

— Isabel, murmura une voix masculine.

Ce n'était pas celle de Langton. En tournant la tête, elle vit une silhouette sortir de l'ombre au bout du couloir. De haute taille, l'homme portait une tunique et des hauts-de-chausses noirs.

Elle fit volte-face et s'élança vers la porte. Une enjambée, deux... Une main puissante se referma sur la sienne.

— Isabel, c'est moi.

Un bref instant, elle crut qu'il s'agissait de Rory. En levant les yeux, elle rencontra un regard presque aussi familier. Kieran MacDonald lui sourit.

— Oui, Isabel, c'est moi. Avez-vous encore des affaires ici ?

— L'épée de Rory. Sa sacoche, et la mienne.

— Montez les chercher.

— C'est vous qui m'avez fait demander ?

— Oui. Nous parlerons plus tard. Pour l'instant, il faut vous sortir d'ici.

Elle remonta et redescendit à toute allure, dissimulant son bagage sous ses jupons en croisant deux hommes éméchés dans l'étroit corridor. Ils la lorgnèrent d'un air égrillard mais, Dieu merci, aucun d'eux ne tenta de l'arrêter. Dès qu'il la vit, Kieran lui prit les sacoches et l'épée, adressa un signe de tête à quelqu'un derrière lui et ouvrit la porte. Ils sortirent sans être remarqués : Kieran, elle et deux autres hommes, s'aperçut-elle avec surprise.

Sans un mot, ils traversèrent la ville, suivant un labyrinthe de ruelles dans lequel elle se retrouva bientôt totalement désorientée. Enfin, Kieran la fit entrer dans une maison étroite et sombre.

Ils étaient huit au total, lui indiqua Kieran. Lui, William Wallace – le géant qui la dévisageait en silence – et Edgar Keith, qui l'embrassa avec chaleur, étaient entrés dans Newcastle. Les autres attendaient à l'extérieur des remparts.

— Je suis désolé de tout ce qui vous arrive, déclara William en lui serrant la main.

Il y avait tant de sincérité dans sa voix qu'elle sentit les larmes lui monter aux yeux.

— Merci, dit-elle en essayant de réprimer son émotion.

Près d'elle, Edgar lui tendit un mouchoir.

— On voit que vous êtes marié. Vous avez toujours un mouchoir sur vous, parvint-elle à plaisanter.

— En effet, répondit-il en souriant.

— Comment m'avez-vous trouvée ?

— De Boyer, révéla Kieran.

— Il vous a dit où j'étais ?

— Non. Nous sommes allés à l'auberge où Edgar a l'habitude de descendre, mais personne ne vous avait vue. Ne sachant où aller, nous sommes restés près de l'entrée de la ville à regarder les troupes qui entraient et sortaient. C'est là que nous avons aperçu de Boyer. Nous l'avons suivi, et nous voilà. Maintenant, à vous : que s'est-il passé exactement ?

Elle leur raconta tout : l'arrestation de Rory ; comment elle était rentrée à Newcastle ; et la façon dont de Boyer l'avait menée jusqu'au cachot de Rory. Elle leur apprit également que Langton était en route pour Newcastle.

— Mais comment avez-vous su si vite, pour Rory ? s'étonna-t-elle.

— Rachel a reçu votre courrier. C'est elle qui m'a prévenu alors que j'étais de passage à Berwick, expliqua Kieran. Je savais que j'aurais dû accompagner Rory. À présent, il est enchaîné au mur d'une prison.

— Il y a sûrement un moyen de le sortir de là, intervint William.

— Hélas, le château est extrêmement bien gardé, répliqua Isabel. Franchir les portes, libérer Rory et ressortir me semble impossible.

— Décrivez-nous les lieux, proposa William.

Elle obéit, heureuse d'avoir observé la forteresse attentivement lors de ses précédentes visites.

— Que faire ? Nous ne pouvons pas le laisser là-bas. Surtout avec Langton qui arrive. Dès qu'il verra Rory, il reconnaîtra l'homme qui m'accompagnait à la Tour et se vengera sur lui de ne pas m'avoir retrouvée. Mon Dieu, il nous reste si peu de temps ! Pensez-vous qu'il y ait une chance de le sauver ?

Les trois hommes se regardèrent en silence.

— Peut-être envisageons-nous les choses sous le mauvais angle, suggéra soudain William.

Il se mit à arpenter la pièce en réfléchissant.

— C'est quasiment impossible, avez-vous dit, de sortir Rory du château. Mais si ce sont les hommes du roi qui l'en sortent ?

— Bien sûr ! C'est ce qu'ils feront pour le conduire à Londres, acquiesça Isabel. Mais pas avant Noël, peut-être même pas avant l'Épiphanie, se souvint-elle en sentant ses espoirs retomber. Or, Langton sera là d'un jour à l'autre.

William se frotta le menton.

— Il reste une solution.

Malade à la perspective de ce qui l'attendait, Isabel avait été incapable d'avaler quoi que ce fût de la journée. Elle avait dû parlementer longuement pour persuader ses compagnons de l'utiliser comme appât, mais finalement ils avaient accepté. Sans elle, elle en était convaincue, le plan de William échouerait.

C'était un plan audacieux. Désespéré. Qui risquait de se solder par leur mort à tous. Et si elle se retrouvait entre les griffes de Langton... Non, décréta-t-elle en son for intérieur, elle se ruerait sur l'épée d'un garde plutôt que de laisser ce monstre la toucher. Si elle mourait mais que Rory était libre, elle ne regretterait rien.

Ils s'installèrent dans une cabane au bord du fleuve, hors de la ville. Un jour, ses compagnons revinrent avec huit uniformes de soldats royaux. Elle ne leur demanda pas comment ils se les étaient procurés ni ce qu'étaient devenus ceux qui les portaient, mais plus elle regardait les vêtements qui attendaient, soigneusement pliés sur un tabouret, plus leur projet lui paraissait fou.

Enfin, ils apprirent que Langton approchait. Il chevauchait avec une troupe de deux cents hommes qui viendraient grossir les rangs de ceux déjà rassemblés à Newcastle. Dissimulée derrière un buisson, elle le regarda passer sur la route, le dos raide et toujours la même expression arrogante sur ses traits de batracien.

Kieran attendit que le tonnerre des sabots se fût éloigné pour se pencher vers elle.

— C'était lui ? Langton ? Celui qui n'a pas de cou ?

Elle hocha la tête, luttant contre la bouffée de panique qui l'avait envahie à la seule vue du prélat.

— Prêts ? interrogea William. Nous devons entrer dans Newcastle avant la nuit.

Kieran tapota la main d'Isabel.

— Vous n'êtes pas obligée, rappela-t-il. On peut le faire sans vous.

Elle secoua la tête.

— Ça ne marchera pas sans moi. Je suis prête.

— Vous avez peur ?

Elle acquiesça. Kieran lui sourit.

— Moi aussi, Isabel. Mais n'oubliez pas : même si nous échouons, il restera Gannon et Liam pour le sortir de là.

Elle opina de nouveau, sans conviction. S'ils possédaient un courage à toute épreuve, ces Écossais ne se rendaient hélas pas compte de la puissance d'Édouard et de son armée.

— On ne réussit rien sans hardiesse, affirma William comme s'il avait lu dans ses pensées. Si

386

nous mourons aujourd'hui, tant pis. Au moins aurons-nous essayé.

Elle redressa le menton.

— Oui, approuva-t-elle, vaguement rassérénée par ces paroles.

Kieran lui souleva une mèche de cheveux et la coupa.

— Pour convaincre Langton, dit-il.

Elle hocha la tête.

Ils chevauchèrent en silence jusqu'aux portes de la ville. En reconnaissant les uniformes royaux, la sentinelle les laissa passer, sans même un regard pour Isabel qui avait rabattu son capuchon et se tenait courbée comme une vieille femme.

Ils restèrent dans les environs du marché, où une foule dense attirée par la foire du solstice leur permettait de passer inaperçus. L'ambiance était joyeuse, ponctuée de cris, de rires et de musique.

La nuit tomba rapidement. Isabel essaya de prier, mais les mots sonnaient creux dans sa tête. Aussi se contenta-t-elle d'attendre, glacée par le froid de décembre, l'esprit empli d'images de Rory. Rory, la première fois qu'il lui était apparu à l'abbaye de Westminster : son regard incroyablement bleu dans son beau visage entouré d'un halo de cheveux blonds ; Rory l'embrassant dans une venelle de Londres, lui faisant découvrir des sensations inconnues et lui coupant le souffle ; Rory nu, allongé près d'elle dans une cabane bien trop proche de Newcastle. Et désormais ici, dans une geôle immonde. Oui, elle pouvait le faire. Elle le ferait.

Puis ce fut le moment.

Suivant les instructions, elle patienta en silence dans la maison où l'avait conduite Kieran avant de se rendre au château en compagnie de plusieurs de ses compagnons. Elle les imagina en train d'échanger quelques mots avec les gardes, puis de franchir le pont-levis menant à la cour, de monter jusqu'à la grande salle, et de trouver Langton. Croirait-il à leur histoire ?

L'attente était interminable. Ses mains tremblaient. Bien qu'elle fût seule, elle les serra l'une contre l'autre pour cacher sa peur. Comment avait-elle pu les laisser commettre une pareille folie ? Qu'arriverait-il si le piège se refermait sur eux ?

Enfin, on frappa à la porte. Trois coups rapides, deux lents. Le signal convenu. Ils avaient réussi !

Elle se leva, s'affaira un moment dans l'obscurité pour allumer une chandelle, puis deux autres, éclairant la pièce. Au rez-de-chaussée, elle entendit un bruit de lutte, des grognements et plusieurs objets s'écrasant contre le mur. Le silence retomba. Elle regarda la porte, retenant son souffle. À n'en pas douter, il y avait eu des morts au-dessous, mais dans quel camp ? Elle sortit sa dague.

Des pas précipités dans l'escalier. Plusieurs hommes montaient. Ils s'arrêtèrent devant la pièce où elle se trouvait ; leurs voix résonnèrent, graves, intenses. Puis la porte s'ouvrit à la volée. Elle cacha ses mains sous ses vêtements.

Walter Langton s'avança dans la lumière. Malgré ses cheveux en bataille, il n'avait rien perdu de son arrogance.

— Isabel. Je me demandais s'ils vous détenaient vraiment. Vous avez foncé vos cheveux. J'ai failli ne pas les croire.

Elle ne répondit pas. L'espace d'un instant, elle crut qu'il était seul et que tout était perdu. Puis Kieran s'avança, ses compagnons derrière lui.

— Je vous avais bien dit qu'elle était là, Langton. Maintenant vous avez le choix, monseigneur : rédiger l'ordre de transfert ou mourir.

— Qu'est-ce qui me garantit que vous respecterez votre part du contrat ?

— Rien.

— Dans ce cas, pourquoi accepterais-je ?

— Ceci me semble une bonne raison, rétorqua Kieran en montrant la dague dans la main de la jeune femme. Je pourrais la laisser achever le travail qu'elle a commencé à Berwick.

Bien qu'il blêmît à cette perspective, Langton répliqua :

— Ce serait oublier que tout le château sait que je vous ai suivi.

— Non. Le garde auquel vous avez transmis vos consignes était l'un des nôtres. Seuls les hommes qui vous ont accompagné savent que vous êtes sorti, et je doute qu'ils puissent en faire part à quiconque, là où ils se trouvent désormais. Vous n'avez pas d'autre choix que ceux que je viens d'indiquer, monseigneur.

Langton ne répondit rien. Il s'approcha d'Isabel et la toisa. Elle frissonna malgré elle sous la cruauté de son regard.

— Si j'écris l'ordre, qu'est-ce qui me prouve que vous me la livrerez ?

Kieran leva son poignard.

— Je crains que vous n'ayez pas compris. Si vous ne rédigez pas cet ordre, je me verrai dans l'obligation de vous couper quelque chose pour vous convaincre. Cela, autant de fois qu'il sera nécessaire. Et comptez sur moi, monseigneur, pour vous garder vivant jusqu'au bout.

— Vous vous êtes engagé à me la livrer ! tonna Langton en tournant autour d'Isabel. Il sera relâché une fois qu'elle sera au château.

— Non. Elle reste ici, et vous avec elle, jusqu'à l'arrivée de Rory.

— Vous n'avez aucune chance de réussir. Newcastle est infesté de soldats.

— Assez discuté ! décréta Kieran. Votre choix ?

Il s'éloigna de la porte pour laisser pénétrer les quatre Écossais qui étaient restés en bas pour la protéger.

— Répondez rapidement, ou je leur demande de vous tenir pendant que je la laisse vous massacrer.

Langton jeta un coup d'œil à Isabel.

— D'accord.

— Sage décision, se moqua Kieran.

Il adressa un signe de tête à l'un de ses hommes.

— Donnez-lui la plume et le parchemin.

Ils observèrent Langton rédiger l'ordre de transférer Rory, puis sabler le parchemin et le sécher. Il leur tendit le vélin sans un regard.

— Non, fit Kieran. Apposez votre sceau. Votre bague, monseigneur.

Langton trempa son anneau dans l'encre et le pressa sur le parchemin. Kieran le prit et le montra à Isabel.

— Il faut également le seing, dit-elle.

Langton la foudroya du regard.

— De quoi parlez-vous ?

— Vous oubliez que j'ai déjà vu vos ordres, monseigneur. Sans la marque garantissant qu'il vient de vous, celui-ci n'a aucune valeur.

— Vous risquez votre âme, Isabel. Avez-vous oublié que je suis archevêque ? Vous et cette bande de…

Il désigna les Écossais.

— … n'arriverez pas à vos fins. Et je goûterai chaque instant de ma revanche.

— Comme je l'ai fait à Berwick, répliqua-t-elle. Apposez votre seing sur le parchemin, monseigneur. À moins que vous ne préfériez perdre une autre partie de votre corps ?

— Elle est votre complice ! s'écria Langton en pivotant vers Kieran. C'était un piège !

— En effet, acquiesça Kieran. Comme quoi, la perfidie n'est pas l'apanage des Anglais. Votre seing, monseigneur. Vite ! Je commence à perdre patience.

À contrecœur, Langton dessina le symbole sur le vélin, qu'il tendit à Kieran. Celui-ci jeta un coup d'œil à Isabel. Elle hocha la tête, et les quatre hommes s'avancèrent. En un instant, Langton se retrouva ligoté et jeté à même le sol dans un coin de la pièce, un chiffon dans la bouche.

— Nous partons, monseigneur, annonça Kieran en se penchant au-dessus de lui. Merci pour ce très agréable moment en votre compagnie. À bientôt, Isabel.

Elle acquiesça d'un signe de tête. Deux hommes demeurèrent avec elle ; les deux autres suivirent Kieran. Ils resteraient en bas, au cas où quelqu'un tenterait de délivrer Langton.

L'attente recommença. Langton la fixait constamment. Quand il se mit à taper des pieds, elle leva sa dague.

— Continuez comme ça, et je m'en sers. Vous savez que je n'hésiterai pas.

Il s'immobilisa.

Les cloches de l'église la plus proche sonnèrent dix heures, puis onze. Dehors, la musique s'arrêta. Les derniers fêtards s'égaillèrent, et Newcastle sombra peu à peu dans le sommeil. Des bourrasques de vent faisaient claquer les portes et soufflaient un air glacé à travers les volets. L'une des chandelles s'éteignit. Puis une deuxième. Isabel protégea la troisième en frissonnant. Et pria.

22

Allongé sur le dos dans l'obscurité, Rory promena les doigts sur le mur à côté de lui, comptant pour la millième fois la rangée de pierres. Toujours quinze jusqu'à l'extrémité de son bras. Il ferma les paupières. Si seulement il parvenait à dormir un peu ! Mais déjà il rouvrait les yeux, tenu en éveil à l'instar des nuits précédentes par la cavalcade des rats entre les tonneaux et les bruits étouffés de la salle commune au-dessus.

Il avait entendu ses geôliers mentionner entre eux l'arrivée de Langton. Ce n'était plus qu'une question d'heures avant que le prélat lui rende visite. Alors, Dieu seul savait ce qui surviendrait. Car Langton le reconnaîtrait, il n'avait aucun doute à ce sujet.

Si au moins il avait eu la certitude qu'Isabel avait quitté Newcastle ! Son propre sort était entre les mains de Dieu à présent. Il attendrait son transfert vers Londres pour essayer de s'échapper. Si une chance s'offrait à lui, il la saisirait. Plutôt mourir que de croupir en prison.

Afin de garder son corps prêt à l'action, il passait des heures à manier une épée imaginaire. Cela faisait rire ses geôliers, mais peu lui importait.

La porte de la cave s'ouvrit, laissant filtrer un rai de lumière jusqu'au plafond de sa prison. Il perçut plusieurs voix.

— La cellule du fond, indiqua distinctement l'une d'elles. Mais méfiez-vous, il peut être violent.

Des pas s'approchèrent, accompagnés de la lumière vacillante d'une torche. Quatre hommes apparurent. Tous des soldats royaux, à en juger par leur uniforme, et lourdement armés. L'un d'eux ouvrit et leva sa torche à bout de bras. Les yeux plissés sous la brusque luminosité, Rory examina ses visiteurs. Voilà donc les hommes qui le conduiraient en Angleterre. Avisant le dernier, le plus grand de tous, son cœur bondit dans sa poitrine. William Wallace !

— Tes poignets, ordonna un soldat en sortant une corde.

Rory tendit les bras et se laissa attacher sans broncher. Pas un muscle du visage de William ne tressaillit quand il passa devant lui. Dans les autres cellules, les prisonniers se mirent à crier, qui demandant à être libéré, qui hurlant des injures. Les soldats les ignorèrent, se dirigeant silencieusement à travers les tonneaux vers l'escalier menant à la grande salle.

Comme ils contournaient la dernière barrique, Rory entendit un léger bruit derrière lui et se retourna juste à temps pour voir deux de ses gardes s'effondrer au sol, morts ou assommés. Kieran et Edgar se tenaient au-dessus d'eux.

À leur gauche, William cognait la tête du troisième contre le mur.

Le dernier fit volte-face pour fuir. Il n'avait pas fait deux pas lorsque Kieran le rattrapa.

— Tu as le choix, annonça William. Mourir ou nous conduire à la poterne.

— Vous n'arriverez pas à vous échapper, prévint l'homme.

— Mauvais choix, commenta William en levant sa dague.

L'homme déglutit.

— Je vais vous y mener ! Mais, même avec moi, les sentinelles ne laisseront pas sortir un prisonnier.

Il faudrait aller chercher mon chef dans la salle de garde de la porte Noire.

— Trop dangereux. On ne peut pas prendre le risque, intervint Rory.

— Tu as raison, admit William.

Il détailla le garde en souriant.

— J'ai une autre idée, dit-il. Déshabille-toi, l'ami.

En un clin d'œil, ils libérèrent Rory de ses liens. Le temps d'ôter son vêtement, il enfilait ceux du garde.

— Maintenant, tu as le droit d'aller faire un tour là-bas, dit Kieran en saisissant ce dernier, nu comme un ver, sous les aisselles pour le transporter jusqu'aux geôles.

De retour, il lança une clé à Rory.

— En souvenir de ton séjour à Newcastle, cousin.

Edgar ouvrit la voie tandis qu'ils montaient l'escalier en colimaçon, puis se frayaient un chemin parmi la foule assemblée dans la grande salle. Ils marchaient d'un pas tranquille, apparemment semblables à tous ces hommes d'armes ripaillant autour des longues tables de bois. Sans échanger un regard, ils franchirent les portes puis descendirent la volée de marches jusqu'à la cour.

Plusieurs chevaliers approchaient, ôtant leurs gants et leurs manteaux alors que l'on menait leurs destriers à l'écurie. Tête baissée, Rory et les autres s'écartèrent afin de les laisser passer. Rory attendit qu'ils fussent en haut de l'escalier pour lever les yeux vers eux. L'un des chevaliers s'était arrêté et les regardait.

— Damnation ! marmonna Rory.

Henri de Boyer.

William suivit son regard.

— Vite ! À la poterne, le pressa-t-il.

Rory demeura sur place encore un instant, incapable de se détourner du Français. Il sentait son cœur frapper contre ses côtes tandis qu'ils se fixaient. Puis Henri pénétra à l'intérieur.

— Par le Christ! grommela Kieran.

— Venez, insista William.

Ils traversèrent la cour et contournèrent le donjon, croisant d'autres soldats qui leur jetèrent des regards intrigués, sans chercher néanmoins à les arrêter. La situation parut un instant se gâter à la poterne, quand les sentinelles s'étonnèrent de les voir sortir par là. Mais Edgar lâcha un rire, répondant avec un accent du Yorkshire :

— Je leur ai dit qu'il y avait là-bas le bordel le plus formidable de tout le pays. Depuis, ils me tannent pour aller vérifier si j'ai raison.

— Tu paieras pour nous tous si c'est pas le cas, répliqua Kieran.

Ce qui déclencha un éclat de rire général.

Une sentinelle acquiesça.

— Celui près de l'église, c'est ça ?

Edgar hocha la tête.

— On en a pour son argent, pas vrai ?

— J'y étais justement cette nuit, révéla le garde.

— Tu vois ? fit Edgar en se tournant vers Kieran. Je te l'avais dit.

— Je vous conseille d'en profiter, les gars, ajouta la sentinelle. Parce que, une fois qu'on sera dans le Nord, y aura plus que de la queue d'Écossais à se mettre sous la dent !

— T'as raison, approuva Kieran avec un nouveau rire. Je vais y aller tous les soirs en attendant.

La sentinelle riait encore en repoussant la porte derrière eux.

Dès qu'ils furent à bonne distance du château, Rory donna une tape sur l'épaule de ses compagnons.

— Jamais été aussi heureux de voir trois canailles telles que vous ! s'exclama-t-il. Comment puis-je vous remercier d'être venus me chercher jusque-là ?

— Sortons d'abord de Newcastle, décréta William. Tu nous remercieras après. Je nous ai cru fichus quand ce chevalier t'a reconnu. C'était de Boyer ?

— Oui.

— Il n'avait qu'un mot à dire pour nous faire arrêter, fit remarquer Kieran. Je ne comprends pas ce gaillard.

— Moi non plus, renchérit William. Mais peu importe.

— En effet, acquiesça Rory.

Mais en réalité, il savait pourquoi Henri n'avait rien dit. Il aurait agi exactement de la même manière dans une situation identique. Pour sauver Isabel.

— Où est-elle ? s'enquit-il.

— Dans une maison près d'ici, répondit Kieran. Avec Walter Langton.

Tout en marchant, il lui expliqua leur plan.

— Nous partirons tous cette nuit ou demain à l'aube, précisa William.

— Et Langton ? interrogea Edgar. Mort ou vivant ?

— C'est à Rory de décider.

Rory secoua la tête.

— Non. À Isabel.

Ils retrouvèrent leurs compagnons qui montaient la garde devant la maison.

— MacGannon, déclara l'un d'eux. On pensait ne jamais te revoir.

Rory lui adressa un sourire.

— Moi aussi. Où est-elle ?

— À l'étage.

— Langton est toujours ligoté, annonça l'autre, mais il s'est tenu tranquille.

Rory monta les marches quatre à quatre. Il s'arrêta un instant sur le palier, le temps de reprendre son souffle, puis ouvrit la porte. Dès qu'ils le virent, les hommes à l'intérieur poussèrent des exclamations de joie. Il répondit à la chaleur de leur accueil, mais ses yeux ne voyaient qu'Isabel.

Elle se leva et s'élança vers lui. Ils tombèrent dans les bras l'un de l'autre.

— Rory, chuchota-t-elle, incapable de retenir ses larmes.

— Chut, Isabel. Ne pleure pas. Nous sommes de nouveau réunis, murmura-t-il en la serrant contre lui.

Langton était allongé sur le sol à l'autre bout de la pièce, soigneusement attaché.

— Partons d'ici, loin de cette vermine. Souhaites-tu que je le tue ?

Elle se tourna vers le prélat.

— Non. Laisse-le vivre. Je veux qu'il se souvienne de cette nuit et de sa nouvelle défaite. Déshabille-le, qu'on le trouve ligoté et totalement nu.

En un clin d'œil, Isabel enfila l'uniforme prévu pour elle. Il sentait la transpiration, et elle évita de penser au soldat qui l'avait porté, soulagée que l'habit fût assez large pour garder sa tunique en dessous. Hormis ce vêtement, il ne lui restait plus rien de son passé, car elle abandonna sa sacoche dans une taverne. Mais peu importait. L'essentiel était de quitter l'Angleterre sans se faire repérer.

Il neigeait quand ils arrivèrent à cheval devant les portes grandes ouvertes de la ville. Un flot continu d'hommes d'armes entrait et sortait.

— Si de Boyer leur a dit qu'on était déguisés en soldats… marmonna Kieran.

— Il ne l'a pas fait, affirma Rory.

— Tu le connais si bien que ça ?

— Il ne prendra pas le risque de faire arrêter Isabel. Il sait qu'elle est avec nous.

— Tu es vraiment sûr de lui ?

— Certain, assura Rory.

Ce qui n'empêcha pas son cœur d'accélérer lorsqu'ils s'approchèrent des sentinelles.

Celles-ci les saluèrent au passage. Ils étaient dehors.

Il la tint enlacée toute la nuit, conscient de ses compagnons endormis juste à côté, mais incapable de ne pas la toucher. Lovée contre lui, elle lui raconta ce qui s'était passé durant leur séparation. Il lui couvrit le visage et le cou de baisers et lui caressa les seins sous la couverture en chuchotant des mots d'amour. Puis l'épuisement finit par les gagner.

Rory s'éveilla le premier. Il contempla le délicat profil d'Isabel et la masse chatoyante de ses cheveux. Il l'épouserait le jour de leur arrivée en Écosse, se promit-il. Alors, Henri de Boyer devrait renoncer définitivement à elle. Là-bas, elle n'aurait plus à affronter d'autres Walter Langton ; elle ne courrait plus de danger.

Elle s'agita contre lui. En dépit des couches de tissu qui les séparaient, il réagit instantanément. Il aurait voulu lui ôter ses vêtements, la voir nue, sentir la douceur de sa peau contre la sienne et plonger dans ce corps magnifique. Malgré le désir physique qui le tenaillait, il revenait sans cesse à son besoin de la mettre à l'abri, loin de l'Angleterre. Edgar avait envoyé Sarah chez des cousins d'Inverness, en prévision d'une invasion du roi Édouard. La jeune femme lui écrivait régulièrement. Elle semblait heureuse dans sa nouvelle maison, et Edgar ne s'inquiétait plus pour elle.

— Je jure de toujours te protéger, Isabel, murmura Rory en l'embrassant sur la joue. Je t'aime. Maintenant, réveille-toi. Nous devons prendre la route.

Isabel sourit et ouvrit les yeux.

— C'est la première fois qu'on m'éveille ainsi.

— Et ce ne sera pas la dernière, si tu m'y autorises.

— Il me semble vous avoir déjà autorisé pas mal de choses, messire, plaisanta-t-elle.

Il sourit.

— Oui. Et je compte bien obtenir encore plus quand nous serons tous les deux.

— *Beaucoup* plus ?

— Oh oui, ma chérie. Beaucoup, beaucoup plus. Et pour votre plus grand plaisir, j'espère. Mais en attendant, debout ! Nous serons en Écosse avant la nuit.

— Nell ! Nell, que fais-tu, mon amour ?

— Arrête de rugir, Liam Crawford. J'arrive !

Nell dévala la dernière volée de marches pour se jeter dans les bras de son mari. Il l'embrassa avec fougue.

— Tu as mis une éternité à descendre.

— Dieu du ciel, Liam, je suis venue aussi vite que j'ai pu ! Avec tout ce bruit, j'ai cru qu'il y avait eu un malheur. Il est encore tôt, tu sais.

Il l'embrassa de nouveau, faisant apparaître un sourire amusé sur ses traits.

— Tu as l'air en forme, mon amour, reprit-elle. Comment s'est passé le voyage ? As-tu des nouvelles de Rory ? Des nouvelles tout court ?

— Oui. C'était un voyage intéressant. Édimbourg n'a pas changé : ses habitants se prennent toujours pour le centre du monde. Sinon, Édouard d'Angleterre déplace toujours plus de troupes vers le Nord, mais ce n'est pas vraiment une nouveauté.

— Et Rory ? Sais-tu où il se trouve ? Et Gannon ?

— Eh ! Il est temps de sortir ! cria Liam par-dessus son épaule.

Nell vit alors Gannon, Kieran et William Wallace émerger de l'angle du château face à elle. Puis Rory apparut à son tour en compagnie d'une jeune femme.

Un sourire extatique aux lèvres, Nell croisa les mains devant elle.

— Oh, merci mon Dieu ! Rory, j'ai cru que je ne te reverrais jamais, confia-t-elle en embrassant son neveu, puis Kieran. William, mille mercis de nous avoir ramené notre Rory vivant !

William sourit.

— Je n'avais pas le choix, dame Crawford. Nous avons besoin de lui.

— Quoi? s'écria Liam. Rien de plus pour moi? Je suis déjà oublié?

Nell le prit par le cou en s'esclaffant et déposa un baiser sonore sur sa joue.

— Mais toi, tu occupes toujours tout mon cœur, mon amour. Cela devrait te suffire.

— Cela me suffit, assura Liam avec un sourire empreint de tendresse.

Elle lâcha un rire.

— Gannon, Margaret sera soulagée d'apprendre que vous êtes ici. J'ai justement reçu une lettre d'elle hier. Vous lui manquez. Et nos filles vont bien, conclut-elle à l'adresse de Liam.

— Tous les jours à leur contact, Margaret doit être heureuse de n'avoir que des fils, commenta-t-il.

Gannon embrassa Nell.

— Je suis sûr que c'est le contraire. Les fils vous font blanchir les cheveux avant l'âge. N'est-ce pas, Rory? lança-t-il avec un clin d'œil.

Rory s'esclaffa. Nell les regarda tous en souriant, puis se tourna vers la jeune inconnue restée sur le côté. Elle était charmante. Grande, élancée, avec de grands yeux sombres. Une beauté. Ce qui expliquait beaucoup de choses.

— Je suppose qu'il s'agit d'Isabel, dit-elle.

— Oui, Nell, répondit Rory. Je vous présente Isabel de Burke. Isabel, ma tante Nell.

Isabel fit une petite révérence.

— Enchantée, dame Crawford. Je suis si contente de vous rencontrer! J'ai tellement entendu parler de vous.

— Je n'en doute pas, déclara Nell en riant. J'espère que vous n'en avez pas cru la moitié. Et, je vous en prie, appelez-moi Nell. Maintenant, si nous rentrions? enchaîna-t-elle. Vous m'expliquerez devant un bon repas par quel hasard vous arrivez tous en même temps. Et ce soir, nous célébrerons Noël ensemble.

Tout en écoutant Rory puis Kieran lui raconter comment ils avaient retrouvé Isabel à Newcastle, Nell jetait de brefs coups d'œil à la jeune fille assise à la table. Aux regards que celle-ci échangeait de temps à autre avec Rory, elle comprit qu'on ne lui exposait pas tous les développements de l'affaire. Mais Liam et Gannon, qui les avaient croisés sur la route près de la frontière écossaise, devaient en savoir plus, et elle ne doutait pas que son mari lui fournirait les détails dans l'intimité.

— Allez-vous rester ? s'enquit-elle. Ou comptez-vous repartir ?

— Je préférerais, si c'est possible, qu'Isabel demeure ici avec vous, répliqua Rory. Elle ne peut pas retourner en Angleterre, et il m'est impossible de la conduire à Loch Gannon pour l'instant.

— Mais elle ira voir ta mère, ensuite ? intervint Gannon en fronçant les sourcils.

Rory lui sourit.

— Bien sûr, père. Vous en doutiez ?

Il se tourna de nouveau vers Nell pour expliquer :

— Nous ne pourrons monter à Loch Gannon qu'une fois nos missions terminées. Pour l'instant, il y a malheureusement plus urgent.

— C'est bien ce que je craignais, commenta Nell avec une moue inquiète.

— Ne parlons pas de politique maintenant, décréta Gannon. Sortez plutôt vos plus beaux atours, Nell. Mon fils se marie.

Nell dévisagea tour à tour Rory et Isabel, incrédule.

— Quoi, ce matin ?

— Le plus tôt possible, répondit Rory. L'oncle de William est archevêque et, par chance, il est ici à Stirling.

— Il lèvera l'obligation de publier les bans, déclara William, manifestement ravi. Et procédera à la céré-monie lui-même.

— Sans Margaret ?

— Nous n'avons pas le temps, Nell, expliqua Gannon. Nous reprenons la route après-demain.

Le mariage fut célébré devant l'ensemble de la cour. Le roi John donna sa bénédiction et fit organiser un grand festin dans la salle du château en l'honneur des jeunes époux. Ils passèrent leur nuit de noces dans une petite chambre isolée dans le donjon.

Nell n'avait jamais vu Rory aussi heureux. Ni une jeune mariée aussi ravissante. Gannon, quant à lui, semblait très soulagé d'avoir retrouvé son fils sain et sauf. Il ne manquait vraiment que Margaret, songea Nell. Sa sœur serait désolée de n'avoir pu participer à un événement aussi important. Mais ainsi allait la vie en Écosse en ce moment…

Ils furent tous reçus par le roi, y compris Isabel, qui dut faire face à de nombreuses questions.

Puis Rory, Kieran et Gannon partirent rencontrer les clans du nord de l'Écosse, tandis que William se rendait à Dundee et Perth, et Liam en Ayrshire.

Nell et Isabel se retrouvèrent seules à la cour du roi John.

La nouvelle année arriva dans une ambiance tendue et maussade. Nell fêta l'an 1296 en compagnie d'Isabel, se réjouissant d'autant plus de la présence de la jeune femme que la reine était partie sans elle, la laissant désœuvrée.

Courtoises et un peu distantes au départ, les deux femmes se rapprochèrent de plus en plus à mesure que l'hiver s'écoulait, évoquant leur passé, leurs épreuves et l'amour qu'elles portaient à leurs maris respectifs.

Malgré cela, Nell ressentait douloureusement l'absence de ses filles. Elles s'écrivaient régulièrement, mais ce n'était pas la même chose que de les avoir près d'elle, et elle restait souvent pensive après avoir reçu leurs missives.

Les nouvelles étaient alarmantes. Édouard et sa flotte s'étaient installés à Newcastle tandis que ses armées se massaient le long de la frontière. Face à eux, Balliol avait appelé tous les hommes valides d'Écosse à se regrouper à Caddonlee avant le 11 mars.

Nell et Isabel regardaient les centaines d'hommes en armes qui traversaient chaque jour Stirling pour se rendre au rendez-vous. Les Highlanders et ceux du Sud étaient les plus nombreux, sans doute parce qu'ils savaient qu'ils seraient les premiers à subir le courroux d'Édouard en cas d'invasion.

Plusieurs barons, cependant, refusèrent de répondre à l'appel : les comtes d'Angus et de Dundee, qui se rangèrent aux côtés de l'ennemi et virent leurs comtés confisqués par Balliol ; et surtout le clan des Bruce, dont le domaine d'Annandale fut attribué à leur vieil ennemi John Comyn. Une insulte qui, bien sûr, ne passa pas inaperçue.

Liam venait à Stirling aussi souvent qu'il le pouvait. À chaque fois, Nell pleurait de joie à son arrivée et cachait ses larmes lorsqu'il repartait un ou deux jours plus tard, craignant de ne plus jamais le revoir. Quant à Isabel, elle aurait trouvé la séparation insupportable sans la chaleur et l'affection de Nell. Malgré l'insistance de Liam et de Rory, toutes deux refusaient de se rendre à Loch Gannon, où leurs époux n'auraient pu leur rendre visite aussi facilement qu'à Stirling.

Une nuit, Rory se présenta au château. Isabel se jeta dans ses bras, et ils échangèrent un baiser ardent qui les laissa à bout de souffle.

— Comme tu m'as manqué, Isabel, murmura Rory en lui repoussant une mèche de cheveux. Je n'ai pas cessé de penser à toi. Comment te portes-tu ?

— Bien. Nell est très gentille avec moi. C'est une femme merveilleuse.

— N'est-ce pas ? Et je sais qu'elle est contente de t'avoir près d'elle, surtout avec ses deux filles à Loch

Gannon. Néanmoins, promets-moi que tu partiras là-bas au premier signe de danger, Isabel. Jure-moi de ne pas prendre de risques inutiles.

Elle eut un petit rire.

— C'est un peu tard pour ça, fit-elle remarquer. Mais, oui, Nell et moi irons à Loch Gannon si cela s'avère nécessaire. Liam lui a fait promettre la même chose.

— Parfait. John Comyn a demandé à mon père et à Davey et leurs hommes de le rejoindre à Annandale. Il a l'intention de marcher vers l'Angleterre.

— Et commencer la guerre de son propre chef ? Pourquoi ?

— Il veut prendre Carlisle et détruire les Bruce.

— Ne peuvent-ils oublier leurs vieilles querelles ?

Rory secoua la tête d'un air désabusé.

— Non. Même maintenant, quand le courroux d'Édouard menace de s'abattre sur nous par leur faute, ils ne pensent qu'à s'affronter. Leur orgueil aveugle représente la plaie la plus profonde du pays.

— Que dit ton père ? Suivra-t-il John Comyn ?

— Non. Ce qui nous ramène à toi, mon amour. Dès que Comyn l'apprendra, son clan cessera de nous protéger. Reste vigilante.

— Je le serai. D'autant que je dois veiller sur deux personnes, désormais.

Rory écarquilla les yeux.

— Isabel ? Veux-tu dire que… ?

— Oui. De deux mois.

Elle retint son souffle tandis qu'il la dévisageait, terrifiée à l'idée qu'il pût être contrarié.

Le sourire dont il la gratifia chassa instantanément ses craintes. Il rayonnait.

— Un enfant. *Notre* enfant. Deux mois. C'est pour septembre, alors. Mais pourquoi ne m'as-tu pas prévenu dès que tu l'as su ?

— Je ne le savais pas. C'est la première fois que j'attends un enfant. Et avec cette menace de guerre… ce n'est pas le bon moment.

404

— Ne t'inquiète pas. Tout ira bien, Isabel. Je vais te conduire à Loch Gannon, et ma mère prendra soin de toi.

Il l'embrassa avec un rire ravi.

— Un petit. *Notre* petit. Je suis si heureux ! s'écriat-il en la soulevant dans ses bras pour la faire virevolter.

Soudain il s'arrêta net, inquiet.

— Je ne devrais pas faire ça. Où ai-je la tête ? Assieds-toi, Isabel. Tu dois te reposer.

Elle éclata de rire.

— Je vais bien. Mon estomac est parfois contrariant, mais pour le reste, je me sens en pleine forme.

— Viens, la pressa-t-il. Il faut l'annoncer à tout le monde.

Il écrivit à ses parents et insista pour qu'Isabel écrivît à sa grand-mère, lui assurant qu'elle ne risquait plus rien à présent, et qu'un bonheur de ce genre devait se partager avant le début de la guerre. Puis il repartit.

Six jours plus tard, la guerre commença, d'une façon assez inattendue. L'Anglais Robert de Ros, seigneur du comté de Wark dans le Northumberland et sur le point d'épouser une Écossaise, remit son château aux Écossais. Son frère, fidèle à la couronne d'Angleterre, en informa le roi Édouard, qui envoya aussitôt un détachement de soldats sur place. Robert de Ros attaqua alors l'armée royale, et se retrouva bientôt assiégé et vaincu. Édouard, qui s'était déplacé en personne pour le siège, fêta Pâques à Wark.

Trois jours plus tard, le 26 mars, John Comyn entrait en Angleterre à la tête de ses hommes. Comme l'avait prédit Rory, il assiégea Carlisle. Les Bruce, Robert l'Aîné et Robert le Jeune, repoussèrent l'assaut, sauvant la forteresse et causant d'importantes pertes parmi les troupes de leur assaillant. Fou de rage, Comyn dévasta les villages environnants, puis continua vers l'ouest, massacrant, violant et pillant tout ce qui se trouvait sur son passage, sans respect pour les églises ni les monastères. Certains racontèrent même qu'à Hexham, il enferma des élèves dans leurs classes et mit le feu à l'édifice. Enfin, chargé du butin de ses exactions, il ramena ses guerriers en Écosse.

Au moment où Comyn lançait sa première attaque, Édouard fondait sur Berwick.

23

Rachel se trouvait à la cuisine avec ses parents quand Gilbert arriva en hâte, l'air affolé.

— Rachel, annonça-t-il, Kieran MacDonald est ici et demande à vous voir.

Ses parents échangèrent un regard.

Père s'essuya les mains avec un torchon.

— Je vais lui parler, déclara-t-il.

— Il a demandé après moi, père, rappela Rachel en repoussant le plat qu'elle préparait. J'y vais.

— Pas seule, décréta sa mère.

Finalement, ils l'accompagnèrent tous, ses parents à côté d'elle, Gilbert derrière.

Kieran se tenait près de la fenêtre, le dos tourné, les bras croisés. Il semblait tendu. Elle traversa la pièce, s'arrêtant à quelques pas de lui.

— Kieran.

Il pivota, son regard se posant sur elle en premier, puis sur ses parents et Gilbert.

— Rachel, la salua-t-il. Jacob, je dois vous parler à tous en privé.

Jacob acquiesça, et la procession repartit en direction de la cuisine. La porte à peine refermée, Kieran leur fit face :

— Vous devez partir aujourd'hui même. Édouard arrive avec cinq mille hommes à cheval et trente mille soldats.

Jacob secoua la tête.

— Merci d'être venu nous prévenir, Kieran, mais nous étions déjà au courant. Le seigneur Douglas et tous les notables nous ont assuré que la ville était assez forte pour résister et que le roi Édouard ne nous assiégerait pas.

Kieran écarquilla les yeux, consterné.

— Assez forte pour résister ? répéta-t-il d'un ton incrédule. Mais avec quoi ? Les remparts ne sont même pas en pierre et les troupes du comte se limitent à une poignée de gardes. Qu'espérez-vous faire contre une armée entraînée ? Fermez l'auberge, Jacob, au moins jusqu'à ce qu'on en sache plus sur les intentions d'Édouard. Ne soyez pas stupide !

— Kieran ! s'écria Rachel en voyant son père s'empourprer.

La voix de ce dernier était glacée lorsqu'il rétorqua :

— J'ai déjà été chassé par deux fois de ma maison, messire. La première à Londres, la seconde par Langton. Nous avons bâti une nouvelle existence ici, et je n'ai nulle part ailleurs où aller. De toute manière, vous exagérez le danger.

— Allez chez Sarah. Edgar m'a assuré que ses cousins étaient prêts à vous accueillir.

— Sarah est à Inverness. Nous ne demanderons pas à la famille d'Edgar de se charger de nous, affirma Jacob.

— Père, intervint Rachel. Peut-être devrions-nous l'écouter. Nous avons vu ce qui s'est passé avec Édouard en Angleterre. Nous pourrions…

— Non. Je ne veux plus fuir en laissant les autres me défendre. S'il y a la guerre, je l'affronterai ici, dans ma maison. Berwick passera peut-être sous contrôle anglais, mais après tout, nous avons vécu des années sous ce joug sans problème.

— Vous vous souvenez de ce que Langton a fait ici ! cria Kieran, hors de lui. Maintenant, imaginez la même chose en mille fois pire. Pourquoi refusez-vous de voir la réalité ? Par défi ou par obstination ?

J'ai chevauché deux jours pour venir vous prévenir. Vous devez partir. S'il vous plaît, je vous supplie de partir. Ou au moins de laisser Rachel m'accompagner.

Jacob eut un sourire entendu.

— C'est ça le but de votre visite, n'est-ce pas ?

— Bien sûr, répondit Kieran sans se décontenancer. Que cela vous plaise ou non, je tiens à elle, Jacob. J'ai déjà dit, à vous et à Moshé, que je prendrais soin d'elle. C'est pour cela que je suis ici. Si vous aimez votre fille, mettez-la à l'abri. Envoyez-la loin d'ici.

— J'aime ma fille. Et c'est vous que j'envoie au diable, Kieran MacDonald. Laissez-nous, à présent. J'en ai assez de vos insultes et de vos promesses vaines. Je vous avais demandé de nous ramener Isabel et vous aviez juré de le faire. Or, est-elle là ? Non. Et maintenant, vous vous servez de l'arrivée d'Édouard comme prétexte pour m'enlever Rachel. Vous n'êtes plus le bienvenu ici, messire. Sortez de ma maison.

— Jacob, protesta son épouse. Je sais qu'il s'est montré incorrect, mais nous devrions l'écouter.

— Non ! rugit Jacob. Cet homme a déjà détruit la vie de ma fille. Sans lui, elle aurait été heureuse avec Moshé. Elle a failli l'être, d'ailleurs, mais à chaque fois il est réapparu pour tout gâcher. Oui, Édouard approche, et peut-être menacera-t-il Berwick. Mais qui peut croire qu'il ira plus loin ? Dans quel intérêt ? Berwick est une cité riche et prospère. Il ne nous attaquera pas, il nous taxera ! À présent, sortez de chez moi, Kieran MacDonald, et n'y remettez jamais les pieds !

Kieran tourna les talons et sortit sans un mot. Rachel regarda son père écarlate de rage et sa mère qui secouait la tête d'un air las. Puis elle s'élança derrière Kieran. Elle le rattrapa dans la rue, à une dizaine de pas de la boucherie de Moshé.

— Kieran ! Attendez !

Il fit volte-face.

— Cette fois, je ne vous laisserai pas, Rachel.

— C'est pourtant ce que vous semblez faire.

— Viendrez-vous avec moi ? Aujourd'hui ? Tout de suite ?

— Non, je ne peux pas partir comme ça. Laissez-moi leur parler.

— Retrouvez-moi ce soir. Sur la petite place près de l'église. Vous me promettez de venir ?

— Pour discuter, Kieran, rien de plus. Laissez à mon père le temps de se calmer. Vous l'avez insulté.

— Il se sent facilement insulté. Je ne le comprends pas, Rachel. Vous risquez d'être assiégés et lui se préoccupe de manières et de politesse ! Où est passé le Jacob d'antan ?

— Il a été ravagé, Kieran. Par le roi Édouard, par Walter Langton. Par Isabel, même, qui en voulant nous protéger lui a donné le sentiment de ne servir à rien. Vous ne vous en rendez pas compte ? La vie l'a accablé d'épreuves ! Il refusait que je me marie en dehors de notre religion, et j'ai joué la petite fille obéissante, mais pas assez bien, hélas, pour tromper quiconque. Il voulait que je sois heureuse et je ne le suis pas. Cet échec est constamment entre nous.

Kieran l'attira à lui et lui donna un baiser plein de fougue. Puis il la relâcha.

— Ce soir, dix heures, Rachel. Habillez-vous chaudement car nous resterons dehors. Promettez-moi de venir.

— Je serai là.

Père ne fit aucun commentaire quand elle rentra, mais mère l'entraîna à l'écart.

— Je vais lui parler, déclara-t-elle. Peut-être que dans quelques jours, une fois calmé, il se rendra compte que Kieran n'a pas tout à fait tort. Mais pour l'instant, après tout ce qui s'est passé avec toi et Moshé, Kieran pourrait lui dire que le ciel est bleu qu'il refuserait de le croire. Laisse-moi un peu de temps et je le ramènerai à la raison.

Comme Rachel acquiesçait de la tête, elle enchaîna:

— À présent, va retrouver ton mari. Rapporte-lui les paroles de Kieran et demande-lui si, à son avis, nous devrions partir. Si c'est le cas, ton père écoutera Moshé.

Rachel soupira.

— D'accord.

Elle partit en hâte frapper à la porte de Moshé. Pas de réponse. Elle s'apprêtait à donner un nouveau coup lorsqu'elle perçut des voix à l'intérieur. Moshé parlait doucement, tendrement. Une femme lui répondit. Rachel recula d'un pas et contempla la porte, incrédule. Puis elle rentra à l'auberge.

À dix heures cette nuit-là, elle s'enveloppa dans un manteau épais et se rendit au rendez-vous de Kieran. Elle le vit sortir de l'ombre de l'église, tenant son destrier par la bride.

— Merci d'être venue, Rachel. Vous ne le regretterez pas.

— Je l'espère.

— Vous m'accompagnez jusqu'aux portes de la ville ? On parlera en chemin.

Elle lui emboîta le pas et, tout en marchant, il lui narra ce qui s'était passé à Newcastle, lui assura qu'Isabel était en sécurité chez sa tante Nell, et réaffirma sa certitude concernant l'attaque d'Édouard sur Berwick.

— Attendez un jour ou deux. Mon père changera peut-être d'avis.

— Nous ne disposons pas de ce temps, Rachel, répliqua-t-il en jetant un coup d'œil sur les portes de bois. Même aujourd'hui, alors que les notables de la ville connaissent le risque, les portes ne sont pas correctement gardées. Voyez, elles sont grandes ouvertes et il n'y a pas de sentinelle.

Elle se tourna dans la direction indiquée, puis fit volte-face en percevant un mouvement dans son dos : Kieran avait sauté sur son destrier et se penchait vers elle.

— Embrassez-moi, Rachel. S'il vous plaît. Le temps est venu de partir.

Il y avait tant d'intensité dans sa voix qu'elle tendit les bras sans réfléchir. Il la souleva, l'assit devant lui, et s'empara de ses lèvres. Le cheval s'ébranla.

— Que… ? s'exclama-t-elle en se redressant.

Il pressa une main sur sa bouche.

— Vous venez avec moi, Rachel, décréta-t-il en la serrant un peu plus fort. Je ne vous laisserai pas ici.

Sur ces mots, il talonna sa monture, qui s'élança au galop.

Ils ne ralentirent l'allure qu'après une bonne heure de route. Rachel avait cessé de se débattre depuis un bon moment. Agrippée à la crinière du destrier, elle s'interrogeait. Kieran était-il devenu fou ? Ou était-ce elle qui avait perdu l'esprit en se laissant enlever ainsi ? Elle aurait voulu protester, se mettre en colère, mais elle se sentait trop troublée pour trouver les mots adéquats. Certes, elle désapprouvait ce geste, mais elle aimait Kieran. Et elle ne lui avait pas vraiment résisté.

— Assez ! cria-t-elle finalement. Kieran, arrêtez. Nous devons parler.

— Nous allons à Stirling, Rachel. Nell vous accueillera. Isabel est là-bas.

— Kieran, arrêtez ou je saute !

Il resserra le bras autour de sa taille.

Cette fois, sa colère monta.

— Quelle que soit mon envie de revoir Isabel, je n'irai pas à Stirling ! énonça-t-elle. C'est de la folie. Arrêtez ce cheval !

Il obéit, mettant sa monture au pas, puis l'immobilisant sous un arbre. Rachel glissa à terre et marcha d'un pas raide.

— Vous n'avez pas le droit de faire ça !

— C'est trop tard pour revenir en arrière, Rachel.
Vous ne comprenez pas ! Je rentre de la frontière.
J'ai vu la puissance du roi Édouard, j'ai entendu
toutes les horreurs commises par son armée au pays
de Galles ! Comment pouvez-vous imaginer qu'il en
ira différemment à Berwick ? C'est de la folie de
croire une chose pareille.

— C'est vous qui êtes fou. Je suis l'épouse d'un
autre homme ! Et tant que ce sera le cas, il ne pourra
rien y avoir entre nous. Je ne peux pas aller à Stirling
avec vous comme si je n'avais pas de passé. Si ceux
que j'aime sont en danger, c'est mon devoir de les
convaincre de partir. Je rentre !

Malgré les nuages, le clair de lune éclairait ses
pas, et elle avança à vive allure, ne sachant si elle se
sentait blessée ou heureuse qu'il ne la suivît pas.
Puis l'astre descendit peu à peu dans le ciel, l'obli-
geant à ralentir dans l'obscurité.

Elle perçut un frappement de sabots sur le sol
derrière elle, et se demandait où se cacher quand
elle reconnut le destrier de Kieran. Elle reprit sa
route d'un pas guindé.

— Vous êtes certaine de vouloir rentrer, Rachel ?
s'enquit Kieran en arrêtant son cheval à sa hauteur.

— Oui.

— Bien.

Elle lui jeta un bref regard. Que signifiait ce ton
conciliant ?

— Vous m'accompagnez ?

— Oui. Nous devrions être à Stirling rapidement,
au rythme auquel vous marchez.

— Je n'irai pas à Stirling, Kieran. Je pensais avoir
été claire.

Malgré la pénombre, elle vit son sourire.

— Vous allez vers le nord, Rachel. Berwick est
dans notre dos.

À ces mots, elle se figea sur place.

— Si c'est vraiment ce que vous souhaitez, je vais
vous ramener, Rachel. Mais juste pour voir si nous

pouvons persuader les autres de nous suivre. Je ne vous laisserai pas là-bas.

— Vous n'avez aucun ordre à me donner !

En guise de réponse, il se pencha pour l'embrasser, lui saisissant doucement la nuque.

— Je ne vous laisserai pas à Berwick, Rachel : je resterai avec vous. Si vous devez être exposée au danger, je le serai aussi. Et si nous ne pouvons pas vivre ensemble, au moins mourrons-nous ensemble.

Elle le contempla, bouche bée.

— En attendant, êtes-vous d'accord pour vous reposer ? reprit-il. Il y a une maison là-bas. Nous repartirons à l'aube.

Les habitants les accueillirent, leur offrirent un peu de pain et de fromage, et les laissèrent dormir sur le sol. Ils s'enroulèrent dans leurs manteaux, veillant à rester à bonne distance l'un de l'autre.

Le lendemain matin, ils chevauchèrent plusieurs lieues avant qu'une averse torrentielle les obligeât à trouver refuge dans un prieuré proche de la frontière. Là, ils apprirent qu'Édouard, aux portes de Berwick, avait exigé la reddition de la ville. Ce qui lui avait valu de se faire traiter de « chien d'Anglais » par les habitants. À cette nouvelle, Rachel voulut se remettre en route sur-le-champ pour convaincre ses parents de fuir.

Hélas, il était déjà trop tard. Édouard s'empara de Berwick en un jour.

À leur arrivée, la cité était en flammes. Une foule paniquée s'échappant vers le nord bloquait les routes. Édouard en personne avait commandé l'attaque, jetant son destrier contre les remparts de terre.

— Ils tuent tout le monde, lança un homme. Vous entendez les cris ?

Sa femme hocha la tête en sanglotant.

— Ma sœur est là-bas…

— Personne n'a pu sortir depuis qu'ils ont pénétré dans la ville. Personne ! Ils ont même bloqué le

414

passage par le fleuve en échouant quatre navires dans l'estuaire. Ils veulent faire payer aux habitants de Berwick leur résistance. C'est un véritable massacre.

Le carnage dura trois jours. Au moins vingt mille personnes trouvèrent la mort. La cité fut saccagée. Les marchands étaient systématiquement assassinés, leurs biens confisqués et leurs demeures brûlées. Les Flamands, qui tinrent le plus longtemps barricadés dans le Red Hall, périrent tous dans l'incendie de l'édifice. Édouard, dit-on, laissa la tuerie se poursuivre jusqu'à ce qu'il voie une femme trucidée à coups de hache tandis qu'elle accouchait. Alors, le bain de sang s'arrêta. Il n'y avait plus une seule maison debout, hormis la forteresse. Édouard cantonna une partie de son armée dans la ville qui fut déclarée anglaise. Il invita les Northumbriens à s'y installer, déclarant que Berwick serait reconstruit pour servir d'avant-poste fortifié.

Kieran et Rachel s'approchèrent aussi près que possible. Rachel voulait entrer, mais Kieran s'y opposa, certain que Jacob et les autres ne pouvaient avoir survécu à une telle boucherie. Rachel et lui n'étaient pas les seuls à observer les décombres de l'extérieur. Des centaines de gens s'étaient assemblés autour de la cité dans l'espoir de recueillir des nouvelles de leurs proches.

Le quatrième jour, Rachel en obtint. Un aubergiste, qui connaissait bien Jacob et sa famille, marchait d'un pas lourd, seul, les épaules voûtées. Malgré son air éteint, il répondait d'un ton posé à tous ceux qui le pressaient de questions. Il ne connaissait pas la plupart des personnes dont on lui parlait, mais en avisant Rachel, son visage se décomposa. Aucun son ne sortit de ses lèvres, mais des larmes roulèrent sur ses joues noires de fumée.

— Ils sont tous morts, Rachel, articula-t-il finalement. Les hommes d'Édouard m'ont laissé pour mort, moi aussi, c'est pour ça que je m'en suis sorti. Mais tous les autres ont péri : ma femme, mon fils…

Il se tut un instant, le corps agité de soubresauts.

— Votre père s'est battu vaillamment. Gilbert et lui les ont tenus longtemps à l'écart, mais ils ont fini par succomber. Ainsi que votre mère. Moshé a été brûlé dans sa boutique où il s'était barricadé. Ils ont tous disparu. Tous. Ceux qui ont fait ça ne sont pas des hommes, ce sont des démons. Je suis désolé, Rachel.

Secouant la tête, il se détourna pour reprendre sa route sans un regard en arrière.

Rachel s'effondra en gémissant. Recroquevillée par terre, elle sanglota un long moment sans pouvoir s'arrêter, dévorée de culpabilité. Assis près d'elle, Kieran lui caressait le dos, mais il n'essaya pas de la réconforter. Il n'y avait pas de réconfort possible. Le dieu que Jacob avait si longtemps prié, sur lequel il s'était appuyé, les avait une fois encore abandonnés.

Quand ils apprirent qu'Édouard s'apprêtait à repartir vers le nord, elle laissa Kieran la conduire à Stirling. Elle se sentait totalement hébétée, engourdie. Ils n'échangèrent quasiment pas une parole durant le trajet.

À leur arrivée, Nell se précipita vers eux, le visage baigné de larmes.

— Kieran ! Merci mon Dieu, j'ai cru que tu étais là-bas ! Je t'ai cru mort ! s'écria-t-elle en le prenant dans ses bras. Et vous devez être Rachel. Il n'y a que vous deux ? Personne d'autre ?

— Non, répondit Kieran. Juste nous.

Elle serra Rachel contre elle.

— Je suis désolée pour vous. Tellement désolée… Venez, Isabel est à l'intérieur.

Le 5 avril 1296, le roi John rompit son contrat de vassalité envers Édouard d'Angleterre. Courtoise et digne, la lettre manquait cependant de force, comme celui qui l'avait rédigée. C'était une liste de griefs qui n'émut personne et surtout pas les Écossais, qui espéraient beaucoup mieux de leur roi. Quant à Édouard, il la reçut comme celle d'un félon, par cette sentence :

— Qu'il en soit fait du fou selon sa folie.

À la bataille de Dunbar, Édouard mit en déroute l'armée écossaise, parmi laquelle il fit de nombreux prisonniers. En apprenant qu'il se dirigeait vers Stirling, Rachel, Nell et Isabel partirent se réfugier à Loch Gannon, chez la mère de Rory.

Quelques jours plus tard, Stirling tombait.

Rachel était soulagée d'avoir retrouvé Isabel. Les transformations de son amie, désormais mariée et bientôt mère, la fascinaient. Isabel semblait si heureuse ! Et ce bonheur ne faisait que souligner tout ce qu'elle-même avait perdu : sa famille, son mari. Certes, Kieran l'aimait et lui avait fait comprendre qu'il l'attendrait aussi longtemps que nécessaire, néanmoins elle éprouvait tant de culpabilité envers ses parents et Moshé qu'elle se sentait incapable d'envisager l'avenir. Par fidélité, elle continuait à célébrer Shabbat seule chaque samedi, mais ses prières sonnaient creux, car au fond d'elle-même elle avait la conviction que personne ne les entendait.

— Ah, te voilà ! s'exclama Isabel en la rejoignant au bord du rivage.

Son corps s'était légèrement arrondi, laissant apparaître les premiers signes de la maternité. En la regardant grimper avec précaution sur les rochers, Rachel se demanda pour la première fois pourquoi elle-même n'avait jamais été enceinte. Que serait-il arrivé si elle avait donné un enfant à Moshé ? Aurait-elle fini par oublier Kieran ? Ou le souvenir de celui-ci aurait-il gâché même cela ? Non, se dit-elle, si elle avait eu un enfant, elle et le bébé seraient restés à Berwick. Et à présent, ils seraient tous morts.

— Comment te sens-tu ? s'enquit doucement Isabel.

Rachel secoua la tête.

— Je ne sais pas. J'ai l'impression d'avoir été transportée dans un autre monde. Je n'arrive pas à croire que mes parents et Moshé aient disparu. Je n'ai même pas célébré les rituels. J'aurais dû déchirer mes vêtements afin de montrer ma douleur. Du côté gauche pour mes parents. Et pour Moshé… je n'en sais rien. Je devrais le savoir, Isabel ! Je devrais connaître nos traditions, les prières. Comment est-ce possible ? Pourquoi n'ai-je pas écouté quand je le pouvais ? Pourquoi ne me suis-je pas préparée ?

— Tu es trop dure avec toi-même, Rachel ! Comment aurais-tu pu prévoir une situation pareille ? Si ta mère était là, elle te dirait la même chose que moi, j'en suis sûre.

— Mais elle n'est pas là ! répliqua Rachel en éclatant en sanglots. Je suis la seule restante, Isabel ! Sarah se trouve quelque part dans le Nord, je ne sais même pas où. Elle n'est probablement au courant de rien. C'est à moi de procéder aux derniers devoirs.

Margaret et Isabel aidèrent Rachel à rendre les derniers hommages à ses parents. Elles lui fournirent un siège dont elle coupa les pieds, une chandelle suffisamment longue pour brûler sept jours et sept nuits, et lui offrirent leur compagnie chaque fois qu'elle en avait besoin.

— Vous n'êtes pas seule, Rachel, rappela Margaret. Toute l'Écosse est en deuil. Nous avons tous perdu des proches. Laissez-nous vous aider.

C'était à n'en pas douter le rituel de deuil le plus étrange jamais conduit, songea Rachel, mais il l'apaisa néanmoins. Elle passa les sept jours dans une petite salle près de la chapelle bâtie par le père de Rory, à prier, pleurer et se souvenir. Comme elle se sentait isolée dans ce château, si loin de chez elle !

Peu à peu, cependant, le temps fit son œuvre. Il n'effaça pas le chagrin, mais lui permit de mieux comprendre. Désormais, quand elle songeait à tout ce qui s'était passé depuis leur départ de Londres, la conclusion lui apparaissait inévitable. Tous les éléments semblaient s'être mis en place les uns après les autres pour déboucher sur ce désastre. Et il n'y avait aucune place pour Dieu dans ce schéma.

Pourtant, cette croyance, ou plutôt cette absence de croyance, fut mise à l'épreuve lorsque Isabel donna naissance à sa fille. Le travail fut long et épuisant. En surprenant les regards échangés entre Margaret et Nell, Rachel devina qu'il y avait un problème. Elle s'assit près d'Isabel, regrettant de ne pouvoir échanger sa place avec elle et la décharger de sa douleur. Elle se surprit à prier, et tandis qu'Isabel, épuisée, sombrait dans le sommeil, elle se rendit même dans la chapelle pour implorer un dieu auquel elle ne croyait plus. Elle ne supporterait pas qu'il arrive quelque chose à Isabel ; elle ne supporterait pas le chagrin de Rory s'il devait la perdre. Alors, elle pria de plus belle.

Or, cette fois, ses prières furent exaucées. Rory apparut le lendemain matin en compagnie de son père. Gannon, apprit-elle, avait rêvé que son fils devait rentrer auprès de son épouse. Et l'après-midi du 7 septembre 1296, Margaret Rachel MacGannon vint au monde dans un cri vigoureux. Rachel pleura de joie, embrassant tout le monde, se réjouissant de la fierté empreinte de tendresse de Rory et s'émerveillant de l'amour d'Isabel pour cet être minuscule.

Quand elle prit l'enfant dans ses bras et regarda Gannon, Margaret, Rory et Isabel, Rachel sentit une étincelle s'allumer au fond de son cœur. L'étincelle de la vie. Alors, elle comprit qu'elle commençait à guérir. Cette nuit-là, une fois le calme retombé sur le château, elle se demanda si sa sœur et elle seraient un jour réunies. Si elle retrouverait Kieran. Elle pria pour la paix.

Autour de Loch Gannon, le monde était à feu et à sang.

C'était exactement comme dans les songes de Gannon : il partait en guerre avec ses fils. Margaret essaya de se rassurer en se rappelant que son mari n'avait jamais rêvé la mort de l'un d'eux. Ou bien le lui avait-il caché ?

C'était une époque étrange, marquée à la fois par la joie d'être grand-mère et la peur de perdre Gannon ou ses fils sur le champ de bataille. Et Rory qui venait juste de devenir père à son tour ! Il était si fier.

Le temps passait tellement vite ! Elle revoyait encore Rory et Magnus minuscules dans ses bras comme la petite Margaret aujourd'hui. Cela semblait si loin et si proche à la fois.

Et maintenant la guerre. Pourquoi ? Que prouveraient tous ces morts et ces massacres ? Même s'il vainquait les forces écossaises, Édouard ne soumettrait jamais le pays. Mais combien devraient payer de leur vie sa soif de pouvoir ? Eux-mêmes, peut-être, songea-t-elle avec un frisson. Car Loch Gannon avait beau être loin d'Édimbourg, et plus loin encore de Londres, il ne serait jamais assez éloigné pour garantir leur sécurité.

Elle alla prier à la chapelle pour la sauvegarde de ses hommes : Gannon, Magnus et Rory. Et pour son frère Davey, Kieran, Liam et tant d'autres dont les visages défilèrent devant ses yeux dans un flot continu. Combien de femmes avaient adressé à Dieu les mêmes prières au fil des siècles, et combien les adresseraient encore dans les siècles à venir ? *Faites que mes hommes reviennent, qu'ils rentrent sains et saufs.*

Elle n'était pas la seule à s'inquiéter et souffrir, se rendit-elle compte un matin en trouvant Isabel en pleurs. Margaret s'assit à côté d'elle et lui prit la main.

— Comment faites-vous, Margaret? demanda la jeune femme. Où trouvez-vous votre force? Je me croyais résistante, mais toute cette attente sans savoir ce qui se passe... C'est insupportable.

— Vous êtes forte, Isabel. Mais vous n'êtes pas invincible. Comment continue-t-on à avancer? Comment trouve-t-on l'énergie de se lever pour affronter un autre jour, une autre nuit sans sommeil? Je n'ai pas de réponse. Sinon que nous, femmes, semblons être condamnées depuis le début de l'humanité à avoir peur pour ceux que nous aimons.

— Cette guerre mérite-t-elle tout cela?

— Y a-t-il une guerre qui le mérite? Néanmoins, la liberté est une chose merveilleuse, et les Écossais ne seront jamais libres sous le joug d'un roi tel qu'Édouard.

Margaret poussa un soupir.

— Le plus dur est d'être celle qui attend, reprit-elle. Mais nous traverserons cette épreuve, vous et moi, ne serait-ce que pour l'enfant à laquelle vous venez de donner la vie. Elle est notre lien avec l'éternité, notre avenir. Quoi qu'il arrive, Isabel, je vous supplie de rester ici avec nous, chez vous à présent. C'est tout ce que Gannon et moi avons à vous offrir, nos cœurs et notre maison.

— Oh oui, je resterai, répondit Isabel, le visage baigné de larmes. Et je vous remercierai chaque jour.

Margaret sourit et la prit dans ses bras.

— C'est moi qui vous remercie, Isabel. Pour le bonheur que vous nous avez apporté à tous. Nous tiendrons, Isabel. Je ne sais pas comment, mais nous tiendrons. Et si Dieu le veut, ils seront bientôt de retour.

Mais Dieu le voulait-il? s'interrogea-t-elle silencieusement en réprimant un frisson.

En six mois, Édouard avait décimé l'armée écossaise. À Montrose, il humilia une nouvelle fois John Balliol en lui arrachant son blason et en décrétant que, désormais, l'Écosse n'avait plus d'autre roi que lui. Il nomma un vice-roi pour gouverner. À Scone, il s'empara de la pierre du Destin, sur laquelle étaient couronnés les souverains écossais depuis des siècles.

L'Écosse était devenue une contrée occupée, avec des contingents anglais dans chaque ville, chaque château, chaque port. Plus personne ne menaçait la puissance d'Édouard à présent.

Pour l'instant…

24

Mai 1297, environs de Lanark, Écosse

— Elle est morte, annonça Kieran.

Rory détourna les yeux de son cousin pour regarder William de l'autre côté de la clairière.

— Que s'est-il passé ?

— Nous n'avons pas pu l'empêcher de retourner là-bas, expliqua son cousin à mi-voix. Les Anglais la surveillaient. Dès qu'ils ont aperçu William, ils se sont jetés sur lui. Il a réussi à s'échapper, mais quand il est revenu, ils avaient mis le feu à sa maison et égorgé Marion.

— Seigneur ! s'exclama Rory.

William s'était rendu à Lanark une fois encore pour retrouver son épouse, Marion Braidfute. Lors de sa dernière visite, il avait été attaqué en sortant de la ville, et ses hommes lui avaient conseillé de ne plus y retourner. Mais il ne les avait pas écoutés. J'aurais agi de même à sa place, songea Rory en se rappelant la manière dont il avait rembarré William, des années plus tôt, quand celui-ci s'était moqué de sa fougue envers Isabel. Il lui avait alors souhaité de tomber amoureux. Or, c'était exactement ce qui s'était passé. Rory aurait préféré que cela n'arrivât jamais.

— C'était Hazelrig.

— L'homme d'armes qui voulait marier Marion à son fils ?

— Oui, acquiesça Kieran. Cette nuit, nous allons la venger.

Rory se passa une main sur le visage et s'allongea, les yeux fixés sur les branches du vieux chêne au-dessus de lui. Un chêne… Il y avait plus d'un an que Berwick était tombé. Un an de combats et de défaites. Il n'avait pas été capturé à Dunbar, mais nombre de ses compagnons moisissaient encore dans des geôles anglaises. Il eut une pensée émue pour eux en se souvenant de son séjour au château de Newcastle.

Son père était resté dans les environs de Loch Gannon, révolté par la présence de troupes anglaises stationnées près de ses terres. Liam était rentré en Ayrshire pour protéger sa demeure, et Magnus l'avait imité. Sauf que Magnus vivait seul à présent, Jocelyn l'ayant quitté lorsque Gannon avait refusé de se battre aux côtés de John Comyn. Jocelyn avait placé Magnus devant un ultimatum : soit il rejoignait le clan des Comyn, soit elle partait. Finalement, elle était partie. Elle s'attendait à ce qu'il rampât derrière elle en la suppliant de lui pardonner, disait Magnus avec amertume. Mais cette fois, il avait tenu bon. Difficile d'imaginer Magnus sans Jocelyn, pensa Rory. Ou lui-même sans Isabel.

Ou William sans Marion…

Rory s'était amusé au début de voir cette force de la nature transie d'amour pour une femme. Il l'escortait souvent à Lanark pour qu'il puisse rejoindre Marion ; en échange de quoi, il bénéficiait de sa bénédiction pour rendre visite à Isabel et à sa fille. Sa petite Maggie… Il lui suffisait de songer à elle, à ses immenses yeux bleus dans son visage rose, pour se sentir empli de joie. Elle l'avait transformé au plus profond de lui, le jour où il l'avait tenue pour la première fois dans ses bras. Ils formaient une famille maintenant, séparée temporairement par la folie de la guerre, mais pas pour toujours, se promit-il. Pas pour toujours.

Il combattait aux côtés de William. La plupart du temps, ils stationnaient en Ayrshire, ce qui lui permettait de se rendre plus facilement à Loch Gannon, où Kieran l'accompagnait généralement afin de voir Rachel. La jeune femme avait beaucoup changé depuis la mort de ses parents. Elle s'était comme repliée sur elle-même, arborant le plus souvent une expression absente et un silence distant. Un mois après la tragédie, Kieran était retourné à Berwick avec elle. Entré dans la cité sous un déguisement, il l'avait conduite à l'auberge où ils avaient retrouvé les corps de Jacob et son épouse sous les décombres. Kieran les avait enterrés, ainsi que Gilbert, creusant lui-même les fosses dans le jardin. Il y avait des cadavres partout, avait-il expliqué à son retour, pourrissant dans chaque maison. Celui de Moshé était là également, et ils l'avaient enseveli comme les autres. Bien qu'elle fût inconsolable, Rachel avait laissé Kieran la ramener à Loch Gannon. Celui-ci espérait davantage, certes, mais cette attente lui convenait, avait-il assuré à Rory.

L'Écosse était un pays occupé, et Édouard un conquérant cruel. Ils avaient jugé la première occupation féroce, mais ce n'était rien en comparaison de celle-ci. Or, il n'y avait plus personne pour mettre un terme aux abus. Hormis eux : William, Kieran, lui et leurs compagnons. Ils avaient attaqué des fortins, des convois de marchandises, des troupes en chemin, et Kieran et lui parcouraient le pays en tous sens pour rallier les clans et les nobles à leur cause.

— Où est la petite ? demanda-t-il en se redressant. L'enfant de William et de Marion, où est-elle ?

— Chez la cousine de Marion, Dieu merci. Sinon, ils l'auraient tuée elle aussi.

Kieran marqua une pause avant d'ajouter :

— Cette nuit, nous attaquerons Hazelrig.

William ne fut plus jamais le même après le meurtre de Marion. Avant, il ressentait de la colère, de la rage même, comme eux tous, contre Édouard d'Angleterre et ses sbires, mais à présent il était devenu possédé. Aucun Anglais, quel qu'il fût, ne trouvait grâce à ses yeux. Il tuait tous ceux qui avaient le malheur de croiser son chemin. Aveuglément.

Dans le Nord, Andrew Moray, dont le père était emprisonné à la Tour de Londres depuis la défaite de Dunbar, tenta de lever des troupes contre l'occupant, sans grand succès. William fut mieux suivi, notamment par des roturiers du Sud-Ouest qui le rejoignirent en masse. Il y eut des escarmouches et quelques débâcles, mais aussi de nombreux triomphes qui firent bientôt de lui le hors-la-loi le plus recherché par les Anglais.

En avril, trois cent soixante notables d'Ayr furent convoqués à une assemblée dans la ville. Sir Ranald Crawford, l'oncle de Liam et de William, se trouvait parmi eux. Comme tous les autres, il fut pendu en franchissant le seuil de la bâtisse. William, qui avait été également appelé, avait refusé de s'y rendre. Il vécut donc, et vengea ces crimes en attaquant Ayr et en s'emparant du château.

Les mois qui suivirent furent une suite ininterrompue de combats. Encouragés par ses succès, les hommes affluaient de toute part pour renforcer les troupes de William. Ses cousins, du côté Wallace et Crawford, étaient avec lui, y compris les fils de sir Ranald. Et Liam, bien sûr. En juin, Gannon et Magnus se joignirent à eux.

Édouard d'Angleterre augmenta la récompense offerte pour la tête de William Wallace, et les nobles écossais hésitèrent à soutenir William. Ce fut surtout le peuple qui combattit à ses côtés à Glasgow. Mais à Ormsby, sir William Douglas le rejoignit, bientôt suivi par d'autres seigneurs. Alors, la chance commença à tourner. À chaque nouvelle victoire de William, d'autres combattants venaient gonfler ses troupes. Puis Robert Bruce en personne, refusant de réitérer son serment de loyauté à Édouard, se rallia aux rebelles, ordonnant à tous les vassaux de son père de prendre les armes avec lui.

Mais le 7 juillet, les chevaliers écossais furent écrasés par les soldats d'Édouard, et Bruce fut fait prisonnier. William et ses hommes continuèrent seuls à défier Édouard.

Puis, juste au moment où les Écossais en avaient besoin, Édouard quitta l'Écosse pour combattre en Flandres, laissant ses troupes sous le commandement du vieux John de Warenne et de Hugh Cressingham, dont les armées devaient se rejoindre à Stirling.

Avec le renfort d'Andrew Moray, William se trouvait désormais à la tête de quarante mille hommes, dont cent quatre-vingts à cheval, parmi lesquels Rory, Kieran, Magnus et leurs pères et oncles. Ils décidèrent d'affronter Warenne et Cressingham à Stirling.

La bataille eut lieu le 11 septembre.

Les Écossais avaient conscience de ce qu'ils risquaient. S'ils échouaient, leur sang et celui de leur famille couleraient. Il n'y aurait pas d'otages, pas de rançon en échange de leur vie.

Face à eux se dressaient des soldats aguerris, dont beaucoup avaient combattu près d'Édouard en Terre sainte, et plus encore en France et au pays de Galles. Les Anglais étaient bien armés, bien entraînés et bien nourris. Les Écossais avaient peu de nobles au sein de leurs troupes, les chefs des clans les plus puissants soutenant encore Édouard ou ayant été décimés ou arrêtés à Dunbar et à Irvine.

William choisit le terrain avec soin, sur les contreforts dominant la rivière Forth. Au nord s'étendaient les majestueuses collines d'Ochil, au sud la rivière, et au-delà, sur une éminence, le village de Stirling.

Le pont de bois était juste assez large pour laisser passer deux cavaliers de front, et la route à peine moins étroite. Aucun destrier avec son lourd harnachement ne pouvait franchir les marais de chaque côté. Protégés à l'arrière par la masse montagneuse et situés au-dessus des Anglais, ils attendirent que l'ennemi vînt à eux.

Rory sentait ses hommes impatients autour de lui, mais il les obligea à patienter jusqu'au signal tandis qu'en contrebas les chevaliers anglais avançaient sur leurs montures ; leurs armures éclatantes et leurs bannières colorées scintillaient sous le soleil.

Comme ses compagnons, Rory portait un plastron, un haubert et des gants et des manches en mailles d'acier. Son heaume était décoré de feuilles de chêne.

— Combien sont-ils ? demanda Kieran.

— Près de cinquante mille. Et cinq mille chevaux.

Ils attendirent encore. Rory calmait sa propre impatience, se rappelant le plan qu'ils avaient conçu. S'ils attaquaient trop tôt, ils enfonceraient les premiers rangs de l'armée anglaise, mais laisseraient les autres intacts. S'ils attendaient trop, ils seraient écrasés par la supériorité numérique de l'ennemi.

À onze heures, William donna le signal – un long coup de corne – et les Écossais se jetèrent en avant dans un rugissement. Couché sur son destrier, Rory joignit son cri à celui de ses compagnons. Son père était à sa droite, Magnus juste à côté de lui. Il aperçut aussi Davey, Kieran et tous les autres, les amis et les parents, qui brandissaient leurs épées en hurlant. Il adressa une brève prière à Dieu. Qu'ils survivent tous à cette journée. Ils seraient parmi les premiers à se lancer dans la bataille. Le sol tremblait sous les sabots de leurs chevaux tandis qu'ils dévalaient le coteau et traversaient la terre meuble jusqu'au pont.

Ils rencontrèrent l'ennemi dans un fracas de métal et un grondement sauvage. Les Anglais n'avaient pas prévu l'assaut. Ce fut un brouhaha de chocs d'acier, de clameurs de triomphe et de râles d'agonie.

— Sus à l'ennemi ! rugit William. Sus à l'Anglais !

Ils se frayèrent un chemin à coups d'épée à travers les chevaliers surgissant au bout du pont. Ceux qui se trouvaient sur la terre ferme s'affolèrent, et ce fut la débandade. Certains voulurent tourner bride, ce qui fit ruer les chevaux, augmentant encore la confusion. Plusieurs hommes d'armes tombèrent dans le fleuve avec leur monture, d'autres sautèrent dans l'eau. Entraînés par le poids de leur armure, ils coulèrent à pic pour la plupart.

Malgré le désordre, il devint bientôt évident que les Écossais avaient l'avantage. Certains chevaliers anglais battirent en retraite de l'autre côté du pont, entravant l'avancée de leurs propres renforts.

D'autres luttèrent avec vaillance, réalisant parfois de belles avancées, mais en vain : les Écossais les encerclaient de toute part. À mesure que les morts s'accumulaient, l'espace se libéra sur le pont. Les combats singuliers remplacèrent alors les mouvements de masse. Le cheval de Rory fut tué. Il sauta au sol.

Un chevalier anglais sur son destrier éliminait tous ses assaillants l'un après l'autre, créant une hécatombe sur son passage. Rory arracha son épée du corps de l'homme qu'il venait d'occire, juste à temps pour lui faire face. Il lança l'arme vers le cheval qui se cabra, menaçant de lui fracasser le crâne avec ses sabots.

Il bondit de côté, conscient qu'il aurait dû enfoncer son épée dans le ventre de l'animal, mais incapable de se résoudre à tuer un étalon aussi magnifique.

Il attendit donc que celui-ci se rétablît, puis sauta sur la jambe du chevalier pour l'attirer à terre. L'homme glissa à bas de sa monture, mais ne chuta pas. Ils tournèrent l'un autour de l'autre, déviant à chaque fois leurs coups respectifs.

Leurs armes s'entrechoquaient dans des hurlements de métal, rebondissaient au sol, pour être aussitôt redressées.

Finalement, l'un des coups de Rory porta, puis un autre. Le chevalier chancela en arrière, touché au bras et à la jambe. Il dut se pencher sur le côté pour ramasser son épée tombée sous le choc. Rory attendit qu'il retrouve ses esprits pour l'affronter de nouveau.

La lame du chevalier perça la maille qui lui protégeait le bras. Bien qu'elle fût superficielle, la plaie se mit à saigner, ruisselant le long de son bras et rendant la prise glissante sur le pommeau. Puis un nouveau coup l'atteignit à la tempe. Entaillée par le métal de son heaume, la chair se mit à saigner ; il cilla plusieurs fois, aveuglé par le liquide écarlate. Le chevalier frappa encore, mais trop haut.

Saisissant alors son arme à deux mains, Rory décrivit un grand arc de cercle. Et sentit la taille de son épée s'enfoncer dans le côté de son adversaire. Il voulut aussitôt réitérer son coup, mais, cette fois, son arme heurta celle du chevalier qui s'envola dans les airs. Rory se jeta promptement en avant, l'estoc sur la gorge de l'homme, qu'il obligea à s'agenouiller. Du bout de sa lame, il lui arracha sa visière.

Henri de Boyer le contemplait.

Rory se figea sur place, les oreilles bourdonnantes. Puis il ôta lentement son casque et le laissa tomber sur les planches du pont. Le regard d'Henri s'écarquilla de surprise.

— Rory MacGannon ! s'exclama-t-il. Bien sûr. Comment aurions-nous pu ne pas nous rencontrer ici ?

— Henri de Boyer. Comment, en effet ?

Rory serra les doigts autour du pommeau de son épée que le sang rendait glissant. Remarquant son geste, Henri planta son regard dans le sien.

— Allez-y. Prenez votre récompense, messire.

À ces mots, Rory revit le visage souriant d'Isabel le jour où elle avait tressé la couronne de brindilles.

Le roi Houx et le roi Chêne... Tant de choses s'étaient passées depuis!

Il secoua la tête.

— Je ne peux pas. Relevez-vous, Henri.

— Nous sommes ennemis, messire. Les vôtres ont vaincu aujourd'hui. Allez-y.

Rory jeta un coup d'œil alentour. Henri avait raison : le combat était terminé. Sur la rive, les Écossais chantaient leur victoire.

— Je ne peux pas, Henri. Vous devrez continuer à vivre.

De Boyer se redressa avec difficulté. Rory le regarda faire en luttant pour ne pas lui venir en aide. Finalement, ils se fixèrent face à face. Rory rengaina son arme.

— Vous serez prisonnier, Henri, comme je l'ai été. J'espère que les miens vous traiteront mieux.

Henri ouvrit la bouche pour répondre, mais aucun son n'en sortit. Au lieu de quoi, il eut un brusque tressaillement de tout le corps et s'effondra en avant, une expression atterrée sur les traits. Surpris, Rory n'eut que le temps de le retenir avant qu'il s'affaisse au sol. En redressant la tête, il découvrit un jeune garçon, presque un enfant, au regard fou. Avec un hurlement de triomphe, le garçon leva sa hache pour frapper derechef.

— Non! s'écria Rory en tirant Henri en arrière avec lui.

Trop tard. La lame retomba. Rory écarta le corps d'Henri, puis se pencha au-dessus de lui.

— C'est fini, MacGannon, souffla Henri avec peine. Je vous cède la place.

Ses yeux se révulsèrent, et il expira lentement. Henri de Boyer était mort.

— Désolé, messire, s'excusa le garçon. Vous vouliez l'échanger contre une rançon?

Rory fut incapable d'articuler un mot.

Tout le monde célébra la victoire. Des centaines de personnes, demeurées invisibles jusqu'alors, affluaient de toute part, descendant des collines, sortant des villages. Rory les regarda se joindre à leur armée. Autour de lui s'élevaient des prières en plusieurs langues, récitées par les prêtres délivrant les derniers sacrements. Les plaintes des blessés et des mourants se mêlaient à leurs litanies.

Rory contempla sa main couverte de sang. Celui d'Henri et le sien, mêlés dans la mort comme ils n'auraient jamais pu l'être dans la vie. Il vit son père qui traversait la cohue pour venir vers lui et, un peu en aval, Magnus penché sur un corps allongé au sol. Puis Kieran et Davey apparurent, portant un blessé dans les bras. Et William, juché sur les épaules de ses hommes.

Ils avaient gagné. Il était vivant.

Il ne ressentait rien.

Isabel se sentait incapable de supporter plus longtemps cette attente. Pas plus que Margaret ou Nell, qui suggéra ce voyage, ou même Rachel qui, peu à peu, revenait à la vie. Isabel confia donc sa fille à la nurse à Loch Gannon, avec la consigne d'écrire à sa grand-mère à Londres si jamais elle ne revenait pas. Puis elle partit vers Stirling avec ses compagnes et plusieurs femmes qui décidèrent de se joindre à elles.

Après un trajet interminable, elles approchèrent enfin de Stirling. La nouvelle était dans toutes les bouches : la bataille avait eu lieu et les Écossais avaient gagné. Il y avait eu peu de morts et de blessés dans leurs rangs, et en ce moment même, les hommes fêtaient la victoire.

La plaine était jonchée de cadavres alignés dans l'attente d'être enterrés. Un tas d'armures scintillait sous le soleil au milieu des herbes folles et des fleurs jaunes. Des chevaux gisaient sur le flanc, énormes masses de chair inertes sur lesquelles vrombissaient les mouches. Dans le ciel, des rapaces tournoyaient, attendant le moment où ils pourraient prendre part au festin.

Les doigts crispés autour des rênes de sa monture qui piaffait et renâclait, Isabel s'avança entre les rangées de corps avec ses compagnes. Elle examina chaque visage, tressaillant à chaque fois qu'elle apercevait des cheveux blonds noircis de sang. Dieu merci, il ne s'agissait jamais Rory.

Soudain, elle sentit le souffle lui manquer. Un peu à l'écart, comme s'il avait été différent des autres, gisait Henri. Quelqu'un lui avait fermé les yeux, avait posé une pièce sur chaque paupière et croisé les mains sur la poitrine. Elle n'eut aucun mal à deviner de qui il s'agissait.

Puis Liam apparut face à elles. Dès qu'elle l'aperçut, Nell cria son nom et glissa à bas de sa jument pour courir vers lui.

— Margaret! Margaret! appela Gannon, juste derrière Liam. Ils sont vivants! Nos fils sont vivants!

— Merci, mon Dieu! Oh, merci! s'écria Margaret en s'élançant à son tour, le visage baigné de larmes.

Vivant! Rory est *vivant*! Isabel prit une longue inspiration.

— Et Kieran. Et Davey! ajouta Gannon. Ils vont tous bien. Nous n'avons perdu personne.

Alors arriva Kieran, à cheval, agitant le bras pour faire signe à Rachel. En le voyant, celle-ci porta la main à sa bouche avec un cri étranglé. Kieran se hâta à sa rencontre, et ils s'immobilisèrent. D'une main tremblante, Rachel lui caressa la joue. Il la tira à bas de sa monture et l'étreignit en lui murmurant quelque chose. Rachel acquiesça en souriant.

Kieran regarda Isabel, juste derrière elle.

— Il est là, Isabel, indiqua-t-il en pointant le doigt vers la colline.

Isabel vit un homme qui descendait au trot. Un plaid lui couvrait les épaules; sa cape noire flottait tel un étendard derrière lui.

Rory!

— Isabel ! cria-t-il.

— Rory !

Ils lancèrent tous deux leurs chevaux au galop. Le monde s'évanouit alentour et elle n'entendit plus rien, ne vit plus rien d'autre que lui fonçant à sa rencontre dans une prairie incroyablement verte sous un ciel fantastiquement bleu. Et au-dessus d'eux, la forteresse de Stirling, comme le symbole de ce qui les avait conduits ici.

Rory sauta de cheval pour courir vers elle. Ils tombèrent dans les bras l'un de l'autre, éperdus.

Épilogue

Ils avaient gagné une bataille, mais la guerre fit rage encore longtemps. William Wallace fut armé chevalier à Noël, ainsi que Rory et Kieran. Robert Bruce, qui combattait désormais pour libérer l'Écosse du joug anglais, les adouba en personne. L'Écosse avait besoin d'un chef, et Robert le devint. William, révéré par le peuple, fut nommé Gardien de l'Écosse, et Rory et Kieran, auxquels il avait demandé de rester à ses côtés, combattirent avec lui pendant la plus grande partie de cette période agitée. En 1299, John Balliol, retenu prisonnier tout ce temps, quitta la Tour de Londres pour être remis entre les mains du pape. Après trois autres années de détention, il se retira sur ses terres de France et ne convoita plus jamais le trône d'Écosse.

Le 25 mars 1306, Robert Bruce fut couronné roi d'Écosse à Scone, avec tout le faste possible en ces temps difficiles. Rory et Isabel assistèrent à la cérémonie. Pour une fois, les Écossais étaient unis derrière leur nouveau souverain. Édouard mourut de dysenterie à Cumberland, sur la frontière écossaise, en 1 307. Son fils unique, Édouard II, conduisit l'armée anglaise à la défaite en 1314, lors de la bataille de Bannockburn, qui mit fin au conflit.

L'Écosse était de nouveau une nation libre. Et parmi les MacGannon et les MacDonald, on continua à se transmettre de génération en génération les récits de cette époque de chaos où plusieurs prétendants luttaient pour la Couronne.

Note de l'Auteur

J'ai mêlé dans ce roman des événements, des lieux et des personnages imaginaires à des éléments réels de l'histoire de l'Écosse et de l'Angleterre à la fin du XIIIᵉ siècle. Les villes, villages et châteaux mentionnés existaient à l'époque et beaucoup existent encore – à l'exception, bien sûr, de Loch Gannon, inventé pour les besoins du récit. J'ai modifié la réalité historique en une seule occasion, lors des scènes relatant les discussions politiques de Norham, qui durèrent neuf jours. Certaines de ces discussions rassemblaient un nombre important de notables anglais et écossais autour du roi Édouard, d'autres ne réunissaient que des groupes restreints sélectionnés. Ces assemblées se sont déroulées au moins à deux endroits : au château de Norham en Angleterre, et dans le village écossais juste de l'autre côté du fleuve. Cependant, le contenu était le même ; c'est Édouard qui en décidait. Tous ceux qui y participaient étaient frappés par la force de sa personnalité et par sa volonté.

J'ai décrit Édouard tel qu'il m'est apparu lors de mes recherches : un monarque brillant et impitoyable qui régnait en maître sur son pays, convoitait les terres de ses voisins, et parvenait souvent à ses fins. Un fils loyal, un père souvent négligent, mais un époux dévoué. Jusqu'à nos jours, la simple mention de son nom réveille les passions chez les Anglais, les

437

Écossais et les Gallois. Mener des recherches sur lui s'est révélé une entreprise excitante. Comme sur William Wallace.

La plupart des gens connaissent *Braveheart*, le film qui a enflammé l'imagination de millions de spectateurs et conduit à des transformations dans l'Écosse actuelle – preuve que les mots et les images peuvent changer le monde. William était un chef inspiré et charismatique, que ses hommes ont suivi fidèlement. Aimé du peuple, il était sous-estimé par la noblesse écossaise. Son trajet de vie, d'aspirant au service de Dieu à chef de guerre, est captivant et émouvant. J'ai choisi de terminer ce récit sur la bataille du pont de Stirling, mais il y aurait encore beaucoup à écrire sur William – et les MacGannon.

Walter Langton était vraiment évêque de Lichfield et trésorier de la Maison royale sous Édouard. On le présente comme un homme avide et cruel, soupçonné, comme je l'ai indiqué dans le roman, d'avoir étranglé l'une de ses maîtresses et de vénérer le diable en secret. C'était un méchant idéal, et je suppose qu'il n'aurait pas pardonné ni oublié l'agression d'Isabel.

J'ai pris un grand plaisir à raconter l'histoire d'amitié entre Isabel et Rachel. Bien que je les aie créées l'une et l'autre, je suis sûre qu'il existait des femmes comme elles. Les Juifs furent expulsés d'Angleterre en 1 290. Plus de cinq cents ans s'écoulèrent avant qu'ils puissent y revenir, et il ne fait aucun doute que nombre d'amitiés furent brisées et de familles déchirées suite à l'édit d'Édouard. Devenir demoiselle d'honneur de la reine était un grand privilège ; cependant, les suivantes les plus jeunes étaient souvent remplacées à l'occasion de changements politiques ou personnels. Le renvoi d'un membre insignifiant de la maison d'Éléonore représentait exactement ce dont j'avais besoin pour introduire le personnage d'Isabel.

Les années suivant la fin du récit ont constitué une période troublée pour l'Écosse, d'autant plus fatale qu'un nouveau personnage a profité de la fin de la rivalité entre William et Édouard pour accroître son pouvoir. L'histoire de Robert Bruce est aussi fascinante que celle de la lutte précédant son ascension. Et les MacGannon et les MacDonald en font encore partie.

Remerciements

À Maggie Crawford, Louise Burke, et toute l'équipe de Pocket pour leur aide et leurs encouragements. À Aaron Priest et Lucy Childs, pour tout. À Paul Sandler, Jill Gregory et Karen Tintori qui m'ont permis d'éviter les erreurs. À ma famille merveilleuse, le gang de REW, les Whine Sisters, et mes amis fantastiques, fidèles dans les hauts comme dans les bas. À Joe, Bill et Michael K, pour m'avoir gardé la tête hors de l'eau. Et à ces hommes et ces femmes qui ont vécu autrefois sur ces terres que je décris : les Celtes, les Bretons, les Normands, et tous ceux qui se sont battus pour conserver leur liberté, leur intégrité et leurs amitiés. Merci d'avoir si bien balisé le chemin.